国家社科基金一般项目"明清边疆舆地赋整理与研究"（项目号：21BZW113）阶段性成果

华南师范大学文学院中国语言文学学科建设丛书

黄志立

著

赋论形态研究

社会科学文献出版社
SOCIAL SCIENCES ACADEMIC PRESS (CHINA)

总　序

近年来，在"双一流"学科建设背景下，中国语言文学学科发展迅速，学科研究范围不断扩大，学科内涵日益深化，学科建设路径也日益多元；同时，随着经济的发展和社会的进步，高等教育的发展格局也对中国语言文学学科提出了更多的挑战。进一步夯实学科基础，积淀学科底蕴，彰显学科特色，是目前中国语言文学学科发展与建设工作的重要任务之一。

华南师范大学文学院中国语言文学学科历史悠久，早在 1933 年，著名教育家林砺儒创办勷勤大学师范学院，设立文史学系，就有了中国语言文学学科。88 年前的勷勤大学师范学院曾有过辉煌业绩，它与当时的北平师范大学南北呼应，共同守护和延续了中国高等师范教育的历史血脉，中国语言文学学科发挥了重要的作用。

八十多年来，华南师范大学文学院中国语言文学学科一路栉风沐雨，砥砺前行。老一辈知名学者李镜池、康白情、吴剑青、吴三立、廖芚光、廖子东等奠定了学科基础，后辈学人积极传承学科文脉，经过几代学者的薪火相传，华南师范大学文学院中国语言文学学科持续健康发展，已形成了基础扎实、积累深厚、体系完备、特色鲜明的学科发展格局。

改革开放后，华南师范大学文学院中国语言文学学科取得了跨越式发展。1981 年，获批全国第一批硕士点；2000 年，中国古代文学专业获批博士学位授权点；2006 年，获批一级学科硕士学位授权点，同年，中国现当代文学、汉语言文字学获批博士学位授权点，并设立中国语言文学博士后流动站；2007 年，中国古代文学、中国现当代文学被评为广东省重点学科；2011 年，获批中国语言文学一级学科博士学位授权点；2012 年，入选第九轮广东省优势重点学科，并以"优秀"等级通过国家"211 工程"三期建设验收；2015 年，进入广东省高水平大学建设学科行列。现有学科方向有中国古典诗学与中国古代文学研究、中国现当代文学研究范式与批评、出土文献语言与方言研究、现当代西方文艺思潮与比较诗学研究、中国古代典籍与文献研究等。学科拥有国家语言文字推广基地、华南师范大学岭南文化研究中心、华南师范大学审美文化与批判理论研究中心等高端学科平台6个；以中国语言文学学科为基础的汉语言文学（师范）专业是国家首批"一流本科专业"。

一个学科的发展需要几代人的守护与努力，同时也离不开同时代人的奉献与投入。华南师范大学文学院编辑出版这套"中国语言文学学科建设丛书"，即是我们在有限的能力范围内推动学科建设的一种努力。这套丛书的作者基本上以华南师范大学文学院的中青年学者为主，他们是学院学科发展与建设的希望所在，其相关研究成果有的是国家社科基金、教育部社科基金的结项成果，有的是博士学位论文、博士后出站报告的修订成果，均展现了他们多年来在学术研究中的努力与收获。我们希望，他们的研究能够受到学界的关注，同时恳请学界同道批评指正。

华南师范大学文学院
中国语言文学学科建设丛书编委会
2021 年 6 月

目　录

绪　论

本书针对赋论批评形态中的赋序、赋注、赋评、赋格、赋话等进行集中研究。

正文开始之前，先用以下内容确定研究对象，进而梳理该对象目前的研究现状及成果。在此基础上提出本书的研究思路与方法。

一　研究对象

赋论是对赋的创作缘起、批评鉴赏、价值功能等方面所进行的探讨。古代有"诠赋""论赋""赋枢""赋谱""赋论"等的称谓与评述，[①] 当代则有《中国赋论史》《中国辞赋理论通史》等论著。可见，赋论已在文献渊源、研究范围、基本内容等方面形成了特有的赋学体系。

由于赋论的研究范围较宽泛，各类形态的差异巨大，所以固定研究对象、集中阐述问题很有必要。本书便对赋学批评中较为重要的赋序、赋注、赋评、赋格、赋话进行专门探讨。

二　研究现状

赋论研究与诗论、文论、词论等研究相比，在中国古代文论研究当中

[①]　如古代对赋论的称谓有："诠赋"，见《文心雕龙》第八；"论赋"，见《文心雕龙》第三十四、《古赋辨体》卷七"以文论赋，而不以赋论赋"；"说赋"，见《韩昌黎文集》《酬司门卢四兄云夫院长望秋作》一诗中"论诗说赋相喃喃"句；"赋枢"，见唐张仲素《赋枢》；"赋谱"，见唐抄本《赋谱》、清朱一飞《赋谱》；"赋格"，见唐和凝《赋格》；"赋评"，见宋吴处厚《赋评》；"赋话"，见宋王铚《四六话序》"诗话、文话、赋话各别见"；"赋说"，见清江含春《楞园赋说》；"赋概"，见刘熙载《艺概·赋概》；"赋论"，见纳兰性德《赋论》等。具体可参见何新文等《中国赋论史·绪论》，人民出版社，2012。现代赋论研究专著、单篇论文较多，下文中有具体的分析。

是较为薄弱的一部分。学界关于赋论研究的情况大体如下。

第一，赋论研究初期，成果不多，但具有一定的开创性与启发性，为后来研究者提供了有益借鉴。此时期以罗根泽《中国文学批评史》[①]一书中"左思及皇甫谧的赋论"为代表，是书 1934 年由北京人文书店出版，到 1943 年改由商务印书馆重排。说明赋论研究发轫于 20 世纪 30—40 年代，出现于中国文学批评史著作中，论述零星不成体系，然其中有些论断较有理论深度，对后来赋论的研究也产生了较大影响。

第二，进入 20 世纪 80 年代，赋论研究者数量增多，其研究成果的质量也不断提升。大量的研究著作和单篇论文不断刊出，赋论研究一时兴起。

其一，著作类。

高光复《历代赋论选》（黑龙江人民出版社，1991）、徐志啸《历代赋论辑要》（复旦大学出版社，1991）这两部著作所辑赋论大同小异。前者辑录赋论从汉代司马迁开始，至朱自清赋论终结；后者辑录赋论自西汉始，终于民国初年。在内容上相比，《历代赋论选》编辑较宽泛，每篇都有注释，有利于阅读；《历代赋论辑要》前有序言，后有附录，正文就历代赋论进行了概述与评价。两书均带有资料汇编的性质，为赋论研究者提供了便利。

何新文《中国赋论史稿》（开明出版社 1993 年初版，人民出版社 2012 年增订版更名为《中国赋论史》）是赋学研究界单就赋论作系统梳理和分析的史论著作，在赋学批评领域具有一定的开创性。其后出现了两部断代赋论研究，詹杭伦的《清代赋论研究》（台湾学生书局，2002），以清代赋论为研究对象，重点探讨了清代律赋及其理论发展。彭安湘的《中古赋论研究》（中国社会科学出版社，2013）与《清代赋论研究》相似，皆以断代史形式展开论讨，该书涉及中古赋论背景论、中古赋论流变论、中古赋论内涵论、中古赋论形态论以及中古赋论影响论之内容。二书对赋学批评的断代研究颇有价值。除此之外，许结的《中国辞赋理论通史》（凤凰出版社，2016）为近年来辞赋理论研究的新作。该书以史为线，与何新文《中国赋论史》相比，又增添了"中国辞赋理论综述"与"中国辞赋理论范畴"两

---

① 罗根泽：《中国文学批评史》（一），上海古籍出版社，1984，第 158 页。

大部分，使辞赋理论的研究空间在广度与深度上逐渐推进。

其二，单篇论文。可分为两类：一是按赋家个体，二是按时代年限。

按赋家个体分类，主要有以下论文。何新文《刘熙载汉赋理论述略》（《中国文学研究》1988 年第 3 期），结合刘熙载"赋起于情事杂沓""赋兼叙列二法""赋尚品""赋兼才学"等评论逐一展开，对研究汉赋理论有一定启发作用和参考价值。傅刚《从〈文选〉选赋看萧统的赋文学观》[《北京大学学报》（哲学社会科学版）2000 年第 1 期]，结合具体赋家与赋作来探讨萧统的赋文学观。此外，郭建勋、李艳《傅玄的辞赋创作及其理论》（《求索》2004 年第 1 期），许结《论赋的学术化倾向——从章学诚赋论谈起》[《四川师范大学学报》（社会科学版）2005 年第 1 期]等均对赋论进行了不同角度的探析。值得一提的是车瑞、刘冠君的《"丽则"：扬雄赋论与汉赋嬗变》[《武汉大学学报》（人文科学版）2015 年第 4 期]，这篇论文视角新颖，以扬雄赋学批评范畴中的"丽则"为中心展开阐述，作者认为"丽则"既对汉赋的创作与批评产生影响，又是汉赋走向自觉的重要理论标志。再如韩晖《〈文心雕龙〉论赋与〈文选〉赋分类定篇》[《广西师范大学学报》（哲学社会科学版）2005 年第 4 期]、冷卫国《合南北文学之两长——庾信辞赋及其辞赋观的先导意义》[《中国海洋大学学报》（社会科学版）2005 年第 5 期]等，也是同时期较为重要的赋论研究佳作。

按时代年限分类，具有代表性的论文有王朋《汉代赋论浅探》（《中国文学研究》1986 年第 2 期），作者从赋的源流、赋的艺术特征、赋的功能三方面阐释汉代赋论的总体概况，是较早关注赋论的单篇论文，具有一定的先导性。此后还有两篇重要的论文，一是王琳的《西晋辞赋观简论》[《山东师范大学学报》（社会科学版）1988 年第 5 期]，二是黄样兴的《简论汉魏六朝赋论》[《上饶师专学报》（哲学社会科学版）1988 年第 6 期]，两篇论文的研究内容与《汉代赋论浅探》基本相似，均是以断代形式展开评论。进入 90 年代，不仅研究者数量有所增加，而且研究的水平也有所提高，如许结《元赋风格论》（《文学遗产》1993 年第 1 期）、何新文《魏晋南北朝赋论述略》[《湖北大学学报》（哲学社会科学版）1994 年第 1 期]、许结《论清代的赋学批评》（《文学评论》1996 年第 4 期）、章沧授《论晋代辞赋创作理论的新贡献》（《古籍研究》1997 年第 4 期）等。21 世纪以来，研究的视野和范围不断拓展，既有宏观的论述，又有微观、细致的探析。宏观研究有何新文《元明两代赋论述略》[《湖北大学学报》（哲学社会科学版）2006 年第 6 期]，冷卫国《论永明时期的赋学批评》[《济南大学学报》（社会科学版）2007 年第 6 期]，何新文、张群《唐代赋论概观》（《北方论丛》2008 年第 1 期），陈晓芬《两汉魏晋南北朝赋论的价值取向》（《周口师范学院学报》2008 年第 1 期）；微观分析或从论述对象与分期入手，或从文学背景方面进行探讨，或从文体角度出发等，具体如冷卫国《汉魏六朝赋学批评的对象与分期》（《社会科学战线》2000 年第 1 期）、许结《汉代赋论的文学背景考述》（《江海学刊》2006 年第 2 期）、张朝富《矛盾与演进：〈汉书·艺文志〉赋论解读》[《海南大学学报》（人文社会科学版）2007 年第 1 期]、杨东林《从文体学角度考察魏晋时期的赋论》[《济南大学学报》（社会科学版）2008 年第 6 期]。此外，彭安湘的《论北朝赋的创作倾向及理论嬗变》[《辽东学院学报》（社会科学版）2011 年第 2 期] 一文将赋论研究拓展到少有人关注的北朝，通过考察得出，北朝不仅尚"典正"的赋风，而且将北方现实的功利精神与南方艺术技法相融合，从而产生了新型赋论。

第三，赋论研究的范围不断拓展。此时期赋论批评形态已向赋序、赋注、赋评、赋格、赋集、赋话等方面拓展，大大扩充了赋论的研究范围。

其一，赋序论文。据赋序研究内容来看，可再分时代年限、赋家赋作、赋序本身三类。

一是时代年限类。如王琳《魏晋"赋序"简论》[《山东师大学报》（社会科学版）1999 年第 3 期]，作者将赋序作为一个整体，从"重视抒情""崇尚华美""追求真实""勇于开拓新的题材内容"四个方面展开，进而梳理魏晋文人在赋文的创作活动及理论批评方面重要的变化与追求，具有较强的实践性与开拓性。之后如赵厚均《两晋赋序与文学批评》（《古代文学理论研究》第 21 辑，2003）、徐丹丽《魏晋六朝赋序简论》（《古典文献研究》第 7 辑，2004）、（日本）谷口洋《试论两汉"赋序"的不同性质》[《济南大学学报》（社会科学版）2008 年第 2 期]、赵纪彬《魏晋南北朝序文刍议》[《宁夏大学学报》（人文社会科学版）2015 年第 2 期] 等，在《魏晋"赋序"简论》研究的基础上均有所深化。随着对赋序研究的不断深入，有人开始将赋序作为学位论文研究内容。如常娟娟《六朝赋序研究》（河北师范大学硕士学位论文，2007）、徐海晓《汉魏六朝赋序研究》（河南大学硕士学位论文，2011），这些研究仅从赋序的角度展开讨论，也有将赋序与文体学相结合进行综合考量的，如万燕燕《汉魏六朝赋序与文体学研究》（中国海洋大学硕士学位论文，2013）。这些论文较之以往，均有很大程度的进步与提升。

二是赋家赋作类。此类型主要围绕名家名篇来探析，如任国学《皇甫谧〈三都赋序〉辨析》（《甘肃社会科学》2004 年第 1 期），详细考订了撰序的年限。吉顺平在《"义正"与"事实"：〈两都赋序〉赋论新探》（《湖南第一师范学报》2009 年第 2 期）一文中认为班固《两都赋序》的核心是"义正"与"事实"。梅运生有《皇甫谧〈三都赋序〉之真伪及其价值趋向》[《安徽师范大学学报》（人文社会科学版）2002 年第 5 期]，较之《皇甫谧〈三都赋序〉辨析》有所补益，不仅辨析了皇甫谧撰序之事，而且指出其价值为"修正汉儒以政治功用论排斥诗赋审美价值的见解，明确要求把两者完美结合起来，为儒家诗学在新时期的发展开辟了一条新的途径"①，这无疑是一种进步。再如刘燕歌《庾信〈哀江南赋序〉的艺术魅力》（《名作欣赏》2016 年第 5 期）、刘伟生《嵇康〈琴赋序〉的理论内涵与价值》（《船山学刊》2008 年第 4 期）、杨明《陆机〈豪士赋序〉赏析》（《古典文学知识》2016 年第 4 期）等，皆围绕名家名篇来撰述评价。

三是赋序本身类。对赋序自身的研究有刘伟生《从赋序看赋家赋文的题材意识》（《社会科学家》2009 年第 8 期）、刘伟生《从赋序看赋家对感物兴思现象的认识》（《湖南第一师范学院学报》2010 年第 1 期）等。此外，吴承学《论"序题"——对中国古代一种文体批评形式的定名与考察》（《文艺理论研究》2012 年第 6 期）一文，从宏观入手，以文体中的"序题"为对象，考察其兴衰流变、理论价值，虽是一种整体观照，然对赋序研究极具启发性。再如，唐建军《汉晋音乐赋序价值探究》（《哈尔滨师范大学社会科学学报》2013 年第 6 期），从音乐赋入手，对赋序加以探究，不

---

① 梅运生：《皇甫谧〈三都赋序〉之真伪及其价值趋向》，《安徽师范大学学报》（人文社会科学版）2002 年第 5 期。

仅针对性强，而且视角独特，值得关注。

其二，赋注论文。赋注是赋学批评的一种形态。

第一，名篇佳作是早期赋注研究的关注点，如余浚《〈阿房宫赋〉注评》[《安徽师大学报》（哲学社会科学版）1980 年第 2 期]，作者主要以注解与评点的方式来分析《阿房宫赋》。观览早期的赋注探索成果，虽有疏漏，但仍具有启发与示范作用。此后单篇赋注研究渐增，如罗国威《左思〈三都赋〉綦毋邃注发覆——〈文选〉旧注新探之一》（《古籍整理研究学刊》1994 年第 6 期），该文发掘綦毋邃注《三都赋》的几点意义：一是明确晋代时征引的训诂体式已渐趋形成、确立，对当时与后世产生了积极的影响；二是为研究《文选》旧注提供了可靠的线索；三是使李善的训释体式形态更加明晰；四是綦毋邃注可与李善注互补。这种细致入微、以小见大的考察，不仅是对《三都赋》注的积极探索，更有利于推进赋注的整体研究。围绕《三都赋》注的研究还有唐普《〈文选·三都赋〉旧注底本问题试探》[《四川大学学报》（哲学社会科学版）2009 年第 4 期]、顾农《左思〈三都赋〉及其序注综考》[《广西师范大学学报》（哲学社会科学版）2005 年第 1 期]、熊良智《试论韩国奎章阁本〈文选·魏都赋〉注者题录的有关问题》[《四川师范大学学报》（哲学社会科学版）2007 年第 6 期]、唐普《左思〈三都赋〉卫权注校考》[《西南民族大学学报》（人文社会科学版）2011 年第 1 期]等。除此之外，李步嘉《〈哀江南赋〉旧注发微》（《江汉论坛》2003 年第 8 期）、孔德明《论班昭〈幽通赋注〉的文学史意义》（《文艺评论》2014 年第 12 期）皆是赋注研究的单篇成果，具有一定的参考价值。

第二，从《文选》注入手，如牛贵琥、董国炎《〈文选〉六臣注议》[《晋中师专学报》（综合版）1988 年第 1 期]等文章，评价了李善注和五臣注的优缺点，同时指出汇注中问题之所在。随后《文选》注越来越受关注，如陈延嘉《〈文选〉五臣注的纲领和实践——再论五臣注的重大贡献》（《长春师范学院学报》1995 年第 1 期），主要从注释的理论意义与贡献方面加以阐发。踪凡《李善〈文选注〉对汉赋的注释》[《贵州大学学报》（社会科学版）2007 年第 3 期]一文指出对汉赋的注释包括赋作解题、赋家小传、文字校勘、标注音读、训释词语以及揭示主旨等方面，从微观入手，详细而又客观地对注释逐一评判。另外，在《文选》注释体例与价值探索方面也有相关论文探讨，如刘九伟《五臣注〈文选〉注释体例考》（《天中学刊》2008 年第 6 期）、刘群栋《〈文选〉五臣注价值新探》（《中州学刊》2009 年第 4 期）等，上述论文主要以《文选》赋注为例，虽有拓展，然大多从注释体例、主旨思想等方面给予关注，而在赋注批评形态领域的研究非常有限，尚有挖掘的空间。赋注批评方面的研究即使有许结《论赋注批评及其章句学意义》（《中国韵文学刊》2011 年第 4 期）、踪凡《东汉赋注考》（《文学遗产》2015 年第 2 期）等文章的出现，但仍显不足，还需要进一步探讨。

其三，赋话论文。赋话是赋论发展过程中出现的一个重要批评形态，主要采用随笔评点的方式论赋。赋话的出现预示着赋论研究开始向深层次、专题化方向发展，因此有必要对赋话内容作深入考察。湖北大学中文系何新文教授是最早涉足赋话的研究者之一，其代表论文如《赋话初探》[《湖北大学学报》（哲学社会科学版）1991 年第 2 期]、《浦铣及其赋话考述》（《文献》1997 年第 3 期）、合著《论赋话的渊源及其演进》[《湖北大学学报》（哲学社会科学版）2008 年第 1 期]、《林联桂及其赋作赋话考论》[《辽东学院学报》（社会科学版）2010 年第 5 期]、合著《论〈见星庐赋话〉对清代律赋艺术的评析》[《湖北大学学报》（哲学社会科学版）2010 年第 6 期]等，主要围绕赋话的渊源、内容与批评特色渐次申述、论证，为当代赋学界对赋话的研究导夫先路。之后如许结《论诗、赋话的粘附与分离》[《东南大学学报》（哲学社会科学版）2003 年第 6 期]一文，考究了赋话长期黏附诗话的历史原因和批评形式，在此基础上得出：清代赋话的独立成书是基于赋学"尊体"意识。金胤秋在其《论清代赋话中经典赋作的确立》[《南京大学学报》（哲学·人文科学·社会科学版）2008 年第 6 期]中认为清代赋话将一批唐宋律赋奉为经典，而清人也借助这一批评形式，表明了其对辞赋经典的认知态度，作者论述的重点则是唐以后科举考试中对经典律赋的选择。近几年赋话的研究成果，主要集中于具体著作观点阐发与硕士学位论文对赋话研究的探索。前者如潘务正《林联桂〈见星庐赋话〉与嘉道之际馆阁赋风》（《文学遗产》2010 年第 5 期）、马丽娅《选本、别集、赋话对先唐俗赋的保存与传播》（《古籍整理研究学刊》2011

年第 1 期）等；后者如汤美丽《浦铣赋话研究》（江西师范大学硕士学位论文，2011）、赵艳林《〈雨村赋话〉研究》（湖北民族学院硕士学位论文，2013）、孔安逸《清代中期赋话研究》（山东师范大学硕士学位论文，2015）。

以上是本论题的研究现状与成果。观上可知：其一，目前学界较少关注赋格作为一种批评形态与赋论之间的内在关联；其二，尚未发现将赋序、赋注、赋评、赋格、赋话、赋集视为一个整体，来全面探讨其与赋论的渊源、演进历史、文献材料、批评形态、理论范畴、功能价值等问题的综合考察。这些尚有探讨的价值与空间，笔者将在研究过程中，充分借鉴相关研究领域所取得的成果，对赋论进行全面的研究，力争有所突破。

三　思路与方法

本书将首先考察赋序类别与特征、结构与形态、功能与价值、兴盛与衰落等问题。其次，以赋注为研究对象，探索其是如何从注释走向批评的。再次，探讨赋评的论评系统与形态特征。复次，论证作为批评形态的赋格对律赋创作的影响，以唐抄本《赋谱》为中心，考察其与唐及后世赋作在创作实践上的关系。最后，探讨赋论中别立一宗的赋话之特色及论赋方式。以上构成了本书的整体框架。本书试图以专题研究的形式来架构章节，每一专题设为一章，不追求结构的宏大，但尽力做到体系的完整，各章之间看似平行独立，但各部分的研究思路均以文体为起点，以赋论的发展历史为线索，逐步揭示赋论的发生发展及与古代文学理论之间的关系。

赋论形态研究是一个开放性的研究课题，因此在研究方法上，本书将运用文史研究中常用的文史互证、现象分析与理论概括相结合、微观宏观相结合等多种研究方法展开论述。因本论题具有开放性，所以每一章节均有增订修补的空间。

第一章 赋序：辨体形制与文体批评

赋序是赋论批评形态的重要构成因素。随着赋学批评理论研究的拓展与深化，学界意识到现有成果在文献资料搜集、整合、研究上略显滞后，越来越不能适应新的赋学研究的需要。为了更好地体现赋序在赋学批评理论中的重要价值，本章拟对赋序的源流发展、类别特征、形态结构、功能价值、兴盛衰落等内容加以探索，借此整体观照赋学批评理论的嬗递轨迹。

第一节 赋序的类别与特征

本章以《文选》《历代赋汇》《全上古三代秦汉三国六朝文》中的赋序为对象，就其类别与特征进行考察。不同的赋文有不同的赋序，序与正文互相选择，彼此融合，共同构成一篇完整的文章。此处细分赋序类别，并非将其中的赋序简单罗列，而是针对其形态中的独立性与多元性展开论述。

一 自序与他序

自序，指赋前由作者独立撰写而成的序文。赋文自序出现较晚，汉之前的赋序大多数为"他人"之序。

最早有明确标示并认定具有自序形制的文献，是司马迁《史记·太史公自序》，此虽不是赋序，却开作家自己作序的先河，为之后赋文的"自序"提供了有益借鉴。太史公"自序"先评述自己的人生经历，再陈述《史记》的写作缘起，最后阐述了书的结构体例。卷一百三十《太史公自序》曰："网罗天下放失旧闻，王迹所兴，原始察终，见盛观衰，论考之行事，略推三代，录秦汉，上记轩辕，下至于兹，著十二本纪，既科条之矣。并时异世，年差不明，作十表。礼乐损益，律历改易，兵权山川鬼神，天人之际，承敝通变，作八书。二十八宿环北辰，三十辐共一毂，运行无穷，辅拂股肱之臣配焉，忠信行道，以奉主上，作三十世家。扶义倜傥，不令己失时，立功名于天下，作七十列传。凡百三十篇，五十二万六千五百字，为太史公书。"① 自序具有"自传"的性质，这一点在《汉书》中亦有记载，卷六十二《司马迁传》："太史公既掌天官，不治民。有子曰迁。迁生龙门，耕牧河山之阳。年十岁则诵古文……""第七十，迁之自叙云尔。"其后有颜师古的小字注文："自此以前，皆其自叙也。自此之后乃班氏作传语耳。"②

《太史公自序》的体例，引起了后世学者的关注。如刘知幾《史通·序传》云："盖作者自叙，其流出于中古乎？案屈原《离骚经》，其首章上陈氏族，下列祖考；先述厥生，次显名字。自叙发迹，实基于此。"③ 此处著者强调"自序"即自传性质的叙述。再如《文史通义·诗教下》评论班固《汉书》云："班固次韵，乃《汉书》之自序也。其云述《高帝纪》第一，述《陈项传》第一者，所以自序撰书之本意，史迁有作于先，故已退居于述尔。"④ 章学诚则认为，班固撰写《汉书》自序，旨在阐明是书的篇章结构。赋家自序是否遵循上述范式，赋文自序起源于何时，针对这些问题下文将稍作探析。关于赋文中的"自序"源于何时何人之作，研究者各据一词，尚无确切定论。

目前学界的主要意见大体如下。吴承学在其《中国古代文体形态研究》一书中认为："在文集中，赋出现'序'，较早是扬雄，他的不少赋都有序，如《甘泉赋》《河东赋》《羽猎赋》《长杨赋》《酒赋》等，但这些序大概是后人从《汉书》中辑录下来的，而不一定是扬雄自撰，故不是严格意义上

① （汉）司马迁：《史记》，中华书局，1959，第 3319 页。
② （汉）班固：《汉书》，中华书局，1962，第 2714、2724 页。
③ （唐）刘知幾撰，（清）浦起龙通释《史通》，上海古籍出版社，2015，第 233 页。
④ （清）章学诚著，叶瑛校注《文史通义校注》，中华书局，1985，第 81 页。

的序文。真正的赋序大约出现在东汉时代，如桓谭《仙赋》的序。"① 吴承学指出，在文集中，赋出现序较早的是扬雄，文章进一步探讨，《甘泉赋》《河东赋》等赋序不一定是扬雄自撰，有可能是后人从《汉书》中载录而来的，不是严格意义的自序。真正的自序，则是东汉时桓谭所撰《仙赋序》。熊礼汇《先唐散文艺术论》称："今存西汉赋作之序，均为史官介绍背景之词。赋前有序，自东汉始。冯衍《显志赋》前，以'自论'为序，杜笃《论都赋》前以'上奏'之言为序。"② 作者认为赋文有序始于东汉，并以冯衍《显志赋》、杜笃《论都赋》为例加以证明。

又如张静在《北宋书序文研究》一书中写道："赋序是最早出现的诗序种类，东汉桓谭《仙赋序》是可以确定作者的赋序。"③ 张静的观点和吴承学基本相同。山东师范大学王琳教授则认为赋文自序始于西汉扬雄，他在所著的《六朝辞赋史》附录中认为："某个作者在自己的赋作前面附撰序文，就今所见文献资料，似乎以扬雄为最早。"④ 这一说法的依据是，《汉书·扬雄传》所收录的《甘泉》《河东》《长杨》《羽猎》四赋序，都是扬雄在撰《自序》时增补而得。然而这一说法尚有颇多值得商榷之处。四篇赋的序文是否为扬雄所作，存有争议，作者以之为论述的起点，相关的考证却并未展开，不能不说是遗憾。著者在论述中运用"似乎"一词，也是其推测态度的体现。

扬雄赋序，最早出现于《汉书》中。今摘录《汉书·扬雄传》所辑录的赋序，与《文选》《全上古三代秦汉三国六朝文》《历代赋汇》等辑录的赋序比勘，略作研讨。《汉书》卷八十七《扬雄传》载有《甘泉赋序》，序云："孝成帝时，客有荐雄文似相如者，上方郊祠甘泉泰畤、汾阴后土，以求继嗣，召雄待诏承明之庭。正月，从上甘泉，还奏《甘泉赋》以风。"⑤《全上古三代秦汉三国六朝文》辑录《甘泉赋序》⑥ 同《汉书》序文。

《汉书》卷八十七《扬雄传》载有《河东赋序》，序云："其三月，将

---

① 吴承学：《中国古代文体形态研究》（第三版），北京大学出版社，2013，第 131 页。

② 熊礼汇：《先唐散文艺术论》，学苑出版社，1999，第 403 页。

③ 张静：《北宋书序文研究》，中国社会科学出版社，2014，第 14 页。

④ 王琳：《六朝辞赋史》，世界图书出版西安有限公司，2014，第 441 页。

⑤ （汉）班固：《汉书》，中华书局，1962，第 3522 页。

⑥ （清）严可均校辑《全上古三代秦汉三国六朝文》，中华书局，1958，第 403 页。

祭后土，上乃帅群臣横大河，凑汾阴。既祭，行游介山，回安邑，顾龙门，览盐池，登历观，陟西岳以望八荒，迹殷周之虚，眇然以思唐虞之风。雄以为临川羡鱼不如归而结网，还，上《河东赋》以劝。"①《全上古三代秦汉三国六朝文》辑录《长杨赋序》同《汉书》序文。此外《汉书》卷八十七《扬雄传》载有《校猎赋序》②，《文选》载录《羽猎赋序》与《汉书》记载略异，《文选》将"校猎"写成"羽猎"，序文内容不变，《全上古三代秦汉三国六朝文》录《长杨赋序》皆同《文选》。《汉书》卷八十七《扬雄传》载有《长杨赋序》③，《文选》辑录《长杨赋序》与《全上古三代秦汉三国六朝文》录《长杨赋序》均同《汉书》序。由此可知，《文选》与《全上古三代秦汉三国六朝文》中的扬雄赋序，皆出自《汉书·扬雄传》中的序文，并非后人所加。

此外，《汉书·扬雄传》有两则内容较关键，一则班固赞曰"雄之自序云尔"；一则班固记载扬雄死后时人的舆论："时大司空王邑、纳言严尤闻雄死，谓桓谭曰：'子常称扬雄书，岂能传于后世乎？'谭曰：'必传。顾君与谭不及见也。凡人贱近而贵远，亲见扬子云禄位容貌不能动人，故轻其书。'"④从史料可知，班固认同序文是扬雄所作。班固之所以裁剪此段材料入史，也是认为著文并自序的目的，是希望其文章能成名于后世，实现"以文传人"的效用。

班固的论辞可谓导夫先路，相关探索者历代有之，如《六臣注文选》卷八《羽猎赋（并序）》，张铣在扬子云后注云："此赋有两序，一者史臣

---

① （汉）班固：《汉书》，中华书局，1962，第3535页。
② 序云："其十二月羽猎，雄从。以为昔在二帝、三王，宫馆台榭沼池苑囿林麓薮泽财足以奉郊庙，御宾客，充庖厨而已，不夺百姓膏腴谷土桑柘之地。女有余布，男有余粟，国家殷富，上下交足，故甘露零其庭，醴泉流其唐，凤皇巢其树，黄龙游其沼，麒麟臻其囿，神爵栖其林。昔者禹任益虞而上下和，草木茂；成汤好田而天下用足；……又恐后世复修前好，不折中以泉台，故聊因《校猎赋》以风。"
③ 序云："明年，上将大夸胡人以多禽兽，秋，命右扶风发民入南山；西自褒斜，东至弘农，南驱汉中，张罗罔罝罘，捕熊罴豪猪虎豹狖玃狐菟麋鹿，载以槛车，输长杨射熊馆。以罔为周阹，纵禽兽其中，令胡人手搏之，自取其获，上亲临观焉。是时，农民不得收敛。雄从至射熊馆，还，上《长杨赋》，聊因笔墨之成文章，故借翰林以为主人，子墨为客卿以风。"
④ （汉）班固：《汉书》，中华书局，1962，第3583、3585页。

序；一者雄赋序也。"① 此观点得到不少后世学者的认同。宋王观国《学林》卷七"古赋序"条云："傅武仲《舞赋》，宋玉《高唐赋》、《神女赋》、《登徒子好色赋》，本皆无序。梁昭明太子编《文选》，各析其赋首一段为序。此四赋皆托楚襄王答问之语，盖借意也，故皆有'唯唯'之文，昭明误认'唯唯'之文为赋序，遂析其辞。观国按：司马长卿《子虚赋》托乌有先生、亡是公为言，扬子云《长杨赋》托翰林主人、子墨客卿为言，二赋皆有'唯唯'之文，是以知傅武仲、宋玉四赋本皆无序，昭明太子因其赋皆有'唯唯'之文，遂误析为序也。扬子云《羽猎赋》首有二序，五臣注《文选》曰：'赋有两序，一者史臣，一者雄序。'详其文，第一序乃雄序也，第二序非序，乃雄赋也。赋中用'颂曰'二字，不害于义，昭明析'颂曰'为一段，乃见其有二序，盖误析之也。"② 《学林》以辨析、考据见长，其论证详赡严密，具有较高的学术价值，其中的观点多为后人接受③。

如清刘熙载《艺概·赋概》："'相如虽多虚辞滥说，然其要归引之节俭。'此与《诗》之风谏何异！《叙传》曰：'《子虚》之事，《大人》赋说，靡丽多夸，然其指风谏，归于无为。'扬雄《甘泉赋序》曰：'奏《甘泉赋》以风。'《羽猎赋序》曰：'聊因《校猎赋》以风之。'《长杨赋序》曰：'借翰林以为主人，子墨为客卿以风。'赋之讽谏，可于斯取则矣。"④ 刘熙载引出此段，旨在证明赋的"劝百讽一"功能源于扬雄《甘泉赋序》《羽猎赋序》《长杨赋序》，然刘氏的追根溯源恰是借助扬雄"赋序"内容而进行的，其征引的背后，正是刘熙载对扬雄赋文中"自序"的认同。

又如，清沈钦韩《汉书疏证》亦有对扬雄赋序的考证，其卷三十三

---

① （南朝梁）萧统编，（唐）李善等注《六臣注文选》，中华书局，1987，第 166 页。
② （宋）王观国撰，田瑞娟点校《学林》，中华书局，1988，第 220 页。
③ 清人对学林评价较高。如孙文昱《学林考证》云："其书于宋人说部中最为精核，其间考书籍之讹脱，证事迹之歧异，辨文字之正借，审音读之是非，元元本本，不为向壁虚造之说，所谓好学深思，心知其意者也。"见（宋）王观国撰，田瑞娟点校《学林》，中华书局，1988，第 355 页。《四库全书总目》卷一百一十八谓："书中专以辨别字体字义字音为主，自六经史汉旁及诸书，凡注疏笺释之家，莫不胪列异同，考求得失。多前人之所未发。……论其大致，则引据详洽、辨析精核者十之八九。以视孙奕《示儿编》，殆为过之。南宋诸儒，讲考证者不过数家，若观国者，亦可谓卓然特出矣。"（清）永瑢等：《四库全书总目》，中华书局，1965，第 1019 页。
④ （清）刘熙载：《艺概》，上海古籍出版社，1978，第 95 页。

"上《长杨赋》"条云："戴震《方言疏证》曰：'行幸长杨宫，从胡客大校猎，《纪》为元延二年冬，《传》因雄有《长杨》《羽猎》二赋，遂以长杨大校猎系之《羽猎》后，别云'明年'，若以明年为元延三年，则《纪》于三年无其事；若以明年为元延二年，则《纪》于元年无行幸甘泉、河东及羽猎事。《传》误也，《文选》注亦以班固为误。又引《七略》曰：《长杨赋》绥和元年上，绥和在校猎后四岁，无容元延二年校猎，绥和二年赋。又疑《七略》误也。'愚按：《羽猎》《长杨》二赋均是二年冬事，而《传》《叙》次，一在当年，一在明年，盖以上赋之先后为次也。《羽猎赋序》但言苑囿之广，泰奢以风，先闻有校猎之诏，逆作赋在行幸长杨之前，及雄从幸长杨，亲睹博兽，归奏此赋在明年尔。盖雄于每篇自叙作赋之由，故须别起。班但承其文耳，非有误也。又疑《七略》篇，当时文不当有失，或雄自叙只据奏御之日，秘书典校则凭写进之年，故参差先后也。"①《汉书疏证》的材料有两点需要说明：其一，戴震对《长杨》《羽猎》二赋，在文献援引与撰年考证上较为翔实，有助于深入考察扬雄早期赋作；其二，据材料中的"雄于每篇自叙作赋之由""雄自叙只据奏御之日，秘书典校则凭写进之年"的文字可以确信，《长杨》《羽猎》二赋的序言为扬雄本人所撰，而非后学所谓"他序"。

基于上述而论，笔者认为赋文中的"自序"最早始于西汉扬雄，是扬氏晚年撰写《自序》时所为。扬雄自撰赋序，对于赋学批评发展有重要的意义。至少在东汉时，已有部分文人为自己的赋作写序，如桓谭的《仙赋序》："余少时为郎，从孝成帝出祠甘泉河东，见部先置华阴集灵宫。宫在华山下，武帝所造，欲以怀集仙者王乔赤松子，故名殿为存仙。端门南向山，署曰'望仙门'，余居此焉，窃有乐高眇之志，即书壁为小赋，以颂美曰。"②序文以带有自谦的第一人称的口吻，述所见所感，这种体例被后人广泛采用。如嵇康《琴赋序》、曹植《洛神赋序》、潘岳《秋兴赋序》《怀旧赋序》《寡妇赋》、向秀《思旧赋序》、陆机《叹逝赋序》、陆云《岁暮赋序》、曹毗《鹦鹉赋序》、陶潜《感士不遇赋序》等，莫不如此。

① （清）沈钦韩：《汉书疏证》，光绪二十六年浙江官书局刻本。
② （清）严可均校辑《全上古三代秦汉三国六朝文》，中华书局，1958，第535页。

　　他序，顾名思义，是由他人所作的序。指序文与赋文的作者不统一，序文由时人或后人所作。他人作序由来已久。《诗经》的"大序"出现在西汉初期，学界大多认为，《诗大序》是"他人"所为，属于"他序"的范畴。一般而言，赋家自撰序文多，他人代序少。《全上古三代秦汉三国六朝文》所辑录的赋作中，有序文者 299 篇，"他序"仅 10 余篇，所占比重不大。虽然数量不多，但有一定特殊性，因而本书仍用相当的篇幅对其进行探讨。

　　今查阅《文选》《历代赋汇》《全上古三代秦汉三国六朝文》等录赋较多的文集，可发现撰述"他序"之人往往是作者的师长或好友，或是当时的名流，或是作者文集的辑录者。邀约他人为自己的赋文作序，最确切的记载始于西晋的左思。《晋书》卷九十二《左思传》记载："（左思）复欲赋三都，会妹芬入宫，移家京师，乃诣著作郎张载访岷邛之事。遂构思十年，门庭藩溷皆著笔纸，遇得一句，即便疏之。自以所见不博，求为秘书郎。及赋成，时人未之重。思自以其作不谢班张，恐以人废言，安定皇甫谧有高誉，思造而示之。谧称善，为其赋序。"① 左思历十年而创《三都赋》，赋成，左思自认为其作不逊于班固、张衡等京都赋作，又担心自己人微言轻，著述因此而流传不广，为了提高自己赋作的知名度，遂邀请大名士皇甫谧为之作序。皇甫谧撰序后，有张载为《魏都赋》注解，刘逵为《吴都赋》《蜀都赋》注解并撰序，卫权又就张、刘注解的未及之处撰写《略解》。如此这般，才出现了所谓"豪贵之家竞相传写，洛阳为之纸贵"的轰动效应。陆机阅后曾言："机绝叹伏，以为不能加也，遂辍笔焉。"② 此后，《三都赋》的赋、序也时常被并提，成为文学史上的一段佳话。

　　皇甫谧《三都赋序》③，既是为他人撰序的首举，也是文论史上的名篇；

---

① （唐）房玄龄等：《晋书》，中华书局，1974，第 2376 页。

② （唐）房玄龄等：《晋书》，中华书局，1974，第 2377 页。

③ 皇甫谧《三都赋序》："玄晏先生曰：古人称不歌而颂谓之赋。然则赋也者，所以因物造端，敷弘体理，欲人不能加也。引而申之，故文必极美；触类而长之，故辞必尽丽。然则美丽之文，赋之作也。昔之为文者，非苟尚辞而已，将以纽之王教，本乎劝戒也。自夏殷以前，其文隐没，靡得而详焉。周监二代，文质之体，百世可知。故孔子采万国之风，正雅颂之名，集而谓之《诗》。诗人之作，杂有赋体。子夏序《诗》曰：一曰风，二曰赋。故知赋者，古诗之流也。……"（南朝梁）萧统编，（唐）李善注《文选》，上海古籍出版社，1986，第 2037~2040 页。

而左思自撰的《三都赋序》①，内容也颇为充实。相对于先前的赋序篇幅，此可谓"长篇大论"了。两篇序文不同于其他赋序的泛泛而谈，而是在评述正文的基础之上，对赋的缘起、发展、价值、文体特征等一系列理论问题加以阐述。撮其要旨，大概如下。

第一，论赋之名称、性质，述其渊源流变。如论赋的名称、性质，皇《序》引前人"古人称不歌而颂谓之赋"，"子夏序《诗》曰：一曰风，二曰赋。故知赋者，古诗之流也"。又引左《序》云："盖诗有六义焉，其二曰赋。扬雄曰：'诗人之赋丽以则。'班固曰：'赋者，古诗之流也。'"如论赋之渊源流变，皇甫谧《序》云："至于战国，王道陵迟，风雅浸顿，于是贤人失志，辞赋作焉。是以孙卿、屈原之属，遗文炳然，辞义可观。存其所感，咸有古诗之意，皆因文以寄其心，托理以全其制，赋之首也。及宋玉之徒，淫文放发，言过于实，夸竞之兴，体失之渐，风雅之则，于是乎乖。逮汉贾谊，颇节之以礼。自时厥后，缀文之士，不率典言，并务恢张，其文博诞空类。大者罩天地之表，细者入毫纤之内，虽充车联驷，不足以载；广厦接榱，不容以居也。其中高者，至如相如《上林》，扬雄《甘泉》，班固《两都》，张衡《二京》，马融《广成》，王生《灵光》，初极宏侈之辞，终以约简之制，焕乎有文，蔚尔鳞集，皆近代辞赋之伟也。若夫土有常产，俗有旧风，方以类聚，物以群分；而长卿之俦，过以非方之物，寄以中域，虚张异类，托有于无。祖构之士，雷同影附，流宕忘反，非一时也。"览其可知，上述既有对赋的名称性质的探索，又有对赋的渊源流变的详细评述。

第二，论赋的功用价值。一是为了"征实"，如皇《序》中"作者又因客主之辞，正之以魏都，折之以王道，其物土所出，可得披图而校。体国经制，可得按记而验，岂诬也哉"，左《序》有"余既思摹《二京》而赋《三都》，其山川城邑则稽之地图，其鸟兽草木则验之方志"。质疑司马相如、扬雄、班固等赋家在撰写大赋时因铺采摘文而不切实际，如"相如赋《上林》而引'卢桔夏熟'，扬雄赋《甘泉》而陈'玉树青葱'，班固赋

---

① 左思《三都赋序》："盖诗有六义焉，其二曰赋。扬雄曰：'诗人之赋丽以则。'班固曰：'赋者，古诗之流也。'先王采焉，以观土风。……"（南朝梁）萧统编，（唐）李善注《文选》，上海古籍出版社，1986，第172~174页。

《西都》而叹以出比目，张衡赋《西京》而述以游海若"，其实证的结果为
"考之果木，则生非其壤；校之神物，则出非其所。于辞则易为藻饰，于义
则虚而无征"。二是可考各地风俗民情，如左《序》谓"先王采焉，以观土
风。见'绿竹猗猗'，则知卫地淇澳之产；见'在其版屋'，则知秦野西戎
之宅。故能居然而辨八方"。

　　第三，论赋的思想内涵与艺术特征。赋家注重赋的思想内容，认为赋
不仅可以铺陈事物，还可以抒情言志以及劝谏美刺。皇甫谧提出"劝谏"，
《序》云："将以纽之王教，本乎劝戒也。"左思提出"体物叙志"，《序》
云："升高能赋者，颂其所见也。"二序对赋的艺术特征略作考察，尤其在
"丽"的范畴上探索，左《序》引扬雄语曰："诗人之赋丽以则。"皇《序》
云："然则赋也者，所以因物造端，敷弘体理，欲人不能加也。引而申之，
故文必极美；触类而长之，故辞必尽丽。然则美丽之文，赋之作也。"左思
沿用汉人的划分标准，以"丽以则"的标准定位诗人之赋；而皇甫谧则认
为赋要在语辞上追求华美，赋即"美丽之文"。

　　"他序"有时是为了传播正文、扩大影响而作，因此在写作过程中，大
多对正文持嘉奖赞许的态度。检《全上古三代秦汉三国六朝文》所辑录的
赋篇"他序"，如邹阳《酒赋序》《几赋序》、司马相如《长门赋序》、刘歆
《遂初赋序》、马融《长笛赋序》、祢衡《鹦鹉赋序》、班昭《东征赋序》、
魏武帝《鹖鸡赋序》，都是如此。

　　"他序"一般是时人所作，但在《全上古三代秦汉三国六朝文》所辑赋
篇中有两处特例。一是班固《幽通赋序》："卫灵公太子蒯聩好带剑，长一
丈。公谏，乃作短剑，长一尺。公知不可以传国，乃遂之。"后有严可均的
小字注："《书钞》一百二十二引班固《幽通赋序》。"此为严可均辑录时所
补"序"文。二是张衡《思玄赋序》，《文选》中无此序，而《全上古三代
秦汉三国六朝文》录序云："衡常思图身之事，以为吉凶倚伏，幽微难明，
乃作《思玄赋》，以宣寄情志。"《文选》辑录时无序，而《全上古三代秦
汉三国六朝文》则有序，由此，可以推测，该序亦是后人补加的"他序"。
综观序文，"自序"之风日盛，渐趋序文主流；而"他序"在汉以后则愈来
愈少，遂成为一种特殊的赋序形态。

二 明序与暗序

明序，指带有诸如"序""并序""并引""并题""并书""并记""并叙"等字样的序文。

这些称谓大同小异，实质相通，诚如徐师曾所论："惟作者随意而命之，无异义也。"① 尤其"引"体，至唐时出现，起初用于诗、词的序中。徐师曾《文体明辨序说》云："唐以前，文章未有名引者；汉班固虽作《典引》，然实为符命之文，如杂著命题，各用己意耳，非以引为文之一体也。"今考察所得，有唐一代，刘禹锡曾将"序"称作"并引"，或出于避讳之因。刘禹锡父名刘绪，因"序"与其名"绪"同音，古人讲究为尊长者避讳，刘禹锡遂将"引"替代"序"而用。这种因避讳而起的称谓被后人所祖式。如宋时《苏明允族谱引》中则称"引"，"苏明允之考名序，故苏氏讳序。或曰引，或曰说"②。"并引"体在《刘禹锡集》卷二至卷三十中均有涉及，如《昏镜词·并引》《养鸷词·并引》《武夫词·并引》《吊张曲江·并引》《再游玄都观绝句·并引》《送从弟郎中赴浙西·并引》等，此类在该文集中大量出现，为后人研究序体提供了便利。

"并引"在赋中出现始于宋代，最早见录于邓深所撰《邓绅伯集》，其卷下有《赋芷·并引》："昔兰窗先生尝作芷赋，其序略曰：'干长短则兰相若，花大小则兰相若，香浅深则蕙相若，色虽绿而上加之浅黄。'其说如此，癸亥六月，予寓夔之镇峡堂，有以香草献者，其花尖瘦，每干四五，可以比蕙，其香清远，菲菲袭人，不减于兰。细观花叶，则外青白而中实微紫，土人未始知名，予意此即芷也。不然，舍兰蕙之族，又安得有此臭味？清绝哉！第所见乃与兰窗所述不同，是不可无语以记之，遂成唐律，继赋之后，将求证于《离骚》之士云。"③ 从具体内容看，此谓"并引"即转引并进一步阐述赋家的序文而已，在名称上虽有所翻新，然实质仍为序文。该体在其后的"辞""赞""铭""箴""颂""曲"等文体中亦有涉及。

---

① （明）徐师曾著，罗根泽校点《文体明辨序说》，人民文学出版社，1962，第135页。
② （清）姚鼐纂集，胡士明、李祚唐标校《古文辞类纂》，上海古籍出版社，2016，第9页。
③ （宋）邓深：《邓绅伯集》，民国宜秋馆刻本。

宋以降，"并引"进一步流行开来，如宋李处权《崧庵集》卷一有《乐郊赋并引》《梦归赋并引》《悼亡赋并引》，宋李廌《济南集》卷五有《金銮赋并引》，宋秦观《淮海集》卷一有《浮山堰赋并引》《黄楼赋并引》，等等。

明序与自序、他序、外序、内序多有交集，有时可交错而行，即一种形态的序体可以"身兼多职"。一般带有序文的均可视为明序，因此，明序是赋文中出现最多的样式。

暗序，指居于赋文的正文之前未有明晰标识，且兼备序文体例与功能的文字。以《全上古三代秦汉三国六朝文》辑录赋文为例，其中有"暗序"者众多。司马相如《大人赋》正文前有几句文字，其云："相如拜为孝文园令，见上好仙，乃遂奏《大人赋》，其辞曰……"① 该内容未明确标示为序，但交代了《大人赋》的创作动机，因而可以视为暗序。又如刘歆《遂初赋》正文前有一段小字，其云："《遂初赋》者，刘歆所作也。歆少通诗书，能属文。成帝召为黄门侍郎、中垒校尉、侍中奉车都尉、光禄大夫。歆好《左氏春秋》，欲立于学官，时诸儒不听，歆乃移书太常博士，责让深切，为朝廷大臣非疾，求出补吏，为河内太守。又以宗室不宜典三河，徙五原太守。是时朝政已多失矣，歆以论议见排摈，志意不得，之官经历故晋之域，感今思古，遂作斯赋，以叹征事，而寄己意。"②

认真斟读可发现，序文不仅阐述了赋家作赋过程，而且体现出该序非赋家本人所为，是时人或后人添补，此既是"暗序"，又可充当"他序"，是一种兼有"双重身份"的序文，这种相间而行的现象在其后的赋序中随处可见。如王羲之《用笔赋》，序云："秦、汉、魏至今，隶书其惟钟繇，草有黄绮、张芝，至于用笔甚妙，不可得而详悉也。夫赋以布诸怀抱，拟形于翰墨也。辞曰……"③ 再如陆云《愁霖赋》，序云："永宁三年夏六月，邺都大霖，旬有奇日，稼穑沈湮，生民愁瘁，时文雅之士，焕然并作，同僚见命，乃作赋曰……"④ 王羲之、陆云赋序，首先符合"暗序"的形态，

① （清）严可均校辑《全上古三代秦汉三国六朝文》，中华书局，1958，第244页。
② （清）严可均校辑《全上古三代秦汉三国六朝文》，中华书局，1958，第345页。
③ （清）严可均校辑《全上古三代秦汉三国六朝文》，中华书局，1958，第1580页。
④ （清）严可均校辑《全上古三代秦汉三国六朝文》，中华书局，1958，第2031页。

其次又属于赋家的"自序"方式,序文介绍赋篇创作的时间、动机、宗旨,大抵是集中阐述,以小见大。

笔者统计《全上古三代秦汉三国六朝文》所录赋篇有序文者共计 299 篇,其中暗序有 39 篇,约占所录序文的七分之一。综观 39 篇暗序,其形态有一个比较明显的特点:文制短小,内容凝练概括,或缘事而发,或因人而慨,或阐述哲理,或建言引情等。

三 外序与内序

关于外序,郭建勋《辞赋文体研究》一书中谓"可以独立大赋之外的用以交代写作目的与意图之类的文字,多以散文或骈文列于赋前";内序"是赋内之序,多由虚构的人物对话引出赋的主题,是大赋本身有机组成部分"。①

赋序分为内序、外序是唐之后才出现的。宋胡仔在《苕溪渔隐丛话前集》卷一中曾载录苏轼有关评论:"东坡云:'余读《文选》,恨其编次无法,去取失当。齐梁文章衰陋,而萧统尤为卑弱,《文选》引斯可见……宋玉《高唐》《神女赋》,自"玉曰唯唯"以前皆赋也,而统谓之序,大可笑也。相如赋首有子虚、乌有、亡是三人论难,岂亦序耶?其余缪陋不一,亦聊举其一二耳。'"② 东坡质疑萧统将"玉曰唯唯"之前的文字认作序文的做法,并对此加以嘲讽。清代浦铣的表述则更为刻薄,其在《复小斋赋话》卷下论:"《登徒子好色赋》自'大夫曰唯唯'以前皆赋也。相如《美人赋》,前半脱胎于此。昭明乃谓为序,真堪喷饭,至今莫知其误,亟当正之。"③ 浦铣此说显然是受苏轼的影响。但是,也有赞同的声音,如何焯在《义门读书记》"宋玉高唐赋"条评云:"苏子瞻谓:自'玉曰唯唯'以前皆赋,而此谓之序,大可笑。按,相如赋首有亡是公三人论难,岂亦赋耶?是未悉古人之体制也。刘彦和云:'既履端于唱序,亦归余总乱。序以建言,首引情本;乱以理篇,迭致文契。'则是一篇之中引端曰序,归余曰乱,犹人身中之耳目手足各异其名。苏子则曰:'莫非身也,是大可笑。'

---

① 郭建勋:《辞赋文体研究》,中华书局,2007,第 112 页。
② (宋)胡仔纂集《苕溪渔隐丛话前集》,《丛书集成初编》本,中华书局,1985,第 2 页。
③ (清)浦铣著,何新文、路成文校证《历代赋话校证》(附《复小斋赋话》),上海古籍出版社,2007,第 403 页。

得乎？"① 细读材料可见，何焯的评价较为客观。何氏不仅置身原始语境，尊重古人的称谓，将其正名循实，还对赋序所处的不同的位置及其功能予以阐释。

赋序内外之分的现象，今人也有所关注。如姜书阁在《汉赋通义》中曾讨论过此现象，但未给予分类冠名，是书云："有的序是在正文之前由作者特地写的一篇或一段散文，以便从某个方面或某种角度来说明有关其赋本身的一些问题；有的则径在赋体正文之前段以叙述性散文说明某些有关的问题，借以引入韵文的中部正文。"② 依照郭建勋对内外序的定义，该材料以分号为分界线，之前属于"外序"，之后则属于"内序"。

再如叶幼明《辞赋通论》称："一种是由作者假设一个故事以引出描写的事物，这个故事亦有称之为序的。这种序既有散文，又有韵文。散文用以叙述故事，韵文用于描写，是韵散结合的一种形式。宋玉《高唐》、《神女》赋之叙述宋玉与楚王的对问，傅毅《舞赋》之叙述宋玉与楚襄王的对问……谢庄《月赋》之叙述陈王与王粲的对问等，都是这种情况。"③

郭建勋除对内外序进行定义之外，又作如下梳理与评析："汉大赋中扬雄《长杨赋》、《羽猎赋》，杜笃《论都赋》，班固《两都赋》，马融《长笛赋》，冯衍《显志赋》，王延寿《鲁灵光殿赋》都有外序，长的 400 多字，短则 70 多字。《历代赋汇》所录 147 篇 1500 字以上大赋中，多达 91 篇有这种外序。最长的是梁武帝《净业赋序》，达 1170 多字，而赋的正文才 700 来字。明代丰道生《真赏斋赋》与唐代刘知幾《思慎赋》的序文，也在 1000 字以上。当然，不少诗词也有序，不过像赋这样篇幅宏大，甚至可以独立成美文（如《哀江南赋序》）的诗序、词序却不多见。"④ 另外，何新文专著《辞赋散论》⑤ 以及刘伟生论文《赋体内序的结构功能》⑥ 等，对内外序均有阐述。

今以宋玉《高唐赋序》为例，试析内外序之间的差异。

---

① （清）何焯著，崔高维点校《义门读书记》，中华书局，1987，第 882 页。
② 姜书阁：《汉赋通义》，齐鲁书社，1989，第 293 页。
③ 叶幼明：《辞赋通论》，湖南教育出版社，1991，第 36 页。
④ 郭建勋：《辞赋文体研究》，中华书局，2007，第 112 页。
⑤ 何新文：《辞赋散论》，东方出版社，2000。
⑥ 刘伟生：《赋体内序的结构功能》，《中国文学研究》2009 年第 3 期。

外序："昔者楚襄王与宋玉游于云梦之台，望高唐之观。其上独有云气，崒兮直上，忽兮改容，须臾之间，变化无穷。王问玉曰：'此何气也？'玉对曰：'所谓朝云者也。'王曰：'何谓朝云？'玉曰：'昔者先王尝游高唐，怠而昼寝，梦见一妇人曰："妾巫山之女也，为高唐之客。闻君游高唐，愿荐枕席。"王因幸之。……'"

内序："'妾在巫山之阳，高丘之阻，旦为朝云，暮为行雨。朝朝暮暮，阳台之下。'旦朝视之如言。故为立庙，号曰'朝云'。王曰：'朝云始出，状若何也？'玉对曰：'其始出也，暧兮若松榯。其少进也，晰兮若姣姬。扬袂障日，而望所思。忽兮改容，偈兮若驾驷马，建羽旗。湫兮如风，凄兮如雨。风止雨霁，云无处所。'王曰：'寡人方今可以游乎？'玉曰：'可。'王曰：'其何如矣？'玉曰：'高矣显矣，临望远矣！广矣普矣，万物祖矣！上属于天，下见于渊，珍怪奇伟，不可称论。'王曰：'试为寡人赋之。'玉曰：'唯唯。'"①

由上述可知，内序、外序在辨别上略显差异，表现约有以下三方面。

（一）阐述视角

外序在陈述时，常以第一人称视角叙述，序中多用"余""予"等称谓；内序通常用第三人称，如谓"子""客""子虚""亡是公""乌有先生"等。这种形式，多为后人承袭。

汉魏之际阐述视角尚未形成定式，如傅毅《舞赋序》则是外序使用第三人称，内序兼用第一人称。

外序："楚襄王既游云梦，偲宋玉赋高唐之事。"

内序："将置酒宴饮，谓宋玉曰：'寡人欲觞群臣，何以娱之？'玉曰：'臣闻歌以咏言，舞以尽意，是以论其诗，不如听其声，听其声，不如察其形。《激楚》《结风》《阳阿》之舞，材人之穷观，天下之至妙。噫！可以进乎？'王曰：'如其郑何？'玉曰：'小大殊用，郑野异宜。弛张之度，圣哲所施。是以《乐》记干戚之容，《雅》美蹲蹲之舞，《礼》设三爵之制，《颂》有醉归之歌。夫《咸池》《六英》，所以陈清庙、协神人也；郑卫之乐，所以娱密坐、接欢欣也。余日怡荡，非以风民也，其何害哉？'王曰：

---

① （南朝梁）萧统编，（唐）李善注《文选》，上海古籍出版社，1986，第875~876页。

'试为寡人赋之。'玉曰：'唯唯。'"①

如曹植《洛神赋序》内序使用第一人称。

外序："黄初三年，余朝京师，还济洛川。古人有言，斯水之神，名曰宓妃。感宋玉对楚王神女之事，遂作斯赋。其辞曰。"

内序："余从京域言归东藩。背伊阙，越轘辕。经通谷，陵景山。日既西倾，车殆马烦。而乃税驾乎蘅皋，秣驷乎芝田。容与乎阳林，流眄乎洛川。于是精移神骇，忽焉思散。俯则未察，仰以殊观。睹一丽人，于岩之畔。乃援御者而告之曰：'尔有觌于彼者乎？彼何人斯，若此之艳也？'御者对曰：'臣闻河洛之神，名曰宓妃，然则君王所见，无乃是乎？其状若何？臣愿闻之。'"②

该外序用第一人称"余"，实为通例，然内序再次以第一人称"余"出现，并且用"余"与"御者"对话引出正文。

有宋一代，内外序阐述视角范式初具规模。如宋李纲《秋色赋序》。

外序："潘岳赋《秋兴》，刘禹锡、欧阳永叔赋《秋声》，玉局赋《秋阳》，余来闽中七八月之交，霖雨乍晴，始见秋色，因援毫以赋之，以秋色名篇，其辞曰。"

内序："宿雨初霁，大火西流，凉生暑退，物华始秋，李子与客登凝翠之阁，游泛碧之斋。览溪山之胜概，嗟草木之变衰。天高气清，迥无纤埃，月出夜凉，孤光满怀，李子慨然，顾谓客曰：此古人所谓秋色也。客曰：愿先生赋之。李子曰：唯唯。"③

就赋家所撰序文知，外序中使用第一人称"余"，而在内序中则采用第三人称如"李子"。外序用来绍介《秋色赋》的创作概况，内序则主要以"李子"与"客"对话而展开，内外序相间而行，井然有序，继而引出赋之正文，颇得匠心。赋序的变体现象，一方面是序文的内部构成之需要，另一方面是赋序在发展过程中不断丰富完善的表现。

（二）韵律

一般而言，外序交代赋文创作背景、动机、宗旨等，属于直接介绍性

---

① （清）严可均校辑《全上古三代秦汉三国六朝文》，中华书局，1958，第705页。
② （南朝梁）萧统编，（唐）李善注《文选》，上海古籍出版社，1986，第896页。
③ （清）陈元龙编《历代赋汇》（影印本），凤凰出版社，2004，第52页。

的语言，无须用韵。而内序往往以整齐的句子来陈述人、物、景等，用韵较多，如《高唐赋序》中的"妾在巫山之阳，高丘之阻，旦为朝云，暮为行雨。朝朝暮暮，阳台之下"句，韵脚依次为"阻"、"雨"、"下"（古音虎），属六句三韵型；接着"其始出也，嘒兮若松榯。其少进也，晳兮若姣姬。扬袂障日，而望所思。忽兮改容，偈兮若驾驷马，建羽旗。湫兮如风，凄兮如雨。风止雨霁，云无处所"句，韵脚依次为"榯""姬""思""旗"，后四句则转韵，其韵脚为"雨"、"所"（古音暑）；序尾的"高矣显矣，临望远矣！广矣普矣，万物祖矣！上属于天，下见于渊，珍怪奇伟，不可称论"句，分别以"显"与"远"、"普"与"祖"、"天"与"渊"为韵。可见内序用韵较灵活自由，并且多据行文需要而设。姜书阁总结云："《高唐赋》自首句'昔者楚襄王与宋玉游于云梦之台'起，至'王曰："试为寡人赋之。"玉曰："唯唯"'，共约三百字，皆为相当于赋序的发端之引子。其间凡叙事语均用散文，无韵，而描写形容之语则无不用韵，盖亦所谓骈散间行者。"①

《神女赋序》用韵情形同《高唐赋序》，且看示例。

外序："楚襄王与宋玉游于云梦之浦，使玉赋高唐之事。"

内序："其夜王②寝，果梦与神女遇，其状甚丽。王异之，明日以白玉。玉曰：'其梦若何？'王曰：'晡夕之后，精神恍忽，若有所喜。纷纷扰扰，未知何意。目色仿佛，乍若有记。见一妇人，状甚奇异。寐而梦之，寤不自识。罔兮不乐，怅然失志。于是抚心定气，复见所梦。'王曰：'状何如也？'玉曰：'茂矣美矣！诸好备矣！盛矣丽矣！难测究矣！上古既无，世所未见。瑰姿玮态，不可胜赞。其始来也，耀乎若白日初出照屋梁。其少进也，皎若明月舒其光。须臾之间，美貌横生。晔兮如华，温乎如莹。五色并驰，不可殚形。详而视之，夺人目精。其盛饰也，则罗纨绮缋盛文章。极服妙采照万方。振绣衣，被袿裳。襛不短，纤不长。步裔裔兮曜殿堂。忽兮改容，婉若游龙乘云翔。嫮被服，侻薄装。沐兰泽，含若芳。性和适，宜侍旁。顺序卑，调心肠。'王曰：'若此盛矣！试为寡人赋之！'玉曰：

---

① 姜书阁：《汉赋通义》，齐鲁书社，1989，第 295 页。
② 据篇后清胡克家《文选考异》，此处为"王"与"玉"互讹，今所引内容同《文选》原文。

'唯唯。'"①

首先，内序采用隔句用韵的方式开始，"精神恍忽……怅然失志"句，韵脚依次为"喜""意""记""异""识""志"，这样设置的目的是益于诵读。

其次，"茂矣美矣……调心肠"句用了五次转韵。①以"美"、"备"与"丽"、"究"（古音几）为韵，虽为四句四韵，却是两句一转。②以"见""赞"为韵，四句两韵，且隔句用韵。③以"梁""光"为韵，两韵四句，亦是隔句用韵。④以"生""莹""形""精"为韵脚，四韵八句，同上采用隔句押韵。⑤以"章""方""裳""长""堂""翔""装""芳""旁""肠"为十韵脚，虽为十韵，然仅有十八句，而非二十句，主要因"章""方"韵是长句，采用句句用韵，余皆短句，则采用隔句用韵所致。长则句句用韵，短则隔句用韵，长短之句相间而行，不仅在句式上错落有致，而且在韵律上曼妙唯美，以此引出赋之正文。

通过对《高唐》《神女》二赋序在用韵方面的分析考察，可触类旁通，得其大略，来深入窥探赋的内外序差异。

（三）体制及功能

综合而言，外序大抵介绍赋文梗概，"游离"正文之外，相对独立，形式上则较灵活自如，尾端以"其辞曰"作结；内序则假设问对，以虚构人物"问"而始，末尾以某人的"答"曰"唯唯"而结，形态较为稳固，距离赋文最近，常以骈散间行的句式"述客主以首引"。内序中的虚构布局，既有人物的安排，又有故事情节的需求，借助虚拟的人或事来驰骋文采，或规劝，或讽谏，或言志，进而委婉地甚至富有戏剧性地流露自己的情感。内序设置人物主要有如下几种方式：客主相称者，以班固《两都赋》中"西都宾"与"东都主人"为代表（往往泛指）；有"子客"相称者，以扬雄《逐贫赋》中"扬子"与"贫"为代表（有具体可指的如"主人"即扬子，"客人"即贫）；有假借古人之名者，以傅毅《舞赋》中"楚襄王"与"宋玉"为代表（多借历史上的君王以及辞赋名家）；有蓄志而名者，以司马相如《子虚》《上林》二赋中"子虚""乌

---

① （南朝梁）萧统编，（唐）李善注《文选》，上海古籍出版社，1986，第886~887页。

有先生""亡是公"为代表。

最后这种方式由来已久，顾炎武在《日知录》中谓："古人为赋，多假设之辞，序述往事，以为点缀，不必一一符同也。子虚、亡是公、乌有先生之文，已肇始于相如矣，后之作者实祖此意。"① 犹以汉大赋为最，如司马相如《子虚》《上林》，赋家擅以铺采摛文示其博学，用玮瑰夸赞的辞藻撰作鸿篇巨制，然其劝百讽一、中和雅正的思想未变，为避免正面违犯君上，故凭借虚设人物来尽情发挥，正可谓因难见巧。刘熙载曾评论云："赋以象物，按实肖象易，凭虚构象难。能构象，象乃生生不穷矣。唐释皎然以'作用'论诗，可移之赋。赋之妙用，莫过于'设'字诀，看古作家无中生有处可见。如设言值何时、处何地、遇何人之类，未易悉举。"②

内序、外序之分，是基于序依附于赋的前提而论，有鲜明的时代色彩。魏晋至南北朝时，由于抒情小赋的盛行，其书写形态基本脱离汉大赋问答、对话型的铺陈形式，而是采用直抒胸臆的序文，因此，内序逐渐退出赋学发展的舞台。降至唐宋，律赋繁夥，尤其受场屋试赋中的破题、八韵八段、字数、时间等的制约，士子已无力从事序文的撰写，赋序几近没落，遑论内序。随着元明清的到来，赋序复兴，尤其清代，赋文创作以及辑录者众多，仅陈元龙《历代赋汇》就收入先秦至明代的赋作 3834 篇，总 184 卷。然而，检录其中赋序，在体例与内容方面多模拟汉代赋序的程式，缺乏创新精神，始终未能冲决其樊篱。

第二节　赋序的结构与形态

本节旨在通过对《文选》《全上古三代秦汉三国六朝文》《历代赋汇》所辑录赋序进行考察与梳理，进而归纳出赋序的一般结构。

第一，"……问曰……答曰"结构。如宋玉《高唐赋》《神女赋》均以

---

① （清）顾炎武著，黄汝成集释，栾保群、吕宗力校点《日知录集释》（全校本），上海古籍出版社，2006，第 1113 页。

② （清）刘熙载：《艺概》，上海古籍出版社，1978，第 99~100 页。

"楚襄王"与"宋玉"的问答引起赋文；《登徒子好色赋》的序文以"楚襄王""宋玉""登徒子"三人对话铺陈进行，其旨归按刘勰总结则是"因问见志"。《文心雕龙·杂文》论曰："智术之子，博雅之人，藻溢于辞，辞盈乎气，苑囿文情，故日新殊致。宋玉含才，颇亦负俗，始造对问，以申其志，放怀寥廓，气实使之。"① 再如边韶《塞赋序》采用自问自答的形式进行对话，傅毅《舞赋序》借"楚襄王"与"宋玉"的问答展开，曹植《洛神赋序》以"余（曹植）"与"御者"问答起首，宋朱熹《梅花赋序》设"楚襄王"与"宋玉"作答而起，宋晁公溯《神女庙赋序》以"汉武帝""东方朔""枚皋"三人对话而始，元方君玉《凌烟阁赋序》以"翰林主人"与"稽古愚生"对话起首等。

此类赋序结构，一般适用于大赋文体，主要借助"代言"机制来进行委婉讽颂。正如苏瑞隆在《魏晋六朝赋中戏剧型式对话的转变》一文中说："最典型的例子莫过于司马相如的《子虚》、《上林》中'子虚'、'乌有先生'及'亡是公'，这批空幻人物创造了一种没有情感而极端理智的境界，因为他们没有血肉与个性，其本身不具备任何人的特质，甚至可用甲乙丙丁来代替他们，而不会产生太大的差别。这种人物的组合，其目的当然不是为了塑造抒情的气氛，而是在于建造一个纯粹理性的辩论舞台。"② 虽然有些序文写得极有文采，但总体来说，赋家此举并不是为了夸能，而是明哲保身的理智之举。赋家凭借对话来讽谏帝王，因此要追求一种微妙含蓄的艺术效果，避免因直言而犯上。赋序中假以主客问答的"代言"结构模式，较之赋家的"自言"形式更富有理性，使读者易于相信内容的真实性与客观性，而且在对话形式上更加活络多变。

第二，"……奏（因）……赋以风（颂）"结构。赋序大抵围绕郊祀、羽猎、耕藉、宫殿等内容进行创作，以劝谏为宗旨，多言治国之事。该类赋序多出现在大赋中，如扬雄《甘泉赋序》："孝成帝时，客有荐雄文似相如者，上方郊祀甘泉泰畤、汾阴后土，以求继嗣，召雄待诏承明之庭。正月，从上甘泉，还，奏《甘泉赋》以风。"李善注引《毛诗序》曰：

---

① （南朝梁）刘勰著，范文澜注《文心雕龙注》，人民文学出版社，1958，第 254 页。
② 〔美〕苏瑞隆：《魏晋六朝赋中戏剧型式对话的转变》，《文史哲》1995 年第 3 期，第 89～90 页。

"下以风刺上。音讽，不敢正言谓之讽。"由此可见，扬雄序文曲终奏雅，叙讽谏之主旨。检《全上古三代秦汉三国六朝文》，出现此类结构的赋序颇多①。

第三，"昔……（今）作赋"结构。序文多是哀伤、抒情之属，或伤亲逝友，或睹物思人，或缘事而发，或慨叹时光流逝，或叙写离愁别绪等。如陆机《叹逝赋序》："昔每闻长老追计平生同时亲故，或凋落已尽，或仅有存者。余年方四十，而懿亲戚属，亡多存寡；昵交密友，亦不半在。或所曾共游一涂，同宴一室，十年之外，索然已尽。以是思哀，哀可知矣！乃作赋曰……"再如曹丕《柳赋》云："昔建安五年，上与袁绍战于官渡，是时余始植斯柳。自彼迄今，十有五载矣。左右仆御已多亡，感物伤怀，乃作斯赋曰……"此类赋序大抵以"以今思古，以古映今"的思路层层展开，在格式与主旨上基本相近，这类赋序较多，此不赘言。另外有曹丕《感物赋序》，傅玄《弹棋赋序》，傅咸《感别赋序》《桑树赋序》，张华《朽社赋序》，成公绥《鸿雁赋序》，孙楚《韩王故台赋序》，孙绰《游天台山赋序》，孙盛《镜赋序》，潘岳《怀旧赋序》等。

第四，"余……感（慨、追、怀、愤等传递心理活动的语辞）……作赋"结构。如向秀《思旧赋序》："余与嵇康、吕安居止接近，其人并有不羁之才。然嵇志远而疏，吕心旷而放，其后各以事见法。嵇博综技艺，于丝竹特妙。临当就命，顾视日影，索琴而弹之。余逝将西迈，经其旧庐。于时日薄虞渊，寒冰凄然。邻人有吹笛者，发声寥亮。追思曩昔游宴之好，感音而叹，故作赋云……"该类赋序既可抒情，又可咏物，即情即

---

① 如扬雄《羽猎赋序》《河东赋序》《长杨赋序》《酒赋序》，桓谭《仙赋序》，马融《长笛赋序》，班固《幽通赋序》，杜笃《论都赋序》，崔骃《大将军西征赋序》，崔寔《大赦赋序》，缪袭《许昌宫赋序》，边让《章华台赋序》，王延寿《鲁灵光殿赋序》，曹植《浮淮赋序》，嵇康《怀香赋序》，傅玄《橘赋序》《乘舆马赋序》，傅咸《喜雨赋序》《神泉赋序》《明意赋序》《玉赋序》，张华《相风赋序》，成公绥《故笔赋序》，孙楚《韩王故台赋序》，孙绰《游天台山赋序》，孙盛《镜赋序》，嵇含《羽扇赋序》，王廙《白兔赋序》，枣据《表志赋序》，陆机《桑赋序》，陆云《南征赋序》《寒蝉赋序》，郭璞《巫咸山赋序》，谢灵运《撰征赋序》，颜延之《赭白马赋序》，张融《海赋序》，谢朓《酬德赋序》，梁武帝《孝思赋序》《净业赋序》，简文帝《悔赋序》，萧子范《直坊赋序》，江淹《伤友人赋序》《横吹赋序》，张渊《观象赋序》，庾信《三月三日华林园马射赋序》《哀江南赋序》，萧皇后《述志赋序》，江总《华貂赋序》《山水纳袍赋序》，虞世基《讲武赋序》。

景，情景相融，进而表达睹物叙志之情。检《全上古三代秦汉三国六朝文》，此类赋文存世较多①。

第五，"……试（命、请、使）……赋之"结构。序文旨在介绍或从他人之命，或受他人之托，或命他人（指定的具体赋家）而作，赋文多半是哀伤、抒情、咏物类。其中咏物类如刘桢《瓜赋序》："（桢）在曹植坐，厨人进瓜。植命为赋，促立成。"命题而作赋序大多带有考察某人才华之意，出口成章、援笔立成是中古之际品评赋家才华的标准之一。检《全上古三代秦汉三国六朝文》，此类赋序颇多②。

第六，"……者……也（涵盖'因……而赋名'）"结构。该结构采用判断句式开篇，其主要阐述所赋对象的名称、属性、缘起、用途及其创作主旨等。如刘歆《遂初赋序》："《遂初赋》者，刘歆所作也。歆少通诗书，能属文。成帝召为黄门侍郎、中垒校尉、侍中奉车都尉、光禄大夫。歆好《左氏春秋》，欲立于学官，时诸儒不听，歆乃移书太常博士，责让深切，为朝廷大臣非疾，求出补吏，为河内太守。又以宗室不宜典三河，徙五原太守。是时朝政已多失矣，歆以论议见排摈，志意不得，之官经历故晋之域，感今思古，遂作斯赋，以叹征事，而寄己意。"此类赋序一般为咏物赋，如曹丕《玛瑙勒赋序》《车渠碗赋序》等赋序仿若名物训诂，深入浅出，又似精美短小的说明文，该类赋序魏晋南北朝时居多。今检《全上古

---

① 如张衡《鸿赋序》，赵岐《蓝赋序》，曹丕《寡妇赋序》《玛瑙勒赋序》，高贵乡公《伤魂赋序》，曹植《离缴雁赋序》《神龟赋序》，嵇康《怀香赋序》，傅玄《芸香赋序》，傅咸《登芒赋序》《吊秦始皇赋序》《萤火赋序》《班鸠赋序》《感别赋序》，张华《朽社赋序》，孙楚《笳赋序》，嵇含《槐香赋序》，陆机《怀土赋序》《思归赋序》《叹逝赋序》《愍思赋序》《大暮赋序》，陆云《岁暮赋序》《登台赋序》，曹毗《鹦武赋序》，陶潜《感士不遇赋序》，梅陶《鹏鸟赋序》，沈充《鹅赋序》，李暠《述志赋序》，萧子范《直坊赋序》，宋孝武帝《伤宣贵妃拟汉武帝李夫人赋序》，傅亮《感物赋序》，鲍照《观漏赋序》，谢灵运《罗浮山赋序》，王叔之《翟雉赋序》，卢思道《孤鸿赋序》。

② 傅毅《舞赋序》，崔骃《大将军西征赋序》，杨修《孔雀赋序》，张升《白鸠赋序》，陈琳《马脑勒赋序》，班昭《大雀赋序》，祢衡《鹦鹉赋序》，曹丕《登台赋序》《槐赋序》，钟会《蒲萄赋序》，傅玄《矫情赋序》，傅咸《感凉赋》《芸香赋序》，孙楚《鹰赋序》，杜万年《相风赋序》，潘尼《鳖赋序》，陆机《鳖赋序》，皇甫谧《三都赋序》，潘岳《寡妇赋序》《秋兴赋序》，陆云《愁霖赋序》，颜延之《赭白马赋序》，鲍照《野鹅赋序》，谢朓《野鹜赋序》，简文帝《悔赋序》，陆云公《星赋序》，张率《河南国献舞马赋应诏序》，后梁宣帝《愍时赋序》，元顺《蝇赋序》，潘炎《君臣相遇乐赋序》。

三代秦汉三国六朝文》，该类赋序较多①。

第七，"……不满而赋"结构。曹植《酒赋序》云："余览扬雄《酒赋》，辞甚瑰玮，颇戏而不雅，聊作《酒赋》，粗究其始终。"曹植因扬雄《酒赋》不雅正，遂另撰同题赋文。再如三国杨泉因名山大泽多有记颂文章，梁山有"奕奕之诗"②，云梦因《子虚赋》得名，然五湖却无翰墨铭记，遂撰赋并序，云："余观夫三五湖而察其云物，皇哉大矣。以为名山大泽，必有记颂之章，故梁山有奕奕之诗，云梦有子虚之赋。夫具区者，扬州之泽薮也，有大禹之遗迹，疏川导滞之功，而独阙然未有翰墨之美。余窃愤焉，敢忘不才，述而赋之。"此类序文结构可再分为二。一则以小见大，借物言志。此类多半是托鸟、兽之物，言胸中壮志，流露赋家的思想情感及宏大志向；二则推陈出新，旨在劝诫，赋家或持反对意见，或增补疏漏，或进行创新。简而言之，该类赋序以魏晋南北朝咏物赋为主流。

检《全上古三代秦汉三国六朝文》，此类赋序有马融《长笛赋序》，杨泉《蚕赋序》，贾谊《鵩鸟赋序》，祢衡《鹦鹉赋序》，傅玄《弹棋赋序》，傅咸《相风赋序》，王羲之《用笔赋序》，张华《鹪鹩赋序》，张敏《神女赋序》，陆机《遂志赋序》《文赋序》，刘逵《注左思蜀都吴都赋序》，曹摅《围棋赋序》，陶潜《闲情赋序》，殷允《石榴赋序》，周祇《枇杷赋序》，谢灵运《归涂赋序》《山居赋序》，李颙《大乘赋序》，李骞《释情赋序》，江淹《丹砂可学赋序》，庾信《伤心赋序》，杜台卿《淮赋序》等。

第八，"……时间……事……赋"结构。此类赋序多记载纪行、游览等主题。开篇指明某年号，次写所赋事情的背景，为后世研究赋文创作具体的时间提供了方便。如曹植《洛神赋序》："黄初三年，余朝京师，还济洛川。古人有

---

① 司马相如《长门赋序》，桓谭《仙赋序》，冯衍《显志赋序》，崔骃《反都赋序》，杨修《孔雀赋序》，张衡《思玄赋序》，王延寿《鲁灵光殿赋序》，赵岐《蓝赋序》，蔡邕《短人赋序》，赵壹《穷鸟赋序》，边让《章华台赋序》，曹丕《临涡赋序》《浮淮赋序》《戒盈赋序》，曹植《洛神赋序》，孙该《三公山下神祠赋序》，庾阐《恶饼赋序》，傅玄《矫情赋序》《紫华赋序》《橘赋序》，傅咸《叩头虫赋序》，袁乔《江赋序》，成公绥《天地赋序》，孙绰《游天台山赋序》，稽含《白首赋序》，殷巨《奇布赋序》，潘岳《秋兴赋序》《闲居赋序》，陆机《应嘉赋序》《文赋序》，陆云《岁暮赋序》《喜霁赋序》《南征赋序》，郭璞《巫咸山赋序》，李暠《述志赋序》，傅亮《感物赋序》，谢灵运《罗浮山赋序》《感时赋序》，谢朓《酬德赋序》，邵陵王纶《赠言赋序》，张缵《怀音赋序》，裴伯茂《豁情赋序》。

② 见《诗经·大雅·韩奕》"奕奕梁山，维禹甸之"句，毛传："奕奕，大也。"

言，斯水之神，名曰宓妃。感宋玉对楚王神女之事，遂作斯赋。"再如陈琳《神武赋序》"建安十有二年……东征乌丸……"；曹丕《临涡赋序》"……建安十八年……遂乘马游观。经东园，遵涡水，相伴乎……临涡之赋"。

　　检《全上古三代秦汉三国六朝文》，此类赋序有曹丕《述征赋序》《登台赋序》《柳赋序》《感离赋序》，崔寔《大赦赋序》，蔡邕《述行赋序》，曹植《离思赋序》《慰情赋序》，缪袭《许昌宫赋序》，阮籍《首阳山赋序》，傅咸《喜雨赋序》，嵇含《祖赋序》《遇蚤赋序》《困热赋序》，殷巨《奇布赋序》，潘岳《秋兴赋序》，陆机《思归赋序》，左九嫔《白鸠赋序》，陆云《岁暮赋序》《愁霖赋序》《南征赋序》，谢灵运《撰征赋序》，谢朓《酬德赋序》，萧子范《直坊赋序》，江总《修心赋序》等，序文体例皆相仿。

　　第九，"以……为赋"或"作……（作）赋"结构。如梁简文帝《眼明囊赋序》："俗之妇人，八月旦，多以锦翠珠宝为眼明囊，因竞凌晨取露以拭目，聊为此赋。"该赋序阐释赋文的缘起，序文涵盖题眼，一般而言，多是自作或是受人之托而作，赋文内容较少受到时人关注。"作……（作）赋"结构，如沈炯《归魂赋序》："古语称收魂升极，周易有归魂卦，屈原著招魂篇，故知魂之可归，其日已久。余自长安反，乃作归魂赋。"

　　其中，"以……为赋"结构在魏晋南北朝备受青睐，检《全上古三代秦汉三国六朝文》，此类赋序有成公绥《木兰赋序》，谢朓《酬德赋序》，孙楚《鹰赋序》，潘岳《橘赋序》，陆云《逸民赋序》，鲍照《观漏赋序》，王叔之《翟雉赋序》，谢朓《野鹜赋序》，梁简文帝《悔赋序》，后梁宣帝《愍时赋序》，张缵《怀音赋序》，元顺《蝇赋序》，张渊《观象赋序》，庾信《伤心赋序》等。"作……（作）赋"句型，也是常用结构，检《全上古三代秦汉三国六朝文》，亦有不少①。

---

① 此类赋序有冯衍《显志赋序》，杨修《孔雀赋序》，赵岐《蓝赋序》，班昭《大雀赋序》《东征赋序》，陈琳《武军赋序》，崔琰《述初赋序》，曹丕《戒盈赋序》《感离赋序》，曹植《愍志赋序》《叙愁赋序》《释思赋序》，孙该《三公山下神祠赋序》，阮籍《鸠赋序》《元父赋序》，应贞《安石榴赋序》，庾条《大槐赋序》，傅咸《感凉赋序》《明意赋序》，张华《感婚赋序》，孙楚《韩王故台赋序》，向秀《思旧赋序》，张敏《神女赋序》，殷巨《奇布赋序》，陆机《叹逝赋序》《应嘉赋序》《鳖赋序》，陆云《岁暮赋序》《愁霖赋序》《登台赋序》，谢灵运《撰征赋序》，梁武帝《净业赋序》，江淹《赤虹赋序》，张率《河南国献舞马赋应诏序》，李颙《大乘赋序》等。

第十，"以……为小（短）赋"结构。从字义可知大要，赋家极力强调作的是"小赋"或"短赋"。从现存的赋文考察，此类赋篇幅短小，字数在500字左右；而且题材单一，要旨精准，仅集中阐幽一类事，准确切合了刘勰所论"小赋"。《文心雕龙·诠赋》篇曰："至于草区禽族，庶品杂类，则触兴致情，因变取会；拟诸形容，则言务纤密；象其物宜，则理贵侧附：斯又小制之区畛，奇巧之机要也。"① 小赋虽篇幅短小，却能完整地抒发赋家所见所感，并形成包括劝谏、颂美、咏物、抒怀等主旨在内的多种类型，可谓短小精悍。

"以……为小赋"结构，如汉桓谭《仙赋序》云："余少时为郎，从孝成帝出祠甘泉河东，见部先置华阴集灵宫。宫在华山下，武帝所造，欲以怀集仙者王乔赤松子，故名殿为存仙。端门南向山，署曰'望仙门'，余居此焉，窃有乐高眇之志，即书壁为小赋。"② 又如隋江总《华貂赋序》云："领军新安殿下以副貂垂锡，仰铭恩泽，谨题小赋。"③ 南北朝后用此结构者偏多，如唐李德裕《画桐花凤扇赋序》《斑竹笔管赋序》《二芳丛赋序》《大孤山赋序》，宋代有欧阳修《黄杨树子赋序》，宋祁《右史院蒲桃赋序》，元代有程从龙《樱桃赋序》，明代有汤显祖《吏部栖凤亭小赋序》，贺裳《蜡梅花赋序》，徐献忠《白扇赋序》等。

"以……为短赋"结构，如江淹《石劫赋序》云："海人有食石劫，一名紫薑，蚌蛤类也，春而发华，有足异者，戏书为短赋。"④ 另如明王世贞《二鹤赋序》、田艺蘅《钓赋序》、沈朝焕《抱膝赋序》等。除分析赋序的结构外，从汉代开始直至清代对"小赋"之说的斟酌从未停息，这亦是对赋体流变进行的深入探究。如《汉书》卷六十四《王褒传》中论："辞赋大者与古诗同义，小者辩丽可喜。"⑤ 此既有对概念的诠释，又兼对创作风格的探究。清李调元《赋话》卷一谓："邺中小赋，古意尚存，齐梁人效之，琢句愈秀，结字愈新，而去古亦愈远。"⑥ 李调元依具体时代的赋家赋篇而

① （南朝梁）刘勰著，范文澜注《文心雕龙注》，人民文学出版社，1958，第135页。
② （清）严可均校辑《全上古三代秦汉三国六朝文》，中华书局，1958，第535页。
③ （清）严可均校辑《全上古三代秦汉三国六朝文》，中华书局，1958，第4069页。
④ （清）严可均校辑《全上古三代秦汉三国六朝文》，中华书局，1958，第3150页。
⑤ （汉）班固：《汉书》，中华书局，1962，第2829页。
⑥ （清）李调元：《雨村赋话》，清乾隆四十九年函海刻本。

论小赋，可谓细微且有见地。

第十一，"……为（请、作、成、拟）古赋"结构。该结构以"古赋"为关键词，始于江淹，其《学梁王菟园赋（并序）》云："或重古轻今者，仆曰：何为其然哉？无知音则已矣，聊为古赋，以夺枚叔之制焉。""古赋"广义上是指唐之前的赋体，相对而言，唐时出现的律赋又称新体赋，关于"新体赋"详见本书第四章，此处从略。清人陆葇曾对"古赋"之名进行过溯源，其在《历朝赋格·凡例》中云："古赋之名始于唐，所以别乎律也。"陆氏认为"古赋"之名源于唐代，然实际南朝梁时已经出现，此说未免疏漏。

今检《历代赋汇》，有卷七十三宋刘攽《鸿庆宫三圣殿赋序》："……于天下，臣以文学中第太常试官秘书，目睹盛事，不敢以鄙薄自绌，辄作古赋一篇，歌咏盛德……"① 卷七十七宋李质《艮岳赋序》："宣和四年，岁在壬寅，夏五月朔，艮岳告成，命小臣质恭请作古赋以进，臣俯伏……"② 卷八十三宋方回《石峡书院赋序》："……近为石峡书院，以淑同志，回守郡七年，始获以劝耕来与谒奠，谨成古赋一首，求教并呈蛟峰尚书诸公。"③ 卷八十三宋王炎《林霏赋序》："……诵其诗，观其画，令人心志翛然，厌薄尘垢，因成古赋一首，其词曰……"④ 卷一百一十阎苑《述贤亭赋序》："……今步游滩上，鉴前追往，作古赋以述其始终……"⑤ 卷十五明曹琏《嵩山二十四峰赋序》："……余因驻节骋目，乃并志其名于左方以自适，奚敢拟诸古赋云，其辞曰……"⑥ 又明卢柟《蠛蠓集》卷三有《云滨赋序》："……诸大夫各有篇什，仆辱在草莽，承风操翰，聊为古赋，以绍公孙嘉遁之制云……"⑦，如此等等，不一而如。

赋序的每一种结构，即一种形态。通过归纳十一种赋序的形态可知，

① （清）陈元龙编《历代赋汇》（影印本），凤凰出版社，2004，第306页。
② （清）陈元龙编《历代赋汇》（影印本），凤凰出版社，2004，第319页。
③ （清）陈元龙编《历代赋汇》（影印本），凤凰出版社，2004，第346页。
④ （清）陈元龙编《历代赋汇》（影印本），凤凰出版社，2004，第347页。
⑤ （清）陈元龙编《历代赋汇》（影印本），凤凰出版社，2004，第445页。
⑥ （清）陈元龙编《历代赋汇》（影印本），凤凰出版社，2004，第68页。
⑦ （明）卢柟：《蠛蠓集》，《景印文渊阁四库全书》第1289册，台湾商务印书馆，1986，第831页。

一般而言，赋序会随赋文的变化而变化，基本上能涵盖赋文主旨。赋序的写作通常发生在特定的情境之下，比如即席而作、同题共作、代言而作、受命而作等。十一种赋序的形态并不是泾渭分明，毫不相混，而是在使用过程中出现了相融与交叉。而且赋序写作通常与抒情、议论、写景等形式融于一体，创作模式趋于灵活、自由。尤其值得探究的是，两晋之际赋序递变明显，西晋后期，赋文的长序渐增，在形式与内容上一别过往，序中出现诸如品评、议论、抒情、言理等内容，依据赋文的题材加以拓展，赋序在创作方面也得到创新，突出赋家个性，彰显时代特色，是西晋太康之后的赋序不同于其他时代的显著标志。

除形态上的变化之外，赋序在句式结构上也有变动。随着散体赋向骈体赋的转变，赋序也由散句（如向秀《思旧赋序》、潘岳《寡妇赋序》、陶渊明《感士不遇赋序》《闲情赋序》等）逐渐走向骈句（如陆机《豪士赋序》、庾信《哀江南赋序》）。而赋文则由"载道"转向"唯美"，由"讽谏"转向"缘情"，这是时代需求的产物，也是文体流变的趋势。《文心雕龙·明诗》云："宋初文咏，体有因革，庄老告退，而山水方滋，俪采百字之偶，争价一句之奇，情必极貌以写物，辞必穷力而追新，此近世之所竞也。"① 诗风如此，赋风可想而知。赋由散体赋向属对工整、使典用事、错彩镂金、雕句琢字的骈体赋迈进，繁衍滋长，骈文代兴。赋序亦自觉地尚俳偶、重辞藻、调配声韵、大量采用骈句，骈体赋序风靡赋坛。至陆机《豪士赋序》出现，骈体赋序臻于成熟，因序文过长，述而不录。其中序文对句有百句之多，既有"登帝大位，功莫厚焉；守节没齿，忠莫至焉"等四字句，又有"好荣恶辱，有生之所大期；忌盈害上，鬼神犹且不免"等四六字句，近人骆鸿凯评曰："陆士衡《豪士赋序》裁对之工，隶事之富，为晋文冠。而措语短长相间，竟下开四六之体。"② 陆机被誉为江左之英，很大程度上是因为他的创体之功。

北朝庾信创作的《哀江南赋》堪称经典，兹节选部分略作解析："孙策以天下为三分，众裁一旅；项籍用江东之子弟，人唯八千。遂乃分裂山河，

---

① （南朝梁）刘勰著，范文澜注《文心雕龙注》，人民文学出版社，1958，第67页。

② 骆鸿凯：《文选学》，中华书局，1989，第311页。

宰割天下。岂有百万义师，一朝卷甲，芟夷斩伐，如草木焉！江淮无涯岸之阻，亭壁无藩篱之固。头会箕敛者合从缔交；锄耰棘矜者因利乘便。将非江表王气，终于三百年乎？是知并吞六合，不免轵道之灾；混一车书，无救平阳之祸。呜呼！山岳崩颓，既履危亡之运；春秋迭代，必有去故之悲。天意人事，可以凄怆伤心者矣。况复舟楫路穷，星汉非乘槎可上；风飙衢阻，蓬莱无可到之期。穷者欲达其言，劳者须歌其事。陆士衡闻而抚掌，是所甘心；张平子见而陋之，固其宜矣。"① 此段在句式运用上十分灵活，既有双句对，也有单句对。对句设置的长短变化，形成了音节错落有致、韵脚和谐可读的效果。庾信晚年作品清新老成，这段序文哀婉沉郁之气灌注于字里行间，在用事排偶、敷藻谐声的形式下，复杂的感情如岩浆般激荡，一反南朝骈文清秀纤弱的风格，被誉为"凌云健笔"的典范而被后人所学习模仿。这些正如《四库全书总目》所评："其骈偶之文，则集六朝之大成，而导四杰之先路。自古迄今，屹然为四六宗匠。"② 赋序与其他序体一起构成了完整的赋学理论体系，色彩鲜明地凸显出中国文体学在形态与结构上的丰富性及多元性。

第三节　赋序的功能与价值

《说文解字注》中释"序"为："次弟谓之叙，《经》《传》多假序为叙。《周礼》《仪礼》序字注多释为次弟是也。又《周颂》：'继序思不忘。'《传》曰：'序，绪也。'此谓序为绪之假借字。"③ 序有按序排列、整理头绪之意，在使用当中"序"为"叙""绪"之假借，随着序在先秦典籍中不断出现，序则被释为叙述创作缘起、动机、背景、宗旨等意思，在人们不断尝试与拓展的过程中，序作为一种独立文体，其功用、价值得到不断丰富与深化。

---

①　（清）严可均校辑《全上古三代秦汉三国六朝文》，中华书局，1958，第3922页。
②　（清）永瑢等：《四库全书总目》，中华书局，1965，第1275~1276页。
③　（汉）许慎撰，（清）段玉裁注《说文解字注》，上海古籍出版社，1981，第444页。

就赋序问题,《文心雕龙·诠赋》则曰:"序以建言,首引情本。"① 刘勰首先厘清序的"首引"位置,即赋序当置赋文之首;其次阐明序以"建言"的形式达到"引情"目的。刘勰虽已对"赋序"所处位置及功用有所考察,但涉及不多,有待进一步完善。

一 赋序的功能

以下将赋序视为一个研究整体,就其功能予以阐明。

其一,交代赋文创作背景。此为赋序最基本的功用,一般以赋序交代赋文创作时间、地点、事件等背景,是赋家创作常用的形式。后世读者凭借序文的介绍可以获取赋文的大概内容,增进对赋文主旨的宏观把握。如曹丕《浮淮赋序》:"建安十四年,王师自谯东征,大兴水军,泛舟万艘。时余从行,始入淮口,行泊东山,睹师徒,观旌帆,赫哉盛矣,虽孝武盛唐之狩,舳舻千里,殆不过也。乃作斯赋。"赋序开门见山交代了时间、背景及作赋原因,阐明了创作缘起,即曹丕因随父东征时感水军之盛而作。

其二,叙述赋文创作动因。当赋作缘事而发或抒情显志时,有时不得不表达含蓄,感慨遥深。若无相关说明,则读者难以了解作者的意图。此时即可通过赋序加以阐释。如张华《鹪鹩赋序》:"鹪鹩,小鸟也,生于蒿莱之间,长于藩篱之下,翔集寻常之内,而生生之理足矣。色浅体陋,不为人用,形微处卑,物莫之害,繁滋族类,乘居匹游,翩翩然有以自乐也。彼鹫鹗鹍鸿,孔雀翡翠,或凌赤霄之际,或托绝垠之外,翰举足以冲天,觜距足以自卫,然皆负矰婴缴,羽毛入贡。何者?有用于人也。夫言有浅而可以托深,类有微而可以喻大,故赋之云尔。"《晋书》卷三十六《张华传》曾记载其创作动因,云:"华学业优博,辞藻温丽,朗赡多通,图纬方伎之书莫不详览。少自修谨,造次必以礼度。勇于赴义,笃于周急。器识弘旷,时人罕能测之。初未知名,著《鹪鹩赋》以自寄。"② 由此可见,史传中的记载,可作《鹪鹩赋序》的注脚。

其三,强调赋文创作要旨。该类赋序不仅可以补充正文之阙如,而且

---

① (南朝梁)刘勰著,范文澜注《文心雕龙注》,人民文学出版社,1958,第135页。
② (唐)房玄龄等:《晋书》,中华书局,1974,第1068~1069页。

可以对正文进行提纲挈领式的阐释。如陆机《文赋序》："余每观才士之所作，窃有以得其用心。夫放言遣辞，良多变矣，妍蚩好恶，可得而言。每自属文，尤见其情，恒患意不称物，文不逮意。盖非知之难，能之难也。故作《文赋》，以述先士之盛藻，因论作文之利害所由，他日殆可谓曲尽其妙。"此序在文学史和赋学史两个范畴之内均有开创意义。陆机因作文时常有"意不称物，文不逮意"之感即对"意""物""文"三者关联之惑，遂创《文赋》，以达"曲尽其妙"之赋学创作目的，同时也探讨了文学创作过程中如何将语言技巧、谋篇构思、灵感来源等因素有机结合起来。将诸多问题置于序文，并在正文中予以分析，这基本体现了赋序撰作的意义。

其四，阐释赋文创作理论。此类赋序通常蕴含赋家对一系列理论问题的认识，如赋体起源、创作形态、功能以及赋家风格、评价标准等。通过对这种赋序的解读，一则可以系统地、全面地窥探不同时期赋家的创作理念、赋学态度及对赋体特征、价值的认识；二则可以探究赋体文学的缘起、发展以及流变概况。如班固《两都赋序》谈及赋的起源时提出"赋者，古诗之流也"；又指出赋的功用是"兴废继绝，润色鸿业"，"或以抒下情而通讽谕，或以宣上德而尽忠孝，雍容揄扬，著于后嗣，抑亦雅颂之亚也"。再如左思的《三都赋序》，完整地阐发了左思的文学理论。首先，认同扬雄"诗人之赋丽以则"的观点；其次，反对赋中的肆意夸张、取材无据；最后，阐述自己的评价标准，即赋文要班班可考，处处征实。他对自己的《三都赋》能做到这一点也颇为得意，"其山川城邑则稽之地图，其鸟兽草木则验之方志。风谣歌舞，各附其俗"，但同时也指出作赋不能漫无目的地铺张扬厉："美物者贵依其本，赞事者宜本其实。"左思要求文学反映真实，强调文学的认识功能，无疑在赋学理论批评史上具有进步意义。

其五，介绍赋文创作对象。三国六朝之时，咏物抒情小赋逐渐取代润色鸿业的汉大赋，赋文创作上的变化势必影响赋序的行文风格。如曹丕《车渠碗赋序》："车渠，玉属也。多纤理缛文，生于西域，其俗宝之，小以系颈，大以为器。"赋序对所述对象从名称、属性、特征、产地、用途等方面铺展开来，犹如楔子，引出正文或者为正文作铺垫，以唤起读者的兴趣。正文在赋序的基础上分层次、按类别再进一步阐述，以达创作之目的。魏晋南北朝时期该类赋序较多，此不赘言。

赋序除上述五种主要功能之外，还有一点需略作补充，即赋序的传播与接受功能。如皇甫谧为左思撰写《三都赋序》，遂引起"豪贵之家竞相传写，洛阳为之纸贵"① 之现象。《文选·三都赋序》李善注引臧荣绪《晋书》曰："左思作《三都赋》，世人未重。皇甫谧有高名于世，思乃造而示之，谧称善，为其赋序也。"由上文可知，皇甫谧对《三都赋》的褒扬，也是"洛阳纸贵"的重要因素。

其实，赋序的写作相当灵活，不是每种赋序的形态与具体功能都可以一一对应。一般情况下，赋序的内涵越丰富，阐释的问题越多，它的功能也就越多。有些内涵丰富、文采飞扬的赋序，在文学史上的地位甚至超过了正文，这就是所谓"序强赋弱"的现象。如赵岐《蓝赋序》，张升《白鸠赋序》，曹丕《临涡赋序》，曹植《迁都赋序》，傅玄《相风赋序》《琴赋序》《筝赋序》，陆机《豪士赋序》，李颙《大乘赋序》，杜台卿《淮赋序》等。当然也有不少"序赋齐佳"的作品，如赵壹《穷鸟赋序》，崔琰《述初赋序》，庾倏《安石榴赋序》，皇甫谧《三都赋序》，梁武帝《孝思赋序》《净业赋序》，庾信《三月三日华林园马射赋序》《哀江南赋序》，卢思道《孤鸿赋序》等。如何平衡赋序与赋文之间的依凭关系，也是赋家所面临的问题。总体而言，赋序功能大体在上述五种范围之内，由此可知，赋序在形态、结构抑或功能表现上，已趋于成熟，臻至完善。

二　赋序的价值

整体而言，赋序价值主要体现在如下三端。

一是资料方面。赋序作为赋学的一部分，保存了大量文学、文化、文献等方面的资料，这些为后世研究各时期赋家生平、赋学创作、交往活动、民俗文化、史志地理等，提供了有据可考的文献补充。结合史书文献，采用"序序互证""序赋互证""序史互证"的方法研究赋学，将会对赋序所具有的资料价值产生新的理解与认识。

二是批评方面。赋序中往往流露出赋家对赋学一些基本问题的评判，如内容与形式、风格与体例、成就与不足等。这些批评不仅有宏观角度上对整

---

① （唐）房玄龄等：《晋书》，中华书局，1974，第 2377 页。

个赋学发展或某一时代赋学风格的评述，而且兼有微观角度上对具体赋家、赋作甚至一字一句的评析。如班固《两都赋序》的"赋者，古诗之流也"，这是对赋体源流的考察；"若司马相如、虞丘寿王、东方朔、枚皋、王褒、刘向之属，朝夕论思，日月献纳。而公卿大臣御史大夫倪宽、太常孔臧、大中大夫董仲舒、宗正刘德、太子太傅萧望之等，时时间作。或以抒下情而通讽谕，或以宣上德而尽忠孝，雍容揄扬，著于后嗣，抑亦雅颂之亚也。故孝成之世，论而录之，盖奏御者千有余篇"，这是对这一时代赋家的评介；最后评论赋体文章风格是"炳焉与三代同风"，颇有"润色鸿业"的意味了。

　　另外，赋序中蕴含不少重要的赋学理论。如"登高能赋"说、"不歌而颂为之赋"说、"征实"说、"讽谏"说等，在赋序中均有所论及。这些理论的提出推动了赋体文学的发展，并有利于形成特有的赋学风格。这些赋学理论虽未真正形成体系，但其浅近易知，贴近现实，亦是赋序独特价值的表现。

　　《全上古三代秦汉三国六朝文》赋序批评情况见表1-1。

表1-1　《全上古三代秦汉三国六朝文》赋序批评情况

时代	出处	批评对象	批评内容
三国	曹植《酒赋序》	扬雄《酒赋》	辞甚瑰玮，颇戏而不雅
晋	傅咸《相风赋序》	左九嫔《相风赋》，卢浮《相风赋》，傅玄《相风赋》，张华《相风赋》，孙楚《相风赋》，杜万年《相风赋》，牵秀《相风赋》，潘岳《相风赋》，陶侃《相风赋》	相风之赋，盖以富矣。然辞义大同，惟中书张令，以太史相风，独无文饰
	傅咸《芸香赋序》	傅玄《芸香赋》	先君作《芸香赋》，辞美高丽
	傅咸《仪凤赋序》	张华《鹪鹩赋》	《鹪鹩赋》者，广武张侯之所造也。以其形微处卑，物莫之害也
晋	成公绥《天地赋序》	自评	至丽无文，难以辞赞
晋	皇甫谧《三都赋序》	司马相如《上林赋》，扬雄《甘泉赋》，班固《两都赋》，张衡《二京赋》，马融《广成赋》，王延寿《鲁灵光殿赋》	初极宏侈之辞，终以约简之制，焕乎有文，蔚尔鳞集，皆近代辞赋之伟也

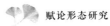

时代	出处	批评对象	批评内容
晋	左思《三都赋序》	司马相如《上林赋》,扬雄《甘泉赋》,班固《西都赋》,张衡《西京赋》	假称珍怪,以为润色 于辞则易为藻饰,于义则虚而无征 侈言无验,虽丽非经
晋	贾彪《大鹏赋序》	张华《鹪鹩赋》	余览张茂先《鹪鹩赋》以其质微处衷,而偏于受害
晋	陆机《遂志赋序》	冯衍《显志赋》,班固《幽通赋》,张衡《思玄赋》,蔡邕《玄表赋》,张叔《哀系赋》	《显志》壮而泛滥,《哀系》俗而时靡,《玄表》雅而微素,《思玄》精练而何惠,欲丽前人,而优游清典,漏《幽通》矣,班生彬彬,切而不绞,哀而不怨矣,崔蔡冲虚温敏,雅人之属也,衍抑扬顿挫,怨之徒也,岂亦穷达异事,而声为情变乎
晋	卫权《左思三都赋略解序》	左思《三都赋》	余观三都之赋,言不苟华,必经典要,品物殊类,禀之图籍,辞义瑰玮,良可贵也
晋	刘逵《注左思蜀吴都赋序》	司马相如《子虚赋》,班固《两都赋》,张衡《二京赋》,左思《三都赋》	观中古已来,为赋者多矣。相如《子虚》,擅名于前;班固《两都》,理胜其辞;张衡《二京》,文过其义。至若此赋,拟议数家,傅辞会义,抑多精致。非夫研核者不能练其旨,非夫博物者不能统其异。世咸贵远而贱近,莫肯用心于明物
晋	陶潜《感士不遇赋序》	董仲舒《士不遇赋》,司马迁《悲士不遇赋》	昔董仲舒作《士不遇赋》,司马子长又为之。余尝以三余之日,讲习之暇,读其文,慨然惆怅。夫履信思顺,生人之善行;抱朴守静,君子之笃素。自真风告逝,大伪斯兴。间阎懈廉退之节;市朝驱易进之心。怀正志道之士,或潜玉于当年;洁己清操之人,或没世以徒勤。故夷皓有安归之叹,三闾发已矣之哀。悲夫,寓形百年,而瞬息已尽,立行之难,而一城莫赏,此古人所以染翰慷慨,屡伸而不能已者也
晋	陶潜《闲情赋序》	张衡《定情赋》,蔡邕《静情赋》《检逸赋》	初张衡作《定情赋》、蔡邕作《静情赋》,《检逸》辞而宗澹泊,始则荡以思虑,而终归闲正,将以抑流宕之邪心,谅有助于讽谏
晋	殷允《石榴赋序》	张载《安石榴赋》,潘岳《河阳庭前安石榴赋》	余以暇日,散愁翰林,睹潘、张石榴二赋,虽有其美,犹不尽善。客为措辞,故聊为书之

时代	出处	批评对象	批评内容
后周	庾信《伤心赋序》	班婕妤《自悼赋》，此外还对扬雄、王赞、谢安、曹植、王粲、傅咸、应场等或文或赋进行品鉴	婕妤有自伤之赋，扬雄有哀祭之文，王正长有北郭之悲，谢安石有东山之恨，岂期然矣。至若曹子建、王仲宣、傅长虞、应德琏，刘滔之母，任延之亲，书翰伤切，文词哀痛，千悲万恨，何可胜言
隋	杜台卿《淮赋序》	一考察水赋的源头；二对其之前的历代水赋进行评鉴	（《诗》中《周南》《邶风》《卫风》《小雅》《大雅》《周颂》《鲁颂》）此皆水赋滥觞之源也。后汉班彪有《览海赋》，魏文帝有《沧海赋》，王粲有《游海赋》，晋成公绥有《大海赋》，潘岳有《沧海赋》，木玄虚、孙绰并有《海赋》，杨泉有《五湖赋》，郭璞有《江赋》，惟淮未有赋者。魏文帝虽有《浮淮赋》，止陈将卒赫怒，至于兼包化产，略无所载

从表1-1中的赋序批评对象与内容而言，可以粗分为如下几点。

其一，评论赋篇的整体风格，就赋文的艺术风格加以评论。如成公绥《天地赋序》、皇甫谧《三都赋序》、傅咸《相风赋序》。

其二，评论赋文的语辞特色，针对行文的用语艺术阐述自己观点。如曹植《酒赋序》、傅咸《芸香赋序》。

其三，揭示赋篇主旨，如左思《三都赋序》、陶潜《闲情赋序》《感士不遇赋序》。

其四，推源溯流，针对此类赋篇渊源流变进行考察，如殷允《石榴赋序》、杜台卿《淮赋序》。

其五，对同类赋篇进行比勘较量，如陆机《遂志赋序》、刘达《注左思蜀都吴都赋序》、庾信《伤心赋序》。

三是寓理教化。考察《全上古三代秦汉三国六朝文》所选录的赋序，寓理与教化者比比皆是，这样做不但可考察赋文中未能阐述详尽而以序替代的内容，而且利于研究赋家的题材意识、赋学理念与思想认知。今据该书辑录如下，以便参览。

曹植《玄畅赋序》："夫富者非财也，贵者非宝也，或有轻爵禄而重荣声者，或有受性命以殉功名者。"①

嵇康《琴赋序》云："物有盛衰，而此无变；滋味有厌，而此不倦。"②

庾倏《安石榴赋序》云："居安思危，在盛思衰，可无惧哉！"③

以上所辑赋序，虽为赋家抒发自己的见闻感受，但其中所折射出的寓理、教化的内涵，使赋序在题材、思想等方面给读者以新的启发。

第四节　赋序的兴盛与衰落

今检《全上古三代秦汉三国六朝文》，录先秦至北朝赋家357人，赋文1251篇，赋序299篇。各个时代分别为：上古三代赋家2人，赋文14篇、赋序3篇；两汉赋家70人，赋文242篇、赋序47篇；三国赋家35人，赋文150篇、赋序47篇；两晋赋家122人，赋文511篇、赋序143篇；南朝赋家81人，赋文252篇、赋序43篇；北朝赋家41人，赋文75篇、赋序16篇；先唐赋家6人，赋文7篇、赋序0篇。具体篇数分布见表1-2。

---

① （清）严可均校辑《全上古三代秦汉三国六朝文》，中华书局，1958，第1124页。
② （清）严可均校辑《全上古三代秦汉三国六朝文》，中华书局，1958，第1319页。
③ （清）严可均校辑《全上古三代秦汉三国六朝文》，中华书局，1958，第1668页。此外，如《鹖赋序》云："鹖之为禽，猛气其斗，终无胜负，期必于死。"傅玄《相风赋序》云："其知自然之极乎，其达变通之理乎，上稽天道阳精之运。"《琴赋序》云："神农氏造琴，所以协和天下人性，为至和之主。"傅咸《扇赋序》云："水不策骥，陆不乘舟，世无为而俎豆设。"《栉赋序》云："夫才之治世，犹栉之理发也，理发不可以无栉，治世不可以无才。"《污卮赋序》云："君子形身，而可以有玷乎。"《烛赋序》云："顾帷烛之自焚以致用，亦犹杀身以成仁矣。"《仪凤赋序》云："物生则有害，有害而能免，所以贵乎才智也。"《蜉蝣赋序》云："朝生暮死。"孙楚《杕杜赋序》云："梨有用之为贵，杜无用之为贱。无用获全，所以为贵；有用获戕，所以为贱。"嵇含《娱蜡赋序》云："玄象运而寒暑交，节会至而万物迁。天地之化固以不停，况于人道之不变乎？是以百年，忧喜相参，能达要终之数，悟生生之宜者，百世不周其人。"《孤黍赋序》云："不韬种以待时，贪荣弃本。"挚虞《思游赋序》云："死生有命，富贵在天。天之所佑者义也，人之所助者信也。"陆机《大暮赋序》云："死生是失得之大者。故乐莫深焉，哀莫深焉。"陆云《逸民赋序》云："天地不易其乐，万物不干其志。"陶潜《感士不遇赋序》云："履信思顺，生人之善行；抱朴守静，君子之笃素。"等均蕴含一定哲理。

表 1-2　《全上古三代秦汉三国六朝文》录赋情况

单位：人，篇

	上古三代	秦	全汉		三国			晋	南朝				北朝				先唐
			汉	后汉	魏	蜀	吴		宋	齐	梁	陈	后魏	北齐	后周	隋	
赋家	2	0	20	50	27	0	8	122	28	9	33	11	15	3	4	19	6
赋文	14	0	48	194	134	0	16	511	78	20	134	20	20	7	18	30	7
赋序	3	0	11	36	44	0	3	143	12	5	25	1	6	0	3	7	0

一　历朝赋序量化简析

以上数据具体分析如下。

先秦赋家仅荀卿、宋玉二人，赋文 14 篇，赋序 3 篇，有宋玉《高唐赋序》《神女赋序》《登徒子好色赋序》。三篇赋序《全上古三代秦汉三国六朝文》皆无说明，而《文选》则明确标示，一般被认定为后人所加。

两汉大赋全盛，赋家 70 人，赋文 242 篇，赋序 47 篇，其中有三篇及以上作品收录的赋家赋序为：扬雄《甘泉赋序》《河东赋序》《羽猎赋序》《长杨赋序》《酒赋序》，张衡《温泉赋序》《思玄赋序》《舞赋序》《鸿赋序》，蔡邕《霖雨赋序》《述行赋序》《伤故栗赋序》，王粲《投壶赋序》《围棋赋序》《弹棋赋序》，陈琳《武军赋序》《神武赋序》《马脑勒赋序》。观其可知，两汉赋序多源自名家，仔细比勘可知，赋序创作量人均差异偏大，如应场录赋 14 篇，繁钦录赋 13 篇，然二人皆无赋序存在，两汉属于赋序的发轫期，虽有不足，然有筚路蓝缕之举，为赋序的创作提供了宝贵的经验，遂启后学。

相较两汉而言，三国赋家及赋文在数量上略有下降，赋家 35 人，赋文 150 篇，赋序 47 篇。赋序总数量表面看似与两汉赋序持平，然人均量却不同，三国赋家录赋几乎人均一篇及以上，而且人皆有序，人均创作量明显提高。尤其以曹氏兄弟、邺下文人为最，如撰 10 篇以上赋序者有曹丕（16 篇①）、曹植

---

① 曹丕十六篇为：《临涡赋序》《述征赋序》《浮淮赋序》《戒盈赋序》《感离赋序》《悼夭赋序》《寡妇赋序》《感物赋序》《登台赋序》《蔡伯喈女赋序》《迷迭赋序》《玛瑙勒赋序》《车渠碗赋序》《槐赋序》《柳赋序》《莺赋序》。

（16 篇①）。四十余年的三国鼎足期间，所创作的赋序数量堪比两汉四百年，足以证明赋序在三国时期的创作与使用相当普遍，仅曹氏兄弟二人赋序，便占三国总序量的 68%，赋序撰作彰显集中化的特性。此外，三国赋篇开始由汉大赋向抒情、咏物、纪行等小赋转变，而且同题赋作开始盛行，赋序随之亦然。

两晋赋序具有承前启后的作用。录赋家 122 人，赋文 511 篇，赋序 143 篇，不论是作家作品，抑或赋序篇数，均大幅提升。赋序大抵出自赋坛名家，像陆云、陶渊明赋文，篇篇有序。再如 5 篇以上者，有成公绥（8 篇）、潘岳（8 篇）、陆云（7 篇）；10 篇以上者，有傅玄（14 篇②），傅咸（27 篇③），嵇含（13 篇④），陆机（11 篇⑤），此四人赋序约占总序数量的一半，这种集中化的创作倾向，自三国讫两晋持续不变。

南朝朝代更迭频繁，历经宋、齐、梁、陈四朝。前后录赋家 81 人，赋文 252 篇，赋序 43 篇，不论赋家还是赋序，数量较之前朝均呈下降趋势。四朝赋家与赋序分布如下。

宋：孝武帝《伤宣贵妃拟汉武帝李夫人赋序》1 篇，傅亮《感物赋序》1 篇，谢灵运《罗浮山赋序》《归涂赋序》《感时赋序》《撰征赋序》《山居赋序》5 篇，颜延之《白鹦鹉赋序》《赭白马赋序》2 篇，鲍照《观漏赋序》《野鹅赋序》2 篇，王叔之《翟雉赋序》1 篇。

---

① 曹植十六篇为：《洛神赋序》《迁都赋序》《怀亲赋序》《离思赋序》《释思赋序》《玄畅赋序》《愍志赋序》《慰情赋序》《叙愁赋序》《东征赋序》《宝刀赋序》《九华扇赋序》《酒赋序》《鹖赋序》《离缴雁赋序》《神龟赋序》。
② 傅玄十四篇为：《矫情赋序》《叙行赋序》《相风赋序》《琴赋序》《筝赋序》《筑赋序》《投壶赋序》《弹棋赋序》《紫华赋序》《芸香赋序》《蜀葵赋序》《橘赋序》《朝华赋序》《乘舆马赋序》。
③ 傅咸二十七篇为：《喜雨赋序》《感凉赋序》《神泉赋序》《申怀赋序》《感别赋序》《吊秦始皇赋序》《登芒赋序》《明意赋序》《相风赋序》《羽扇赋序》《扇赋序》《栉赋序》《污卮赋序》《画像赋序》《烛赋序》《款冬花赋序》《芸香赋序》《玉赋序》《桑树赋序》《舜华赋序》《仪凤赋序》《燕赋序》《班鸠赋序》《黏蝉赋序》《蜉蝣赋序》《萤火赋序》《叩头虫赋序》。
④ 嵇含十三篇为：《困热赋序》《祖赋序》《娱蜡赋序》《寒食散赋序》《羽扇赋序》《八磨赋序》《宜男花赋序》《孤黍赋序》《朝生暮落树赋序》《长生赋序》《槐香赋序》《鸡赋序》《遇蚤赋序》。
⑤ 陆机十一篇为：《豪士赋序》《遂志赋序》《怀土赋序》《思归赋序》《叹逝赋序》《愍思赋序》《大暮赋序》《应嘉赋序》《文赋序》《桑赋序》《鳌赋序》。

齐：张融《海赋序》1 篇，卞彬《蚤虱赋序》1 篇，谢朓《思归赋序》《酬德赋序》《野鹜赋序》3 篇。

梁：武帝《孝思赋序》《净业赋序》2 篇，简文帝《悔赋序》《金錞赋序》《眼明囊赋序》3 篇，邵陵王纶《赠言赋序》1 篇，萧子范《直坊赋序》1 篇，沈约《丽人赋序》1 篇，江淹《赤虹赋序》《倡妇自悲赋序》《知己赋序》《伤友人赋序》《伤爱子赋序》《学梁王菟园赋》《横吹赋序》《丹砂可学赋序》《莲华赋序》《青苔赋序》《石劫赋序》11 篇，陆云公《星赋序》1 篇，张率《河南国献舞马赋应诏序》1 篇，丘迟《还林赋序》1 篇，张缵《离别赋序》《怀音赋序》2 篇，后梁宣帝《愍时赋序》1 篇。

陈：沈炯《归魂赋序》1 篇。

这一时期，北朝文学整体不如南朝，这自然有其特定历史原因。《魏书》卷八十五《文苑传》云："永嘉之后，天下分崩，夷狄交驰，文章殄灭。"[1]《隋书》卷七十五《儒林传》云："自晋室分崩，中原丧乱，五胡交争，经籍道尽。"

隋：萧皇后《述志赋序》1 篇，江总《修心赋序》《华貂赋序》《山水纳袍赋序》3 篇，虞世基《讲武赋序》1 篇，卢思道《孤鸿赋序》1 篇，杜台卿《淮赋序》1 篇。

二　历朝赋序的特征及兴衰

（一）两汉赋序

两汉赋序在文体功能上以"讽谏"为主旨。"讽谏"说初见于《史记》，如卷一百一十七《司马相如列传》云："故空借此三人为辞，以推天子诸侯之苑囿。其卒章归之于节俭，因以风谏。奏之天子，天子大说。"[2]再如卷一百三十《太史公自序》云："《子虚》之事，《大人》赋说，靡丽多夸，然其指风谏，归于无为。"[3] 司马迁肯定了汉赋的"讽谏"功能，之后，赋家开始规仿，"讽谏"之皆在赋序中始见端倪，尤其以扬雄赋序为

---

① （北齐）魏收：《魏书》，中华书局，1974，第 1869 页。
② （汉）司马迁：《史记》，中华书局，1959，第 3002 页。
③ （汉）司马迁：《史记》，中华书局，1959，第 3317 页。

代表。

如扬雄《甘泉赋序》云："……正月，从上甘泉，还，奏《甘泉赋》以风。"《河东赋序》："……雄以为临川羡鱼不如归而结网，还，上《河东赋》以劝。"① 扬雄深得赋之讽谏功用的精髓，在继承与运用上已成体系。班固赋序在扬雄赋序基础上又增加了一项"雅颂"的序文旨归。其《两都赋序》云："……或以抒下情而通讽谕，或以宣上德而尽忠孝，雍容揄扬，著于后嗣，抑亦雅颂之亚也。故孝成之世，论而录之，盖奏御者千有余篇，而后大汉之文章，炳焉与三代同风。"班固认为，赋既可凸显讽谏之旨，又能润色鸿业。班固提出的"雅颂"说，是在"讽谏"说的基础上对汉赋功能进一步完善的结果。

（二）三国赋序

三国赋序最显著的特点，是抒情与娱乐功能的体现。一代有一代之文风，三国赋家多抒一己之情，或喜或悲或感或叹，直接以序的方式阐发出来。

因感伤而序者，如高贵乡公《伤魂赋序》云："王师东征。宗正曹并，以宗室材能兼侍中从行，到项得疾，数日亡。意甚伤之，为作此赋。"② 曹植《愍志赋序》云："或人有好邻人之女者，时无良媒，礼不成焉。彼女遂行适人，有言之于余者。余心感焉，乃作赋。"③ 因喜悦而序者，如缪袭《许昌宫赋序》云："太和六年春，上既躬耕帝藉，发趾乎千亩，以帅先万国。乃命群牧守相，述职班教，顺阳宣化，烝黎允示，训德歌功，观事乐业。是岁甘露降，黄龙见，海内有克捷之师，方内有农穰之庆。农有余粟，女有余布。选秋来享，殊俗内附，穆乎有太平之风。"④

赋序的抒写内容也向娱乐化倾斜。东汉末，赋家已开始将生活中的娱

---

① 其他如《羽猎赋序》云："……又恐后世复修前好，不折中以泉台，故聊因《校猎赋》以风。"《长杨赋序》云："……雄从至射熊馆，还，上《长杨赋》，聊因笔墨之成文章，故借翰林以为主人，子墨为客卿以风。"
② （清）严可均校辑《全上古三代秦汉三国六朝文》，中华书局，1958，第 1113 页。
③ （清）严可均校辑《全上古三代秦汉三国六朝文》，中华书局，1958，第 1125 页。另如《感物赋序》："丧乱以来，天下城郭丘墟，惟从太仆君宅尚在。南征荆州，还过乡里，舍焉，乃种诸蔗于中庭。涉夏历秋，先盛后衰，悟兴废之无常。慨然永叹，乃作斯赋。"（清）严可均校辑《全上古三代秦汉三国六朝文》，中华书局，1958，第 1073 页。
④ （清）严可均校辑《全上古三代秦汉三国六朝文》，中华书局，1958，第 1265 页。

乐活动纳入赋篇的创作范围。尤其以棋类游戏为写作题材者居多，如马融撰《围棋赋》《樗蒲赋》，蔡邕撰《弹棋赋》，丁廙撰《弹棋赋》等。王粲《围棋赋序》云："清灵体道，稽谟玄神，围棋是也。"《弹棋赋序》云："因行骋志，通权达理，六博是也。"三国之际，受"文"与"人"的双重觉醒的冲击，文人雅士作赋娱乐，发抒赋家内心世界、雅玩娱乐的赋文题材备受时人垂青，赋序的相关叙述也随之流行开来。曹丕《玛瑙勒赋序》云："玛瑙，玉属也，出自西域，文理交错，有似马脑，故其方人因以名之。或以系颈、或以饰勒，余有斯勒，美而赋之。"① 从所赋之物足知赋家因怡情娱乐而咏，赋序的娱乐化性能逐渐加强。

赋的娱乐倾向至南朝之后更加显著，如江淹《石劫赋序》云："海人有食石劫，一名紫䕷，蚌蛤类也，春而发华，有足异者，戏书为短赋。"② 一个"戏"字，既反映赋家的创作倾向与内心追求，又能进一步证实赋体文学具有娱人与自娱的功用，这在后世的赋序中比比皆是。略举几例如下。

《历代赋汇》卷一百三十九唐李德裕《蚍蜉赋序》："此郡多蚍蜉。余所居临流，实蕃其类，或聚于衽席；或入于盘盂。终日厌苦而不知可御之术，因戏为此赋，令稚子和之。"③《历代赋汇》卷六十三宋释觉范《龙尾砚赋序》云："予所蓄龙尾砚，比他砚最贤，龚德庄从予乞曰：'此石宜宿玉堂，岂公所当有邪？'既以与之，又戏为之赋。"④

再如卷一百零二《墨梅赋序》云："王舍人宏道家中，蓄花光所作墨梅甚妙！戏为之赋。"⑤《历代赋汇》卷二十七元白珽《游湖后赋序》云："三月廿又三日，张鹏飞及杨万里、李和之、白廷玉泛湖，值雨，各赋诗一首，万里曰：堤柳春浓万绿垂，开怀消得好风吹。绝怜白也诗无敌，共赏坡仙雨亦奇。兴欲狂时呼酒急，境当佳处任船迟。岂无顾陆丹青手，画与人间后世知。余戏作小赋。"⑥《历代赋汇》卷一百三十三明叶宪祖《相思鸟赋

① 又如曹丕《槐赋序》"美而赋之"，钟会《蒲萄赋序》"嘉而赋之"，以及曹植《宝刀赋序》《九华扇赋序》等。
② （清）严可均校辑《全上古三代秦汉三国六朝文》，中华书局，1958，第3150页。
③ （清）陈元龙编《历代赋汇》（影印本），凤凰出版社，2004，第556页。
④ （清）陈元龙编《历代赋汇》（影印本），凤凰出版社，2004，第264页。
⑤ （清）陈元龙编《历代赋汇》（影印本），凤凰出版社，2004，第424页。
⑥ （清）陈元龙编《历代赋汇》（影印本），凤凰出版社，2004，第118页。

序》云:"鸟大如爵,朱味褐色;雌雄并栖,捕必双得;如纵其一,百里寻赴;名曰相思,职是之故。戊辰冬,集龙山殆以千数,偶有笼致一双者,戏为赋之。"① 此外,如宋章樵注《古文苑》卷四"逐贫赋"条云:"子云自序云:不汲汲于富贵,不戚戚于贫贱,家产不过十金,乏无儋石之储晏如也,此赋以文为戏耳。"② 均有类似载录。

(三) 两晋赋序

两晋赋序有三个显著的特征,此处分别予以说明。

第一,赋家、赋作、赋序在数量上倍增,且赋序篇幅明显增加。两晋时期有赋家 122 人,赋文 511 篇,赋序 143 篇,人均创作量颇高,人人皆有赋序。两晋赋序除数量上升之外,在篇幅上也有了新的变化,即序文字数增多,篇幅较长,如皇甫谧《三都赋序》、左思《三都赋序》、潘岳《闲居赋序》。赋序篇幅加大之后,同时出现了如"序文并佳""序大于文"的现象。"序文并佳"者如庾倏《安石榴赋序》、向秀《思旧赋序》;"序大于文"者如傅玄《相风赋序》《琴赋序》,陆机《豪士赋序》等。明张溥在《汉魏六朝百三家集题辞注》"成公子安集题辞"条曾探讨赋序与赋文的这种现象,其谓:"《啸赋》见贵于时,梁昭明登之《文选》,激扬啴缓,仿佛有声,然列于马融《长笛》,嵇康《琴》赋,亦弹而不成矣。赋少深致,而序各有思,读诸赋不如读其序也。"③ 此可聊备一说,希望这一现象能引起赋学研究者的重视。

第二,以赋家"自序"为主导。经历两汉至三国时期"他序"为主流的时代,两晋之际,因受"文"与"人"的觉醒影响,赋家不再像两汉赋家一样,多以宫殿、郊祀、畋猎等为赋文创作对象,而是将创作的目光投向以纪行、咏物、叙志、悼亡等为主题的小赋。又因魏晋之际受"文章经国之大业,不朽之盛事"及"以赋显名"等观念的驱动,赋家一改他人作序的惯例,纷纷提笔撰序,关注现实,关注自我,进而抒写内心情感。两晋自序故此繁盛。

---

① (清)陈元龙编《历代赋汇》(影印本),凤凰出版社,2004,第 530 页。
② (宋)章樵注,钱熙祚校《古文苑》,商务印书馆,1937,第 96 页。
③ (明)张溥著,殷孟伦注《汉魏六朝百三家集题辞注》,人民文学出版社,1960,第 138 页。

第三，赋序渐趋独立。两晋赋序脱离赋篇的黏附而独立赋坛，时人已经有了自觉的辨体意识。赋序在两晋不仅数量倍增，而且相对成熟。如皇甫谧曾为宣传左思《三都赋》而撰《三都赋序》，该序并未附于《三都赋》前，而是以序体形态独立成篇，流播后世。再如陆机《豪士赋序》，除赋文享誉文坛之外，赋序同样受到世人关注。两晋赋序独立的现象，也为后来的文体分类与文集编撰奠定了坚实的基础，如刘勰《文心雕龙》划分"序"体，萧统编选《文选》将"序"独立成体等，这些正是得益于两晋文人的贡献。然而，赋序脱离赋文的黏附之后，虽是独立之形态，然从深层挖掘，则是渐趋衰落的征象。徐丹丽认为："序的独立，是赋序发展的最高水平，但同时，也是赋序由鼎盛走向衰落的标志。赋序本应该为赋的附属，为赋服务，当它的内容和形式完整到可以独立成篇时，与赋就是一种若即若离的关系：合为双璧，分为全珪，甚至可以用另外的文体代替。"[1]

（四）南朝赋序

相对而言，南朝赋序中以梁最为兴盛。纵观南朝赋序，约略三点颇有意味。

其一，帝王作赋并撰序。南朝宋孝武帝刘骏曾为其妃子撰《伤宣贵妃拟汉武帝李夫人赋（并序）》，帝王为妃子作赋为汉武帝首举，然作赋并撰序的现象极其少见，刘骏便是一例。其后帝王作赋并序者，如梁武帝撰《孝思赋序》《净业赋序》，梁简文帝撰《悔赋序》《金錞赋序》《眼明囊赋序》，后梁宣帝撰《愍时赋序》，可谓此起彼伏，在赋学批评史上蔚为风景。

其二，赋家对题材类型选择的自觉意识逐渐强化。魏晋至南朝由于儒家的"诗教"精神削弱，赋家认为举凡器物、家什、草木、虫鱼以及所见所感等皆可入赋。而且赋家对题材的选择与分类有了自觉意识，其中以谢灵运《山居赋序》为代表，序云："古巢居穴处曰岩栖，栋宇居山曰山居，在林野曰丘园，在郊郭曰城傍。四者不同，可以理推。言心也，黄屋实不殊于汾阳；即事也，山居良有异乎市廛。抱疾就闲，顺从性情；敢率所乐，而以作赋。扬子云云：'诗人之赋丽以则。'文体宜兼，以成其美。今所赋

---

① 徐丹丽：《魏晋六朝赋序简论》，南京大学古典文献研究所编《古典文献研究》总第 7 辑，凤凰出版社，2004，第 246 页。

既非京都、宫观、游猎、声色之盛，而叙山野、草木、水石、谷稼之事，才乏昔人，心放俗外，咏于文则可勉而就之，求丽邈以远矣。览者废张、左之艳辞，寻台、皓之深意，去饰取素，傥值其心耳。意实言表，而书不尽；遗迹索意，托之有赏。"①

谢氏首先引出赋文之名，接着开宗明义，交代撰赋目的是"叙山野、草木、水石、谷稼之事"，特意强调"所赋既非京都、宫观、游猎、声色之盛"。此时赋家已摒弃传统如"京都、宫殿、畋猎、郊祀"的赋文题材，而是将笔触转向"山野、草木、水石、谷稼"之事，可以看出此时段的赋家在创作之初，已经有了自觉的题材分类与择选意识。

谢灵运自觉地对题材进行分类与择选，并非一时之兴，赋家在撰《山居赋序》之前已有尝试。如《归涂赋序》云："昔文章之士，多作行旅赋。或欣在观国，或怵在斥徒，或述职邦邑，或羁役戎阵，事由于外，兴不自已。虽高才可推，求怀未惬。今量分告退，返身草泽，经涂履运，用感其心。"② 谢灵运这一尝试对后世也产生了深远的影响，如刘勰《文心雕龙·诠赋》："夫京殿苑猎，述行序志，并体国经野，义尚光大。……至于草区禽族，庶品杂类，则触兴致情，因变取会。"③ 刘勰依据题材将赋粗划分为京殿、苑猎、述行、序志、草区、禽族、庶品、杂类等。萧统《文选》中对赋根据题材进行二次划分，为京都、郊祀、耕藉、畋猎、纪行、游览、宫殿、江海、物色、鸟兽、志、哀伤、论文、音乐、情十五类。刘、萧二人对赋文的分类，很有可能是受谢灵运赋序的启迪。

其三，赋序高度骈化。两晋时，赋序骈化处于萌芽状态，经过宋、齐、梁、陈四朝文人雅士的承传与拓展，骈化渐趋成熟。晋时赋家不仅注重赋文的辞藻华美，而且讲究序文骈偶化。如辞藻方面，傅玄《矫情赋序》云："我太宗文皇帝命臣作《西征赋》，又命陈、徐诸臣作箴，皆含玉吐金，烂然成章。"④ 傅咸《芸香赋序》论父傅玄《芸香赋》云："先君作《芸香

① （清）严可均校辑《全上古三代秦汉三国六朝文》，中华书局，1958，第2604页。
② （清）严可均校辑《全上古三代秦汉三国六朝文》，中华书局，1958，第2599页。
③ （南朝梁）刘勰著，范文澜注《文心雕龙注》，人民文学出版社，1958，第135页。
④ （清）严可均校辑《全上古三代秦汉三国六朝文》，中华书局，1958，第1715页。

赋》，辞美高丽，有睹斯卉，蔚茂馨香。同游使余为序。"① 从序文中"含玉吐金，烂然成章""辞美高丽"的叙述，可见晋人在赋文在辞藻方面十分考究，刘勰谓："逮晋宣始基，景文克构，并迹沈儒雅，而务深方术。至武帝惟新，承平受命，而胶序篇章，弗简皇虑。降及怀愍，缀旒而已。然晋虽不文，人才实盛：茂先摇笔而散珠，太冲动墨而横锦，岳湛曜联璧之华，机云标二俊之采，应傅三张之徒，孙挚成公之属，并结藻清英，流韵绮靡，前史以为运涉季世，人未尽才，诚哉斯谈，可为叹息！"② 借此可窥探两晋赋坛创作的风尚。

赋序骈化以陆机《怀土赋序》为代表，序云："余去家渐久，怀土弥笃。方思之殷，何物不感。曲街委巷，罔不兴咏。水泉草木，咸足悲焉！故述斯赋。"③ 序文虽短，仅九句，但八句使用四字对，骈化已初露端倪。而序文骈化的转折点则是陆机《豪士赋序》的问世，该序文几乎全部用对，既有字的精对，又有句的骈俪，而且用事详赡，骆鸿凯颂曰："陆士衡《豪士赋序》裁对之工，隶事之富，为晋文冠。而措语短长相间，竟下开四六之体。"④ 即便如此，赋序骈化在两晋也未能成为主流，发展至南北朝时才渐趋成熟。

《四六丛话》卷四云："左、陆以下，渐趋整炼。齐梁而降，益事妍华。古赋一变而为骈赋。江、鲍虎步于前，金声玉润；徐、庾鸿骞于后，绣错绮交。固非古音之洋洋，亦未如律体之靡靡也。"⑤ 正如孙梅所论，南朝赋风转变，古赋变为骈赋，序文亦随之骈化，如谢灵运《撰征赋序》《山居赋序》，鲍照《观漏赋序》，谢朓《酬德赋序》，梁武帝《孝思赋序》《净业赋序》，沈约《丽人赋序》，江淹《知己赋序》《赤虹赋序》《伤友人赋序》，张率《河南国献舞马赋应诏序》等，均采用骈文形式撰写。而骈序集大成者，则为跨越南北朝的赋家庾信，其《哀江南赋序》堪当范例。赋序骈化在南朝能臻于完备，有两方面因素：一方面是前朝赋家的不断创作与累积；

---

①　（清）严可均校辑《全上古三代秦汉三国六朝文》，中华书局，1958，第1753页。
②　（南朝梁）刘勰著，范文澜注《文心雕龙注》，人民文学出版社，1958，第674页。
③　（清）严可均校辑《全上古三代秦汉三国六朝文》，中华书局，1958，第2010页。
④　骆鸿凯：《文选学》，中华书局，1989，第311页。
⑤　（清）孙梅辑《四六丛话》，商务印书馆，1937，第61页。

另一方面则是受南朝"四声八病"说的影响。

(五) 北朝赋序

与南朝赋序相比,北朝赋序也有自己独特的一面,即北朝赋序更多地继承汉赋中的"讽颂""雅正"之精神。在汉代,赋的讽谏作用极为明显,经三国、两晋,南朝开始向咏物、叙志、寓理、抒情等方面过渡。随着大赋创作的衰弱,其与曲终奏雅、劝百讽一的赋文宗旨也渐行渐远。北朝文学在相对落后的情况下,赋序尚能秉承大赋的"讽颂"精神,越发显得弥足珍贵。根据史料等记载,本书对北朝赋的"讽颂"精神略作补正。

《魏书》卷四十八《高允传》:"其笃行如此。转太常卿,本官如故。允上《代都赋》,因以规讽,亦《二京》之流也。文多不载。"① 除此之外,《魏书》史传中尚有较多记载②。《北齐书》卷二《帝纪》云:"性周给,每有文教,常殷勤款悉,指事论心,不尚绮靡。"③《周书》卷二《文帝》也有涉及,云:"(太祖)性好朴素,不尚虚饰,恒以反风俗,复古始为心。"④此外,卷三十八《李昶传》⑤ 亦有涉及。《北史》卷八十三《文苑传》云:"当时之士,有许谦、崔宏、宏子浩、高允、高闾、游雅等,先后之间,声实俱茂,词义典正,有永嘉之遗烈焉。"⑥ 颜之推亦力主以上诸说,其在《颜氏家训》卷上《文章》云:"古人之文,宏材逸气,体度风格,去今实远;但缉缀疏朴,未为密致耳。今世音律谐靡,章句偶对,讳避精详,贤于往昔多矣。宜以古之制裁为本,今之辞调为末,并须两存,不可偏

---

① (北齐) 魏收:《魏书》,中华书局,1974,第 1076 页。
② 《魏书》卷五十二《胡叟传》云:"(叟) 好属文,既善为典雅之词,又工为鄙俗之句。"卷七十二《阳固传》云:"固乃作《南、北二都赋》,称恒代田渔声乐侈靡之事,节以中京礼仪之式,因以讽谏。辞多不载。"卷七十九《成淹传》记载云:"子霄,字景鸾。亦学涉,好为文咏,但词彩不伦,率多鄙俗。与河东姜质等朋游相好,诗赋间起。知音之士,共所嗤笑;闾巷浅识,颂讽成群,乃至大行于世。"卷一百零四《魏收传》云:"帝与从官皆胡服而骑,宫人及诸妃主杂其间,奇伎异饰,多非礼度。收欲言则畏惧,欲默不能已,乃上《南狩赋》以讽焉,年二十七,虽富言淫丽,而终归雅正。"分别见《魏书》第 1149、1604、1755、2324 页。
③ (唐) 李百药:《北齐书》,中华书局,1972,第 24 页。
④ (唐) 令狐德棻等:《周书》,中华书局,1971,第 37 页。
⑤ 《李昶传》云:"昶常曰:'文章之事,不足流于后世,经邦致治,庶及古人。'故所作文笔,了无蒿草。"(唐) 令狐德棻等:《周书》,中华书局,1971,第 687 页。
⑥ (唐) 李延寿:《北史》,中华书局,1974,第 2779 页。

弃也。"①

从以上材料中的"规讽""典雅""讽谏""颂讽""以讽""雅正""经邦致治""典正"等语辞中，可窥见北朝文风在相当程度上仍保留了"经邦致治"的理想与"雅正"的审美偏好。而颜之推认同"歌咏赋颂"的精神，其背后正是"经邦致治"的思想驱动，与史书中记载的内容彼此弥补，并生共进。

北朝赋家继承了以上论述中所提倡的文风，除去由南入北的庾信（因庾信基本保持了南朝的赋风），还有裴伯茂《豁情赋序》借物讽谕，云："余摄养舛和，服饵寡术；自春徂夏，三婴凑疾。虽桐君上药，有时致效；而草木下性，实紫衿抱。故复究览庄生具体齐物。物我两忘，是非俱遣；斯人之达，吾所师焉。故作是赋，所以托名《豁情》，寄之风谣矣。"② 萧皇后《述志赋序》以示讽谏，云："帝每游幸，后常不随从，时后见帝失德，心知不可，不敢厝言，因为《述志赋》以自寄。"③ 江总《华貂赋序》叙仰铭恩泽，云："领军新安殿下以副貂垂锡，仰铭恩泽，谨题小赋。"④ 《山水纳袍赋序》述奉扬恩德，云："皇储监国余辰，劳谦终宴，有令以纳袍降赐。何以奉扬恩德？因题此赋。"⑤ 尤其是虞世基《讲武赋序》，系统地论述了"经邦创制"与"鸿名颂德"的创作理念，序云："……是知文德武功，盖因时而并用；经邦创制，固与俗而推移。所以树鸿名，垂大训。拱揖百灵，包举六合，其为圣人乎。鹑火之岁，皇上御宇之四年也。万物交泰，九有乂安；俗跻仁寿，民资日用。然而足食足兵，犹载怀于履薄；可久可大，尚懔乎于御朽。至如昆吾远赆，肃慎奇琛；史不绝书，府无虚月。贝胄雍弧之用，犀渠阙巩之殷；铸名剑于尚方，积雕戈于武库。熊罴百万，貔豹千群；利尽五材，威加四海。爰于农隙，有事春蒐。舍爵策勋，观使臣之以礼；沮劝赏罚，乃示民以知禁。盛矣哉！信百王之不易，千载之一时也。昔上林从幸，相如于是颂德。《长杨》《校猎》，子云退而为赋。虽则

---

①　王利器：《颜氏家训集解》（增补本），中华书局，1993，第268~269页。
②　（清）严可均校辑《全上古三代秦汉三国六朝文》，中华书局，1958，第3711页。
③　（清）严可均校辑《全上古三代秦汉三国六朝文》，中华书局，1958，第4057页。
④　（清）严可均校辑《全上古三代秦汉三国六朝文》，中华书局，1958，第4069页。
⑤　（清）严可均校辑《全上古三代秦汉三国六朝文》，中华书局，1958，第4069页。

体物缘情，不同年而语矣。英声茂实，盖可得而言焉。"①

赋家推崇"歌咏赋颂"正吻合了北朝重"经邦致治"的理念。但是，由于社会变迁、人为选择、文学嬗迭等诸多因素，赋家在撰作赋序时，虽然试图通过恢复汉大赋的讽谏精神来形成自己的赋学批评体系，然而事实证明，文学家及其作品，并没有免遭历史淘汰。那些将毕生精力倾注于某些已成黄昏夕阳的文学艺术样式的人，尽管进行过异常艰难的探索，付出了同样甚至更多的艰辛，其建树却既比不上前人，也逊色于来者。当然，他们在短时期内也可能享有赫赫声誉，但不久就会被历史浪潮淹没。因此，北朝赋序注定只不过是落幕之前时人所唱的一首挽歌。

综合考察《全上古三代秦汉三国六朝文》中的赋序，其创作数量历经"少→多→少"的变化过程，其嬗变轨迹犹如"抛物线"，即两汉至三国为上升阶段，两晋达到顶点，南北朝开始下降。唐以后赋序变化大抵朝衰微的态势发展，今统计冯秉文主编《全唐文篇目分类索引》②赋篇而知，唐有赋文1623篇，赋序184篇，赋序占赋文总量的比重不大，处于下降态势。

唐及以后，律赋跃居赋坛主流，尤其是场屋试赋的盛行，受科试律赋时间、字数、韵律、篇章结构等的限定与影响，士子已无暇顾及赋篇成文的原委，序文也渐渐淡出赋家的思考范围。唐时，即使赋序的撰写多进入像潘炎（赋序14篇③）、李德裕（赋序31篇④）等权高位重的人手中，然撰序的数目也终归有限。而由于存在赋体因时而变、赋序渐趋骈化、赋序脱离赋文的黏附自成一体、科举制度、社会发展等诸多不可抗拒的因素，赋序渐趋衰落已成历史的必然。

---

① （清）严可均校辑《全上古三代秦汉三国六朝文》，中华书局，1958，第4095页。

② 见冯秉文主编《全唐文篇目分类索引》，中华书局，2001。

③ 潘炎十四篇赋序为：《李树连理赋序》《日抱戴赋序》《月重轮赋序》《赤龙据桉赋序》《嘉禾合穗赋序》《潞河逐鹿赋序》《童谣赋序》《黄龙见赋序》《漳河赤鲤赋序》《黄龙再见赋序》《九日紫气赋序》《神蓍立赋序》《金桥赋序》《寝堂紫气赋序》。

④ 李德裕三十一篇赋序为：《画桐花凤扇赋序》《通犀带赋序》《鼓吹赋序》《白芙蓉赋序》《重台芙蓉赋序》《山凤凰赋序》《孔雀尾赋序》《智囊赋序》《积薪赋序》《欹器赋序》《蚍蜉赋序》《振鹭赋序》《问泉途赋序》《伤年赋序》《怀鸮赋序》《观钓赋序》《斑竹笔管赋序》《柳柏赋序》《白猿赋序》《二芳丛赋序》《畏途赋序》《知止赋序》《剑池赋序》《望匡庐赋序》《大孤山赋序》《项王亭赋序》《金松赋序》《灵泉赋序》《秋声赋序》《牡丹赋序》《瑞橘赋序》。

第二章　赋注：批评传统与诸注举隅

赋注由常规的注音、释词、句解向后来重凡例、撰序跋、擅题解等批评形态嬗递的过程，其内在理路是由释义而训理，在"尊题"的原则下兼采批点、品评、注解、阐释等法，考订翔实，注重理据，得以疏文达意，开示匠心。而汇注是赋注的一种特殊形态，因多人共注而成，所以呈现出不同的赋学理念。"汇注"虽集中了"他注"与"自注"中的训释字词、串解文意、文献征引、注音等特征，然又迥异于二者，汇注在凡例、序跋、题解、名物考释、校勘辨伪等方面均具有独特的价值。

第一节　由"古赋不注"到"注"

赋注发展经历了由最初的"古赋不注"到后来"他注""自注""汇注"渐趋拓展和臻于完善的过程，由常规的注音、释词、句解向后来擅题解、重凡例、撰序跋等批评形态转变，并以文学的语辞注解作品。把这些批注语从头至尾系统地串联起来，再结合整篇赋文，对比参照全部批点，会发现该形态的确能将一篇文章的主旨精神和整体风格呈现给读者，使读者获益匪浅。同时注解在内容与形式的分析上相对完善，表明赋文评析由最初重注疏走向了对注疏与评点的双重重视，这不但是对传统赋注的创新与突破，更是赋注形式由注释走向评点的关键。

西汉前期，司马相如、司马迁等就对时人的赋作有过精彩而深刻的评论，可称为中国赋学研究的滥觞。但早期赋作由于大量使用口语词，且主要通过口诵的形式加以传播，具有较强的游戏功能和实用性，是当时的主流作品，听而会意，见而能懂，故无须多加注释。清人王芑孙所谓"古赋不注"，原因大抵如是。汉代辞赋创作多为"侈丽闳衍"之辞，日益趋于藻饰炫才，且由于词义变动、语音变迁等原因，至东汉时，前人的赋作不易读懂，对赋作的注解便应需而生。最早的赋注是东汉班昭《幽通赋注》，至魏晋南北朝，为赋作注的现象日益增多。《隋书·经籍志》"杂赋注本"条载："梁有郭璞注《子虚上林赋》一卷，薛综注张衡《二京赋》二卷，晁矫注《二京赋》一卷，傅巽注《二京赋》二卷，张载及晋侍中刘逵、晋怀令卫权注左思《三都赋》三卷，綦毋邃注《三都赋》三卷，项氏注《幽通赋》，萧广济注木玄虚《海赋》一卷，徐爰注《射雉赋》一卷，亡。"① 从其详细载录，可知魏晋之际赋注的盛况。降及李唐，遂有李善注《文选》以及五臣注《文选》，均以对赋的注解与评点见长。

赋注不等于赋评。赋注的基本思路是以"释义"而"训理"，讲究言之有理，言之有据，"于笺中可广收批、评、说、解，以备读者参阅，于注中虽也可以详探讳隐、开示匠心，但注的本体应是考明故实，言之有据，不能像评点说解那样，只据个人的看法"②。按照注释人与赋作者的关系，可将赋注分为"他注""自注""汇注"三种形态。王芑孙《读赋卮言·注例》云："古赋不注，世传张平子自注《思玄赋》，李善已辨之矣。盖两汉、魏、晋四朝，皆无自注之例。赋之自注者，始于宋谢灵运《山居赋》。有同时人为之注者，如刘逵之注《吴都》《蜀都》，张载之注《魏都》是也。有后代人为之注者，如郭璞之注《子虚》，薛综之注《二京》是也。"③ 顾名思义，注释者为他人的作品作注，称为"他注"。曹大家对班固《幽通赋》的注解，被认为是最早的"他注"。探讨《幽通赋注》的批评形态，亦需先从文本开始，因为"文本结构往往昭示着理论形成的方向"④。然该注从汉代至今流传久远，完整的赋注早已亡佚，其体例未能全面保存下来，无法窥其详细内容。《文选》中收录的班昭注解，均以小字夹于行、句、段之中，大体每隔两句一注。《四库全书总目》卷一百八十六《文选注》总结此

① （唐）魏徵等：《隋书》，中华书局，1973，第 1083 页。
② 黄永武：《中国诗学·考据篇》，新世界出版社，2012，第 83 页。
③ （清）王芑孙：《读赋卮言》，清光绪九年刻本。
④ 王国维撰，彭玉平疏证《人间词话疏证》，中华书局，2014，第 54 页。

种体例称："于班固《幽通赋》用曹大家注之类，则散标句下。"① 综观全篇，注家尤其在训释字义、疏解词义、串通文意等方面用力特勤，或许出于对班固的熟稔，班昭的释文既详细，又精准。班昭的《幽通赋注》不仅是传注之文的精品，也开创了注赋的独有风格。它的特质约略有四。

其一，注释用语简明扼要。

班昭注赋，本是源自经学、章句学传注的传统。关于传注的文字风格，《文心雕龙·章句》中已有提及，刘知幾《史通·内篇》卷五在此基础上有更为准确的概括："昔《诗》、《书》既成，而毛、孔立传。传之时义，以训诂为主，亦犹《春秋》之传，配经而行也。降及中古，始名传曰注。盖传者转也，转授于无穷；注者流也，流通而靡绝。进此二名，其归一揆。"② 刘氏分析了传注流变，揭橥其要义在于"转授于无穷"和"流通而靡绝"，换言之，注文可以不厌其详。但班昭在注解《幽通赋》时，以精注名物为主，辅以通俗浅显的详解。例如"道修长而世短兮，敻冥默而不周"句，班昭注曰："敻，远邈也。周，至也。"接着对"至"作进一步考释："言天道长远，人世促短，当时冥默，不能见征应之所至也。"该注见于《尚书》，卷十一《泰誓》篇云："虽有周亲，不如仁人。"汉孔安国传云："周，至也，言纣至亲虽多，不如周家之少仁人。"③ 可见，班昭的注文虽简洁，却十分精当。这样既利于读者研读，又益于抄阅。注解赋句更显注家水平。如"神先心以定命兮，命随行以消息"句，班昭注曰："言人之行，各随其命，命者，神先定之，故为征兆于前也。虽然，亦在人消息而行之。"寥寥数语便作出了富有哲理的阐释：命由天定，运由本人。由于历史条件的局限，班昭署名的著作并不多，所续补的《汉书》亦只能依托班固的全书而留存，注文的只言片语之中却仍依稀留存了班昭的文采与思想。

班昭赋注的风格，其实是汉代章句之学流变的体现④。至东汉前期，有识之士已认识到烦琐、细碎的章句对经学的负面影响，朝廷也做出过一系

①　（清）永瑢等：《四库全书总目》，中华书局，1965，第1685页。
②　（唐）刘知幾撰，（清）浦起龙通释《史通》，上海古籍出版社，2015，第122页。
③　（清）阮元校刻《十三经注疏·尚书正义》，中华书局，1980，第181页。
④　章句之学的兴衰，可参考林庆彰《两汉章句之学重探》，林庆彰编《中国经学史论文选集》（上册），台北文史哲出版社，1992。

列矫正流弊的努力。如王莽之时"省五经章句,皆为二十万"①,又如刘秀虽重新提倡今文经学,却令钟兴"定《春秋》章句,去其复重,以授皇太子"②。班昭家学渊源深厚,博览群书,不可能意识不到烦琐章句的弊病,于是不再一味"就事论事"、死校字词,而采取通达训诂的方式作注,这是很自然的事情。这一过程又是通过层层递进、剥茧抽丝式的训字疏文达到的。由此可见,《幽通赋注》既有扎实的文献功底,又有相应的理论水平,称之为赋注中的翘楚,并非过誉。

其二,注释体制谨严一致。

《幽通赋注》通篇依照训字、释词、疏文的体制拓展,注释谨严,体例一致,三类注解均以"曹大家曰"起首。训字格式主要有两种。①"甲,乙也"式,如"观天网之纮覆兮,实棐谌而相训"句,曹大家曰:"棐,辅也。忱,诚也。相,助也。训,教也。"②"甲,或作乙。乙,亦丙也"式,如"岂余身之足殉兮,违世业之可怀"句,曹大家曰:"违,恨也。怀,思也。违,或作悻。悻,亦恨也。"释词格式主要有三种。①"甲,乙也"式,如"承灵训其虚徐兮,伫盘桓而且俟"句,曹大家曰:"灵,神灵也。虚徐,狐疑也。伫,立也。盘桓,不进也。俟,待也。"②"甲,谓乙也"式,如"震鳞漦于夏庭兮,匜三正而灭姬"句,曹大家曰:"三正,谓夏、殷、周也。"③"甲曰乙"式,如"飘飘飘风而蝉蜕兮,雄朔野以扬声"句,曹大家曰:"飘,飘飘也。南风曰飘风。朔,北方也。"疏文使用"言……"的句型,如"精通灵而感物兮,神动气而入微"句,曹大家注曰:"言人参于天地,有生之最神灵也,诚能致其精诚,则通于神灵,感物动气而入微者矣。"另一种为直接注释型,如"非精诚其焉通兮,苟无实其孰信"句,曹大家注曰:"非精诚所感,谁能若斯。"

其三,施注密集。

赋的注释一般密度较大,注文较详,若与史书中的其他篇目相互对照,这一点更为明显。有学者以颜师古注《汉书·贾谊传》为例统计赋文与正文的注释数量,发现《吊屈原赋》《鹏鸟赋》两赋仅有932字,而颜师古所

---

① 王充著,黄晖校释《论衡校释》,中华书局,2006,第583页。
② (南朝宋)范晔:《后汉书》,中华书局,1965,第2579页。

征引之东汉注释却有 24 条 463 字，平均每千字包含注释多达 25.75 条，注文 496.78 字，其密度是正文注释的 17.4 倍，是散文注释的 6.67 倍。[1] 班昭《幽通赋注》同样有施注密集的特征，基本每隔两句一注，句与句之间留有间歇。这种注释密度紧凑、稳定又有规律可寻的体例，非常便于读者区分与研读。这种体例犹如后世的夹批，不仅是注释，已具备批评的雏形。隔句出注的体例被后学广为效仿，谢灵运自注《山居赋》、李善和五臣注《文选》中的赋篇，皆隔句出注。其中最具代表性、影响最大的，当数六臣注《文选》。

其四，文献征引详备完善。

班昭注赋对四部文献均有征引。引文中所用的经部文献共计六种，分别为《诗经》《周易》《论语》《礼记》《尚书》《左传》。其中，征引《诗经》10 次，《周易》8 次，《论语》9 次，《礼记》1 次，《尚书》2 次，《左传》4 次。征引史部文献三种，依次为《史记》《汉书》《国语》，其中《史记》3 次，《汉书》1 次，《国语》1 次。子部文献涉及七种，分别为《孔子家语》《淮南子》《庄子》《鹖冠子》《老子》《孟子》《吕氏春秋》，其中征引《孔子家语》2 次，《淮南子》3 次，《鹖冠子》1 次，《庄子》5 次，《老子》2 次，《孟子》1 次，《吕氏春秋》1 次。相较其他而言集部文献征引较少，仅《楚辞》、贾谊《新书》两种，其中征引《楚辞》2 次，贾谊《鹏鸟赋》1 次。有的是直接引用，有的是间接引用，有的则是转引，上文已做过阐述，不赘言。

体例的严谨和引文的详赡，增加了班昭注文的说服力。汉以后，班昭注文中所提及的史事被视为"信史"，经常出现在历代的各类注解文字之中。如马融解《史记》卷六十一《伯夷列传》"武王已平殷乱，天下宗周，而伯夷、叔齐耻之，义不食周粟，隐于首阳山"句，即云："首阳山在河东蒲阪华山之北，河曲之中。"经司马贞的《正义》考证，马融的注解本自班昭《幽通赋注》："夷齐饿于首阳山，在陇西首。"[2] 再如《汉书》卷七十二《王贡两龚鲍传》"伯夷、叔齐薄之，饿（死）于首阳，不食其禄"句，颜

---

① 数据统计详见踪凡《东汉赋注考》，《文学遗产》2015 年第 2 期。
② （汉）司马迁：《史记》，中华书局，1959，第 2124 页。

师古注曰："马融云首阳山在河东蒲阪华山之北，河曲之中。高诱则云在雒阳东北。阮籍咏怀诗亦以为然。今此二山并有夷齐祠耳。而曹大家注《幽通赋》云陇西首阳县是也。"① 马融曾受业于班昭，而以马融的才学之博、名望之高，尚需引用班昭注文为自己的学说佐证，则班昭注文对时人的影响之大，可以想见。

班昭注文的学术价值也是得到后世认可的。从书籍的留存情况亦可见一斑。宋郑樵《通志》卷七十《艺文略第八》云："班固《幽通赋》一卷，曹大家注。又一卷，项岱注。"② 明焦竑辑《国史经籍志》卷五集类"赋颂"条："汉《颂德赋》一卷二十四篇，班固《幽通赋》一卷，曹大家注。"③ 清代王士禛《香祖笔记》云："班昭《汉书·异姓诸侯王》已下至《古今人表》凡十卷，班昭《汉书·天文志》一卷，班昭《补列女传》一卷，班昭《女诫》一卷，班昭《幽通赋注》一卷。"④ 直到清初，班昭注文仍被一些人单独辑录而出作为单行本存在，足见其在当时仍有参考价值。上述文献仅提及《幽通赋注》的注解者、卷数等情况，未对其具体内容进行征引。实际上，各类著作中对班昭注文的征引指不胜屈，以下仅略举数例。

《北堂书钞》卷一百二十二《武功部》"长剑一丈"条引《幽通赋注》曰："卫灵公太子蒯聩好带剑，长一丈，公谏，乃作短者，长一尺。公知不可以传国，乃逐之。"⑤《太平御览》卷三百七十《人事部》引《幽通赋注》曰："齐桓公倚柱叹曰：天下奇珍易得，但未得食人肉耳。易牙归，断其儿手以啖于君也。"⑥

宋祝穆《古今事文类聚后集》卷二十"重茧不休息"条下引《幽通赋注》曰："楚欲攻宋，墨子闻之，自鲁趋而十日十夜，足重茧而不休

① （汉）班固：《汉书》，中华书局，1962，第3055页。
② （宋）郑樵：《通志》（影印本），浙江古籍出版社，1988，第826页。
③ （明）焦竑辑《国史经籍志》，《丛书集成初编》本，中华书局，1985，第246页。
④ （清）王士禛撰，湛之点校《香祖笔记》，上海古籍出版社，1982，第161页。
⑤ （唐）虞世南撰，（明）陈禹谟补注《北堂书钞》，《景印文渊阁四库全书》第889册，台湾商务印书馆，1986，第602页。
⑥ （宋）李昉等：《太平御览》，《景印文渊阁四库全书》第896册，台湾商务印书馆，1986，第387页。

息，至郢见楚王。申包胥如秦乞师，逾越险阻，曾茧重胝，立于秦庭，号哭七日。"① 宋潘自牧《记纂渊海》卷十《议论部》引《幽通赋注》曰："北叟，塞上之翁也。马无故亡入胡，人吊之。翁曰：安知非福乎？后其马将胡骏马而归，人贺之。翁曰：安知非祸乎？后其子骑，堕而折臂，人吊之。曰：安知非福乎？后胡兵大出，丁壮者战死，唯子以跛故，得父子相保。故以北叟知祸福相因倚伏生也。"②

此外，明陈耀文《天中记》卷二十二"灭髭"条、"割指"条、"重茧"条，明董斯张《广博物志》卷十八、卷二十五，明周婴《卮林》卷七，明徐应秋《玉芝堂谈荟》卷七，清官修《御定渊鉴类函》卷二百六十《人部十九》"剃须"条、卷二百六十一《人部二十》"割指"条、卷三百六十七"原倾盖"条、卷四百三十一《兽部》"狐二"条，均有引用。从上述征引来看，《幽通赋注》虽无全本流传，李善《文选》中辑录的 61 条却保存相对完好；而且赋注中所涉及的史事，在后世的文献中多数被当作"信史"加以引用。班昭《幽通赋注》体例谨严，语言凝练，在赋学历史上具有开创意义。值得一提的是，其语言凝练、释义自如的特点，是相对于同时期的官方章句之学而言的，若与赵岐、王逸、马融等人的著述相比，这一特点并不突出。但班昭生活的时代早于马融等人，那么，对于推动由烦琐章句转向通达训诂的"健康"学术方向，班昭《幽通赋注》实有力焉。

"自注"即赋作者为自己的作品作注。谢灵运自注《山居赋》，是注赋历史上的首次，不仅特色鲜明，而且影响深远。主要表现有三点。第一，文献征引范围广泛。谢灵运出身士族大家，博览群书，有着强烈的文化自信和精英意识，在作赋及作注中亦大量征引经、史、子、集四部文献，涉猎政治、典章、习俗、制度、宫室、言语、职官、花木、鸟兽、艺术、宗教等诸多领域。略举赋文一段为例（仿宋为正文，楷体为注文）：

昔仲长愿言，流水高山；应璩作书，邙阜洛川。势有偏侧，地阙周员。铜陵之奥，卓氏充钘撅之端；金谷之丽，石子致音徽之观。徒形

①　（宋）祝穆：《古今事文类聚后集》，《景印文渊阁四库全书》第 926 册，台湾商务印书馆，1986，第 313 页。

②　（宋）潘自牧编撰《记纂渊海》，中华书局，1988，第 243 页。

域之荟蔚，惜事异于栖盘。至若凤、丛二台，云梦、青丘，漳渠、淇园，橘林、长洲，虽千乘之珍苑，孰嘉遁之所游。且山川之未备，亦何议于兼求。

仲长子云："欲使居有良田广宅，在高山流川之畔。沟池自环，竹木周布，场圃在前，果园在后。"应璩《与程文信书》云："故求道田，在关之西，南临洛水，北据邙山，托崇岫以为宅，因茂林以为荫。"谓二家山居，不得周员之美。扬雄《蜀都赋》云："铜陵衍……"……左太冲谓户有橘柚之园。长洲，吴之苑圃，左亦谓长洲之茂苑，因江海洲渚以为苑圃。□□□□□□故□表此园之珍静。千乘宴嬉之所，非幽人憩止之乡，且山川亦不能兼茂，随地势所遇耳。

短短两段文字，即涉及《周易》《诗经》《汉书》《方言》等经史文献，仲长统《乐制论》①等可以归入子部的学术著作，还涉及扬雄《蜀都赋》、司马相如《子虚赋》等多篇辞赋作品，而这仅是谢注所涉及文献的冰山一角。谢注全文所征引文献的总量是相当可观的。实际上，子部文献也是谢注的重要文献来源。②主要以道家（征引老子、庄子）、法家（征引韩非子）文献为中心，以表达作者针对某些较为抽象问题的观点。有涉及自然神灵者，如"海为百谷王，以其善处下也""惧于海若"；涉及施政制度者，如"虎狼仁兽，岂不父子相亲"；涉及因果善报者，如"善贷且善成"；涉及自然常理者，如"和以天倪"；涉及典制习俗者，如"老子云：'驰骋出猎，令人心发狂。猜害者恒以忍害为心，见放生之理，或可得悟也。'"；探讨理论与实践相结合者，如"庄周云：'轮扁语齐桓公，公之所读书，圣人之糟粕。'"等。

通观全文，注家征引的经书以六经为主，辅以《尔雅》《论语》《左传》等经部文献，并予以"断章取义"的灵活运用。有涉及宫室园林者，

---

① 相关载录见《后汉书》卷四十九《仲长统传》。
② 如正文"凡厥意谓，扬较以挥"，自注曰："韩非有《扬较》，班固亦云'扬较古今'，其义一也。左思曰：'为左右扬较而陈之。'"正文"糟粕犹在，启縢剖帙。见柱下之经二，睹濠上之篇七"，自注曰："庄周云：'轮扁语齐桓公，公之所读书，圣人之糟粕。'縢者，《金縢》之流也。柱下，老子。濠上，庄子。二、七，是篇数也。"

如"上古穴居野处，后世圣人易之以宫室，上栋下宇，以蔽风雨"；涉及闲居与休息者，如"向晦入宴息"；以明盛之花蕚喻浮华文才者，如"蕚不韡韡也"；涉及征候时令者，如"霜始降，雁来宾。岁莫云，雁北向"；阐述人心向背及人生处世之理者，如"六鹢退飞""山梁雌雉，时哉时哉"；涉及山水景观者，如"汜滥、肥愍，皆是泉名，事见于《诗》"。以上引文，在原文中的含义未必如此，但谢灵运将其有意"错用"，反而显得灵活自如，获得了出其不意的效果。

在作注时，谢灵运的征引可谓详备精审，依照赋文内容设置参考，不拘泥于某一类或某几类文献。史书与时人著述均与经部文献相间而行，较好地展示了注家征引文献的丰赡性。尤可注意的是，采山铸铜的典故在《汉书·货殖传》之中是被作为"田池射猎之乐拟于人君"的反面典型来批评的，谢灵运却不涉及价值评判，仅以"铜陵"来形容园林的富庶，体现了注家多元并举、敦厚持重的注释态度。其宗旨则是将笔触转向山野、草木、水石、谷稼之事，可以看出赋家在创作之初，已经有了自觉的题材分类与择选意识。①

第二，注音以反切为主。《山居赋》主要以两种方式注音，一为直音法，二为反切法。由于魏晋时期音韵学趋于成熟，谢注大量采用了反切注音，而对不够准确的比拟标音法极少使用。如（仿宋为正文，楷体为注文）：

> 鱼则鳗鳢鲋鲂，鳟鲵鲢鳊，鲂鲔鲹鳜，鳠鲤鲻鳣。……鲈鲨乘时以入浦，鳠鳢沿濑以出泉。"鳗音优。鳢音礼。鲋音附。鲂音叙。鳟音寸衮反。鲵音睍。鲢音连。鳊音惢仙反。鲂音房。鲔音痡。鲹音沙。鳜音居缀反。鳠音上羊反。鲻音比之反。鳣音竹佥反。皆《说文》《字林》音。……鲈鲨，乘时鱼。鳠音感。鳢音迅。皆出溪中石上恒以为玩。"

注音的字词主要是花木虫鱼等专有名词，此类标注在文中随处可见，不一一示例。需要说明的是，谢注不仅借鉴《说文解字》《字林》等专业工具书

---

① 褚旭、黄志立：《赋论形态考察——以〈全上古三代秦汉三国六朝文〉赋序为中心》，《北方论丛》2019 年第 5 期。

进行标注，还以《左传》《博物志》《论语》《礼记》等文献予以佐证。这种做法的益处约略有二：一则有利于疏通字义，二则可以辅助串解赋篇。其谨严征实的注音方式为后学所效仿。

由于大赋的文体需要，作者为了表现某一地方的物产丰富，通常极力铺陈，不惜辞藻，将当时所能见到的全部字词一并罗列其中，可"作志书类书读"①。因此，字词的注音通常十分枯燥。然而谢注在注音之余，对事物的色彩、形态等加以简要说明，并在一类事物的结尾加以总结概括，使得繁冗的注音文字也获得了生活气息，读之有趣。例如上文所列的鱼类之中，谢灵运特意对"鲈鲊"略作说明，谓其"乘时鱼"，大概是说"鲈鲊"是时令鱼，其性质犹如今天的应季水果或蔬菜。鱼的色彩是"辑采杂色，锦烂云鲜"，形态是"喙藻戏浪，泛苻流渊""或鼓鳃而湍跃，或掉尾而波旋"，脾性是"皆出溪中石上恒以为玩"。让读者识别繁冗难懂的文字之余，注家用细腻的描述增加赋注的画卷之美。

第三，释典贴切，富于感情。《山居赋》正文中亦大量用典，因此释典也是谢注中一项基本内容。其功能同样在于补充赋文内容，将其含义作进一步展开。例如赋文开篇（仿宋为正文，楷体为注文）：

> 谢子卧疾山顶，览古人遗书，与其意合……理以相得为适，古人遗书与其意合，所以为笑。孙权亦谓周瑜"公瑾与孤意合"。夫能重道则轻物，存理则忘事，古今质文，可谓不同，而此处不异。缙云、放勋不以天居为所乐，故合宫、衢室，皆非淹留，鼎湖、汾阳，乃是所居之。文成、张良，却粒弃人间事，从赤松子游。陶朱、范蠡，临去之际，亦语文种云云。谓二贤既权荣素，故身名有判也。牵犬，李斯之叹；听鹤，陆机领成都众大败后，云"思闻华亭鹤唳，不可复得"。

以下对注文中所用典故略作考察与梳理。

"公瑾与孤意合"之典，始见《三国志·吴书》卷五十四《周瑜传》，

---

① （清）浦铣著，何新文、路成文校证《历代赋话校证》（附《复小斋赋话》），上海古籍出版社，2007。

讲述孙权与周瑜在赤壁之战前抗曹策略不谋而合之事："老贼欲废汉自立久矣，徒忌二袁、吕布、刘表与孤耳。今数雄已灭，惟孤尚存，孤与老贼，势不两立。君言当击，甚与孤合，此天以君授孤也。"①"缙云"指缙云氏，见《左传》卷二十："缙云氏有不才子，贪于饮食，冒于货贿，侵欲崇侈，不可盈厌，聚敛积实，不知纪极，不分孤寡，不恤穷匮，天下之民，以比三凶，**谓之饕餮**。"②"放勋"指帝尧，见《史记》卷一《五帝本纪》："帝尧者，放勋。其仁如天，其知如神。就之如日，望之如云。富而不骄，贵而不舒。黄收纯衣，彤车乘白马。能明驯德，以亲九族，九族既睦，便章百姓。百姓昭明，合和万国。""帝尧"，《集解》引《谥法》曰："翼善传圣曰尧。"③"文成张良"即张良弃职随赤松原游之事，典出《史记》卷五十五《留侯世家》，云："留侯从上击代，出奇计马邑下，及立萧何相国，所与上从容言天下事甚众，非天下所以存亡，故不著。留侯乃称曰：'家世相韩，及韩灭，不爱万金之资，为韩报仇强秦，天下振动。今以三寸舌为帝者师，封万户，位列侯，此布衣之极，于良足矣。原弃人间事，欲从赤松子游耳。'乃学辟谷，道引轻身。会高帝崩，吕后德留侯，乃强食之，曰：'人生一世间，如白驹过隙，何至自苦如此乎！'留侯不得已，强听而食。"④"陶朱范蠡"即"范蠡三迁皆有荣名"之事，典见《史记》卷四十一《越王勾践世家》，云："故范蠡三徙，成名于天下，非苟去而已，所止必成名。卒老死于陶，故世传曰陶朱公。"⑤"牵犬"即牵犬东门之典，述李斯相秦，因厥工甚居而遭害，在腰斩咸阳城之前，李斯与儿子忆起当年牵着黄犬，出上蔡东门猎兔的情景。表面看李斯淡定从容，略带闲情逸致，实则是对自己的人生选择无奈而沉痛的嘲讽。事见《史记》卷八十七《李斯列传》，传曰："二世二年七月，具斯五刑，论腰斩咸阳市。斯出狱，与其中子俱执，顾谓其中子曰：'吾欲与若复牵黄犬俱出上蔡东门逐狡兔，岂可得乎！'遂父子相哭，而夷三族。"⑥"听鹤"即华亭鹤唳之典，讲述陆机

---

① （晋）陈寿撰，（南朝宋）裴松之注《三国志》，中华书局，1982，第1262页。
② （清）阮元校刻《十三经注疏·春秋左传正义》，中华书局，1980，第1863页。
③ （汉）司马迁：《史记》，中华书局，1959，第15页。
④ （汉）司马迁：《史记》，中华书局，1959，第2047~2048页。
⑤ （汉）司马迁：《史记》，中华书局，1959，第1755页。
⑥ （汉）司马迁：《史记》，中华书局，1959，第2562页。

悔入仕途，而感慨人生。事见《晋书》卷五十四《陆机传》，传曰："机释戎服，著白帢，与秀相见，神色自若，谓秀曰：'自吴朝倾覆，吾兄弟宗族蒙国重恩，入侍帷幄，出剖符竹。成都命吾以重任，辞不获已。今日受诛，岂非命也！'因与颖笺，词甚凄恻。既而叹曰：'华亭鹤唳，岂可复闻乎！'遂遇害于军中，时年四十三。"①

通过注文，可以发现几个典故之间有鲜明的逻辑顺序。首先，借用孙权与周瑜不谋而合的典事，意在阐明作者卧疾山顶，观览古人遗书，无比惬意闲适的心境。其次，征引上古传说时代的缙云与放勋之事以自比，叙述自己才智与品质非凡绝伦，但不以功名为志向，却在功成之后隐居。这是因为赋家受玄学思潮的影响，既有"隐遁"的行为，又要彰显其洁身自好的品格。再次，援引张良弃职随赤松原游与范蠡三迁皆有荣名之事，颂赞了前贤的高风亮节和功成身退的精神，而且以张良、范蠡之事作比，表达自己对于优雅、恬淡生活的向往之情。最后，牵犬、听鹤的故事流露出古人成败亦官场的心路历程。谢灵运出身高门，以济世之才自诩，然而由晋入宋，深为刘裕猜忌，内心的期许与现实格格不入，其苦痛矛盾可想而知。这是当时士人的普遍心理，《南史·刘穆之传》亦有相似记载："长人谓所亲曰：'贫贱常思富贵，富贵必践危机。今日思为丹徒布衣，不可得也。'"②谢灵运以李斯、陆机自喻，表示自己仍有朝不保夕之虞，而退隐山居，对生活细节充满热情和眷恋，正是谢灵运以史为鉴，寻求精神上自我救赎的一种努力。

结合谢灵运的身世和性情不难发现，谢氏的用典几乎都有其特定含义，寄托了深沉的人生感慨，绝不只是为了炫才之用。而在赋文语句高度压缩、难以写实的情况下，于自注之中解释其含义，恰与正文相得益彰。例如，自谢氏运用李斯和陆机的典故并在自注中加以阐述之后，用"牵犬""鹤唳"来表明对人生选择的悔恨之意，成为一种较为固定的表达方式③。

---

① （唐）房玄龄等：《晋书》，中华书局，1974，第1480页。
② （唐）李延寿：《南史》，中华书局，1975，第425页。
③ 其他如后魏拓跋熙《将死与知故书》云："昔李斯忆上蔡黄犬，陆机想华亭鹤唳。"再如唐笔记史料《唐阙史》卷下"崔起居题上马图"条："上蔡之犬堪嗟，人生至此；华亭之鹤徒唳，天命如何！"诗人李白也曾化用此二典，《行路难》："华亭鹤唳讵可闻？上蔡苍鹰安足道？"此处李白将"黄犬"变换为"苍鹰"。

如唐太宗御制《晋书·陆机传》赞称："上蔡之犬，不诫于前；华亭之鹤，方悔于后。"① 由此观之，谢注对于某些典故意蕴的发明是影响深远的。

后代赋注中，受谢灵运自注《山居赋》影响较深的，当数宋代吴淑所撰《事类赋注》。是书在编撰体例上颇具匠心，以赋体形式编著类书，这在辞赋写作和类书编纂两方面均属开先之举。吴淑自己为《事类赋》作注，正是效仿谢灵运自注《山居赋》。另如张维屏辑《国朝诗人征略二编》"文守元"条谓："《四塞纪略赋》一卷，萍乡文守元撰。自序云：'圣朝统驭万方，声教所及，靡远弗届。此赋于起结寓赞颂，中间所叙乃各国事，区而分之：首天时，次地舆、山川，次城郭、宫室，因而纪代传、贡献，次仪制、官职，因而纪刑罚、税课、武备、音乐，而人民廛里、居处、方言次焉，服饰、饮食、婚姻、风俗又次焉，爰及土产、货贝、器用，而终以鸟兽、鱼虫、草木、凡二十六段（小字注：以上自序）。'此赋每句皆自注，皆注明见某书，以简驭繁，有条不紊，洵为赋中巨制云。"② 上述这些注文体例，多数受到了谢灵运自注《山居赋》的影响。

"汇注"是赋注的一种较为特殊的形态，由多人共注而成。于学理层面而言，赋文的注者须兼备才、学、识三方面的素养，倘若没有与著者相当的学识，一篇空陋粗疏、缺少讽咏涵濡批评思想的注文是不足取的。但是，无论注释者如何力求客观地接近和阐释作品、重建赋作产生的具体情境，然受限于自身知识结构和人生阅历，都难以避免"误读"的发生。这使得注释不同程度地带有注释者的个人色彩。赋注中的三种形态，亦可以体现不同注家对于相关理论问题的理解。对此进行研究，有助于阐释赋体创作与批评之间的关系。今以《六臣注文选》③（余下所引皆据此书，不一一出注）赋注为考察中心，进而探索"汇注"与"他注"、"自注"之间的异同。

---

① （唐）房玄龄等：《晋书》，中华书局，1974，第 1488 页。
② 周骏富辑《清代传记丛刊》，台北明文书局，1985，第 740 页。
③ （南朝梁）萧统编，（唐）李善等注《六臣注文选》，中华书局，1987。

第二节　续雅殷勤①的李善注：以
"凡例"为中心

在进入"凡例"② 论述之前，可先考察李善注赋中类似的评点内容，大体可以归纳为：对赋篇章法结构的阐述；对赋篇艺术风格的解析；以"知人论世"的鉴赏方式评骘赋家的人品与文品；揭示赋篇主旨。余下逐一论之。

其一，对赋篇章法结构的阐述。木华《海赋》结尾"旷哉坎德，卑以自居。弘往纳来，以宗以都。品物类生，何有何无"数句，李善注引李充《翰林论》云："木氏《海赋》，壮则壮矣，然首尾负揭，状若文章，亦将由未成而成然也。"李善指出，《海赋》虽整体风格遒劲雄壮，然木华将原本置于赋前的上述赋句移植到了篇末，致使文章首尾颠倒，仿若似完成而未能完成的文章，不免带有残缺之感。据上可知，李善注引实际上发挥了评点形态中尾末总批的功用。

其二，对赋篇艺术风格的解析。此类情况主要以题下注解的方式出现，李善多以注引他人著作评述赋篇的艺术风格及价值。谢惠连《雪赋》李善题下解注引沈约《宋书》云："谢惠连，陈郡阳夏人也。幼而聪敏，年十岁能属文，族兄灵运深加知赏。本州辟主簿，不就。后为司徒彭城王法曹。为《雪赋》，以高丽见奇。年二十七卒。"句末以"高丽见奇"来评述《雪赋》之风格。张衡《西京赋》李善题下解注引杨泉《物理论》云："平子《二京》，文章卓然。"再如木华《海赋》李善题解注引傅亮《文章志》云："广川木玄虚为《海赋》，文甚儁丽，足继前良。"魏晋南北朝小赋盛行，谢惠连《雪赋》、木华《海赋》正是这时期小赋的代表，而注引中所涉及的尚

① 见唐李匡乂评李善注《文选》："苟旧注未备，或兴新意，必于旧注中称臣善以分别，既存元注，例皆引据，李续之雅，宜殷勤也。"见李匡乂《资暇集》，《丛书集成初编》本，中华书局，1985，第4~5页。

② 本节的"凡例"，并非传统意义上的发凡起例，而是李善注《文选》的一种体例，李氏注继承前代注家的优良传统，注释体式谨严，可谓典范，此仅借凡例之名，实则用其体式，以便更好地考察李善的注释体例。

"丽"思想，基本涵盖了六朝赋篇的风格特色。此几例虽以引注方式解题，实际却充当了评点形态中的题下批评。

其三，以"知人论世"的鉴赏方式评骘赋家的人品与文品。贾谊《鹏鸟赋》李善题解有云："然贾生英特，弱龄秀发，纵横海之巨鳞，矫冲天之逸翰，而不参谋棘署，替道槐庭，虚离谤缺，爰传卑土，发愤嗟命，不亦宜乎？而班固谓之未为不达，斯言过矣。"贾谊才华出众，却未能得到重用，谪居长沙任太傅，遂作《鹏鸟赋》来慨叹自己怀才不遇，实属常情。

然班固在《汉书·贾谊传》"赞"语中谓："刘向称'贾谊言三代与秦治乱之意，其论甚美，通达国体，虽古之伊、管未能远过也。使时见用，功化必盛。为庸臣所害，甚可悼痛。'追观孝文玄默躬行以移风俗，谊之所陈略施行矣。及欲改定制度，以汉为土德，色上黄，数用五，及欲试属国，施五饵三表以系单于，其术固以疏矣。谊亦天年早终，虽不至公卿，未为不遇也。凡所著述五十八篇，掇其切于世事者著于传云。"① 班氏虽征引了刘向对贾谊的"为庸臣所害，甚可悼痛"的评介，其在评论时却改变说法，认为贾谊虽有才能与劳绩，然其不幸遭遇并非"天年早终"与"未为不遇"所致，而是汉文帝刘恒因听信佞幸宠臣邓通、显贵周勃等人之语而疏远贾谊的过失。故此，李善从"知人论世"的批评视角，责难班固"未为不达，斯言过矣"，进而为贾谊鸣不平，做到对赋家"人品"与"文品"的双重评论。

其四，揭示赋篇主旨。此类可从两个方面稍作探幽：一是对篇中句意字法的评析；二是对全篇主旨的揭示。

对句意字法的评析较为常见。如班固《东都赋》"自孝武之所不征，孝宣之所未臣，莫不陆詟水栗，奔走而来宾"几句，李善注解："孝武耀威，匈奴远慑。孝宣修德，呼韩入臣。举前代之盛，犹不如今。"尾句"举前代之盛，犹不如今"，不仅仅是注解之意，而且已经具备了阐发撰作意图、介绍创作背景等作用。李善通过评析班固赋句来说明西汉孝武、孝宣二帝国力强大之时，周边匈奴、呼韩对大汉的态度，旨在衬托东汉皇帝如同前代一样，仍具有一定的德政与威势。鲍照《芜城赋》"东都妙姬，南国丽人。蕙心纨质，玉貌绛唇"几句，李善分别征引左九嫔《武帝纳皇后颂》、宋玉

---

① （汉）班固：《汉书》，中华书局，1962，第2265页。

《登徒子好色赋》进行解析："左九嫔《武帝纳皇后颂》曰：'如兰之茂。'《好色赋》曰：'腰如束素。'兰、蕙同类，纨、素缣名，文士爱奇，故变文耳。"鲍照笔下的美人从品质到外貌可谓非凡脱俗，而李善的解析，旨在考索鲍照描摹美人时所用字词的来源，并指出赋家为求新奇，有意地变换了个别字词。此类评析犹如评点中的夹批形态，以言简意赅之辞直击要处，以达到警示读者之效果。

对全篇主旨的揭示，不仅出现在赋篇中，诗篇亦有涉及。陆机《豪士赋》李善注引："臧荣绪《晋书》曰：机恶齐王冏矜功自伐，受爵不让。及齐亡，作《豪士赋》。《吕氏春秋》曰：老聃、孔子、墨翟、关尹子、列子、陈骈、杨朱、孙膑、王廖、儿良，此十人者，皆天下之豪士也。然机犹假美号以名赋也。"注解中李善既溯源了"豪士"之名，又展示了陆机撰赋题旨，意在讽刺西晋齐王司马冏"矜功自伐，受爵不让"的做法。

诗篇中对主题揭示的注解数量丰富，如《百一诗》李善注引云："张方贤《楚国先贤传》曰：汝南应休琏作百一篇诗，讥切时事，遍以示在事者，咸皆怪愕，或以为应焚弃之，何晏独无怪也。然方贤之意，以有百一篇，故曰：'百一'。李充《翰林论》曰：应休琏五言诗百数十篇，以风规治道，盖有诗人之旨焉。又孙盛《晋阳秋》曰：应璩作五言诗百三十篇，言时事颇有补益，世多传之。据此二文，不得以一百一篇而称百一也。今书《七志》曰：《应璩》集谓之新诗，以百言为一篇，或谓之百一诗。然以字名诗，义无所取。据《百一诗序》云：时谓曹爽曰：公今闻周公巍巍之称，安知百虑有一失乎？'百一'之名，盖兴于此也。"李善不厌其烦地征引文献，驳斥"百一诗"之名源自诗文字数、篇目数等误说，其最终目的则是对以劝诫讽谏为主的创作题旨的揭示。诗篇虽不是本书所讨论的主要对象，但其以注引评析的方式来揭示篇旨大意，其体例足资可参。也证明了李善已将批评的方式引入《文选》注解之中，并对其展开疏解，《文选》注解的体例，已开始由"注疏"向"批评"缓步转变。

凡例，又称发凡、序例，往往置于卷首，主要阐述书籍宗旨、体裁、结构及编撰体例。凡例集中体现了作者（或注者）对文学许多根本问题的看法，李善注《文选》用"凡例"之体，随文以发凡，自明作注之例。其"凡例"以"他皆类此"为标志，随文体现，清晰地辨明了注赋体例及其内容，是赋学批评的重要史料，今不厌其烦，逐一剔抉爬梳如下。

（1）《两都赋序》"赋者，古诗之流也"句，李善注解云："诗有六义焉，二曰赋，故赋为古诗之流也。诸引文证，皆举先以明后，以示作者必有所祖述也。他皆类此。"李善开篇即作交代，但凡征引的典籍均说明其出处来源，先举出典籍证实，其后再进行阐明，全篇基本如此。

（2）《两都赋序》"以兴废继绝，润色鸿业"句，李善注解："言能发起遗文，以光赞大业也。《论语》子曰：兴废国，继绝世。然文虽出彼而意微殊，不可以文害意。他皆类此。"李善注解重视溯源作者的祖述，但因语境不同，作者的文意与前人遗文不可避免地存在差别。这种情况下需要认真辨析，不能望文生义。

（3）《两都赋序》"臣窃见海内清平，朝廷无事"句，李善注解："蔡邕《独断》或曰：朝廷亦皆依违尊者，所都连举朝廷以言之。诸释义或引后以明前，示臣之任不敢专，他皆类此。"此类型相当于以征引的方式为赋句注解、释义，引后以明前，李善将其归于一类加以阐明。

（4）《西都赋》"又有天禄石渠，典籍之府。命夫惇诲故老，名儒师傅。讲论乎六艺，稽合乎同异"句，李善注解："《三辅故事》曰：天禄阁在大殿北，以阁秘书。石渠阁亦在大秘殿北。然同卷再见者，并云已见上文，务从省也。他皆类此。"李善对上文已出现的这种现象，在注文中特别指出"已见上文"。其中"石渠"，见序文"内设金马石渠之署"句注解，据此有"已见上文，务从省也"的体例。

（5）《东都赋》"故娄敬度势而献其说，萧公权宜而拓其制"句，李善注解："娄敬，已见上文。凡人姓名，皆不重见。余皆类此。"此条注解同上，"娄敬"见《西都赋》"奉春建策，留侯演成，天人合应，以发皇明，乃眷西顾，实惟作京"。李善作注曰："《汉书》高祖西都洛阳戍卒，娄敬求见说上曰：陛下都洛不便，不如入关据秦之固，上问张良，良因劝上，是日，车驾西都长安拜娄敬为奉春君，赐姓刘氏。"因此才有"已见上文"之说。

（6）《东都赋》"然后增周旧，修洛邑。扇巍巍，显翼翼。光汉京于诸夏，总八方而为之极"句，李善注解："《论语》子曰：巍巍乎舜、禹之有天下也。《毛诗》曰：商邑翼翼，四方之极……诸夏……其异篇再见者，并云已见某篇，他皆类此。"若前文已有注解，后面出现时即标明此解"已见某篇"。

（7）《东都赋》"春王三朝，会同汉京。是日也，天子受四海之图籍，膺万国之贡珍。内抚诸夏，外绥百蛮"句，李善注解："贾逵《国语注》曰：膺，犹受也。诸夏，已见上文。其事烦、已重见及易知者，直云已见上文，而他皆类此。"

（8）《西京赋》"薛综注"，李善注解："旧注是者，因而留之，并于篇首题其姓名。其有乖缪，臣乃具释，并称善以别之。他皆类此。"李善保留旧注中的可取之处，并进行二次注解。

（9）《西京赋》"于是采少君之端信，庶栾大之贞固"句，李善注解："凡人姓名及事易知而别卷重见者，云见某篇，亦从省也。他皆类此。"

（10）《西京赋》"鸟则鹔鷞鸹鸧，驾鹅鸿鹍"句，李善注解："高诱《淮南子注》曰：鹔鷞，长胫绿色，其形似雁。张楫《上林赋注》曰：驾鹅，野鹅。又曰：鸹鸡，黄白色，长鸽赤喙……凡鱼鸟草木，皆不重见。他皆类此。"李善对前文已出现的不再注解，仅交代已见某篇，其余则逐一注解。如本条"鸹鸧"见《西都赋》，然"鱼、虫、草、木"则无，皆须加注。

（11）《甘泉赋》李善注解："然旧有集注者，并篇内具列其姓名，亦称臣善以相别，他皆类此。"李善极注重此例，即如有旧注者，列其姓名，在全篇之首则为全篇之注，如前文中的《西京赋》，题下有"薛综注"即是；如全篇采用诸家旧注者，则逐一加注姓名，如《上林赋》虽篇首标"郭璞注"，然篇中兼采诸家，如赋中征引晋灼、文颖等人注解，则逐一标注姓名；如全篇采用诸家旧注，但不详其注者，则标"旧注"字样，以示区分，如张衡《思玄赋》题下即标"旧注"。如既征引诸家注解，又有李善注解者，则先阐明诸家注，其后李善本人注解则标"善曰"字样。

（12）《景福殿赋》"温房承其东序，凉室处其西偏"句，李善注解："温房、凉室二殿名。卞兰《许昌宫赋》曰：则有望舒、凉室，羲和、温房，然卞、何同时，今引之者，转以相明也。"此例比之其他有所不同，注家采用"引赋注赋"的体例展开，比较有针对性。

（13）《雪赋》"寒风积，愁云繁"句，李善注解："《庄子》曰：风积不厚，则其负大翼也无力。傅玄诗曰：浮云含愁色，悲风坐自叹。班婕妤

《捣素赋》曰：伫风轩而结睇，对愁云之浮沉。然疑此赋非婕妤之文，行来已久，故兼引之。"李善不仅注引，而且对存疑的地方加以注说，如李善质疑《捣素赋》的著者，又因班婕妤《捣素赋》行来已久，故兼征引。

（14）《思玄赋》"旧注"，李善注解："未详注者姓名。挚虞《流别》题云：衡注。详其义训，甚多疏略，而注又称愚以为疑，非衡明矣。但行来既久，故不去焉。"此例见前文第 11 条的总结，此不赘言。

（15）《琴赋》"若次其曲引所宜，则《广陵》《止息》《东武》《太山》"句，李善注解："《广陵》等曲今并犹存，未详所起。应璩《与刘孔才书》曰：听《广陵》之清散。傅玄《琴赋》曰：马融谭思于《止息》。魏武帝《乐府》有《东武吟》。曹植有《太山梁甫吟》。左思《齐都赋》注曰：《东武》《太山》，皆齐之土风谣歌，讴吟之曲名也。然引应及传者，明古有此曲，转以相证耳，非嵇康之言出于此也。他皆类此。"李善注解时称《广陵》《止息》《东武》《太山》等曲今虽存在，然本源未详，故征引相关者加以旁证。

由上可知，李善注解"凡例"大抵是，过简者一般忽略不注，不详者可阙疑不注，详略得当。注解已见前者，则云见前某注，全书大体一致。如一典重复运用，再标注复出，或因用法不一，为辨歧义；或因宾主不同，需求互现等。将自己注文体例夹注文中，详加陈述，使读者知其概要，可窥察李善在征引文献时"引后以明前，示臣之任不敢专"的态度；引用他人内容予以阐明，"不敢专"则体现出一种开放、客观的批评心态，既尊重前贤，又不掠人之美。

第三节　互通有无的五臣注：以 "题解" 为要旨

这里主要围绕《文选》赋篇中的批评形态展开，不妨先将相关批评形态的内容予以试析。今检《文选》五臣注①赋篇，类似评点内容主要有三：

---

① 《文选》至唐时，除有李善注本之外，尚有开元年间的朝臣吕延济、刘良、张铣、吕向、周瀚五人的合注本，此五人的合注世称"五臣注"。

①阐释赋篇中字法句法的艺术；②简要说明赋篇中的结构层次以及上下文之间的联系；③交代赋篇的撰作背景，阐述篇章主旨。下面展开讨论。

第一，阐释赋篇中字法句法的艺术。班固《西都赋》"离宫别馆，三十六所；神池灵沼，往往而在"四句，吕延济曰："离宫别馆，为天子行处别署。所至之处皆有池沼，故言往往。称'神''灵'，美之。"以"神""灵"二字指引读者，指出班固所夸赞西都之美，并非真实，而是为赋篇服务的一种虚夸的笔法。这种注解方式，犹似评点中的眉批形态，用少则二三字，多则数语来提醒或导引读者。

五臣注对赋篇中夸张艺术手法的揭示颇多，如王延寿《鲁灵光殿赋》"玄醴腾涌于阴沟，甘露被宇而下臻"二句，张铣谓："言醴泉涌渠而出，甘露沾宇而至者，并美言之，皆非其实也。"张衡《东京赋》"尔乃卒岁大傩，驱除群厉。方相秉钺，巫觋操苅"数句，张铣曰："……夫大傩驱逐，岂能见鬼逐杀于海外，持索而缚之乎？盖作者饰其事，壮其词。"诸如此类，不一而足。如今通读这些注解显得较为简单，然在五臣作注的时代，能对这些内容逐一阐明，并对不同时代赋篇的字句手法特色予以揭示，实属难得。这些类似评点的注解，虽篇幅短小，但有助于后世研究者窥探上述赋家的创作心态以及社会背景。

第二，简要说明赋篇中的结构层次以及上下文之间的联系。在《文选》五臣注中，对赋篇结构层次、起伏照应常有论及，这对赋文理解有辅助之功。略施几例。有对"先分后总"式篇章结构的发微，如江淹《恨赋》"郁青霞之奇意，入修夜之不旸"二句，吕延济谓："已上恨者凡六人，已下杂论其状。淹以为今古之情，皆类于此。"吕延济指出江淹先分述豪雄、幽囚等六人之遗憾，再以"今古伏恨而死"作为总述。吕延济对赋篇层次的解析，有助于读者理解赋篇的中心意旨和行文的精妙之处。

另有直接揭示上下文之间的承接及过渡关系者，如左思《蜀都赋》"若乃卓荦奇诡，倜傥罔已。一经神怪，一纬人理"四句，吕向云："神怪，谓苌弘血、杜宇魄之类是也。人理，相如、君平之类是也。为下文张本。"王延寿《鲁灵光殿赋》"于是乎乃历夫太阶，以造其堂。俯仰顾眄，东西周章"四句，李周翰曰："自此已上皆文考远见其状。此则过其高阶，以至于殿堂。"这些看似是注解，然又不同于一般的疏解串讲，对篇章的段落层次已有明显的阐发与辨析。

第三，交代赋篇的撰作背景，阐述篇章主旨。孙绰《游天台山赋》李周翰题下注曰："孙绰为永嘉太守，意将解印以向幽寂，闻此山神秀，可以长住，因使图其状，遥为之赋。赋成，示友人范荣期，期曰：'此赋掷地必为金声也。'此山在会稽东南也。"李周翰开门见山，将《游天台山赋》的撰述背景与赋文大意稍作交代，易于读解。

此外，王粲《登楼赋》刘良题下注引："《魏志》云：'王粲，山阳高平人也。少而聪惠，有天才，仕为侍中。'时董卓作乱，仲宣避难荆州，依刘表，遂登江陵城楼，因怀归而有此作，述其进退危惧之情也。"读之，创作背景与赋文题旨一目了然。直接揭示题旨者，如扬雄《甘泉赋》李周翰题下注解："……时帝为赵飞燕无子，往祠甘泉宫，雄以制度壮丽，因作此赋以讽之也。"如此等等，不再一一示例。

题解，即解题，指在作品题目下作注，旨在揭示作赋者的撰作背景、动机、宗旨等。这对于深入理解作家、作品尤为关键。李善不是没有解题，如江淹《别赋》题目下注曰："黯然魂将离散者，唯别而然也。夫人，魂以守形，魂散则形毙，今别而散，明恨深也。"然而，这样透彻的解题，在李善注中非常少，更多不脱注解名物的范畴，如司马相如《子虚赋》解题："《汉书》曰：'司马相如，少好读书，为武骑常侍。后拜文园令，病卒。'"五臣注为："司马相如，字长卿，蜀郡人也。少好学，景帝时游梁，乃著《子虚赋》。梁孝王薨，归成都。久之，后蜀人杨得意侍武帝，尝读《子虚赋》而善之，曰：'朕独不得与此人同时哉！'得意曰：'臣邑人司马相如自言为此赋。'上惊，乃召问相如，相如曰：'有是。然此诸侯之事，不足观，请为天子游猎之赋。'上令尚书给笔札，相如以子虚，虚言也，为楚称；乌有先生者，何有此事也，为齐难；亡是公者，无是人也，欲明天子之义。故假设此三人为辞，以讽之。"

以上区别比比皆是，不赘述。可见，即便同为解题，五臣注也远比李善注详细全面，无愧于进表中"忽发章句，是征载籍"的自称。在文学批评的发展历程中，五臣注意义重大，意味着时人对"文学评论"和"经学训诂"的区别有了较为明确的认知。

五臣注在题解注上与李善注互通有无，相得益彰，这是汇注①的一大优势。陈延嘉有过精确的统计，称："《文选》按六臣注本是 714 首，其中无题解者 167 首，有题解者为 547 首。在这 547 首中，李善与五臣都有题解者 270 首，李善有五臣无者 19 首，五臣有李善无者 258 首。"② 与李善注相比，五臣注的题解特色可崖略三端。

第一，通过对赋文题解的梳理，进一步揭示赋家撰作的动机、缘由、宗旨及艺术特色。五臣注在这方面相较李善题解注更加详赡、成熟，如《鲁灵光殿赋》五臣交代创作的动因"父逸欲作此赋，命文考往录其状"，而李善无；再如《东征赋》五臣注明了创作宗旨"作《东征赋》，以叙行历而见志焉"，而李善则无说明。五臣注题解一般在作者之后，不仅对赋家的身世、背景有所考察，而且汲取前人的注文成果，重在阐述赋家创作的动因与宗旨，是一种具有开拓性的表现。

第二，题解中详细注明了征引文献的信息。如吕延济在题解《西京赋》时，征引"范晔《后汉书》：张衡，字平子，南阳西鄂人也，少善属文。时天下承平日久，自王侯以下，莫不逾侈。乃拟班固《两都》作《二京赋》，因以讽谏。"此类较多，如张铣题解《鲁灵光殿赋》，刘良题解《舞赋》，吕向题解《三都赋序》等。另一种是未标明征引典籍的著者，只写书名和征引内容。如李周翰注解《东征赋》："《后汉书》云：扶风曹世叔妻者，同郡班彪之女，名昭，字惠姬。和帝数召入宫，令皇后贵人师事焉，号曰大家。子穀为陈留长坦县长，大家随至官，作《东征赋》，以叙行历而见志焉。"

---

① 笔者详细统计六臣注的题解情况如下。①题目名下加注：《东京赋》李善注，《上林赋》五臣注，《吴都赋》李善注，《魏都赋》李善注，《笙赋》李善注，《怀旧赋》李善注，《寡妇赋》李善注，《神女赋》五臣。②作者名下加注：《两都赋》《西京赋》《三都赋》《甘泉赋》《射雉赋》《鲁灵光殿赋》《海赋》《思旧赋》《叹逝赋》《恨赋》《舞赋》《琴赋》作者名下各有李善、五臣题注；《羽猎赋》《归田赋》《登徒子好色赋》李善无注，作者名下仅有五臣注；《思玄赋》《秋兴赋》《鹏鸟赋》《文赋》五臣无注，作者名下仅有李善注。③题名、作者名皆有注：《南都赋》《幽通赋》《闲居赋》题名下有李善注，作者名下有五臣注；《藉田赋》《北征赋》《东征赋》《西征赋》《登楼赋》《游天台山赋》《景福殿赋》《江赋》《风赋》《月赋》《鹦鹉赋》《鹪鹩赋》《赭白马赋》《洞箫赋》《长笛赋》《啸赋》题名下有李善注，作者名下各有李善、五臣注。④题名、作者名皆无注者：《长杨赋》《长门赋》《别赋》《高唐赋》。⑤旧注者名下加注者：《蜀都赋》五臣无题注，（旧注）刘渊林名下有李善题注。此注解体例颇为特殊（仅此一例），即六臣在题名、作者名下均无加注，而在旧注名下唯有李善加注。

② 赵福海主编《文选学论集》，时代文艺出版社，1992，第 82 页。

李周翰说明征引文献为《后汉书》（未标明作者信息）并征引书中内容，这种体例另有如张铣题解《两都赋序》，李周翰题解《甘泉赋》《北征赋》《东征赋》等。五臣在题解注释时基本采用这两种形式，注解者将征引典籍的作者、书名、引文内容一一标出，相对完善，增加了征引文献的说服力。

另外，有些题解不征引任何典籍，而是直接注评。如卷十四《幽通赋》张铣注曰："是时多用不肖，而贤良路塞，而固赋《幽通》，述古者得失神明之理，以为精诚信惠，是所为政也。"卷十五《思玄赋》李周翰注曰："衡时为侍中，诸常侍皆恶直丑正危，衡故作是赋，以非时俗。思玄者，思玄远之德而已。"二者题解注家不征引任何文献，而是言简意赅，开门见山揭示"作者为志"，此即五臣题解精注之所在。

第三，五臣注题解具备辅助功能。五臣注和李善注相间而行，互为补充，如《文选》卷八司马相如《上林赋》，李善无题注。有刘良注曰："上林，苑名。"再如《文选》卷八扬子云《羽猎赋》，李善无题注。有张铣注曰："此赋有两序，一者史臣序，一者雄赋序也。"张铣在题解中明确指出"史臣序"与"雄赋序"的分野问题（"赋序"章节"自序与他序"中已有详细说明，不赘言），很有见地，具有一定的参考价值。《文选》卷十五张衡《归田赋》，李善无题注，有李周翰注曰："衡游京师，四十不仕。顺帝时，阉臣用事，欲归田里，故作是赋。"阐述了张衡的写作背景和作赋目的。卷十九宋玉《登徒子好色赋》，李善无题注，有李周翰注曰："宋玉假设登徒子之词，以为谏也。"直接点明主旨。另外，即五臣无题注，而李善有注，如《文选》卷十三潘岳《秋兴赋》，李善有题注曰："刘熙《释名》曰：秋，就也。言万物就成也。兴者，感秋而兴此赋，故因名之。"而五臣则无。再《文选》卷十六潘岳《寡妇赋》、卷十八潘岳《笙赋》、卷十九宋玉《神女赋》等，五臣皆无题注。

由于赋体文学铺张扬厉，典故特多，注释者特为注重字词和典故的训释，这也是注赋的应有之义。虽有谢灵运《山居赋》自注那样优美的意义开释，但毕竟是个例。直到五臣注文选，才有意在疏通文意方面用力特勤，足以与李善注相互补充，为后世读解与考索《文选》中的赋篇提供了便利。《四库全书总目》说五臣注"附骥以传"，借助与李善注的合刻才得以流传至今，显然是因果颠倒；但说"取便参阅"，倒不失为一句平议之词。这也是五臣注在历代的严厉批评下仍能流传至今的原因。

第四节　取便参证的六臣注：以
"校勘"为对象

校勘由来已久，但对赋中提到的历史名物进行考察，实属不多，六臣注《文选》即一例。《文选》资料丰赡，来源广杂，错讹疏漏在所难免，因此，李善与五臣在注解时，校勘态度颇为谨慎。笔者通检《文选》，其校勘的主要内容有：订正赋家失考，校勘注文之误，订正赋文之误，校勘他籍得失，诸家注解取其优，存疑。摘录如下相关校勘辨伪的内容，依次例举。

一　订正赋家失考

六臣针对赋中解释相矛盾以及疏漏处，予以考证与订正。如卷十九《洛神赋》"黄初三年，余朝京师。……余从京师域言归东藩"句，李周翰加注"黄初"曰："黄初，文帝年号。京师，洛阳也。"李善对"黄初"注曰："《魏志》曰：黄初三年，立植为鄄城王。四年，徙封雍丘。其年朝京师。又《文纪》曰：黄初三年，行幸许。又曰：四年三月，还雒阳宫。然京域谓雒阳，东藩即鄄城。《魏志》及诸诗序并云四年朝，此云三年，误。"关于《洛神赋》的写作时间，历代论者多依据黄初三年曹植至京师，而推论《洛神赋》于同年创作。李善征引史书，认为曹植于三年到京师，四年三月才返回封地，由此推断《洛神赋》创作于黄初四年。

二　校勘注文之误

如卷九《射雉赋》"彳亍中辍，馥焉中镝"句，（李善存徐爰旧注）爰曰："彳亍，止貌也。辍，止也。镝，矢镞也。馥中镞声也。善曰：今本并云彳亍中辄。张衡《舞赋》曰：蹇兮宕往，彳亍中辄。以文势言之，徐氏误之。"前人对"彳亍中辍"有不同理解，李善针对选文作注，结合潘岳的文意，指出此四字在于描述雉鸡进退的形貌，不同于前人旧说。

三　订正赋文之误

如卷一《东都赋》"迁都改邑，有殷宗中兴之则焉"句，李善注曰："《尚书》曰：盘庚迁于殷。《史记》：盘庚之时，殷已都河北。盘庚渡河南，复居成汤之故都，行汤之政，然后殷复兴。盘庚为宗，班之误欤？"再如卷十六《恨赋》"朝露溘至，握手何言"句，吕向注曰："溘，奄也。人如朝露，岂可久也。奄然至此，握手何言。陵图报汉德，终而不成，为恨固已多也。然此皆随淹赋意而言，事不如此。且陵自降匈奴，汉诛其族，便怨于汉，没身匈奴中，非有报恩之意。按此乃淹文之误矣。"

一般而言，校订文学作品中的常识错误，是非常冒险的行为。因为文学作品是用来表情达意的，本来就具有模糊和多义的特征，若以历史事实和科学常识一一核对，便不免剥离作品的意境。如同沈括以为"霜皮溜雨四十围，黛色参天二千尺"不符合事实，反而是对诗歌缺乏了解的表现。

四　校勘他籍得失

如卷八《上林赋》"奏陶唐氏之舞，听葛天氏之歌"句，李善注曰："《尚书》曰：惟彼陶唐。孔安国曰：陶唐，尧氏也。张揖曰：葛天氏，三皇时君号也。其乐，三人持牛尾，投足以歌八曲，一曰载民，二曰玄鸟，三曰育草木，四曰奋五谷，五曰敬天常，六曰彻帝功，七曰依地德，八曰总禽兽之极。韦昭曰：葛天氏，古之王者，其事见《吕氏春秋》。《吕氏春秋》云：葛天氏之乐，以歌八阕，一曰载民，三曰遂草木，六曰建帝功。今注以阕为曲，以民为氏，以遂为育，以建为彻，皆误。"

五　诸家注解取其优

这种形式有一定的范式。不论是李善注抑或五臣注，先引之说往往是时人所接受的注解，而再举他说，则表示已有不同看法。《东都赋》"遂超大河，跨北岳，立号高邑，建都河洛"句，六臣注："善曰：'《东观汉记》曰：圣公为天子，以上为大司马，遣之河北，安集百姓。《尚书》曰："至于北岳。"《东观汉记》曰："诸将请上尊号皇帝，于是乃命有司设坛场于鄗之阳千秋亭五成陌，皇帝即位，改鄗为高邑……"'铣曰：'大河，黄河。北岳，常山。跨，据也。余同善注。'"同篇"遂绥哀牢，开永昌"句，六臣注："善曰：'《东观汉记》曰："以益州徼外哀牢王率众慕化，地旷远，置永昌郡也。"'铣曰：'绥，安也。余同善注。'"这里所谓"余同善注"，即所援引之外，余皆沿袭李善之注，达到了诸家注解取其优之目的。再如，《西征赋》"兵在颈而顾问，何不早而告我，愿黔黎其谁听，惟请死而获可"句，六臣注全引李善注，后谓"翰同善注"。同篇"伏梁剑于东郭"句下有"向同善注"，"犹钩之埏埴"句下有"良注同"等。《子虚赋》"勺药之和具而后御之"句，李善注曰："……服氏一说以芍药为药名，或者因说今之煮马肝犹加芍药，古之遗法。晋氏之说以勺药为调和之意，枚乘《七发》曰：勺药之酱，然则和调之言，于义为得。……"卷八《羽猎赋》"三军芒然，穷冘阆与"句，李善注曰："孟康曰：冘，行也。阆，止也。言三军之盛，穷阆禽兽，使不得逸漏也。孟康之意，言穷其行止皆无逸漏。如淳曰：冘者，懈怠也。灼曰：阆与，容貌也。如晋之意，言三军芒然懈倦，容貌阆与而舒缓也。今依如晋之说也。"

六　存疑

赋注中的存疑内容，最能体现六臣的求实精神与谨严的治学之风。李善对此用力特勤，这是学界公认；而在校勘训诂方面饱受批评的五臣注，其实也不像习见所认为的那样糟糕。如卷十六《长门赋序》"而相如为文以悟主上，皇后复得亲幸"句，吕延济注曰："陈皇后复得亲幸，案诸史传，并无此文，恐叙事之误。"五臣注考证出并无"陈皇后复得亲幸"的史实，从而引起了学者对于《长门赋序》是否为司马相如所作的争议。赋序的"他序"和"自序"如何产生，是辞赋史上的重要问题，上文已详细说明，由此看来，五臣的校勘实有"引玉"之功。更能体现学术水平的是对《与嵇茂齐书》作者的判断，李周翰注引干宝《晋纪》云："吕安字仲悌，东平人也，时太祖逐安于远郡，在路作此书与嵇康。安子绍集云：景真与茂齐书。且《晋纪》国史，实有所凭。绍之家集，未足可据。何者？时绍以太祖恶安之书，又安与康同诛，惧时所疾，故移此书于景真。考其始末，是安所作。"

《与嵇茂齐书》，《文选》署名赵景真。李周翰结合史书，认为这封书信的原作者是吕安。吕安和嵇康同时遭难，吕安的儿子吕绍迫于政治压力，将著作权移交给赵景真。对此推论，黄侃亦持赞同态度："北土之性，难以托根；投人夜光，鲜不按剑。今将植橘柚于玄朔，蒂华藕于修陵；表龙章于裸壤，奏韶舞于聋俗，固难以取贵矣。"① 到底这封书信是谁所写？李周翰的推论有其道理，但并无更多文献佐证，因而对存疑处"考其始末"。而黄侃依据文风来推断，并不如五臣注有说服力。此处虽胪举书信为例，实则旁证六臣求实谨严的注释风格。

李善在赋注校勘存疑方面下了大量功夫。如卷五《吴都赋》"列寺七里，侠栋阳路。屯营栉比，廨署棋布。横塘查下，邑屋隆夸。长干延属，飞甍舛互"句，（李善存刘渊林旧注）曰："建业宫前宫寺侠道七里也。廨，犹署也。吴有司徒、大监诸署，非一也。横塘、查下，皆百姓所居之区名。江东谓山冈间为干。建邺之南有山，其间平地，吏民居之，故号为干。中有大长干、小长干，皆相属。疑是居称干也。"再如卷六《魏都赋》"鞮鞻所掌之音，韎昧任禁之曲"句，李善注曰："《周礼》曰：播之以八音：金、石、土、革、丝、木、匏、竹。《礼记》注曰：干戚羽旄谓之乐。郑玄曰：干，盾也。戚，斧也。武舞所执。羽，翟羽也。旄，旄牛尾，文舞所执。魏文帝《乐府》曰：短歌微吟不能长。《孔丛子》曰：世业不替。《周易》曰：百姓日用而不知。郑玄《周礼注》曰：鞮鞻，四夷舞者扉也。屦，俱具反。毛苌《诗传》曰：东夷之乐曰韎。《孝经钩命决》曰：东夷曰昧，南夷曰任，西夷之乐曰株离，北夷之乐曰禁。韎、昧皆东夷之乐而重之，疑误也。"

注解中"疑""恐""误"等字样频繁使用，足见注解者谨慎、谦虚的校勘态度，加之对疑难处的考据辨析，确保了结论的合理性。注解既尊重原始文献，但又不局限于此，注家在文献的辨伪与考据的基础上加以订正补充，指出了问题与疏漏，并以包容的心态将不同说法并存，为后世研读者保存了丰富的原始资料，参考价值较高。

汇注中的"凡例""题解""校勘辨伪"皆是自注、他注中所不具者，这是汇注的优势所在，也是其不可替代的价值。正如清杭世骏《道古堂文

---

① 　黄侃平点，黄焯编次《文选平点》，上海古籍出版社，1985，第 246 页。

集》卷八《李太白集辑注序》中所论："作者不易，笺疏家尤难，何也？作者以才为主，而辅之以学，兴到笔随，第抽其平日之腹笥，而纵横曼衍，以极其所至，不必沾沾獭祭也；为之笺与疏者，必语语核其指归，而意象乃明；必字字还其根据，而证佐乃确。才不必言，夫必有什倍于作者之卷轴，而后可以从事焉。空陋者，固不足以与乎此；粗疏者，尤未可以轻试也。"① 李善注和五臣注孰优孰劣，不是本书的讨论重点；二者各有所长，前者重章句，后者重义理。所谓"释事忘义"，应当是说李善重视典出，却忽略了语词在具体语境中的含义，超出了初学者的知识水平与接受能力；而五臣注较为通俗，在疏通句意方面做了大量努力②。因此，五臣注的出现本来就是对李善注的规仿与拓展，是"选学"自身发展的体现，亦是继汉代经注之后的一种尝试与革新。

这种批评虽不成体系，却自成特色。如对段意的注解，其渊源可能为唐人对经书的疏解，近源或为因场屋试赋之需而对时文加以疏解。这种整段注解的方式，对今人注解以及翻译古籍文献，皆有一定的镜鉴意义。如赋注多采用双行夹批的形式，主要功用与评点中夹批、旁批等一致，既可点醒赋段的层次，又能指明赋句的修辞形态，这些若与圈点结合，可使赋注批评的内涵更加丰赡。此外，注解者多是文坛翘楚，所评注语辞往往具有总结性的鉴评定见，不仅言简意赅，而且能发人深省。再如汇注中的"凡例"与校勘，是体现注家风格与批评态度的力证；又如自注中重注事注典，具有类书功能，在"名物"阐释上"标明的是赋之'体物'特征，亦即'赋者，言事类之所附'（曹丕《答卞兰教》）的创作原则，因而赋注在极大意义上成为赋的'名物'解释，并由此构成特有的批评体系"③。尤其汇注中的重解题以彰显注家的思想等，这些均是赋学作品由起初的注音、释词开始逐步走向赋学批评的体现，为赋学评点的兴起奠定了基础。

---

① （清）杭世骏：《道古唐文集》，葿德洪、蒋东明主编《中国稀见史料》，厦门大学出版社，2012，第 58 页。

② 王立群：《从释词走向批评——〈文选五臣注〉研究评析》，《中州学刊》1998 年第 2 期。

③ 许结：《论赋注批评及其章句学意义》，《中国韵文学刊》2011 年第 4 期。

第三章　赋评：论评系统与形态特征

　　赋评是评点文学的重要组成部分。目前就赋学评点而言，多注重"评"而疏于"点"。窥究原委，皆因"评"属于语言形态，居于醒目位置而易引起读者注意，"评语"可帮助读者较快通晓文本的章法、风格、主旨等，因而备受青睐；而"点"则多以施色的符号形态呈现，所处位置不定且意指不明，其表意功能相较"评语"略显薄弱。纵使"圈点"未能形成系统、稳固、有序的标识，仍能在文本中起到辅助、指引、暗示等不容忽视的功用。今以赋评为中心，就其中的批语形态、评点符号、批评意蕴、批评功能进行探论，借此深入考察评点文学。

第一节　评点符号与批评旨趣

　　评点符号是评点文学的重要构成形态。随着评点本的盛行，一些常用的评点符号渐渐固定下来，最终以"点""圈""截""抹""钩"等形状各异的标记符号，再施以红、黑、黄、青等颜色，展示不同的批评意蕴。

一　点灭

　　指在评点文本中对如"文眼""警语""纲目"处的标识，常见的有"丶""〻""·"等符号。标"点"时一般有固定位置，即注重顺序性，如罗根泽《中国文学批评史》中称："抹点一律在字的右旁，圈则变化较多。"①"点"号一般在文字的右侧进行标识。

---

① 　罗根泽：《中国文学批评史》（三），上海古籍出版社，1984，第 262 页。

　　"点"除具有句读标点功能之外，在评点发展过程中还有不同的意义。如《说文解字》："点，小黑也，从黑占声。"① 《尔雅》："灭谓之点。"② 即用笔将多余或不必要的字加点进行删减消除。《后汉书·文苑列传》："射时大会宾客，人有献鹦鹉者，射举卮于衡曰：'愿先生赋之，以娱嘉宾。'衡揽笔而作，文无加点，辞采甚丽。"③ 可见"点"在汉代有点灭之意。魏晋南北朝亦有"点定"的说法，如《世说新语》："籍时在袁孝尼家，宿醉扶起，书札为之，无所点定，乃写付使。时人以为神笔。"④ "点定"分而解之，即"点灭"与"改定"之意，从"时人以为神笔"的评语中，可知阮籍所书信札之贯通优美，无点定之瑕。

　　唐代以降，"点"的含义不断丰富，延伸出"点勘""点烦"之意。"点勘"一词初见韩愈《秋怀十一首》中"不如觑文字，丹铅事点勘"⑤ 句，指用丹铅之笔校对勘正文字，通过施以不同颜色进行评点，进而引起读者的注目。"点烦"在刘知幾《史通》中论述颇详，是书"点烦"条："钞自古史传文有烦者，皆以笔点其烦上。（小字注：其点用朱粉、雌黄并得。）凡字经点者，尽宜去之。如其间有文句亏缺者，细书侧注于其右。（小字注：其侧书亦用朱粉、雌黄等，如正行用粉，则侧注者用朱黄，以此为别。）或回易数字，或加足片言，俾分布得所，弥缝无阙。庶观者易悟，其失自彰。"⑥ 刘知幾论及的"点烦"，不仅有颜色的标注与区别，而且依据实际情况可略施评语，大体具备了"评点"的功能，较之以往在形式与内容上更加丰富与完善。

　　宋以后由于评点繁兴，"点"作为常用的评点符号与评语结合在一起出现于各类评本，发展为自觉、独立、完整意义上的评点形态，遂被后世沿用。明清之际，赋学评点繁盛，如明郭正域《选赋》、孙鑛《孙月峰先生评文选》，清洪若皋《梁昭明文选越裁》、鲍桂星《赋则》、余丙照《赋学指南》等，在这些赋学评点著作中，除施以不同色彩的"·""丶""〇"点

---

①　（汉）许慎：《说文解字》，中华书局，1963，第 211 页。

②　（清）阮元校刻《十三经注疏·尔雅注疏》，中华书局，1980，第 2600 页。

③　（南朝宋）范晔：《后汉书》，中华书局，1965，第 2657 页。

④　（南朝宋）刘义庆撰，徐震堮著《世说新语校笺》，中华书局，1984，第 135 页。

⑤　（唐）韩愈著，钱仲联集释《韩昌黎诗系年集释》，上海古籍出版社，1984，第 552 页。

⑥　（唐）刘知幾撰，（清）浦起龙通释《史通》，上海古籍出版社，2015，第 396 页。

灭之外，另如圈符中的"○""◎""○""△"，抹符中的"‖""｜""｜""囗"，截笔中的"└""╱"，钩符中"亅""し"等随处可见，不同的符号在篇中示意不同的内容。总而言之，圈点的意义指向多是褒赏肯定的内容。

二　圈符

一般对评点文本中的"清新俊逸、秀雅透露、菁华奇幻、摹写有趣之处"施以圈符。该类评点符号在明清两代的评点著作中展现得颇为详赡，如明代《禅真逸史·凡例》云："史中圈点，岂曰饰观？特为阐奥，其关目照应，血脉联络，过接印证典核要害之处，则用'〵'，或清新俊逸、秀雅透露、菁华奇幻、摹写有趣之处，则用'○'，或明醒警拔、恰适条妥、有致动人处，则用'丶'，至于品题揭旁通之妙，批评总月旦之精，乃理窟抽灵，非寻常剿袭。"① 清人对"圈符"的归纳则更为详细，如《苏评孟子》对"圈"归结云："此本有大圈，有小圈，有连圈，有重圈，有三角圈，已断非北宋人笔。"② 概括明清之际的常用圈符，大体有单圈"○"、双圈"◎"、实圈"●"、三角圈"△"、上下连圈及左右连圈等。可见在评点符号中，"点"的普及使用要早于"圈"，"圈"由"点"扩充而来。"圈"与"点"常联系使用，谓之"圈点"，统指评点符号。

明代随着出版业的成熟，出现了诸多精美的多色套印评本，不仅评点本增多，而且评点的方法、色彩也渐趋丰富。如《甘泉乡人稿》谓："朱圈点处总是意句与叙事好处，黄圈点处总是气脉，朱圈点者人易晓，黄圈点者人难晓，墨掷是背理处，青掷是不好要紧处，朱掷是好要紧处，黄掷是一篇要紧处。"③ 这种以颜色与圈点元素组合的评点旨归，对读者赏读有着积极的导引作用。清人对圈点符号与句读的作用也有明确的论述，如《妆钿铲传》中的《圈点辨异》一节，对圈点理论的探讨相对完备："凡传中用红连点、红连圈者，或因意加之，或因法加之，或因词加之，皆非漫然。凡传中旁边用红点者，则系一句；中间用红点者，或系一顿，或系一读，

---

① （明）清水道人编次，延沛整理《禅真逸史》，黑龙江人民出版社，1986，"凡例"第 8 页。
② （清）永瑢等：《四库全书总目》，中华书局，1965，第 307 页。
③ （清）钱泰吉：《甘泉乡人稿》，（台北）文海出版社，1973，第 394 页。

皆非漫然。凡传中用黑圆圈者，皆系地名；用黑尖圈者，皆系人名，皆非漫然。凡传中'妆钿铲'三字，用红圈套黑圈者，以其为题也，皆非漫然。"① 借此可知，凡传中"地名"施以黑圆圈标识，"人名"则施以黑尖圈，传文中凡出现"妆钿铲"三字则施加双圈"◎"（红圈套黑圈）。这种精细有序的施注方式，说明越到晚近圈点形态与含义越丰富。

清鲍桂星在《赋则》②（凡文中所引评赋内容，皆据此影印刻本，不一一出注）中对"圈"的不同标识给予丰赡的展示。如《西都赋》开篇"有西都宾问于东都主人曰"句，其后"盖闻皇汉之初经营也"句，均采用左右连圈的方式标识。"尝有意乎都河洛矣""实用西迁，作我上都"等句，全采用三角圈"△"予以标识。另外，像"于是""若乃""又有""遂乃""其阳则""其阴则"等皆标识三角圈"△"。这种形态的圈点，多是针对句首发语词以及方位用语，有加强之意。另外还有两种圈点：一种是通篇用黑重单圈"〇"，此是用以标明句读，阅读赋篇便知，此不赘言；另一种是施以小圈"○"，显示警言佳句，如"朝发河海，夕宿江汉，沈浮往来，云集雾散"等句皆以小圈"○"标注。该段赋文旨在铺陈建章宫之宏美，加之眉评"摹写入神，佳在参差变化无斧凿之迹"，评语言简意赅，能切中要害，使眉评与赋文互为表里，评语贴切自然。倘若评点者对赋篇没有深切的感悟，很难达到游刃有余的境地。

三 截笔

在评点符号中常以黑右上倾斜线"╱"标识，旨在表达对篇章段落进行切断、割开之意，以示文章的层次结构。"广叠山法"指出，"截"有三种功能。第一，如大段意尽，"截"施以黑色，则表示篇法。第二，如大段内有小段，"截"施以红色，则表示章法。第三，小段内再有小细节目，"截"施以一半黄色，则表示句法。不同颜色与"截"组合，构成不同的评点意义，但无论章法、篇法、句法，其核心皆是"法"。至于以评点而示"法"的意图，章学诚在《文史通义》"古文十弊"条论曰："古人文成法

---

① （清）昆仑褵襹道人：《妆钿铲传》，《古本小说集成》本，上海古籍出版社，1994，第4页。
② （清）鲍桂星辑评《赋则》，清道光二年刻本。

立，未尝有定格也。……谓之时文，必有法度以合程式。而法度难以空言，则往往取譬以示蒙学，拟于房室，则有所谓间架结构；拟于身体，则有所谓眉目筋节；拟于绘画，则有所谓点睛添毫；拟于形家，则有所谓来龙结穴。随时取譬。然为初学示法，亦自不得不然，无庸责也。"① 章氏认为以评点示"法"，最终目的是启发初学，助于赏读。

这种取譬他物以示蒙学之法，在金圣叹评点的小说中亦有迹可循。其在《第五才子书施耐庵水浒传》中称"章有章法，句有句法，字有字法。人家子弟稍识字，便当教令反复细看，看得《水浒传》出时，他书便如破竹"②。金氏列出倒插法、夹叙法、草蛇灰线法、大落墨法、绵针泥刺法、背面铺粉法、弄引法、獭尾法、正犯法、略犯法、极不省法、极省法、欲合故纵法、横云断山法、鸾胶续弦法。金圣叹评点小说时所倡明的诸法，上承《古文关键》中总评之"看文字法""看韩文法""看柳文法""看欧文法""看苏文法""看诸家文法""论作文法"等体，下启清人对《聊斋志异》《儒林外史》《红楼梦》等书的批点。这些既可体现中国文学理论的渊源深厚，又能反映评点文学根植文本、取便初学的宗旨。

"截笔"在明清评点文学中可谓一仍旧贯，如明凌濛初朱墨套印刻本《东坡易传》中"截"的使用频率极高，几乎每篇皆有。到了清代，"截"符依然活跃于评点文学之中，综观所标之"截笔"，无出"篇法""章法""句法"之右。如鲍桂星《赋则》评《恨赋》，共有九处施"截"，第一处从起句至"天道宁论"句后，第二处从"于是仆本恨人"至"伏恨而死"句后，第三处从"至如秦帝按剑"至"宫车晚出"句后，第四处从"若乃赵王既虏"至"为怨难胜"句后，第五处从"至如李君降北"至"握手何言"句后，第六处从"若夫明妃去时"至"终芜绝兮异域"句后，第七处从"至乃敬通见抵"至"长怀无已"句后，第八处从"及夫中散下狱"至"销落湮沉"句后，第九处从"若乃骑叠迹"至"闭骨泉裹"句后，均施"／"，以示意段落终结，进而凸显赋文的层次结构。

---

① （清）章学诚著，叶瑛校注《文史通义校注》，中华书局，1985，第508~509页。
① （清）章学诚著，叶瑛校注《文史通义校注》，中华书局，1985，第508~509页。
② （清）金圣叹评点，文子生校点《第五才子书施耐庵水浒传》，中州古籍出版社，1985，第19页。

四　涂抹

指在评点文本中用笔在关键或纲目文字右侧处画一长线。犹如今天读书时，遇到在关键处自左而右画横线来标识，因古籍文献为竖排体，所以施抹时则由上而下。其又分长抹"∣"与短抹"∣"两种。"长抹"大体施注于篇章的关键、纲目处，彰显篇章之主旨；"短抹"多标识于句首前二三字，或表承接，或示转换。

研究者在探讨圈点批评时，一般绕不开朱熹以诸色"笔抹"进行赏读的圈点方式。一则因其出现较早，具有开创之举；二则因所施圈抹周详完善，有章可循，备受评点者重视与规仿。《朱子语类》云："先将朱笔抹出语意好处；又熟读得趣，觉见朱抹处太烦，再用墨抹出；又熟读得趣，别用青笔抹出；又熟读得其要领，乃用黄笔抹出。至此，自见所得处甚约，只是一两句上。却日夜就此一两句上用意玩味，胸中自是洒落。"① 朱熹用朱、墨、青、黄诸色将自己的读书见解与所感、所悟配以"抹"的体例施于书中，所"抹"之处或"语意好"，或"得趣"，或"得其要领"，于圈点者而言这些皆蕴含了一定的旨趣，故施以抹笔。朱熹读书时的抹笔批点方式被后学承传，如《程氏家塾读书分年日程》"点抹"条云："红中抹：纲、凡例。红旁抹：警语、要语。红点：字义、字眼。黑抹：考订、制度。黑点：补不足。"② 通过这些翔实的"抹笔"载录，可以整体观照早期圈点形态的演进风貌。

吕祖谦《古文关键》得朱熹评点之精髓，清人徐树屏为吕书所撰"凡例"交代了抹笔的情况："古人读书，凡纲目要领，多用丹黄等笔抹出，非独文字为然。后人乱施圈点，作者之精神不出矣。东莱先生此编，家藏两宋刻，刻有先后，评语悉同，皆以抹笔为主，而疏密则殊。一本稍前者，每篇抹不过数处，皆纲目关键。其稍后一本，所抹较多，并及于句法之佳者。今将二本参酌互用，第恐抹多而汩其面目，大概从前本为多，其接头处用抹，则从后本，明唐荆川先生《文编》于接头处用抹，尚是古法也。"③

---

① （宋）黎靖德编，王星贤点校《朱子语类》，中华书局，1986，第 2783 页。
② （元）程瑞礼撰，姜汉椿校注《程氏家塾读书分年日程》，黄山书社，1992，第 70 页。
③ （宋）吕祖谦编《古文关键》，中华书局，1985，"凡例"第 1 页。

通读凡例可知，徐家所藏两种宋代版本的《古文关键》，其评点形态皆以"抹笔"为主，两本差异在于：前本施抹于文本的纲目关键处，后本则抹笔于句法之佳处。前有赏鉴之意，后有助读之功，仅就抹笔而言，虽无评断之语，却有评鉴之实。

赋评亦如此，孙鑛评《西都赋》对"未央""建章"等宫殿之名，则施以大框抹笔"囗"；对如"神仙""麒麟""掖庭""椒房""天禄""石渠"等称名物，施以长条框抹笔"‖"。另外，在"弘我以汉京""故穷泰而极侈""隆上都而观万国""至于三万里""光焰朗以景彰""盖以数百""非吾人之所宁""第从臣之嘉颂"句后，皆标黑色截笔"╱"，以示段落划分；句读时用红圈"〇"标识；句眼处、警语处以及关键处，施以黑实圈"●"和点"丶"两种评点符号。

五　钩符

指在文中的用语新奇处、筋脉联络处施以"亅""乚"的钩状符号。这种评点符号出现颇早，如南宋末刘辰翁评点《王荆公诗》[1] 时曾使用该符号，是集卷四《移桃花示俞秀老》"舍南舍北皆种桃，东风一吹数尺高"句，在"舍南舍""数尺高"字右旁施"亅"。卷二十七《雨花台》"新霜浦溆绵绵净，薄晚林峦往往青"句，在"往往"二字右旁施"亅"。同卷《和御制赏花钓鱼诗二首》其一"宿蕊暖含风浩荡，戏鳞清映日徘徊"句，在"清映日"三字右旁施"亅"。卷十八《到郡与同官饮》"草木犹疑夏郁葱，风云已见秋萧索"句，在"萧索"二字右旁施"乚"。卷三十一《次韵徐仲元咏梅二首》其二"肌冰绰约如姑射，肤雪参差是太真"句，唯"太真"二字右旁施"乚"。是书标识"亅""乚"符号者颇多，不一而足。

钩符的使用在赋学评点中更是不胜枚举，清余丙照在《赋学指南》[2] 中对钩符的运用较多，如评江淹《别赋》中"感寂寞而伤神""去复去兮长河

---

① （宋）王安石著，（南宋）刘辰翁批点《王荆公诗》（影印本），北京出版社，2010。凡文中所引内容，皆据此影印本，不一一出注。
② （清）余丙照：《赋学指南》，清光绪十九年刻本。凡文中所引评赋内容，皆据此刻本，不一一出注。

湄""谢主人兮依然""思心徘徊"等句后皆施"乚",评黄滔《汉宫人诵洞箫赋赋》中"争致于瑞编绣辅""皆吟凤藻于春风""误下歌尘于绮栋""更重箜篌之引"等句后施"乚",所标皆是段落收束处。从施符处看,有的示用语新奇处,有的示筋脉联络处,有的示上下段落篇章的收束处,有些因其标识无详细说明,故难以确切知其含义。即使这些符号难以详考,但对丰富中国评点文学的内容的贡献则是毋庸置疑的。

第二节 赋作的评点文献

评点之学发端于南宋,兴盛于明清。赋作评点在明清之际也得到长足的发展,就目前的赋作评点文献来看,一般较少有单独的评点文献存世,多半依附于《文选》。今择选较有代表性的赋作评点文献,从其版本流变、评点标准、评点方法、评点特色等方面进行考察,以期对赋作评点有深入的阐释。

一 《选赋》

是书共六卷,梁萧统选,明郭正域评。明代凌氏凤笙阁刻朱墨套印本,明万历后期刊刻,首页有"吴兴凌氏凤笙阁主人识"语,次有《梁昭明传》,复次有《梁昭明序》,最后有《选赋名人世次爵里》,见《辽宁省图书馆藏陶湘旧藏闵凌刻本集成》第 97～98 册,中华书局,2015,影印本。

是书在评赋形态上主要采用眉批、题下批、夹批三种类型;评点符号主要有红色大圈"○",红色小圈"o",红色顿点"丶",红色长抹"‖"和"丨"两种,红色截笔"⌐",还有少许红色空心顿点"◊",不同的圈点在篇中示意不同的内容。赋篇中既有郭正域本人的评点,同时也征引了明杨慎的批语。

郭正域的评赋标准主要有两点。一是尊崇雅正。《两都赋序》总评:"作赋不伟丽,不如为文,然赋以敷陈其事,一于妍丽谲诡,令人不晓不敷陈矣。此赋宏博而纤巧,瑰玮而不奇僻,'诗人之赋丽以则',可谓则矣。"

寥寥数语，郭氏连用五个"不"字来强调形式与内容的相互协调，既不过于夸饰，也不轻描淡写，评家旨在尊崇雅正。二是推赏纤巧绮丽的赋作。如对鲍照《芜城赋》评曰："凄凉之调，千古含愁，文奚贵于多也。"从其较高的评价中可见一斑。此二类评赋标准在《选赋》中体现甚多，下文有详说，此从略。

二　《孙月峰先生评文选》

是书共三十卷，第一至九卷为赋，见《辽宁省图书馆藏陶湘旧藏闵凌刻本集成》第 102～103 册，中华书局，2015，影印本。该书由明孙鑛评，明闵齐华注。孙鑛，字文融，号月峰，浙江余姚人。除闵本外，另有①天启二年（1622）乌程闵齐华初刻墨印本；②陶湘旧藏崇祯七年（1634）闵凌朱墨套印本；③《四库全书存目丛书》收录有广西师范大学图书馆藏明末乌程闵氏刻本；④康熙二十年（1681）嘉善柯维桢刊本。

是书又名《文选瀹注》，前有钱谦益大字撰写的序言，次载闵齐华"凡例"十三条。全书分两部分，眉批及正文中的圈点出于孙鑛，正文中的注来自闵齐华。通篇无尾批和总批，但眉批中有不少精彩之处，也善用圈点。如黑色截笔"一"、大框抹笔"囗"、长条框抹笔"‖"、红大圈"○"、黑实圈"●"、黑圆点"·"、黑顿点"丶"等，随处可见。

孙月峰评赋遵循如下三个原则。

其一，贵古抑今。书中颂"古"的评语俯拾即是，如《北征赋》前总批："不甚极思，然古朴有余，亦苍然。"《东征赋》前总批："是《北征》余韵，于古淡中见丰庆。"《羽猎赋》前总批："是仿《上林赋》，以羽猎名篇，故不叙山水等。锻炼甚工，古而腴，雅而峭，才力真可亚于长卿。"如此等等。凡赋篇有"近今"者，表明评点者略带不满之意，如马融《长笛赋》"夫固危殆险巇之所迫也，众哀集悲之所积也"句，孙鑛批曰："如此接下，亦是节奏，然却嫌近今。"《恨赋》前总批："古意全失，然探奇搜细，曲有状物之妙，固是一时绝技。"《寡妇赋》正文眉批："是《离骚》余韵，语气却近今，其道哀情，悲至令人不忍读，曼声柔调，婉是妇人口中语，意中事。"从评点者"嫌近今""古意全失""不忍读"的批语中，可以感知其对不同赋篇的态度。考察上述评论中的"古"与"今"可知，

"古"者多指行文风格质朴、余味悠悠,章法上追求遒劲、跌宕自然而不事雕琢;"今"者则指语辞上追求精雕细琢,章法结构上讲究条分缕析,却因过于雕饰而笔力纤弱,缺少雄健的古风。

其二,推源溯流。考察作品之间的源流关系,说明某作品风格的基本倾向和过去的某作品相似,这已不是新鲜的批评方法,但用于赋作品评,还是首次。"推源"侧重分析某一赋作对于前作风格和章法的继承。《西都赋》前总批:"祖《子虚》《上林》,少加充拓,比之子云精刻少逊。然骨法遒紧,犹有古朴气,局段自高,后来平子、太冲虽难,竞出工丽,恐无此笔力。"《思玄赋》前总批:"此盖本《幽通赋》来,法屈《骚》而加之精刻,尽有独至语。但稍觉曼衍,精神不甚紧凑。"此二者是追溯风格。再如,《吴都赋》"祖褐徒搏,拔距投石之部"数句,眉批:"此长对股创自太冲,唐人多效之。虽亦闳丽,然力终觉弱,且势亦拘而不跌宕。"《西京赋》"木则枞栝棕楠"数句,眉批:"木草禽鱼,类叙,是《子虚》法。"此二者是追溯章法。"溯流"则注意说明某一赋作在赋史上的独特价值,如《洞箫赋》前总评:"苍郁宏肆,有飞沙走石之势,然锻炼之力未至,唯以气胜。其铺叙次第,则后来音乐赋所祖。"《芜城赋》前总批:"多偶语,锻炼甚工细。然气脉却狭小,是后世律赋祖。"可见,孙氏评点之"推源",旨在考索所评赋篇规仿摹写的出处,"溯流"则厘清所评赋篇的嬗变与影响,可以看出评点者颇具匠心。

其三,评语本身善用修辞。评赋中大量运用"比喻""通感"等修辞格,尤其"通感"手法的运用,巧妙、自然地将赋篇中抽象的艺术风格呈现出来。视觉上,如《西京赋》"左有崤函重险"数句,眉批:"大凡四面叙地势法类,多堆而(极)。此独错落圆活,音节铿锵,长短虚实相应;更句锤字炼,铸成苍翠之色,真是千金万宝,孟坚所不及。"孙氏用"苍翠之色"论赋风格。《西征赋》前总评:"祖《北征》体,而富其华藻,字句皆修琢,摹写处亦饶色态,第不免太烦,终觉骨力不强,气脉不贯。"味觉上,如《西京赋》"昔者大帝说奏缪公而觌之"数句,眉批:"此意尤奇绝,而语更复腴劲,咀嚼之,甘味满齿颊。"《甘泉赋》"乃望通天之绎绎"数句,眉批:"造语甚工,然亦恰好便住,不甚糜曼。所以读之不厌,乃更觉色浓而味永。"《幽通赋》前总批:"刻雕酷炼,字字欲新,大约是规模子云，然间有过苦涩处，此是近代刻画一派所祖。"评点者借助通感手法，形象地将赋中章法技巧、艺术风格等展示出来。

该书的价值与影响，从钱谦益"删繁刈秽，撮要钩玄，信学圃之津涉，文苑之钤键也。……其有功于斯文甚大"的序文中，可窥其一二。

三　《文选尤》

是书共十四卷，前三卷为赋，梁萧统选，明邹思明评。明刻三色套印，前有朱国桢《镌文选尤叙》、韩敬《文选尤叙》两篇叙文，以及邹思明"凡例"八条，见《辽宁省图书馆藏陶湘旧藏闵凌刻本集成》第99册，中华书局，2015，影印本。

是书不仅在编排体例上对《文选》有所改动，而且在赋篇数量上也进行了删减，将原来的五十六篇删减为二十六篇。在批评形态上主要采用眉批、夹批、总批三种类型，眉批多数施以墨色、朱色、绿色以示区分；在施色上通篇有朱色、绿色、墨色三种，"凡例"第八则已有交代："缀言有朱，有绿，有墨，各有所取。总评分脉则用朱，细评探意则用绿，释音义、解文辞、考古典则用墨，观者辨之。"在圈点符号上主要采用红色大圈"〇"、红色小圈"○"，及红色顿点"丶"三种。

是书的评点方法或特色有如下三点。

第一，"尚奇"的批评思想。赋篇评语中，笔者统计"奇"字至少出现三十一次，大体涉及"风格之奇""用字之奇""构思之奇"等方面。

第二，尾末总批擅用比喻象征性的评语。如《琴赋》总批："中散品格超异，妙解音律，既得琴中趣，复知弦上声，言言会意，语语传神，风云吐于行间，珠玉生于字里，奇郁词峰，光浮笔海。"《别赋》尾末总批："别悰之愁苦不难摹拟，而别绪之不一难以曲肖。此赋情景逼真，语言如画，气色鲜华，音声秀朗，有霜明月湛之姿，白雪阳春之致。"此类评点能启发、引导读者对赋文中曼妙精要之语给予重视，修辞手法的运用以及简要精赅的评论，是评点家才识的显现。

第三，偏重个人研读时的所感所悟。如《子虚赋》后评论曰："初览之，如张乐洞庭，耳目摇眩。徐阅之，如文锦千尺，丝理秩然。歌舞甫毕，肃然敛容，掩卷之余，彷徨追赏。昔杨子云有曰：'长卿赋不从人间来，其神化所至耶？' 其心服如此。"从"初览""徐阅""甫毕""敛容""掩卷"几组评点语来看，评点者依照自己不同时段的阅读感受，加以总结评论，这种主观化的感性评点几乎贯穿所有赋篇。

四　《梁昭明文选越裁》

是书共十一卷，前三卷为赋，清洪若皋辑评。正文前首列洪若皋《梁昭明文选越裁序》，其后依次是《梁昭明文选越裁目录》《梁昭明文选越裁姓氏》《昭明文选序》《文选越裁凡例》，此据广西师范大学图书馆藏康熙名山聚刻本，见《四库全书存目丛书》集部第 287~288 册，齐鲁书社，1997，影印本。

是书序言及凡例说明了《越裁》的编撰目的、编撰原则、删减原则。如编撰目的，序言称："其注始则有唐六臣李善、吕延济、刘良、张铣、李周翰、吕向为之诠释，近经吴门张伯起加以删定，然绠杂虽锄，讹舛未订。"洪氏认为《文选》虽经历注疏与删减，但仍存诸多问题，需要加以解决。编撰原则，序言又谓："句栉字比，相尽形穷，篇什素上成童之口，爰用驱除。词章悉落老生之谈，竟为芟削。篇有意同而名异，则录其一而弃其余。文有理短而词长，则节其繁而存其要。义深虽艰涩饾饤而亦取，情背即雕章绘采而必遗。……而指迷抉奥，尤资明目，其篇次悉遵昭明原编，不敢执先骚后赋之说。"在赋篇删减方面，洪氏对意同名异以及常人熟知且内容空疏的部分予以删减。在删减内容上又主要针对两个方面：一是赋文全篇皆删；二是删减赋篇中的部分内容。

从赋篇的评点内容来看，主要强调两点。第一，"以汉为法"的辨体意识。如《羽猎赋》尾末总批："措词设议，原模拟《上林》，若因循敷衍，不免蹈袭之弊，作者故将正意先发于序内，然后纵意铺张，末将正意徐徐而收之，使读者不觉其袭故，止觉其新奇，此古人文章之巧妙处。然其精光动荡，多在饾饤艰涩、佶屈聱牙、不可句读处，相如、子云一辙，乃知'浏亮'二字，非古赋所重。自浏亮体典，江、徐接踵而古赋亡矣。"洪若皋评点中的辨体思想在《南沙文集》"凡例"中略见一斑，后文详说，此不赘言。第二，注重"华藻气骨"的评赋标准。如《别赋》赋末总评："词采秀缛，文通本色，描写离情，点染数百言，终不如唐人《阳关》二十八字之为简到也。求赋于晋宋之间，华藻气骨，尚得相半，至齐梁则《西京》风力尽矣。若简文、元礼辈，一味圆美流转，所谓'弹丸脱手'四字，误人不少。"通读《别赋》可知，评点者对其在用词与行文风格方面的"华藻气骨"极为重视，颇有见地。此类较多，不逐一示例。

是书通篇所施圈点不多，以小圈"○"为主。批评形态主要有眉批、夹批、尾末总批三种。尤其尾末总批，评点者又针对部分紧要处的评语进行二次圈点，几乎每篇尾末总批皆有，这一做法在赋作批评中实属少见。任举一例，如木华《海赋》尾末总批："不以斗奢博富为奇，罗珍叠错为贵。但描写灵异，笔峭而骨清，句奥而气雄，机法高出汉人之上（变体字均施小圈'○'）。昔人疑其客多于主，不知其伐毛洗髓，另有神工，画肉不画骨者，岂堪语此。"评语遵循有话则长，无话则短的原则。如评张衡《西京赋》"列爵十四，竞媚取荣。盛衰无常，唯爱所丁"数句，眉批仅"奇句"二字。

五　《文选评点》

是书共五卷，何焯著。何氏《文选》评点分布在《义门读书记》中。主要版本有《四库提要著录丛书》乾隆三十四年（1769）蒋维钧辑《义门读书记》五十八卷本，其中《文选》五卷，第一卷为赋；乾隆三十七年（1772）叶树藩朱墨套印何焯评《文选》本；《文渊阁四库全书》载录乾隆四十三年（1778）《义门读书记》共五十八卷，卷四十五至卷四十九为《文选》评点，仅第四十五卷为赋评；乾隆四十三年（1778）启秀堂刻于光华《重订文选集评》本。《义门读书记》今有中华书局 1987 年版和上海古籍出版社 1992 年版。

何氏对《文选》中赋的批点有总批与句下批两种方式。何氏评赋以讽谏教化为准则，如评何晏《景福殿赋》："此赋似拟《东都》，亦是讽刺，故不取韦、卞而取平叔。"另如《两都赋》《三都赋》《甘泉赋》《子虚赋》《上林赋》《长杨赋》《秋兴赋》等，何氏认为这些赋篇皆旨在劝诫教化。

何焯评点《文选》虽有不足，然于清人中自是上乘之作，骆鸿凯在《文选学》一书中引其师黄侃评语，谓："清代为选学者，简要精核，未有超于何氏。"① 从其高度的评价中，可知何焯《文选》评点影响之深、价值之大。

六　《增订昭明文选集成详注》

是书共六十卷，卷三至卷二十二为赋，清方廷珪评点，清陈云程增补，清邵晋涵等批校。书名谓"集成"，方廷珪序云："至于原选旧注，互有是非得失，凡例详之也。兹编既成，质之同人，多所商定。因忆历时之久，用力之艰，采辑群言，必衷于是，名曰《昭明文选集成》。""集成"，是集众人之评而成，书中汇辑了杨慎、王世贞、张凤翼、邵长衡、何焯、沈德潜、邵晋涵等三十多人有关《文选》的评论之语。

是书系方廷珪《昭明文选集成》一书的集成与增补本，初刻《昭明文选集成》有乾隆三十二年（1767）仿范轩刊六十卷本和民国十四年（1925）上海碧梧山庄石印二十四卷本；乾隆四十八年（1783）由陈云程补订、吴天爵校刊为《增订昭明文集成详注》。

该书在赋篇批评形态上以眉批、题下批、夹批、旁批、尾末集批为主。眉批所引他人评语，按照时代先后顺序依次展开，尾末集批中也采用此体例，尾末集批除方廷珪评语外，所引他人评语在对应眉端均标明"增补"二字，以示区别。该书在圈点符号上与上述评点本相差无几，仅不规则的"左右连圈""上下连圈"以及大写的"倒乙"符号等为该书所独有。

该书的赋篇评点特色可约略两端。

一是在评论中兼论读书之法。如司马相如《上林赋》尾末集批曰："读过此赋，《二都》等赋，便不难读。何则？文字不外结构，结构不外层次。虽锻字造句，彼此面目不同，然以意义息心静气求之，则无不同。故读书必先难而后易，于其难处用一番精神思力，自有以见作者之用心。于此举而措之，世间岂有难读之书乎？"方廷珪据自己的读书经验，提出"先难后易"的读书法来指导后学，于今人而言，仍有现实意义。再比如"细读序文"的方法，颜延年《赭白马赋》尾批："凡读书须读序文。古人著一部书，作一篇文，序文则总括其所以立言大意，详于首简，提纲挈领，于是

---

① 骆鸿凯：《文选学》，中华书局，1989，第88页。

乎在。杜预注《左传》，一部《左传》尽于一篇序文。范宁注《穀梁》，一部《穀梁》尽于一篇序文。至于赵岐序《孟子》，朱子序《学》《庸》，皆能道及著述本意。而《学》《庸》二序，尤能取孔子，上继虞廷心法，别白言之，较他序文尤为吃紧。因此赋篇中及'乱'，翻来覆去，总不出序中大意，故附论之。"方氏以浅近易知之语，将这一司空见惯的现象加以阐释，于初学者而言，其价值与指导意义是显而易见的。

二是注重阐发创作技法。方廷珪论述读书之法，其结穴在于创作，创作亦有技法之论。如《长杨赋》"其尾至矣，而功不图"句，方廷珪旁批："极抑扬、擒纵之法。"《高唐赋》"谲诡奇伟，不可究陈"句，方廷珪夹批："此段从中阪上到巫山，一路所见，山是骇人之山，水是骇人之水，所见之物，亦是骇人之物。扬子云《甘泉赋》已脱胎于此，何况后人。又起处山只略写，为水作引。此处方刻画山，是文字前略后详，彼此避就之法。"方廷珪就赋篇创作的技法加以评说，以此指引初学者。

方廷珪评赋，旨在嘉惠后学，自序有云："殆欲以撤蒙昧之藩丰，窥精微之堂奥，俾读者苦前日索解之难，乐今日用力之易。父诏兄勉，人持一集，即委穷源，由源达委，驰骋康庄，力追古作，不难也。"即通过疏解、评点等举措使后学更加易于阅读赋篇。

七　《重订文选集评》

是书共十五卷，前四卷为赋，清于光华辑。该书主要有两个版本，一是乾隆三十七年（1772）友于堂初刻本，名为《昭明文选集评》；二是乾隆四十三年（1778）锡山启秀堂重刻本，名为《重订文选集评》，加上卷首与卷尾共十七卷。二书皆藏于国家图书馆。是书前有秦镛、金嘉琰、辛炼、锺纲《文选集评原序》，邱先德、黄燡照《重订文选集评序》，于光华《自序》七篇序言，序后有于光华的《凡例》以及《重订凡例》两篇。

从赋篇评点来看，《重订文选集评》有两点值得关注。

其一，网罗众家评点于一书一文中，在评论形态与圈点符号上有集成之功。集评涵盖了眉批、题下批、旁批、夹批、尾末集批等几乎所有赋篇批评形态，每种形态都不乏精彩之语，尤以题下批点见长。其题下批点的内容极为丰富，如阐释赋题之意、揭示创作主旨、简明撰作缘由、阐述艺术风格、综合考量，等等。此体例既有集成之功，又有拓展之举。如文中的施圈情况，《凡例》中概述为："圈点画乙，俱参各本校定。大段落用大画截住，小段落用句中逗圈别之，佳句用密圈，脉络用密点，逐段眼目用尖圈，或用密点，字法用实圈，或用单点，俱各从其轻重耳。"除此之外，类似空心顿点"ゞ"在赋篇中随处可见，而且对夹批的书名、人名、地名、时代名称均以大框"囗"圈住，以别他类。不难看出，于光华在前人施圈的基础上又制定了相对谨严的圈点体例，对理解赋篇层次结构、章法艺术，玩味佳词丽句皆有积极的导引和辅助功用。

其二，援引内容既丰赡多样，又精于择选，令人丝毫不感错漏芜杂。于光华在自序中论："《瀹注》所载孙月峰先生评论，瑕不掩瑜，片言只字，无不指示，诚后学之津梁，修辞之标的也，今悉载入无遗。至如《纂注》《评林》《瀹注》《约注》《山晓阁》《赋汇疏解》及张伯起、陆雨侯、俞犀月、李安溪诸先生评，各采其一二，或十之二三，恐议论纷出，转滋疑窦，未敢多录也。"于氏赋评中大量征引诸家评语论说，如刘勰、欧阳修论说，孙鑛《孙月峰先生评文选》、何焯《文选评点》、方廷珪《增订昭明文选详注》等，尤其孙鑛与何焯的评语，几乎悉数辑录，同时对诸家评语论著也是本着扬长避短的态度予以择取，彰显出于光华在评点文学上非凡的学识。如辑周平园评语点批郭璞《江赋》："《高唐赋》之水，是山中积潦之水；广陵涛之水，是暴来骤至之水。海水莫奇于遇风，移来写江，便不似；江水莫奇于入峡，移来写海，便不似。文字之佳，在彼此移掇不去。"评点者将理论与赋篇内容相结合，将所评内容置于相似环境中加以剖析，评论既富有深度，又兼有真实感。

八 《赋则》

是书共四卷，清鲍桂星辑评。今见王冠辑《赋话广聚》影印本第六册，2006 年由北京图书馆出版社出版。道光年间刻本《赋则》现藏北京图书馆，卷首有道光二年（1822）鲍桂星撰的序文及"凡例"十四则。序文简明介绍了所评选赋篇的时代情况，凡《文选》不录者，评点者则甄采为之，"存家塾以为始学津梁"是其评选目的。《凡例》还点出书名之源："兹编体制虽殊法度，则一名曰'赋则'，取子云'丽则'之义，以端祈向，犹赋楷义也。"

是书批评形态以眉批和总批为主，每篇评语不多，却简洁凝练。《凡例》阐明了鲍桂星对赋篇评语的态度："评语无取冗杂，然太简亦不明晰，圈点标目亦不可少。兹就管见所及，一一拈出。"如清潘耒《平蜀赋》"法春生与秋杀，有霜落而露濡"句，先施以小圈"○"，再眉批："立义正大。"清陈维崧《滕王阁赋》尾末总批："风格在今古之间，其工稳自不可及。"上述评语不多，但能切中要处。鲍桂星偶有在律赋题目下以题下批的形式注明用韵情况，如白居易《荷珠赋》题下批："以泣珠之鲜莹为韵。"蒋防《姮娥奔月赋》题下批："以一升天中永弃尘俗为韵。"此外，在圈点符号上，通篇所施圈点符号种类较为丰富，除上述所论圈符之外，是书评点者有一个显著特点，即长于施注三角圈"△"，如《西都赋》"尝有意乎都河洛矣""实用西迁，作我上都""汉之西都""及至大汉受命而都之也"等句全采用三角圈"△"标识，除此而外，如"于是""若乃""又有""而乃""于是天子乃""然后""遂乃""其阳则""其阴则""东郊则有""西郊则有""其中乃有"等词句皆标识三角圈"△"。观此可知，这种形态的圈点，多是针对句首发语词、方位用语以及句意转折处，有强调之意。

该书以选赋见长，其评点价值不免"相形见绌"，但仍有研究价值。

九 《文选平点》

是书共六十卷，卷一至卷十九为赋，黄侃评点。该书有上海古籍出版社 1985 年黄焯编次、黄侃平点本；中华书局 2006 年黄延祖重辑、黄侃平点本。

黄侃《文选平点》涵括了训诂、考据、校勘、评点等诸多内容。是书依照《文选》体例并以摘句的方式展开评点，其命名耐人寻味，黄氏谓"平点"而非"评点"，"平"有"正"之意，即对前人所注评《文选》的内容进行判定、订正。对于某些有争议的赋篇主旨，黄侃有自己的判断与选择。如评曹植《洛神赋》："洛神，子建自比也。何焯解此文独得之。"关于《洛神赋》之篇旨可谓聚讼纷纭，而黄侃仅取何焯观点，即认为曹植所赋，实为效忠之意。又对"悼良会之永绝兮，哀一逝而异乡。无微情以效爱兮，献江南之明珰。虽潜处于太阴，长寄心于君王"的赋句作进一步点评，黄氏批曰："此当与《责躬》、《应诏》、《赠白马王》诸诗，《求通亲》、《求自试》二表，《六国论》及《陈思王传》参看，其旨自明，感甄之谤于此雪矣。"以此来补正"效忠"说。

上述列举的赋学评点文献是本章考察的对象，后文均有涉及。在此对其作一粗略梳理，意在介绍赋作评点文献的存世情况、版本演变，以及将每种著作的评点标准、评点方法、评点特色、评点原则等进行鸟瞰式展现。这样，既便于读者对这些基本问题有一宏观感知，也为下文探讨赋作的评点形态、评点特色、评点价值等问题筑石铺路。

第三节　赋作的评点形态

评点之学始兴于宋代，是古人阅读文本时将自己的心得感悟，以短小精悍、生动活泼的语言批注在文本上的一种品评方式，也是表达自己文学观念的一种特殊形态。评点文学是中国古代文学理论与文学批评的主要组成部分，而赋学评点又是评点文学的重要部分。因此，探讨赋学评点，不仅旨在拓展、深化中国古代文学理论与文学批评之间的关系，窥察其所呈现的不同的内涵与特征，还要在此基础上，进一步丰富中国赋学批评的理论体系。按照批语书写位置的不同，可将赋学评点分为眉批、题下批、夹批、旁批、尾批、删注批点、总批七种形态，正是这些不同的批语形态构成了赋学评点的基本内涵，并使之具备了一定的批评功能。

一　眉批

眉批，指在文本的天头处标出的批语。由于受书页天头空间范围的限制，眉批内容往往简洁凝练，评语字数可长可短，少则一二字，多则数语；在评论范围上，所评对象或是文中字词、或是文中句段、或是全篇内容；在评论功能上，起到提示、指引、总结等作用。如《文选尤》①（见图 3-1）

---

① （明）邹思明评《文选尤》，《辽宁省图书馆藏陶湘旧藏闵凌刻本集成》第 99 册，中华书局，2015。凡文中所引《文选尤》内容皆据此本，不一一出注。

中邹思明批点《雪赋》，开篇眉批："起有奇致。"短短四字，评价起笔之奇美精致。《两都赋序》前眉批："二赋宏博而不纤巧，瑰玮而不奇僻，正大鲜美，典练不浮。"虽是对赋序的眉批，然就《西都赋》《东都赋》的艺术特征、主旨思想给予评鉴，同时兼有总批的功能。

另外，因眉批多随赋篇内容的开展随时标列，所以"外形"也略显随意、灵活。有的是只言片语，有的则洋洋洒洒。其批语或赞叙事描摹之奇，或叹人物对话之妙，或评描写词句之佳，或夸情节之曲，或叙章法之巧，总之，眉批以言简意赅、短小灵活见长。如邹思明批点《西都赋》"汉之西都"数句，眉批"先叙西都山水之胜"；"其宫室也"数句，眉批"此叙宫室之制"；"后宫则有掖庭椒房"数句，眉批"此至'盖以百数'，又极拟后宫之盛"；"左右庭中"数句，眉批"此至'各有典司'，叙人才之盛"；"周庐千列"数句，眉批"此至'所宁'，又极言宫室之侈"；"于是天子乃登属玉之馆"数句，眉批"此至'举烽命爵'，言田猎既毕，而论宴饮"；"遂乃风举云摇"至结尾数句，眉评"此下总言以结"。再如邹思明批点江淹《别赋》，开篇眉批："先言离别之可悲，'万族'以下则分言别之不一。"接着从"富而别""侠士报仇而别""从军而别""出使而别""新婚而别""学仙而别""妇送夫而别"论起，最后总的眉批为："'别方'以下总言别绪多端，难以形状。"邹思明指出此篇在结构上以"总—分—总"方式次第展开。眉批首先总论离别之悲，其次逐一评述七种不同的别离，最后以"别绪多端，难以形状"作结，评论条理清晰，既契合赋文主旨，又揭示篇章风格。犹如串讲，初看似浅，细看则深，给人以浅中见深、深入浅出的感觉。正因其评点浅近通俗，公允稳妥，被后世如方廷珪《增订昭明文选集成详注》、于光华《重订文选集评》引用。

是书眉批中对艺术手法、风格特征等的评语较多，长短不等，如邹思明评点《文赋》"或托言于短韵"数句，眉批"此简短之文"；"或寄辞于瘁音"数句，眉批"此冗长之文"；"徒寻虚而逐微"数句，眉批"此虚浮之文"；"务嘈囋而妖冶"数句，眉批"此淫艳之文"；"每除烦而去滥"数句，眉批"此朴实之文"。邹思明对"文"的简短、冗长、虚浮、淫艳、朴实等特质一一评述，通过眉批的形式说明不同"文"的艺术风格，深入浅出。可见其对于赋作的见解亦有独到之处。

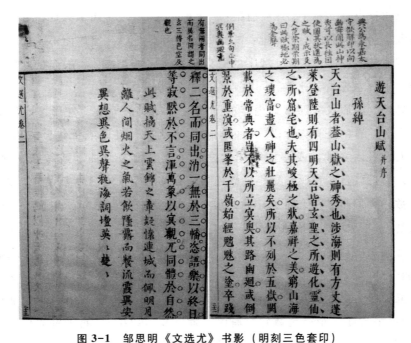

图 3-1　邹思明《文选尤》书影（明刻三色套印）

资料来源：《辽宁省图书馆藏陶湘旧藏闵凌刻本集成》第99册，中华书局，2015。

是书对赋文艺术特征的批评，不仅有句段眉批，也有篇章总体评述。如邹思明批点《子虚赋》"于是郑女曼姬"数句，眉批："插入美人一段，此文之奇幻变化处，复入游清池，而歌讴齐发，水石皆鸣。诚为信手拈来，头头是道，愈出愈奇愈灵愈怪。"这是针对某一段的赏析。对赋文总体风格的评骘，如《上林赋》开篇邹思明眉批："肆意出之，有奇有华，如一天星斗盘旋笔下。"

眉批一般依据赋文情节的发展，由评点者逐一施加，详细的评语指引或提示使研读者一目了然，益于整体理解。因此，眉批常与总批一道，构成赋作评点的两种形态。总批下文另有说明。

二　题下批

题下批，概言之，指在题目下方空白处进行批点的方式，此类评点出现于明代，在如郭正域《选赋》、孙鑛《孙月峰先生评文选》等赋作评点著作中已有零星出现。清代题下评点开始繁兴，且已成规模。今以清代于光华《重订文选集评》①（见图 3-2）为例，并综合各类不同评点著作，将题下批的表述内容简要归纳如下。

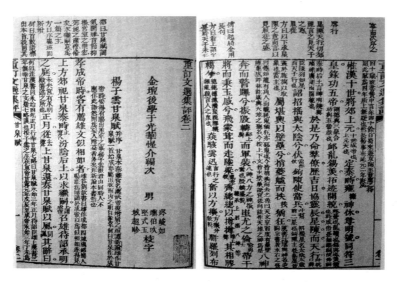

图 3-2　于光华《重订文选集评》书影
资料来源：于光华辑《重订文选集评》，国家图书馆出版社，2012。

其一，阐释赋题之意。该类批点旨在针对抽象或令人费解的题目之意作进一步的解释补充，有利于初学者学习。如《赭白马赋》题下批："刘芳《毛诗义证》曰：彤，白杂毛曰驳。彤，赤也，即赭白也。"《登徒子好色赋》题下批："登徒，姓也。何曰：以《国策》参考，登徒盖以官为氏。"批点者着眼于深奥题目，或援引李善注内容，或引证他人评语，化难为易，对赋题作周详疏解，为后人阅读提供了便利。涉及此类题下批点的另有《琴赋》《笙赋》《啸赋》等篇。

其二，揭示创作主旨。该类批点开门见山，直接阐明赋文的创作意旨。如《恨赋》题下批："意谓古人不称其情，皆饮恨而死也。"《叹逝赋》题下批："叹逝者，谓嗟逝者往也。言日月流迈，人世易往，伤叹此事而作赋焉。"尤其后者，既有对题目的进一步解释，也有对主旨"日月流迈，人世易往"的阐发，二者相间有之，更加充分地揭示主旨意蕴，易于初学者理

---

①　凡文中所引评赋内容，皆据《重订文选集评》本，不再一一出注。

解与接受。其他如《上林赋》《登楼赋》《芜城赋》等题下批同属此类。

其三，简明撰作缘由。该类批点主要对赋篇的撰述背景、创作动机等作简要评论，使读者可以更深入地探寻赋文创作背后的"故事"。如《怀旧赋》题下批："《怀旧赋》者，谓怀思亲旧而赋之。"《文赋》题下批："《晋书》：'机，妙解情理，心识文体，故作《文赋》。'何曰：注臧荣绪《晋书》曰：'机少袭领父兵，为牙门军将，年二十而吴灭。退临旧里，与弟云勤学，积十一年，被征为太子洗马，与弟云俱入洛。'按此，则此赋殆入洛之前所作，老杜云：'二十作《文赋》，于臧书稍疏也。'"借助题下批点，读者不仅可以了解《文赋》的撰作时间、地点、缘由，而且可以获取陆机的家世概况、人生履历、性情品格等信息，此题下批既是评文，亦是品人，同时兼备考证，于光华以陆机的身世判断考证出《文赋》是陆机入洛阳前所作。清人长于考据，"稍为时髦一点的阔官乃至富商大贾，都要'附庸风雅'，跟着这些大学者学几句考证的内行话"[①]，因此这种评考相兼、互渗、互融的批点形式，极易引起时人的兴趣。另有《归田赋》《叹逝赋》《寡妇赋》《西征赋》等题下批同属此类。该评点形式在《增订昭明文选集成详注》赋评中出现较多，不一而足。

其四，阐述艺术风格。此类题下批点，犹如总批或赋前眉批，针对赋文的总体风格、章法艺术等进行探讨。该批点不仅贯注了评点者的审美理念，而且可帮助读者从整体上了解《文选》中赋的艺术风格。如《西京赋》题下批："何义门曰：西京一赋，可谓逞靡丽之思矣。然须看其用意，一线贯穿，措辞分曹按部，实纵横于整肃之中，斯为能事耳。"《吴都赋》题下批："何义门曰：蜀是矜其险阻，吴是诩其繁华，用意微别，吴折蜀处，全在境之广狭上着想，故务以曼衍为工。"于光华此处征引何焯之语，何焯的评语比较精到准确，能把握具有代表性的赋文的艺术特色，是同时代人所公认的。蒋维钧《义门读书记·凡例》云："义门读书，丹、黄并下。随有所得，即记于书之上下方以及旁行侧理。"[②] 可见，于氏并不是随便征引，

---

① 梁启超著，朱维铮校注《梁启超论清学史二种·中国近三百年学术史》，复旦大学出版社，1985，第117页。
② （清）何焯撰，蒋维钧辑《义门读书记》，《四库提要著录丛书》子部第76册，北京出版社，2010，第4页。

而是力求准确。其他如《两都赋序》《东京赋》等篇题下批皆同。

其五，综合考量。谓之综合考量，是指该题下批点大体兼备上述各类表述内容。此类型的一个显著特点是评语繁多、涉猎内容宽泛，除上述四种表述内容之外，还对赋篇中疑误之处予以考证注疏，评价同类题材赋篇的异同优劣，对赋篇中的宗法祖述情况进行源流追溯等；尤其源流追溯，对于研究赋作文学发展史有很大帮助。

如《子虚赋》题下批点，既有考量之实又兼溯源之意，于光华评曰："祝氏云：此赋虽是两篇，实则一篇。赋之问答体，其源自《卜居》《渔父》篇来，厥后宋玉辈述之，至汉而盛，此两赋及《两都》《二京》《三都》等作皆然。首尾是文，中间是赋，世传既久，变而又变。其中间之赋以铺张为靡而专于词者，则流为齐梁唐初之俳体；其首尾之文以议论为便而专于理者，则流为唐末及宋之文体。性情益远，六义渐尽，体制逐失矣。首尾虽以议论问答，然'车马千乘'等句，即以赋齐王之猎；后半'齐东陼巨海'等句，即是赋齐国游猎之地，则亦未尝非赋也。后人无铺张之才，纯以议论为便，于是乖体物之本矣。"这一段以赋作的"问答体"为纲，涉及三个问题。首先是评点者对于"问答体"的考源。于光华认为，"问答体"源于《卜居》《渔父》篇，以后的《两都》《二京》《三都》等京都赋类都是问答体的流变。其次，考察了赋作"问"与"答"的不同发展走向，开头的"问"与结尾的"曲终奏雅"逐渐演变成对某一问题的叙述和论证，这就是"以议论为便而专于理"；而中间的"答"则极尽铺陈描写之能事，这就是"以铺张为靡而专于词"。后者至齐梁唐初变为"俳体"，前者在唐末及两宋之际变为"文体"。最后强调赋作的本色是铺张扬厉，曲尽物色人情。后人追求文的议论之便，却失去赋的铺陈之美，于光华认为此举违背了赋的体物之根本。语虽简短，却极有理论张力。评点者倘若不具备深厚的赋学涵养，一般不易察觉赋作这种内在的细微的演变轨迹。此为研究赋作在不同时期的流变提供了一个良好的视角与契机。

又如《藉田赋》题下批，不仅疏解字句，而且就相同题材的内容进行异同优劣的较量，于光华评曰："藉，借也。借人力理田，以奉宗庙，示天下先也。《汉书注》：藉，蹈藉之也。祝氏曰：臧荣绪《晋书》以为《藉田颂》，《文选》以为《藉田赋》，要之，篇末虽是颂而篇中全是赋，赋多颂义少，当为赋也。马扬之赋终以风，班潘之赋终以颂，非异也。田猎祷祠涉于淫乐，故不可以不风；奠都藉田国家大事，则不可以不颂，所施各有攸当故也。何曰：祝说非。古人赋、颂通为一名，马融《广成》所言者田猎，然何尝不题曰颂耶？强生区别，即杜撰也。若云风颂异施，扬之《羽猎》亦有'遂作颂曰'之文。按，不歌而颂谓之赋，故亦名颂。王褒《洞箫赋》，《汉书》谓之颂。"从题下批语中可知，评点者不仅对"藉"字进行疏解，而且对《藉田赋》是"赋"体还是"颂"体予以辨别，进而延伸出两方面内容：一是对同类题材的作品的辨析；二是对相关赋家风格的比勘，认为马融、扬雄之赋以讽而终，班固、潘岳之赋以颂而终，因所赋对象的差异，则或讽或颂，二者在本质并无不同。这种内容翔实、观点明确的题下批点，大大有助于读者对赋篇的整体理解。

其他诸如《神女赋》《洛神赋》等皆属于综合批点，尤其《洛神赋》题下批点繁富，批语在六百字以上，其题下批点篇幅可与八百多字的正文相比，这在赋学评点中极为少见，限于篇幅不予摘录。综上总括明清以来题下批点，表述内容大体不出上述五种。而题下批点既有对作家的评议，也有对每篇赋文的总评，可以说是面面俱到，这完全是中国评点文学史上的一种全新的姿态。

三　夹批

夹批，是明清时人评点赋作时常用的一种批评形态。因古人竖排刻书，赏读时一般会在上下字、句之间的空隙处夹写细小的文字，对其句眼、关键处等内容进行简短评论。从各类赋作的评点本来看，明代夹批形态较为少见，笔者仅见明郭正域《选赋》[①]，而且此时的夹批大多未能脱离李善、五臣等注赋的樊篱。夹批形态真正繁盛，始于清代，于光华《重订文选集评》、方廷珪《增订昭明文选集成详注》中的评赋夹批尤为时人称道。

---

① 　凡文中所引内容，皆据郭正域评《选赋》本，不再一一出注。

　　明人评点赋作中所采用的夹批形态，从某种程度而言尚处于探索阶段。夹批中虽有零星评论，然仍以注音、疏解字词、校勘等为中心，大抵沿袭唐人注赋的形制。如郭正域《选赋》批点张衡《西京赋》"心奓体忲"一句，有红色夹批："'心奓体忲'四字，一篇纲领。"（见图3-3）该类夹批不多，偶有评论便从大处着眼，对读者理解全篇有一定的提示意义。对字注音的夹批，如"人惎之谋"句，"惎"字旁有红色夹批："音忌。""雕楹玉碣，绣栭云楣"一句，分别在"碣""栭"二字旁施红色夹批："音昔""音而"。再如《东京赋》"度堂以筵"句，"度"字旁有红色夹批："上声。""巨猾间豗"句，"间"字旁有红色夹批："去声。""而乃九宾重，胪人列"句，在"重"字旁施小红圈"○"，然后施红色夹批："平声。"此类注音夹批比比皆是，为阅读提供了便利。

　　郭正域在夹批中对于个别字、词与五臣注作比勘，也是此评点又一特色。如《西京赋》"奋隼归凫"句，在"隼"字旁施红色夹批："五臣作'集'。""奎蹄盘桓"句，在"奎"字旁施以红圈"○"，然后施红色夹批："五臣作'蹿'。"此外夹批还具有注解的作用，如"状嵬峨以岌嶪"一句，施红色夹批："形容壮丽。"

　　除上述之外，郭正域在夹批中对某些字词的脱衍、讹误等也有窥察。

　　勘订脱字，《寡妇赋》"乐安任子咸有韬世之量"句，在"咸"字旁先施红色顿点"、"，然后施红色夹批："五臣本'咸'下有'者'字。""其妻又吾姨也"句，在"姨"字旁先施红色顿点"、"，然后以红色夹批："五臣'姨'下有'也'字。"

　　勘订衍字，《文赋》"余每观才士之所作"句，在"所"字旁施红色夹批："五臣无'所'字。""窃有以得其用心"句，在"用"字旁施红色夹批："五臣无'用'字。"

　　勘订误字，《子虚赋》"王车驾千乘"句，"车驾"旁有红色夹批："五臣作'驾车'。"《长杨赋》"校武票禽"句，在"票"字旁施红色夹批："五臣作'影'。"此类夹批篇篇皆有，不赘言。

　　夹批与夹注在形式上有相似之处，在内容上亦存有交集，然夹批又异于夹注，前者注重评论，后者贵在疏解。明人的夹批偏重注解，清人夹批虽含有注释成分，但整体而言却以评点为主。明清赋作夹批的异同，也是

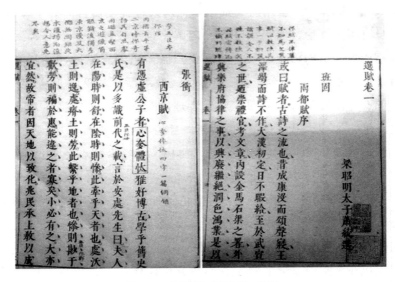

图 3-3　郭正域《选赋》书影

资料来源：《辽宁省图书馆藏陶湘旧藏闵凌刻本集成》第 97 册，中华书局，2015。

考察赋作评点由注疏转向批评的切入点。部分赋篇夹批与夹注的异同见表
3-1、表 3-2。

表 3-1　左思《三都赋序》夹批与夹注的异同

于光华《重订文选集评》 夹批左思《三都赋序》	李善注《文选》 夹注左思《三都赋序》	五臣注《文选》 夹注左思《三都赋序》
然相如赋《上林》而引"卢橘夏熟"，扬雄赋《甘泉》而陈"玉树青葱"，班固赋《西都》而叹以出比目，张衡赋《西京》而述以游海若。假称珍怪，以为润色。若斯之类，匪啻于滋。		
凡此四者，皆非《西京》所有也。颜师古《汉书注》：玉树者，武帝所作，集众宝为之用供神也。而左思不晓其意，以为非本土所出失之矣。何曰：李上交《近事会元》云，《唐传记》云：云阳界多汉离宫故地，至唐有树似槐而叶细，土人谓之玉树，"玉树青葱"左思赋有之，或非其语过。盖不知此树也。按上交又误，此序乃太冲讥子云之语。	善曰：兹，此也，假称珍怪也。若斯珍之流，不啻于此多。	铣曰：润其文章，使有光色。

表 3-2　扬雄《长杨赋》夹批与夹注的异同

于光华《重订文选集评》夹批扬雄《长杨赋》	李善注《文选》夹注扬雄《长杨赋》	五臣注《文选》夹注扬雄《长杨赋》
明年，上将大夸胡人以多禽兽。		
明年，谓作《羽猎赋》之明年，即校猎之年也。何曰：注《七略》曰，《羽猎赋》永始三年十二月上，然永始三年去校猎之前，首尾四载谓之明年，疑班固误也，按此明年者，班史因子云自叙之词《七略》误也。	善曰：明年，谓作《羽猎赋》之明年，即校猎之年也。班欲叙作赋之明年。《汉书·成纪》曰：元延二年冬，幸长杨宫，纵胡客大校猎，是也。《七略》曰：《羽猎赋》，永始三年十二月上。然永始三年去校猎之前，首尾四载，谓之明年，疑班固误也。又《七略》曰：《长杨赋》，绥和元年上。绥和在校猎后四岁，无容元延二年校猎，绥和二年赋，又疑《七略》误。蔡邕曰：上者，尊位所在。吕忱曰：夸，大言也。《说文》曰：夸，诞也。	济曰：上，主上也。谓成帝。言明年将夸胡，今年秋则发人入山捕禽兽，明历时废农业。

通过上述比较可知：首先，夹批不仅注重评论，而且贵在征实，具有考辨的功能，因受空间所限，内容适当，与五臣注解体例相似；其次，夹批有些是借鉴李善注，但比李善注更加凝练，少了李善注的繁富征引，多了评点者自己的判断；最后，夹批可以补充李善、五臣注之不足，此是夹批受到后人垂青的原因之一。

四　旁批

旁批，指在赋文句子右侧的评语。评点者就其中字句等产生感悟，欲作提示或强调，便批下一二字或数语，以期引起读者重视。《史记评林·凡例》对旁批之意有精要论述："一篇中，虚实、主客、分合、根枝，与夫提掇、照应、总结及单辞剩语，批评所不能载者，悉注于旁。"[①] 可见，旁批是对其他批评形态的有益补充。

旁批较为关注赋的起结照应、字句之法、篇章结构等方面，这些属于文章写作方法的范畴。同时，根据文章的具体内容，旁批在纲目要领处施

---

① （明）凌稚隆辑校，（明）李光缙增补，于亦时整理《史记评林》，天津古籍出版社，1998，第 121 页。

以不同的圈点符号。一般来说，受限于空间，旁批同夹注一样，多为三言两语。如论起笔，于光华《重订文选集评》评《景福殿赋》开篇"大哉惟魏，世有哲圣"二句，旁批："起笔开阔，振动全文。"论收笔及起结照应者，如于光华评《游天台山赋》倒数第二句"姿语乐以终日，等寂默于不言"，旁批："总收。"尾句"浑万象以冥观，兀同体于自然"，旁批："起结自然呼应。"论纲目要领者，如清方廷珪《增订昭明文选集成详注》① 评《东征赋》"听天命之所归"句，在"天命"二字施旁批："眼目。"论篇章结构者，《南都赋》"于显乐都"句有旁批："直起为总纲。"论奇言警句者，如邹思明《文选尤》批点《洛神赋》"忽不悟其所舍"句，旁批："忽然灭没，妙！妙！"如此等等，旁批皆有涉及。

今以《增订昭明文选集成详注》中《文赋》为例，摘录全篇旁批，以阐明此类批评形态在清代评点中的作用。

旁批逐次展开如下："因论作文之厉害所由"句，其后四字先施以实心圆点"．"，再旁批："此句着眼。""至于操斧伐柯"句，旁批："言作文有法。""若夫随手之变，良难以辞逮"句，除"若夫"二字外，其余先施以黑点"．"，后旁批："言巧不可传。""伫中区以玄览"句，旁批："冒起全意。""心懔懔以怀霜"句，旁批："此文章之本。""聊宣之乎斯文"句，旁批："点题。""皆收视反听"句，先逐一施以小圈"○"，后旁批："运思次第。""于是沈辞怫悦"句，旁批："顶其始。""若游鱼衔钩，而出重渊之深"句，先逐一施以小圈"○"，然后旁批："形容绝妙。""若翰鸟缨缴"句，先施以一大一小的或并列或上下不规则的圆圈，然后旁批："顶其终。""谢朝华于已披"句，先施以一大一小的或并列或上下不规则的圆圈，然后旁批："语妙。""观古今之须臾"句，先逐字施以小圈"○"，然后旁批："二句与末段照应。""然后选义按部"句，施点较密，前五字先施顿点"丶"，"然后"二字又施顿点"丶"，以示先后顺序，"选义"二字再施以实心圆点"．"，"部"字施一大一小的不规则连圈，然后旁批："下笔作文。""抱景者咸叩"句，旁批："一语喻取精之多。""或因枝以振叶"句，旁批："四语言物理相推，有此回转也。""理扶质以立干"句，先施以一大

---

① 凡文中所引内容，皆据《增订昭明文选集成详注》本，不一一出注。

一小的或并列或上下不规则的圆圈，然后旁批："文质相兼。""方言哀而已叹"句，先施以一大一小的或并列或上下不规则的圆圈，然后旁批："哀乐俱至。""伊兹事之可乐"句，"乐"字先施小圈"○"，然后旁批："推论立言之体。""辞程才以效伎"句，旁批："二语为作文之要。""故夫夸目者尚奢"句，"夸目者尚"四字先施顿点"、"，"奢"字再施小圈"○"，然后旁批："二句语意相承。""诗缘情而绮靡"数句，每句先逐字施顿点"、"，句尾字施小圈"○"，然后总作旁批："分言各体。""亦禁邪而制放"句，旁批："总一句扼要。""其为物也多姿"句，旁批："数语结上起下意。""暨音声之迭代"句，旁批："六句论文之善处。""如失机而后会"句，旁批："四句论作文不善处。""或仰逼于先条"句，先分别施以小圈"○"，然后旁批："以下四段言其善也。""而意不指适"句，旁批："孙云：字未炼妙。""故取足而不易"句，旁批："孙云：句拙。""或托言于短韵"句，旁批："以下五段言不善也。""俯寂寞而无友"句，先分别施以小圈"○"，然后旁批："二句发明上穷迹。""或言拙而喻巧，或理朴而辞轻"句，旁批："可药好新好巧之病，然文至此正不易得。""彼琼敷与玉藻，若中原之有菽"句，先分别施以小圈"○"，然后旁批："言妙句无限。""虽纷蔼于此世，嗟不盈于予掬"句，先分别施以小圈"○"，然后旁批："言华词之多，而已取独少。""非余力之所戮"句，先分别施以顿点"、"，然后旁批："若有神助。""吾未识夫开塞之所由"句，先分别施以顿点"、"，然后旁批："即利害所由。""固众理之所因"句，旁批："归到理字。"末句"被金石而德广，流管弦而日新"，先施以一大一小的或并列或上下不规则的圆圈，然后旁批："以文之乘久为结。"

以上先撇开圈点符号不论，就旁批中以"此……""言……""二句……""四句……""六句……""一语……""二语……""数语……""以下四段言……""以下五段言……""某云（如引孙月峰云）……""以……为结"等句式来批点文意，可以看出这些是旁批常用的句式。从"语妙""字未炼妙""句拙""数语结上起下意""若有神助"等富有文学批评性质的用语中，可知评点者为文之用心。评语虽不多，但往往能切中要处，使人信服。概言之，旁批以少而精的评述见长，即使将一篇文章的全部评语加起来，少则十几字，多亦不过百字。倘若将这些旁批分开或单独罗列出来，一般来说无实际意义，但假如把这些批语从头至尾系统地串联起来，再结合整篇赋文，对比参照全部批点，会发现该形态的确能将一篇文章的主旨精神和整体风格呈现给读者，使读者获益匪浅。同时旁批在内容与形式上都相对完善，表明赋文评析由最初重注疏，走向了对注疏与评点的双重重视，是赋作评点渐趋成熟的重要体现。

五　尾批

尾批，多是对赋篇末尾的总结与提炼，有时亦和尾末总评交错出现。尾批有两种功能：一是单纯对尾段进行评判；二是虽处于尾末，但兼备总评之功用。

如《文选尤》中邹思明对《鲁灵光殿赋》的尾批："奇异怪丽，雄竦陆离。若丹霞飞华顶之峰，接天峻拔；紫雾锁方瀛之路，峭壁崔巍。惊心骇目，疑鬼疑神。"从其颇富文采的尾批中，可知评点者对赋文艺术创新的颂赞，邹氏认为，该赋没有采用汉大赋中京都类构篇常用的"其上""其下""其东""其西""其木""其山""其水"等的组合式结构，而是采用写实的手法以及叙述结构进行成文，这是对大赋写作模式的一种创新，使得赋文的主题脉络更加清晰。此外，作者主体的介入和主体感受的流露，也使作品更具有真实性，更具感人的力量。此虽是邹思明对尾段的评论，但也与赋前总批一道，兼备总评《鲁灵光殿赋》[①] 艺术风格的功能。就以此篇来说，赋前总批重点介绍撰文背景，而尾批则对赋篇艺术特色加以提炼。这样，尾批与总批相互补充，相得益彰，共同完成评点的"使命"，一定程度上弥补了评点因受页上空间限制而言之不足的缺点。此也是明代赋评者常用的方式。

另外需要说明的是，就笔者所见，尾批虽然附骥于正文的最末一段，但就末段而论末段的尾批数量不多。换言之，其在形式上虽然是尾批，功能却与总批大概相同。因此，对于尾批功能的讨论可参见本书对"总批"的阐释，此处不赘言。

---

① 　赋前总批曰："延寿父逸欲作《灵光殿赋》，命延寿往，图其状，延寿因韵之以献，逸曰：'吾无以加也。'时蔡邕亦有此作，十年不成，见此赋，遂隐而不出。"

六　删注批点[①]

删注批点是一种特殊的批点形态，以重新编选、删改和评论为主。在明邹思明《文选尤》和清洪若皋《梁昭明文选越裁》[②]（见图 3-4）之中较为多见。前者主要对《文选》中的赋进行调整与删减，后者删批则更为明显，既有对赋篇原有分类的调整，又有对赋篇的整篇删除以及部分删改，这种编撰体例亦能体现评点者的文体意识与评判标准。对此，鲁迅曾论："选本可以借古人的文章，寓自己的意见。博览群籍，采其合于自己意见的为一集，一法也，如《文选》是。择取一书，删其不合于自己意见的为一新书，又一法也，如《唐人万首绝句选》是。如此，则读者虽读古人书，却得了选者之意，意见也就逐渐和选者接近，终于'就范'了。"[③]

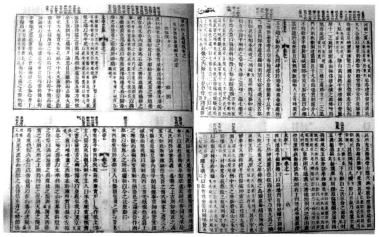

图 3-4　洪若皋《梁昭明文选越裁》书影

资料来源：（清）洪若皋辑评《梁昭明文选越裁》，《四库全书存目丛书》集部第 287~288 册，齐鲁书社，1997。

---

①　对"删注批点"的命名与研究，参见王书才《明清文选学述评》第三章第二节"明代《文选》删注评点诸书简述"，上海古籍出版社，2008，第 47~54 页；冯淑静《〈文选〉诠释研究》第三章第二节"《文选》正文及六臣注诠释体系"，中国社会科学出版社，2011，第 101~117 页。

②　（清）洪若皋辑评《梁昭明文选越裁》，《四库全书存目丛书》集部第 287~288 册，齐鲁书社，1997。凡文中所引皆据此本，不一一出注。

③　《鲁迅全集》第七卷《集外集·选本》，人民文学出版社，1981，第 136~137 页。

《文选尤》为评点选本，朱国桢在序中对其名称略作概述："既精既博，莫可加矣。莫可加之为尤，殆所谓不拔之拔欤。"从其溢美之词中可知，序文旨在赞许邹思明对《文选》篇目调整删减的合理与完美。其他诸体暂且不论，就其中的赋作而言，评点者进行了重新取舍编录：卷数上重新划分三卷，另外皆无分类标目；类目顺序上将"宫殿""论文"两类置于"畋猎"前，"纪行"类置于"志"后；类目编选上将"耕藉""江海"二类删除。删改后共设三卷，第一卷：班固《两都赋二首〈并序〉》，扬雄《甘泉赋》，王延寿《鲁灵光殿赋》，陆机《文赋》。第二卷：司马相如《子虚赋》《上林赋》，扬雄《长杨赋》，王粲《登楼赋》，孙绰《游天台山赋》，鲍照《芜城赋》《舞鹤赋》，谢惠连《雪赋》，谢庄《月赋》，贾谊《鵩鸟赋》，祢衡《鹦鹉赋》，张华《鹪鹩赋》。第三卷：张衡《思玄赋》《归田赋》，班彪《北征赋》，司马相如《长门赋》，江淹《别赋》，嵇康《琴赋》，傅毅《舞赋》，成公绥《啸赋》，宋玉《高唐赋》《神女赋》，曹植《洛神赋》。各篇批评形态已散见于前文，此处从略。

《梁昭明文选越裁》体例及批评形态，大体和《文选尤》相同。洪若皋在自序中对"越裁"之名予以解释："志始也，裁者何？志删也，越者何？志地也，亦志僭也。"仅从"裁"字上可知，评点者对《文选》进行了删减与修改。总的来看，"越裁"属于评点中的一种方式。洪若皋用这种方式，体现了他对赋等各类文体的编选、删改、评判的标准。该书在删改方面主要表现为两种形式：一是全篇皆删，二是部分删改。其《凡例》已有详尽明示。

（一）阐述全篇皆删

《凡例》条一："孟坚《东都》词义平淡，强弩之末，有平子《东京》足称后劲，与收《西征》而《北征》《东征》俱在，可略同指，余仿此。"

条二："平子《南都》缛而无制，且非关大义，与《景福》《灵光》味同嚼蜡者皆在必弃，余仿此。"

条四："安仁《藉田》、兴公《天台》、延年《白马》神理不足，无资性灵，不以专篇而姑留，余仿此。"

条五："《洞箫》《琴》《笙》效尤可厌，仅登《长笛》使腐者皆新，余仿此。"

洪若皋标榜自己删除全文的标准是"词义平淡""缛而无制""味同嚼

蜡”“神理不足，无资性灵”“效尤可厌”。这样《文选》十九卷赋、五十六篇文章，删减后仅剩三卷、三十一篇①，删减篇目几乎过半，力度之大当真不虚“越裁”之名。且不论这几条标准之间有无自相矛盾和含混不清之处，单就被删除的具体篇目来看，洪氏的标准就有个大问题。洪氏不仅删除了自己认为价值偏低的篇目，也删除了《鲁灵光殿赋》这样有影响力、文学价值颇高的赋篇，于此流露出评点者盲目混乱且无章法的“越裁”标准。在这样的标准下，“有幸”存留下来的赋篇，就其总体价值而言也是值得斟酌的。诚然，留下的三十一篇赋确实多为文学史上的经典之作，但这很难说明洪氏对此有什么明确的看法，更有可能是人云亦云罢了。

（二）探论部分删改

如《凡例》条三：“《二京》《三都》《子虚》《上林》《羽猎》《长杨》等篇，鸟兽草木、宫室台榭、田猎渔弋，附和雷同，删芜存要，去彼留此，俾眼光约而常新，余仿此。”对上述赋篇，洪若皋认为鸟兽草木、宫室台榭、田猎渔弋等雷同的部分需大笔删改，这种做法无疑损害了赋篇的完整性，致使赋的文学价值被明显削弱。

今就洪若皋对赋篇的删改情况略作观察。如《吴都赋》前几段中：①删除“何则？土壤不足以摄生，山川不足以周卫。公孙国之而破，诸葛家之而灭。兹乃丧乱之丘墟，颠覆之轨辙。安可以俪王公而著风烈也？玩其碛砾而不窥玉渊者，未知骊龙之所蟠也。习其弊邑而不睹上邦者，未知英雄之所躔也”。②删除“则嵬嶷嶙峋，嶃冥郁弗。溃濆泮汗，滇㳉渺漫”。③删除“鸟则鹍鸡鹥鴠”中的“鸟则”二字。再如《上林赋》前几段中：①删除“今齐列为东藩，而外私肃慎，捐国逾限，越海而田，其于义固未可也”。②修改“且二君之论”为“今二君之论”。③删除“且夫齐楚之事，又焉足道邪”。④修改“安翔徐回”为“然后安翔徐回”等。

即使洪若皋在开篇序文中言明删改对象与删削标准：“句栉字比，相尽

---

① 具体分布情况如卷一：班固《西都赋》，张衡《西京赋》《东京赋》，左思《蜀都赋》《吴都赋》；卷二：左思《魏都赋》，扬雄《甘泉赋》《羽猎赋》《长杨赋》，司马相如《子虚赋》《上林赋》，潘岳《西征赋》，王粲《登楼赋》，鲍照《芜城赋》；卷三：木华《海赋》，潘岳《秋兴赋》《闲居赋》，谢惠连《雪赋》，谢庄《月赋》，张华《鹪鹩赋》，鲍照《舞鹤赋》，班固《幽通赋》，张衡《思玄赋》，司马相如《长门赋》，江淹《恨赋》《别赋》，陆机《文赋》，傅毅《舞赋》，马融《长笛赋》，宋玉《神女赋》，曹植《洛神赋》。

穷形，篇什素上成童之口，爰用驱除。词章悉落老生之谈，竟为芟削。篇有意同而名异，则录其一而弃其余。文有理短而词长，则节其繁而存其要。义深虽艰涩饾饤而亦取，情背即雕章绘采而必遗。"然从删改赋篇来看，洪氏或删改个别字词，或删其中一句，或删一段，致使赋篇"改头换面"，其完整性遭到极大的破坏，呈现支离破碎之状；同时也背离了大赋铺采摛文的独特风格，导致赋的价值亦随之骤减。

总之，洪若皋《梁昭明文选越裁》和邹思明《文选尤》体例相仿，皆是评点者对原书进行删改与再次编辑，虽能体现出评点者相应的理论主张，但如《梁昭明文选越裁》对赋篇删改过程中所拟定的对象、原则、体例以及具体的字、句、段，却表现出随意的理念和混杂的评判标准，此举或是染明人空疏学风所致，亦不足取。

与编选、删改相比，《梁昭明文选越裁》的评点价值颇为显著，从赋篇的评点内容来看主要有两点：第一，"以汉为法"的辨体思想；第二，注重"华藻气骨"的评赋标准。

洪若皋评点中的辨体思想，不仅可以在《南沙文集·凡例》中略见一斑，而且充实于具体赋篇之内。《南沙文集》是洪氏自己的文集，但其中有不少论赋之语，对于我们理解《梁昭明文选越裁》有一定的帮助，因而在此也略加引用说明。《南沙文集·凡例》第二条载录："赋者敷陈其事，而直言之也，先生尝云：'学者作赋，当以汉为法，《子虚》《上林》《长杨》《两都》《二京》设宾主之词，其体始于《七发》，实借此为敷陈之地，其词贵奥，衍宏深要，不失《三百篇》声韵。建安词不及汉，而声韵不失。晋以下，惟太冲《三都》有汉遗风，余则不及也。至齐梁来，专尚浏亮，而气体不及汉远甚。若宋之《秋声》《赤壁》，渐入序体、记体，法愈变而气愈薄。'诚属千古定论。先生集中诸赋，摘词敷藻，义类浩博，纯乎汉体，非近时言赋家可比。"[①]

《凡例》开宗明义论洪若皋"以汉为法"的辨体观念，如《子虚》《上林》《长杨》诸篇中宾主问答的形式，源自西汉赋家枚乘之《七发》；建安

---

① （清）洪若皋：《南沙文集八卷》，《四库全书存目丛书》集部第 225 册，齐鲁书社，1997，第 10 页。

赋篇，虽不及汉，却依然留存汉赋之声韵；两晋之际，唯左思《三都赋》有汉赋遗风，其余赋篇皆不及；齐梁盛行小赋，崇尚浏亮之风，这与汉赋风格相去甚远；宋以来，赋逐渐与"序""记"等体相融，并以《秋声赋》《赤壁赋》来佐证，因其形制离汉赋越来越远而"法愈变而气愈薄"。此虽为门生概述洪氏对历代赋作宗汉之法嬗递情况的考察，实质上则反映洪若皋赋学评点中的辨体思想。

"以汉为宗"的思想，在具体的赋篇评点中比比皆是。如《羽猎赋》尾末总批："措词设议，原模拟《上林》，若因循敷衍，不免蹈袭之弊，作者故将正意先发于序内，然后纵意铺张，末将正意徐徐而收之，使读者不觉其袭故，止觉其新奇，此古人文章之巧妙处。然其精光动荡，多在恒钉艰涩、佶屈聱牙、不可句读处，相如、子云一辙，乃知'浏亮'二字，非古赋所重。自浏亮体典，江、徐接踵而古赋亡矣。"暂且不论洪若皋对《羽猎赋》的艺术手法如何进行点评，就辨体而言，其在后面讨论司马相如、扬雄等人的古赋之所以能"精光动荡"时，认为它们多数是以"恒钉艰涩""佶屈聱牙""不可句读"为总体特征来取胜的，然而古赋至南北朝时却被"浏亮体典"的小赋所替代，对这一辨体现象评点者遂惋惜称"古赋亡矣"。

洪若皋在评赋标准上遵循注重"华藻气骨"的原则。如《别赋》赋末总评："词采秀绰，文通本色，描写离情，点染数百言，终不如唐人《阳关》二十八字之为简到也（变体字洪若皋分别施以小圈'○'）。求赋于晋宋之间，华藻气骨，尚得相半，至齐梁则《西京》风力尽矣。若简文、元礼辈，一味圆美流转，所谓'弹丸脱手'四字，误人不少（变体字洪若皋分别施以小圈'○'）。"由此"华藻气骨，尚得相半"可知，洪氏在评赋原则上既追求辞藻的华美，又注重作品的气势与骨力。另如《吴都赋》开篇眉批："起手词气，比《蜀都》駮駮（因缺笔难辨清，疑为'駮'字）而上矣。"《蜀都赋》开篇眉批："起手气清而调爽。"《鹩鹨赋》开篇眉批："词意原祖《鹦鹉赋》，而遒劲藻饰，可谓青蓝绛蒨者。"从其"词气""气清""藻饰"等评语中，可以窥探洪若皋评论赋篇始终如一的标准。

七 总批

顾名思义，总批是在篇首或篇末处进行总结、汇总的评论。《史记评林·凡例》所论较为精要："间有总论一篇大旨者，录于篇之首尾，事提其要，文钩其玄，庶其大备耳。"① 一般指在赋篇之前或末尾处，标注评点者的经典评论，评语或多或少，具有总结主题意旨、揭示章法结构、彰显风格特色、比较优劣异同等作用。总批内容不仅由评点者本人创作，有时或援引前人、或征引时人评语等加以评论，这些为读者阅读、研习匡助良多。

总批形态中所评论对象繁多，内容不一。评论章法结构者，如《孙月峰先生评文选》② 中《蜀都赋》总批："畦径分明，文谨密工丽，太约祖《子虚》《南都》，精神翕聚，逐句玩，绝有味。"述评赋文风格者，如《西都赋》尾末邹思明总批："此赋雄矫不羁，犹鲲运鹏抟。桓桓然有回山倒海之势，精详绮丽，似琳宫蕊阙；煌煌然具流丹积翠之文，光芒注射，疑璧合珠联；灿灿然有电激星飞之象，奇而雅，秀而庄，震古彪今，词坛宗匠。"评语句句精彩，文字漂亮洒脱，不仅比喻生动活泼富有灵气，而且观点新颖不落俗套，常能切中要处。此外，还有因文而慨，又兼对赋篇风格特色作出的评点，如邹思明批点《文选尤》中《鹏鸟赋》尾末总批："说尽人物生化之理，勘破人物生化之机，可以同死生，齐物我，真知天人之际者也。奇伟卓朗爽爽有神，消摇一世之上，睥睨天地之间。"既点出赋文对人世的拷问，又对别具匠心的赋文风格略作阐明，继而将二者有机结合起来，精妙至臻。

另如征引他人评论者，邹思明批点《文选尤》中《长杨赋》总批："焦弱侯曰：千古讽谏之妙，惟司马长卿得之，司马长卿之法惟杨子云追之。此赋特创辞有不袭长卿，故范奇诡变幻，洞心骇目，驰霄练于霜镡，绚朝虹于璧渚，可想此文境界。"邹思明引同时代人焦竑的论评，以《长杨赋》的讽谏宗旨为起点，追溯司马相如的讽谏之法，认为其唯被扬雄承袭，同时又对赋篇的艺术风格予以研讨。

① （明）凌稚隆辑校，（明）李光缙增补，于亦时整理《史记评林》，天津古籍出版社，1998，第 119 页。
② 凡文中所引内容，皆据《孙月峰先生评文选》本，不再一一出注。

值得注意的是，总批在清代出现了汇辑前人评论的著作形式，以清方廷珪《增订昭明文选集成详注》以及于光华《重订文选集评》二书为代表。前者除方廷珪自己的评点之外，末尾总批又进行了增补，凡引其他评点者评语，则在对应处上方标施方块框，内注小字"增补"，以示区别。后者则按评点者所处的时代依次排列。今以于光华评《上林赋》为例，对不同时代评点者所评内容稍作分析。

（1）孙月峰曰："《子虚》已不遗余力，此篇复欲出其上，可谓极其铺张扬厉。然宏肆有之，精工终让《子虚》。大抵文各有极，既振其蒙矣，又何加焉。"评点者就《上林赋》的艺术风格与《子虚赋》进行比勘，述评二者之间的轩轾异同。

（2）陆雨侯曰："读前幅，其为愤懑饾饤艰涩，犹夫人耳；后段则如搏虎制象，全力毕具，观者震眢，犹胜《谏猎书》。"评点者就二者艺术章法进行前后对比，并作形象比喻。

（3）孙执升曰："相如以新进小臣，遇喜功好大之主，直谏不可。故因势而利导之，然始以游猎动帝之听，终以道德闲帝之心，可谓奇而法，正而葩。"从章法上进行阐释，评赞相如为做到劝百讽一而因势利导。孙执升为表述这一雅正思想，引韩愈《进学解》中"《易》奇而法，《诗》正而葩"①来辅证。

（4）何义门曰："此赋以四大段立格，双撇齐楚，提出上林，是起，次序上林之地，是承，中言校猎之事，是转，末言天子之悔过以示讽谏，是结。文之局极开，文之法极细。意在讽谏，而先若盛称其美者，政欲于热闹场中，下一转语，使之回心易虑，此所以为讽耳。"何焯评点分而论之，前半部分评语既探讨了《上林赋》的起承转合的创作技巧，又针对《上林赋》中开阔的格局、细腻的文法予以总结；后半部分评语旨在揭示赋文的劝谏之法。

（5）邵子湘曰："如此长篇，却与《子虚赋》无一语略同，何等变化。且合二赋观之，仍有渊涵不尽之致，所以不可及。"评点者看似论述《上林赋》与《子虚赋》虽体制相似而无一语同，然旨在阐幽司马相如为文叙述

---

① （唐）韩愈撰，马其昶校注、马茂元整理《韩昌黎文集校注》，上海古籍出版社，1986，第46页。

手法的丰富与多变性。

于光华根据评点者所处时代，依次汇辑、排列五人见仁见智的评论，涉及内容广泛，评点视角多元，有时从艺术风格，有时从章法结构，有时从赋篇的主旨思想，有时从表现手法，有时进行一些比较批评，有时偶作感悟等。部分总批不仅评判赋家写作水准，同时兼论赋家赋作，这种双重评点是一项具有拓展性的创举，短短数语的总批，能提炼出赋篇的精髓，既不蹈袭前人，又不逊于前人，表现出评点者极高的赋学理论修养和独特的审美视野。综合来看，总批以评判篇章艺术手法为主，以较量赋文优劣异同为辅，这些评点能为研读者综合理解赋篇提供较好的帮助。

以上对赋作评点中的眉批、题下批、夹批、旁批、尾批、删注批点、总批七种基本构成形态略作考察，其先后"出场"的顺序，基本上契合了各自在赋篇评点中所处的位置。这些评点形态所处位置不同，承担的功能也略有差异。如题下批点处于文本内部题目下方，可独自发挥其解释题目、简明创作缘由、揭示赋篇主旨等的评点功能；眉批有时可以"身兼多职"，既可作开篇的评判，又可兼总批的作用；夹批与旁批处于评点文本的内部，是融合注解、指引、强调、总结、批点等作用于一身的一种辅助手段；再如外部的眉批形态，因限于空间范围，可以通过内部的总批形态进行有益的补充，这样就形成了内外相连、首尾呼应的双向结合的综合型评点方式。冯其庸对这种圈符与评论结合的批评形态有过精辟的论述总结："我认为我国历史上创造的评点派的这种方式并加上一套符号配合使用，这实在是文艺批评的方法的一个创造性的发展。这种方式灵活便利，生动活泼，它既不排斥长篇大论，又发展了单刀直入，一针见血的短论，若再辅之以圈点，对读者和作者，更能起到一种鼓舞、提醒的作用，当然同时也可以起到批评的作用。特别应该注意到，这种短小精悍的评批方式，是容不得空话连篇的，它必定要求评批者的鞭辟入里，如画龙点睛，能给人启发或引人入胜。"① 正是这些形态不一、功能有别的评点形态，结合不同类型的圈点符号，共同组成了色彩斑斓而又历久弥新的赋作论评系统。

---

① 冯其庸：《重议评点派——〈八家评批红楼梦〉序》，《红楼梦学刊》1987 年第 1 期，第 31 页。

第四节　赋作的评点功能

随着评点批评的逐渐繁兴，优秀的评点著作应运而生，赋作评点亦不例外。但对赋的评点一般呈现于《文选》选赋之中，其中明代的郭正域《选赋》、孙鑛《孙月峰先生评文选》、邹思明《文选尤》，清代洪若皋《梁昭明文选越裁》、方廷珪《增订昭明文选集成详注》、于光华《重订文选集评》等成绩突出，较有代表性。这些评点著作不仅拓展与丰富了赋作的评点体例、理论，而且彰显出成熟与完善的评点功能。主要表现为推源溯流、较量优劣异同、评点佳词丽句、探寻章法艺术、揭示篇章主旨、批校瑕疵讹误等方面，余下将展开论述。

一　推源溯流

评点家在评点赋篇的过程中，尤其对赋文的源流及其承传关系用力甚勤。其中既有对赋篇章法、句法、文法的源流、继承关系的揭示，也有对赋篇艺术风格的追溯，此类评点以孙鑛《孙月峰先生评文选》为典范。

（一）对赋篇章法所宗的追溯

笔者遍检《孙月峰先生评文选》的评赋篇目，有六处对赋篇章法源流的追溯，分别胪举如下。

《西都赋》前总批："祖《子虚》《上林》，少加充拓，比之子云精刻少逊。然骨法遒紧，犹有古朴气，局段自高，后来平子、太冲虽难，竞出工丽，恐无此笔力。"

《蜀都赋》总批："畦径分明，文谨密工丽，太约祖《子虚》《南都》，精神翕聚，逐句玩，绝有味。"

《甘泉赋》总批："大约是规模《大人赋》，然只是语意色态间仿佛似之。至立格却又不同，此所谓脱胎换骨。"

《子虚赋》总批："规模亦自《高唐》《七发》诸篇来，然彼乃造端，此则极思，驰骋锤炼，穷状物之妙，尽摛词之致，既宏富，又精刻，卓为千古绝技。"

《羽猎赋》前总批："是仿《上林赋》，以羽猎名篇，故不叙山水等。锻炼甚工，古而腴，雅而峭，才力真可亚于长卿。"

《琴赋》前总批："又是规模《长笛》。"

孙鑛以寥寥数语的总批形式，边评边考，既评文又论人。考则主要对赋篇章法所宗进行溯源，使读者能深入地了解赋篇的来龙去脉。这种考评结合的评点方式，在《孙月峰先生评文选》之前不多见，对后世评点研究具有一定的借鉴作用。

（二） 对赋篇句法所宗的追溯

此类主要针对赋篇中句法的源流给予考察，如《西都赋》"集禁林而屯聚"数句，眉批："描写猎事，参用《子虚》《上林》二赋法。"对《西都赋》中描写天子畋猎句段之用法，孙鑛追溯至扬雄《子虚赋》《上林赋》二赋。此类内容不胜枚举，《长笛赋》开篇眉批："起二句，全袭《洞箫赋》。"接着眉批："大约亦不出《七发》规模。"再接着"夫其面旁"数句，眉批："亦祖《洞箫》来，却分作三节。"眉批总结本段："如此分条细叙，便觉去题太远，似《竹赋》。"评点者逐一对句法所宗进行追溯。

再如张衡《东京赋》"且高既受命建家"数句，眉批："此即《东都》同符高祖、允恭孝文、仪炳世宗意，却变如此调，是脱胎法。"孙氏以黄庭坚论诗的"夺胎法"[①] 来考镜《东都赋》中句法的源流。黄庭坚此说旨在揭示后人对前人的继承与创新，孙鑛也借此来讨论《东京赋》脱胎于《东都赋》。比如《东京赋》"且高既受命建家，造我区夏矣。文又躬自菲薄，治致升平之德。武有大启土宇，纪禅肃然之功"句，孙鑛评此句脱胎于《东都赋》："不阶尺土一人之柄，同符乎高祖。克己复礼，以奉终始，允恭乎孝文。宪章稽古，封岱勒成，仪炳乎世宗。"二者内容基本相仿，皆颂赞汉之高祖、文帝、武帝三代帝王的功德基业。就句式来看，《东都赋》长于四言，句式整饬，风格上偏于典雅；而《东京赋》以六字句为主，句式上显然不逊于前者，夸赞之语略带庄重，虽有规仿的痕迹，但赋家并未拘泥于此，

---

① 此说源自黄庭坚，《冷斋夜话》卷一"换骨夺胎法"条："山谷云：'诗意无穷，而人之才有限；以有限之才，追无穷之意，虽渊明、少陵，不得工也。然不易其意而造其语，谓之换骨法；窥入其意而形容之，谓之夺胎法。'"见（宋）惠洪撰，陈新点校《冷斋夜话》，中华书局，1988，第15~16页。

在《东都赋》句的基础上变文章格调以革新，故此，孙鑛谓之"脱胎法"。

以"脱胎法"来溯源句法者，另有《子虚赋》"色授魂与，心愉于侧"二句，眉批："《七发》目窕心与，此亦自彼脱胎来。"孙鑛的赋评不仅涉及脱胎之法，而且对"换骨"亦有评论，如扬雄《羽猎赋》"妄发期中"一句，孙鑛眉批："《上林》云'先中而命处'，此乃云'妄发期中'，此所谓换骨。"此外，对"脱胎换骨"亦有提及，如《甘泉赋》总批："大约是规模《大人赋》，然只是语意色态间仿佛似之。至立格却又不同，此所谓脱胎换骨。"这种对词句细节的熟稔把握，反映了赋作评点趋向深刻、精微。

（三）对赋篇艺术风格所宗的追溯

孙鑛对赋篇艺术风格的追溯，可分两方面：一方面是指出赋篇艺术风格的所宗之源；另一方面则是就赋篇的艺术特色指出被后世某类或某篇文章所祖。简言之，即孙鑛的此类评点向上探索其渊源，向下找寻其继承。

探索渊源者，如《长门赋》前总批："法度全祖《国风》，比《离骚》稍为近今，风骨苍劲，意趣闲逸，情若略而实无不尽，语不雕琢，而雕琢者莫能及。"《高唐赋》前总批："古雅精腴，是《子虚》《上林》所祖。"孙氏以总批的方式对司马相如《长门赋》、宋玉《高唐赋》所宗的章法艺术予以追溯。

找寻继承者，如《两都赋序》眉批（见图 3-5）："序文语极淡，然绝有真味，调极平，然绝有雅致。但眼前铺叙，更不钩深，却自无不尽，节奏最混妙，舒徐典润，有自然之顿挫。盖蕴藉深，故气度闲，后世所谓庙堂冠冕，皆从此出。"《洞箫赋》前总批："苍郁宏肆，有飞沙走石之势，然锻炼之力未至，唯以气胜。其铺叙次第，则后来音乐赋所祖。"孙鑛认为后世的音乐赋，皆从王褒《洞箫赋》而来。由此可知评点家对赋作文学特性的整体理解，尤其是唐李善、五臣等人对字、句的训诂到明清之际的评点者对此考镜源流的探讨，显然具有重要的开拓意义。

二　较量优劣异同

以比较的方法进行评点，该类是评点的一大功能。如创作相同赋题的不同赋家在创作手法等方面的异同优劣，评点者在评一个赋家的同时，往往会联系另一个赋家的作品，然后互加比勘，各显优劣。此类评点，一方

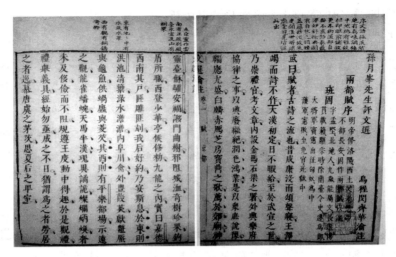

图 3-5　孙鑛《孙月峰先生评文选》书影

资料来源：《辽宁省图书馆藏陶湘旧藏闵凌刻本集成》第 102~103 册，中华书局，2015。

面，可以展现评点者的分析、鉴赏能力；另一方面，评点的启发与指引可辅助读者领会作家风格及其作品的艺术特色，从而提升读者的鉴赏水平。

一般而言，赋学评点较量可分两类：一是赋家之间的评比，二是赋作之间的比勘。

首先，赋家之间的评比。此多是基于同时代或是创作时间相距不远，并且在一定领域内所获得的声望不分伯仲者。如引用他者的评论来比较赋家才华的高低，邹思明《文选尤》中《子虚赋》《上林赋》二赋后面总批云："弇州山人曰：《子虚》《上林》赋材极富，意极高，辞极丽，运笔极古雅，精神极流动。长沙有其意而无其材，班张有其材而无其笔，子云有其笔而不得其精神。流动处出神入化，照古腾今，彩彻云衢，气冲斗极。"引用明弇州山人王世贞之论，来比勘并评价汉赋名家贾谊、班固、张衡等人，论者以扬雄《子虚赋》《上林赋》立足，围绕同一题材或体裁将汉代撰赋大家的才情进行比较，指出他们才华上的高低。在共同的标准基础上略加比评，使对比详细生动，读之晓畅明白，有信服力，进而彰显评点者的独特创见。

另有引用他者评论来比较赋家异同者，如《神女赋》前总评："弇州山人曰：屈宋二家，神贯乎辞，后代作者，辞掩乎神。"邹思明引王世贞评论，借助《神女赋》进行比对，将先秦屈原、宋玉二赋家与后代撰写和《神女赋》相关赋作的赋家比较，依此得出，屈宋二家神韵气质和辞采兼备，后代赋家往往是辞采淹没了气质神韵，因此谓之前者"神贯乎辞"，后者"辞掩乎神"，可谓真知灼见，不落俗套。

其次，赋作之间的比勘。该类评比往往针对同一赋家的不同作品，或是不同赋家的相近作品，主要针对作品的质量高低、风格特色、艺术手法等内容展开评论。如将扬雄赋作和班固、司马相如赋篇进行高下比照，郭正域评《选赋》中《羽猎赋》序前眉批："子云之赋，在孟坚之上，在相如之下。"接着引用杨慎的评论进一步阐释："用修云：战国讽谏之妙，唯司马相如得之，相如《上林》之旨，唯杨子云《羽猎》得之。"郭正域以《羽猎赋》为基点，将汉赋四大家中的司马相如、扬雄、班固进行对比，认为扬雄赋作在班固之上，在司马相如之下。评点者对三人赋作的高下的评判，客观中肯，基本吻合史实。再如同类题材不同赋作的评比，如《鹪鹩赋》前总评："寓意之作亦自兴长。用修云：贾谊之《鹏鸟》、祢衡之《鹦鹉》、张华之《鹪鹩》皆与其行违者也。其赋则祢衡为上，华次之，谊又次之。"同为鸟类赋作，郭正域援引杨慎之观点，认为祢衡为冠，张华次之，贾谊复次之。

除评点赋篇质量高低之外，评点者对同类赋作的艺术风格、篇章手法等异同也展开一番较量。如对不同赋家相似题材的作品进行较量，孙鑛《孙月峰先生评文选》中潘岳《怀旧赋》开篇眉批："与子期《思旧》同调，撰语较工，而气格不及。"马融《长笛赋》前总批："不及《洞箫》之雄肆，然脄炼缜密，自是专门手段。"评点者将不同赋家的同类赋作略加对比，揭示出迥然不同的创作手法和异彩纷呈的艺术风格。

再如对同一赋家相同题材赋作进行较量，孙鑛总批江淹《别赋》："风度似前篇，更觉飘逸，语亦更加婉至。"文中"似前篇"指江淹本人的《恨赋》，《恨赋》《别赋》同为哀伤类赋篇，总体风格虽相似，但细微之异是《别赋》在章法上更灵动飘逸，语体上更曲言婉至，实则更胜一筹。

方廷珪《增订昭明文选集成详注》中《东京赋》尾末总批堪称典范，方廷珪批曰："按，前赋自不及班作之刻而流，丽而则。后赋历数大典，安详整暇，气肃度舒，几欲掩过其上。盖班作于后赋，以不写为写，此则以写为写也。要其用意则无不同，前赋穷极靡丽，以展才华，故语大而夸（变体句分别施小圈‘○’）。后赋出必择言，归于讽谏，故义严而正（变体句分别施小圈‘○’）。后赋多详班所略，正惟班所略，故可以放手写也。伯仲伊吕，正未可轻为抑扬其间，惨淡经营处，全在郊祀天地一段。予每读《诗·小戎》数章，未尝不叹其写物之工妙，作者各截形容，心思魄力，几欲与之相埒。"寥寥数句即勾勒出张衡《西京赋》《东京赋》的差异，二者的差异并不在于用意，而在于语言风格。《西京》极尽靡丽，《东京》谨慎精练。造成二者不同的原因，是两篇赋作的写作目的不同：前者"以不写为写"，后者"以写为写"。两种撰文倾向导致了《西京赋》为施展才华，铺陈时穷极靡丽，夸大语辞；《东京赋》因详叙班固所略而文，所以出必择言，以讽谏为旨归，故义严而正。如此一针见血的评论堪称大手笔，是评论者丰赡学识的体现。

三　评点佳词丽句

对赋篇中精美文辞的评点，是诸多评点中最为紧要的一项。此类评点多半与圈点结合起来，先是在一些奇字警语、佳妙文句处施以不同的圈点，然后以眉批、夹批、旁批等形式进行分析评论。此类评点在明清之际的赋作评点文学中颇为兴盛，尤以孙鑛《孙月峰先生评文选》、邹思明《文选尤》为最佳。观览诸家赋作评点，主要集结于赋篇中的佳词丽句上。

如对佳字的评点，孙鑛评班固《幽通赋》"李虎发而石开"一句，眉批："‘虎’‘发’二字特精妙，此等造语真可谓入神。"评点者从细微处的"虎""发"二字剖判，从局部着眼衡量，既凸显汉将李广骁勇善战之本色，又可勾勒其临危不惧之胆识。针对李广出猎将石误认为卧虎，遂张弓而射，箭穿石开之事，孙鑛更多的是对李广精神气概的颂赞。孙月峰评奇警之字的评语，当时就为人所青睐。孙氏评赋不仅有独特的艺术眼光，而且存有不少精神风貌，譬如一些陈旧的赋篇，经其点评之后却能焕发出勃勃生机，增添新的含义，以此获得新解。

对奇词妙语的评点，如孙鑛批点张衡《东京赋》"慕天乙之弛罟，因教祝以怀民。仪姬伯之渭阳，失熊罴而获人"四句，眉批："大凡文字贵新，如此二事，若云‘殷汤周文’，则嫌眼界太熟，今用‘天乙’‘姬伯’字，虽不新，然去腐斯远，在赋中自是合格语。"观此可知，评点者在赋文的用词上首先提出"贵新"之说，尤其对赋中以"天乙"代替"殷汤"、以"姬伯"代替"周文"的做法予以赞同，此二词虽不新颖，然在赋中自是符合创作要求的。孙鑛认为用词力求创新，其目的是"去腐"，即摒弃俗套、陈腐的行文方式，采用新颖、凝练的用词法进行创作。强调"贵新去腐"的用词标准的原因有两点。一是赋文创作中一味追新求奇，对研读者而言会带来诸多不便，如赋文中出现的"天乙""姬伯"，倘若没有后世的评点或注解，恐怕一时难以理解。当然正因有郭正域、孙鑛、何焯、方廷珪等历代评点者的不懈努力，才避免了上述情况的发生，此亦是评点文学的魅力所在。二是此说虽有不足，但评点者在辞藻创作与运用上所折射出的审美特质，无疑对后世赋文创作起到了较好的参照与指导作用。

对警句的评点，如于光华《重订文选集评》中评孙绰《游天台山赋》"余所以驰神运思，昼咏宵兴，俯仰之间，若已再升者也"四句，引用邵晋涵语以眉批："'驰神运思'为游宇着想，写得精彩非常，纯是一片灵气。"另如邹思明《文选尤》中评曹植《洛神赋》"忽不悟其所舍"句，旁批："忽然灭没，妙！妙！"从所评可知，警句评点多是深刻凝练富有见解的评论，而且绝不枝蔓，常常一二语即可揭示出赋的神色。

上述评点诸例，在赋的评点中，几乎篇篇有之。此类评点，虽短短数语，却能使作品顿然生色，耐人咀嚼，令人回味，既能展现评点者对赋家赋作精妙之处的体认，又可启发并引导读者领会赋篇的运笔之美及赏评之法。

四 探寻章法艺术

通常来说，结构合理、章法有度、风格独特是一篇优秀赋文的重要标志，赋文的章法艺术亦是历代评点家时常关注的内容。

第一，对篇章结构的评析。

读者在阅读赋文时往往容易忽略其中的布局结构，然经评点者言简意赅的评点之后，一篇有血有肉、结构清晰的美文即可呈现在读者面前。如《别赋》邹思明眉批："先言离别之可悲，'万族'以下则分言别之不一。""至若龙马银鞍"数句，眉批："富而别。""少年报士"数句，眉批："侠士报仇而别。""负羽从军"数句,眉批:"从军而别。""至如一去绝国"数句,眉批:"出使而别。""若君居淄右"数句,眉批:"新婚而别。""术既妙而犹学"数句,眉批:"学仙而别。""送君南浦,伤如之何"数句,眉批:"妇送夫而别。""是以别方不定"至最后数句,眉批:"'别方'以下总言别绪多端,难以形状。"先总说"离别"之悲,然后分说"富而别""侠士报仇而别""从军而别""出使而别""新婚而别""学似而别""妇送夫而别"七类不同人的离别,最后以"'别方'以下总言别绪多端,难以形状"作结。邹思明经评点将此赋结构归纳为"总—分—总",这样的探析不仅有头绪,而且层次清晰,使读者一望而知,易于赏读。

这种概括章法结构的评点体例,被清代评点大家于光华承袭下来,如其评江淹《别赋》先划分"总—分—总"的篇章结构,然后开篇眉批"总论别",接着眉批分写"荣别""壮士别""从军别""绝国别""夫妇别""游仙别""淫别",最后眉批"总论"。对比可知,此基本沿袭了邹思明的评点样式。

除此而外,洪若皋在《梁昭明文选越裁》中对赋的篇章布局研讨尤多,主要集中于京都类赋作。如洪氏眉批《西都赋》:"全篇布局,首盖言京师城郭、街衢邑居、都人士女、乡曲豪杰之状,次言封畿之内所有,山林、苑囿、禽兽,遂盛言宫室,继之以田猎而止,至《西京》立局遂不同。"评点者对该赋的布局从"首盖言""次言""继之"三个方面加以勾勒,视角由近及远,由内而外,评述有条不紊,赋家所述经点评之后仿若清晰的画面呈现在读者眼前。更加精妙的是评论结尾处洪若皋卖了个"关子",即收尾以"至《西京》立局遂不同"牵出《西京赋》的布局之后,评点却戛然而止,《西京赋》的结构布局又是怎样的?这给读者留下无限遐想的空间,既耐人寻味,又引人入胜。

为一探《西京赋》布局之究竟,不妨对其展开进一步的读解。于光华对张衡《西京赋》尾末眉批:"全篇首言建都,次宫室台沼,次城郭街市,次游侠,次言苑囿中所有,遂接以田猎渔弋,角抵曼衍,终以色荒,正孟坚所谓西宾淫侈之论也,比《西都赋》更迢递周详。大抵平子后出,有班作以为据,故可以纵意增华,而体裁合趣耳。"读解此论并对比可见,《西京赋》在取材上比《西都赋》更广,在语义上更加丰满,在叙述上更加周详，在撰文顺序上也更加有序，大体是详《西都赋》所略，略《西都赋》所详。这在清人方廷珪、于光华同篇评点中可以得到明证，如方廷珪评张衡《西京赋》"若夫长年神仙，宣室玉堂"数句，眉批："何曰：前殿之后复有路寝，为天子听政之地也，下乃及侍臣直宿，卫士巡警，亦皆以朝堂之外。就近者而言，班张两人详略先后之处正宜对看，以见章法。"窥斑见豹，可见此评语既是对前者的弥补，又是对整体的拓展。可谓前有所呼，后有所应，前面在《西都赋》中所设疑团，于后面《西京赋》的评点中被逐一解答。

评论至此并未真正收结，倘若再检洪若皋所批张衡的《东京赋》，犹如巨石掷入平静湖面，宁静不存，涟漪泛起。《东京赋》开篇洪氏眉批："此篇立局不同前，大段止言洛阳宅中在德不在险之故，而疆域、城郭、宫室只带言之，后段遂及朝观等事，亦仿孟坚《东都赋》。"此处的"前"指前篇《西京赋》，《东京赋》在立局上要稍逊前篇。不过洪若皋对此的评点还是精心设计过，如前面所论《西都赋》与《西京赋》可视为一组，那么此处《东京赋》与《东都赋》即为另一组，因两组都要出彩，所以在谋篇布局上才体现出异同，此为赋家惯用技巧。另外，洪若皋在前文评语中边分析边埋下伏笔，步步引人入胜，导引读者在后文中寻求答案，以此来营造一波未平一波又起的文势，进而增加赋篇的趣味性和可读性。这正是洪若皋评点的独具匠心之处以及价值所在。

第二，对艺术手法的评析。

各类赋学评点中，出现了不少对笔法、文法、句法、修辞法等写作技法的揭示，如前文对"脱胎换骨法"的考察，已有简述，此不赘言。

《吴都赋》洪若皋眉评："叙田猎处极力揣摩《西京》，其笔法缠绵，有似藕丝蛇迹。"在对田猎场面的描写上，《吴都赋》虽揣摩《西京赋》，但又突出其艺术手法，主要表现在笔法比前赋更绵密细致。对文法、句法的揭示，方廷珪评点《文选》中的赋时已有涉及，如张衡《西京赋》"爰有蓝田"数句，眉批："陆曰：文法亦变亦劲。何曰：句法峭刻参差历落，不作排比，此平子刻意求工，不肯效颦《西都》也。""自我高祖之始入也"数句，眉批："何曰：高祖定都一段，意本孟坚，看其文法之变化，全撷左氏之精华，自成一格。"此处以眉批的方式对句中所体现的"句法""文法"

进行揭示，多少有些抽象和笼统。就"句法"而言，阐释相对清晰，引何焯评论，指出张衡为越过班固《西都赋》叙述之樊篱，在铺陈事物上不再是毫无章法的罗列排比；而为了追求"参差历落"，在行文方式上以四字句为主，五、六字相间为辅，以达到"峭刻"之效果。张衡的创举倘若不是被后世评点者揭示，或许早已湮没在历史的尘埃中，难以为人知晓。总之不论是方廷珪自己的评点，抑或征引他者评语，足可明证方氏对赋篇"文法"的重视，纵使不能窥其全貌，然方氏注重细节上的差异并予以阐发与讨论的评赋方法，仍是值得充分肯定的。

修辞在赋学评点中亦是评点者常用的手法，其在邹思明《文选尤》评赋中较为常见，几乎每篇均有使用。如扬雄《子虚赋》"云梦者，方九百里"数句，邹思明眉批："概举高燥坤湿，东西南北上下，方见九百里，广远规模，其结构布置如叠嶂层峦，又如龙盘虎踞。"评点者对扬雄赋中云梦泽的描摹慨叹不已，分别用"叠嶂层峦""龙盘虎踞"作喻体，两次比喻其描写云梦结构手法的高妙灵动。经评点者精彩纷呈的修辞注解，赋文的气势随之倍增，而且给人以强烈的画面感。另如曹植《洛神赋》"恨人神之道殊兮，怨盛年之莫当"二句，何焯句下批："神尊而人卑，喻君臣也。"[1] 赋篇看似描写人神之恋，实则暗含作者对君臣相遇的渴慕，何焯修辞旨在以人神殊途难以结合，来喻曹植终不得志。

据笔者检索，在各类赋作评点中除"脱胎换骨法"之外，其他诸法亦不胜枚举。今以《增订昭明文选集成详注》中方廷珪评《高唐赋》为例，稍作考察：

《高唐赋》"中阪遥望"一句，夹批："以下言高唐花木之盛。此处才行至高唐之中阪，是逐步形容法。"

"谲诡奇伟，不可究陈"二句，夹批："此段从中阪上到巫山，一路所见，山是骇人之山，水是骇人之水，所见之物，亦是骇人之物。扬子云《甘泉赋》已脱胎于此，何况后人。又起处山只略写，为水作引。此处方刻画山，是文字前略后详，彼此避就之法。"

---

① （清）何焯：《义门读书记》，《景印文渊阁四库全书》第 860 册，台湾商务印书馆，1986，第 664 页。

"更唱迭和，赴曲随流"二句，夹批："……此段写观侧草木禽鸟之异，是已至高唐所见。上中阪写木，此写草；上写猛兽骛鸟，此写驯鸟。亦是移步换形之法，故前后不相复叠。"

"举功先得，获车已实"二句，夹批："……此段只写高唐观，祀神、奏乐、田猎之事，却不及《神女》，《神女》只于末后以欲见虚结，是又反主为客之妙法（变体部分右侧施小实点'··'），俱为下篇留地步也。"

上述诸法的命名及运用，均围绕赋文的写作技巧展开，评点使赋精神顿出，以新的面貌呈现出来，使读者眼界大开，难以忘却。对赋文写作技法的评论，能映射出评点者高超的理论水平和驾驭能力。

第三，对风格特色的评析。

评点者不同，即使对相同赋篇所呈现的评点风格也是各有所异。如邹思明在《文选尤》中评点赋篇崇尚"奇"的批评风格，而孙鑛《孙月峰先生评文选》中评赋推"浓""炼""腴"等风格。以下对二者所体现的卓异不凡的评点风格，稍作简析。

邹思明《甘泉赋》总批："此赋瑰玮踔厉，奔逸绝尘，炼字炼句炼词，离奇变化，烨烨煌煌；炼骨炼气炼神，峻奥沉郁，浑浑穆穆。"此主要揭示赋篇在造字用语方面不同寻常，追求离奇变化之美；《子虚赋》"于是郑女曼姬"数句，眉批："插入美人一段，此文之奇幻变化处，复入游清池，而歌讴齐发，水石皆鸣，诚为信手拈来，头头是道，愈出愈奇愈灵愈怪。"此重在阐述篇章构思之奇幻。邹思明尤其对赋家在篇章上别具匠心的设置表示欣赏，通过其所评赋篇可以得知，不一一示例。《鲁灵光殿赋》邹思明尾批："奇异怪丽，雄竦陆离。若丹霞飞华顶之峰，接天峻拔；紫雾锁方瀛之路，峭壁崔巍。惊心骇目，疑鬼疑神。"此旨在倡明赋篇总体风格上的奇异。

笔者逐一检索邹思明赋评，其中"奇"字出现频率极高，至少有31处运用。简录如下："奇僻""奇气""奇语嶙嶙""奇致奇语""奇字警语""奇矫""奇而秀雅""离奇变化""以势奇之""瞻奇仰异""奇幻变化""奇诡变幻""奇异""奇玮卓朗""意致玮奇""矫健神奇""奇丽""奇异怪丽""奇崛峭耸""孕彩含奇""奇思巧语""文字则奇""奇崛""起有奇致""奇品""奇郁悲壮""数之奇也""奇而有骨""有奇有华""奇幻又觉秀雅""体奇而神王"。

由上述可知，邹思明将"奇"视为其书选录赋文的主要风格特征，"奇"亦能反映评点者的文学观念与批评标准，然仔细审读，可发现其有局限之疏。"奇"字本属于文学批评的范畴，《文选》所选赋篇并非篇篇皆奇，邹思明以此来考量赋篇风格，未免以偏概全，有一孔之见的嫌疑。其中所言的局限，也与评点者所处时代有关，邹思明身处思想解放的晚明，受张扬个性、追求奇异才士之风的影响，时代风尚与评赋思想或多或少已有融汇，如李贽在文集《初潭集》①卷一"许允妇是阮卫尉女"条，眉批："事奇，语奇，文奇。"卷十六"宗少文好山水"条，眉批仅一"奇"字。从其言简意赅的评点中，可知有明一代有"尚奇"之风，李卓吾作为明代评点大家，其评点风格必然有风向标的作用。在此评点之风的影响下，崇"奇"的理念逐渐渗入邹思明的文学评点风格之中亦属常理。这些还可以通过余下对孙鑛评点风格的解析得到验证。

孙鑛在评点赋篇时常用"腴""浓""峭""奇""劲""精""雅""态"等字眼。

"腴"多指赋篇的整体风格，如《东都赋》眉批："自孟子诚齐人变来，锻炼绝工，绝腴劲。"《西京赋》总评："孟坚《两都》正行，平子复构此，明是欲出其上，逐句琢磨，逐节锻炼，比孟坚较深沉，是子云一派格调。中间佳处尽多，第微伤烦，使觉神气不贯。若两篇开首议论处，则丰骨苍然，寄浓腴于古峭，允为千古绝调，绝不易得。"孙鑛在评赋中用此字甚多，多指意蕴丰饶的赋篇风格。

"浓"常指赋篇辞藻之妙，"浓"有时和"腴"搭配使用，以阐述用语概况。如《东京赋》开篇眉批："此等语，折议论处态极浓，语绝腴，力最劲，打成一片，可谓百炼精金，玩之久，意趣愈长，古来文字惟《檀弓》《左氏》有此境，但彼简此烦，能识其所以同，斯是悟彻关。"另如《南都赋》"进退屈伸"数句，眉批："撰语甚浓腴。"《吴都赋》"山川不足以周卫"数句，眉批："稍浓。"

---

① （明）李贽撰，闵邁、闵呆辑评《初潭集》（据明闵氏刻本朱墨套印本影印），《辽宁省图书馆藏陶湘旧藏闵凌刻本集成》第 47 册，中华书局，2015。

"精"与"雅"二者风格颇同，多指赋篇凝练典雅，不枝蔓不烦琐。《洛神赋》前总评："极力步骤《神女》，而更加之精刻，然天趣却翻不及。"《藉田赋》总评："雅细有之，然乏宏深之致，看《国语》'虢文公谏不藉千亩'一章，彼是何等骨力，何等姿态。"又因二者风格相近，常搭配出现，如《高唐赋》前总评："古雅精腴，是《子虚》《上林》所祖。"

"奇""峭""劲"也是孙鑛常常使用的，多是对阳刚、遒劲赋篇风格的阐幽。如《西京赋》"意亦有虑乎神祇"数句，眉批："语势奇峭，如半空掷下。第只宜八字作一句读，用修以四言句可嗣。"《神女赋》"骨法多奇"数句，眉批："说情处略不费力，而奇峭有韵。""昔者大帝说秦穆公而觐之"数句，眉批："此意尤奇绝，而语更复腴劲，咀嚼之，甘味满齿颊。"张衡《东京赋》"西朝颠覆而莫持"数句，眉批："收处方稍弱，不如前篇之遒劲。"孙鑛指出此篇收尾不如前篇《西京赋》遒劲有气势。从这些评论中可见评点者追崇刚健有气骨的文学审美趣味。这些多样的风格评点较邹思明已有显著的拓展与深化。从孙鑛的评点中还可以发现两点特征：第一，对赋篇风格特色的解析，多数围绕两汉的赋家作品加以展开；第二，从所赞评对象与内容来看，多是详古略今，带有尊古的思想，这一点可以从其评点的《老子》《书经》《春秋左传》《史记》等作品中得到印证。

五　揭示篇章主旨

此类型一般以赋前眉批或赋末总批的形式来揭示篇章主旨，在各类赋文评点中较为常见，评论可长可短，具有针对性，总体上以概括凝练之语来进行阐述。

如《选赋》中《鹦鹉赋》前郭正域眉批："自喻。"《游天台山赋》前眉批："旨在求仙。"《洞箫赋》开篇眉批："苦心之作。"评语仅用几字，就将赋篇内容提炼出来，益于读者整体理解，该类赋评具有导引、总结等功能。如邹思明评赋旨在揭示讽谏之意，如《甘泉赋》"袭琁室与倾宫兮"数句，眉批："继桀纣作宫室，肃然以亡国为戒，此处即寓讽谏意。""函甘棠之惠"数句，眉批："此下既至甘泉而郊祀，俱是讽词。""行游目乎三危"数句，眉批："数语虽设言周流旷远，升降天地复归到王母上寿，屏处女色，夸美中有讽谏意，所以为佳。"此类评语随处可见，评点者对赋篇的讽谏之意逐一揭示。

有些评点将赋篇置于文体流变过程中进行考察，如《重订文选集评》中宋玉《高唐赋》文后总批引何焯语："铺张扬厉，已为赋家大畅宗风，词尚风华，义归讽谏，须知赋之本意，义本于《诗》，而体近于《骚》，故有屈之《离骚》则有宋之赋，其时荀卿亦以赋著，而荀卿近质，宋赋多文，宜赋家之独宗宋也。"何焯将《高唐赋》置于文体流变过程中进行考察，先述其铺张扬厉、追求辞采华美、旨归在于讽谏的艺术特征，接着溯源赋"义本于《诗》，而体近于《骚》"的流变历程，最后将荀卿赋与宋玉赋进行对比，认为"荀卿近质，宋赋多文"。然由于宋玉赋多"文"，切近"义本于《诗》，而体近于《骚》"之意，故为后世赋家所宗。既说明了赋之文体渊源及流变的轨迹，又阐述了宋玉赋的艺术特色及被宗崇的内因。

概而论之，篇章主旨的特色具体可参看前文所讨论的眉批、题下批、总批的内容，此处所论和上述三者交集甚多，不再赘述。

六　批校瑕疵讹误

以上赋作评点的倾向多是赞许和褒奖，但也有针对赋篇中的遣词造句、文句章法、瑕疵错讹等不足的批点，此类赋评在明清出现颇多，尤以明代孙鑛《孙月峰先生评文选》和清代方廷珪《增订昭明文选集成详注》（见图3-6）为最。从这一方面来看，可知评点文学发展到明清之际已臻于成熟，对赋文瑕疵讹误的批点主要有以下三方面。

其一，指点赋文中的"病句拙语"。

这类旨在对赋文中的病句拙语进行指瑕批谬。如陆机《叹逝赋》"幽情发而成绪"一句，孙鑛在"幽情"二字旁批："两语拙。"左思《魏都赋》"造化权舆"数句，眉批："四字堆积，觉稍拙。"陆机《文赋》"瞻万物而思纷"一句，在"而思"二字旁批："拙。"孙鑛在评点中指出赋文之"拙"，认为其不够凝练精要，还有提升或改进的空间，从中流露出评点者从简、尚巧的审美思想。

倘若"拙"的评论还只是评点者的偶然感悟，那么"病"的提出却能显示评点者注重赋文优劣品评的批评理念。"病"为文之忌，创作时自然需要摒弃。如陆机《文赋》"或托言于短韵"数句，孙鑛眉批："寡之病。"

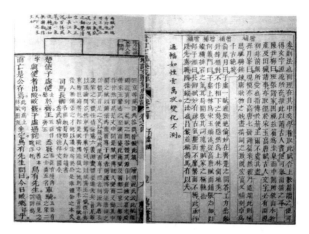

图 3-6　《增订昭明文选集成详注》书影
资料来源：（清）方廷珪评点，（清）陈云程增补，（清）邵晋涵等批校《增订昭明文选集成详注》，国家图书馆出版社，2015。

"混妍媸而成体"数句，眉批："杂之病。""辞浮漂而不归"数句，眉批："浮之病。""或奔放以谐和"数句，眉批："靡之病。""又虽悲而不雅"数句，眉批："质之病。"孙鑛针对《文赋》中的数句进行评论，并就其"病"况或"寡"，或"杂"，或"浮"，或"靡"，或"质"逐一言明，评论细密谨严，一语中的。此举需要评点者具备独到的眼光和见解，从侧面凸显评点者的观点和批评倾向。

其二，批评语言精练上的欠缺。

该类针对赋文语言冗杂、缺乏提炼的问题作出批解。如《魏都赋》"经始之制"数句，孙鑛眉批："常语多，便觉不炼密，便减味态。""金石丝竹之恒韵"数句，眉批："此数语，殊欠新炼。"评点者就《魏都赋》中的冗繁常语、缺乏提炼进行评审。祢衡《鹦鹉赋》开篇眉批："总是以托意见态，亦间有工语，然不为奇俊，以成之速，终是锻炼未工，颇有草率处，亦有生硬处。"此赋为祢衡受命而作，可谓急就之篇，孙鑛批评因其缺少"锻炼"，故赋篇有草率、生硬之嫌。

在赋文评点中，"略写"和"繁叙"均为评点者所批评。如班固《东都赋》"穷览万国之有无，考声教之所被，散皇明以烛幽"数句，孙鑛眉批曰："巡狩宫苑等叙得太略。"赋家由于对巡狩、宫苑等处述叙过简，对文笔上的详略未能妥善处理，而受到评点者指瑕。又如王褒《洞箫赋》开篇眉批："一个竹，却说了许多，固是赋家风致，然亦觉伤烦。"接着又一眉批："极力铺张，然大约不越《七发》'龙门之桐'一条意。"评点者针对《洞箫赋》个别句子冗繁琐碎的叙写，连续用两个眉批进行批评，从其评点的情感程度上看，通常情况一个眉批足以说明问题，然孙鑛用接连两个眉批阐述自己的观点，可见评点者尤其对过于冗杂琐碎的叙述持批评态度。这种评点态度，既可作为指导后人撰写赋文的章法要求，也有助于读者对《文选》中赋篇的整体研读。

其三，批校赋文之错讹。

指评点者就赋篇中出现的讹误稍作指正。以孙鑛评左思《吴都赋》为例，其"杂袭错缪"数句，眉批："缪字是韵，此处明是两对股，然却又不甚对。顾文势不协，细看又非错误，似有意为之，然要不为佳。"对句中用韵与对仗的用法提出质疑。此类较多，如"翕习容裔，靡靡愔愔"数句，眉批："此处颇难，句更易读之不快，疑有误。""杂插幽屏"句，眉批："'屏'字读不韵，疑有误。""丹青图其象珍玮"句，眉批："'象'字疑衍，不然文势觉不通。"比勘其他版本，评点者所指出的"象"实为衍字。另如评《魏都赋》"且夫寒谷丰黍，吹律以暖之也，昏情爽曙，箴规以显之也。"眉批："善无二'以'字，五臣无二'也'字。"评点者依据李善与五臣注《文选》为底本，对赋句中多余字予以订正。

清人在这方面用力更勤，尤以《增订昭明文选集成详注》中方廷珪评点所见众多。如扬雄《羽猎赋》"剖明月之胎珠，鞭洛水之宓妃"句，在"胎珠"二字处施以"倒乙"符号，并夹批："明月珠为蟒所怀，故曰胎。"由于刊刻者失误，将"珠胎"二字顺序颠倒，方廷珪先施"倒乙"符号，后以小字夹批的形式进行阐释。又如在"发黄龙之穴，窥凤凰之巢，临麒麟之囿"句后，添加大的"乙"字符，在其处小字补写"幸神之雀"句，对于刊刻之误造成的阅读障碍，其后的评点者则加以修改补正。评点者不仅找出问题，而且努力解决问题，这种严谨、务实的评点之风，实属少见。

笔者在方廷珪的评赋中找到多处施"倒乙"处，另如潘岳《西征赋》"贞臣见于危国"句，在"危国"处施以"倒乙"符号变成"国危"，以此对原刻本中的错讹进行校正。成公绥《啸赋》尾末总批中"充贾杨骏"句，在"充贾"处施以"倒乙"符号，更正为人名"贾充"，此为对自己的评语内容的校改。

此外，评点者对赋中疏漏与避讳处进行校改，如祢衡《鹦鹉赋》"惟西域之灵鸟"句，在"鸟"字右下角小字补写"兮"字。"体金精之妙质"句，在"质"字右下角小字补写"兮"字。又如将张衡《思玄赋》改为《思元赋》，改"玄"为"元"，其为避清玄烨帝讳①，因避讳而改，有明显的时代烙印。由这些事例足见评点者精熟各类赋篇，唯此方可对其中的瑕疵错讹了然于胸，心中有数，操作起来才能游刃有余；上述种种也展现了评点者扎实、丰赡的学识及严谨、务实的评点态度。

对上述不同评点功能的阐发，一则借助评点可以更加全面地理解赋篇，如赋文的章法结构、行文方式、风格特色甚至疏漏错讹等；二则旨在探讨赋文评点中所表现的赋学批评理论、方式、成就及价值，有助于对赋学批评理论作更深入的考察。即便如此，赋学评点依然有其不足和局限存在，约略有二。一是过于琐碎。如评点大家孙鑛、郭正域、何焯、于光华等人在各类赋学评点中的理论展示，由于琐碎和分散，使读者不易窥察其重点见解，过于分散和零碎的理论天然地决定了赋学评点构不成系统性、全面性的理论阐述，唯有将评点者全部的评点有机统一起来，进行概括与归纳，一些重要观点才能浮现眼前。二是评点多数处于感性层面。由于评点是随性而发，瞬间所悟，加之分散、零碎的特点，由此推测出的评点者的思维范式，多半游弋在所评对象的表层之上，即使某些评论精深，然实质上仍无法回到作品的内部环境中，故此类认知始终未能突破感性层面。

第五节　赋评的价值及其演进

赋学评点是由评论和赋篇共同构成的，具有批评和文学双重性质的文学样式，然就是这样的一种文学样式，与小说、戏曲等体裁的评点文学相比，其研究仍相对滞后。有学者指出："过去一些学者，往往轻忽评点，究

---

① 此说可详参陈垣《史讳举例》，中华书局，2016，第226页。

其缘故，主要是两点：一是以为评点层次低，只不过便于初学，难登大雅之堂；二是因明清评点每多讲文脉、章法，受八股影响，八股文既被否定、排斥，则评点也受其累。"① 此非针对赋学评点而论，然这一学理性的分析概括一样适用于解释赋学评点研究相对滞后的原因。拨开历史的尘雾，回归赋学评点研究的本身，方能发掘其独特的价值。赋学评点的价值大致可概括为以下四个方面。

其一，借助赋学评点可以深掘赋文在文学与文献方面的价值。此点尤以赋学评点著作中的凡例表现最为突出，评点者或刊刻者在所评赋篇的凡例或序跋中对文本的编撰体例、创作时间、动机、旨归等有清晰的交代，这些为后世研究评点者的思想风貌、生平籍里、行迹交友等提供了有益的文献帮助。邹思明《文选尤·凡例》有八条，摘录几条聊作考察："五，首皆精研奇古之笔，并取之以备其体。""七，圈点必于着意处，结脉处，归重处，奇幻灵变处，韶令华赡处，则不嫌繁密，非漫以采绮关捷也。""八，缀言有朱，有绿，有墨，各有所取。总评分脉则用朱，细评探意则用绿，释音义、解文辞、考古典则用墨，观者辨之。"三条凡例可谓言简义丰，提要钩玄，总体概述了邹氏评赋尚"奇"的审美倾向。圈点则主要针对文中着意处、结脉处、归重处、奇幻灵变处、韶令华赡处；在总评处施以朱色，在细评探意处施以绿色，在释音义、解文辞、考古典等处施以墨色。

另如孙鑛的生平及其评点《文选》的时间，文献记载比较模糊，闵齐华在《孙月峰先生评文选·凡例》中的载录，对解读上述疑惑也具有一定的启发与补充作用，《凡例》谓："大司马孙月峰先生博览群书，老而不倦，兹评其林居时所手裁也。片语之瑜无不标举，一字之瑕亦为检摘，诚后学之领袖，修词之指南也。仲兄翁次宦游南都，先生手授焉。不敢秘之帐中，遂以公之同好。"对此，赵俊玲认为："孙鑛晚年乡居之时，闵氏之兄后来在南京得到其手授之亲笔批阅本。这正与孙鑛万历二十五年（1597）因忤尚书石星而被罢免回籍、至万历三十三年（1605）起复为南京兵部尚书的经历相吻合。则孙鑛评点《文选》的时间，即应在此八年中。"② 其在此文

---

① 赵俊玲：《〈文选〉评点研究》，上海古籍出版社，2013，"序"第1页。
② 赵俊玲：《〈文选〉评点研究》，上海古籍出版社，2013，第124页。

献上斟酌并发力，对孙鑛评点《文选》年限的断定，比较有说服力。

其二，赋学评点对赋篇中的错讹、释读等方面起到订正与辅助作用。评点者就赋篇中出现的不足与讹误稍作指正，如孙鑛评左思《吴都赋》"杂袭错缪"数句，眉批："缪字是韵，此处明是两对股，然却又不甚对。顾文势不协，细看又非错误，似有意为之，然要不为佳。"对句中用韵与对仗用法提出质疑。另如方廷珪评潘岳《西征赋》"贞臣见于危国"句，在"危国"处施以"倒乙"符号变成"国危"，以此对原刻本中的错讹进行校正。成公绥《啸赋》尾末总批中"充贾杨骏"句，方廷珪在"充贾"处施以"倒乙"符号，更正为人名"贾充"，此为对自己的评语内容的校改。郭正域评《甘泉赋》时未注明评语来源，致使读者误以为所引评语是其所为，而至明末，邹思明评《甘泉赋》时眉批："杨升菴曰：赋家往往铺张数段以示宏丽，一气写就奇字警语，层见叠出，独相如、子云耳？孟坚辈不免填塞。"评点者特意标注此为杨慎之语，澄清了评语的来源。

赋评还有一个新发明，即将他者的考据内容引入评点中来，以此辅助释读。如郭正域评张衡《西京赋》"缭垣绵联"句，眉批："善注云：今以'垣'为'亘'。用修云：'缭垣绵联'此句本不必注，李善改'垣'为'亘'，殊谬。唐人诗'缭垣秋断草烟深'即此意也。"《吴都赋》"绵杭杬栌枦"句，眉批："（杨慎）又云：李商隐诗'木棉花发鹝鸪飞'，即今之班枝苍也，实入酒杯。"扬雄《长杨赋》"西厌月窟，东震日域"句，眉批："用修云：'西厌月窟，东震日域'，日域，服虔注以为日所生，恐非。李太白诗'天马来出月氏窟'，即月氏之国，日域指日逐单于也，盖借日月字形容，威服四夷耳，太白妙得其解。"征引唐诗来解释词句，以诗论赋，以诗解赋，既有助于读者研读，又见注评者之宏博学识。概言之，这些对后世赋学评点均具有镜鉴作用。

其三，借助赋学评点可以领会赋评者的评价机制和赋学观念。不同的评点者一般有属于自己的评点机制，如前文所述孙鑛评赋善用各种符号，不同的符号对应不同评点内容。清方廷珪在《增订昭明文选集成详注》评点《南都赋》"永世克孝，怀桑梓焉；真人南巡，睹旧里焉"句，在"怀桑梓焉""睹旧里焉"旁分别施以双圈"◎"以别其他，之前的评点著作较少见到这种符号，说明越是晚近，评点文学的发展越丰富成熟，加之部分采用朱墨套色印本，更易于赏读。

洪若皋《梁昭明文选越裁》圈点时也表现出不同的一面，除给赋篇施注圈点之外，对自己的评论也予以标圈，在赋评中尚属少见。如《三都赋》总批："《蜀》《吴》俱极侈山川、苑囿、草木、鸟兽、田猎，《魏都》止叙宫室、朝市、街衢、田野，其中奢俭贞淫，抑昂进退，体自不同。亦犹《两都》之《东都》，《二京》之《东京》也。昔人谓《蜀都》俊，《吴都》奇，讥《魏都》为强弩之末，殊未解斯指。至其灵秀之笔，隽逸之气，思若洪河奔涌，致如孤岛竦峙，真可追杨、马、班、张之辙，而开徐、庾、鲍、谢之先，《三都》得此，宜其空洛阳之纸也，陆士衡焉能不为之搁笔？（文中变体字右侧分别施加小圈'○'）"洪若皋在自己的评语处施圈点，以示区别。《闲居赋》序前眉批："一序词气雄壮，是汉文非复晋人之笔。"同上，评点者对文中变体字右侧施以小圈"○"。此类圈点几乎篇篇有之，施圈有示强调、区别、对比之意。

同一赋作，因鉴赏标准不同，评价各有千秋。如孙鑛总批《雪赋》："描写处俱着迹，乏传神之致，未是高手。"郭正域总批："备极形容，巧思入微。"《芜城赋》孙鑛总评："多偶语，锻炼甚工细。然气脉却狭小，是后世律赋祖。"郭正域总批："凄凉之调，千古含愁，文奚贵于多也。"对比即知，郭正域评论多是溢美之词，表现出尊崇苍远高古的美学风格；而孙鑛更加理性，带有苛刻的批评态度，对六朝靡丽精巧的赋风却表现出赏识的一面，这些迥然有别的评价，正是二者审美或鉴赏标准不同所致。正如谭帆所论："文学批评其实不应该是批评者纯然自足乃至封闭的形式，对读者的引导，对阅读趣味的针砭和对作品的解析无疑是其一个重要的批评目的，文学批评应该与作品一起在读者中赢得自身的地位和价值，否则，批评将是一个空中楼阁，或者纯然是批评家自身的一种游戏。"[1] 只有借助评点，读者才能更加容易感知评点者之间的差异。

其四，借助赋学评点可以解析时代的学术风貌与鉴赏标准。一个时代有一个时代的学术风气。如明人受渐趋宽松的文化政策的影响，在评点上大体追求"奇艳"的风格，而清人长于小学，追求务实精神，学术风气上

---

① 谭帆：《中国小说评点研究》，华东师范大学出版社，2001，第127~128页。

注重"实证"。在这样的背景下各类赋学评点在评判标准以及学术崇尚上也是各有千秋，如邹思明《文选尤》中评赋表现出"尚奇"的标准，"奇"字出现至少 31 次。正如前文所言，这与评点者所处时代有关，邹思明身处思想解放的晚明，受张扬个性、追求奇异才士之风的影响，时代风尚与评赋思想或多或少已有融汇，崇"奇"的理念逐渐渗入到文学评点风格之中亦属常理。

孙鑛评点赋文则追求"浓腴""奇峭""精雅"的艺术风格，一方面指出赋篇艺术风格的所宗之源；另一方面就赋篇的艺术特色指出被后世某类或某篇文章所祖。简言之，即孙鑛的此类评点向上探索其渊源，向下找寻其继承。何焯《义门读书记》评赋推许"实证"的精神，《蛾术轩箧存善本书录》评曰："且义门评例，兼及校勘考证，间亦涉及友朋时事。"[1] 观此可见，何焯既重考据的实证之风，又兼知人论世的理念。洪若皋在《梁昭明文选越裁》中推重"词藻气骨"，而且在赋评技法上例举"擒纵法""脱胎换骨法""反主为客法"等，表现出高超的理论水准。

赋评本身的演进方面也有诸多表现，如批评形态明代常见的有眉批、总批，至清代则在前者的基础上出现了题下批、旁批、删注批等形态，尤其以方廷珪等人的《增订昭明文选集成详注》、于光华的《重订文选集评》中的赋评为典范。批评形态的增加，反映出清人的赋评观念的开阔，由单一向多元的递变，亦是清人评点文学成熟的表现。由评注相兼到评考并论，也是评点演变的一个显著的标志。在孙鑛、郭正域等人的赋评中，还可以看到评点者将李善注、五臣注赋的内容以或征引、或比勘的形式夹注于篇中的现象，然在何焯、方廷珪、于光华、洪若皋等人的赋评中完全找不到李善注、五臣注的踪影。由评注体向评考体形态的转变，是赋学评点演进过程中的一个重要现象，具有一定的研究价值，目前探究较少，希望能引起更多的关注。

此外，由明而清，赋评的发展呈现出由一人评论向多人集评、汇评演变的过程。明代出版业相对发达，一些书商为谋私利，出版一些著作时往往将当时的名家大儒的评语汇聚在一起，形成汇评或集评本，招徕时人注

---

① 王欣夫：《蛾术轩箧存善本书录》，上海古籍出版社，2002，第 1625 页。

意，从中谋取暴利。这种风气一直延续到清代，如方廷珪等人的《增订昭明文选集成详注》、于光华的《重订文选集评》汇辑数十人的评语对赋篇以及其他文章进行评点。这些评点本的渐变，与时代风气的导向密不可分。此可从日本学者高津孝对明代书商为谋私利，妄改书名等的揭示中得到辅证，高津氏以名古屋市蓬左文库藏《新刻校正古本大字音释三国志传通俗演义》为例，指出："'新刻''校正''古本''大字''音释'都不过是雕饰至极的广告性词句，旨在声扬文本优秀可靠、价值多样，集中体现了书肆竭尽全力推销'商品'的心情和姿态。"① 书商为便于售卖，遂设置较长的题目来博时人眼球，达到谋取更多的利益的目的。另如明代《新镌音释圈点提节士魁四书正文》《新镌出像批评通俗奇侠禅真逸史》二书，其正名无非是"四书正文""禅真逸史"，然前面长串的修饰成分，犹如今日的广告宣传语，以招引读者，便于售卖。这也是推动评点文学传播的有效途径，窥斑见豹，可以看出一个时代的文学传播风貌。

评点作为富有中国特色的文学批评样式，形态多样灵活，评语短小精悍、言简义丰且鉴赏性极高，其价值自不待言。张伯伟指出："评点的批评注重细微的分析剖判，从局部着眼衡量，未免'识小'之讥。但放在整个中国文学批评的体系中看，评点所最为倾心的是文本本身的优劣，它努力挖掘的是文学的美究竟何在以及何以美，它注重对文本的结构、意象、遣词造句等属于文学形式方面的分析，同时也不废义理和内容的考察，尽管这在评点是次要的。中国文学批评在这一方面的贡献，是值得我们作进一步抉发的。"② 然对赋学评点的研究与对小说、戏曲等评点的研究相比略显迟滞，本书虽试图做尝试性的工作予以补充，然学识才力浅薄，疏漏和问题亦在所难免，对待存在的问题，不仅希冀自己能继续在这块领地上开疆拓土，还期待更多的赋学研究者倾力加盟，让这种历史悠久、灵活多变的文学批评样式受到越来越多的关注与青睐。

---

① 〔日〕高津孝：《科举与诗艺：宋代文学与士人社会》，潘世圣等译，上海古籍出版社，2013，第69页。
② 张伯伟：《中国古代文学批评方法研究》，中华书局，2002，第591页。

第四章　赋格：读解维度与试赋津梁

　　赋格与诗格一样，迹近同时出现于唐代。唐时科试律赋，遂出现不少研讨作赋之技法的赋格论著。今据《新唐书·艺文志》《宋史·艺文志》等，可知赋格类文献大抵有：唐张仲素《赋枢》三卷、唐范传正《赋诀》一卷、唐浩虚舟《赋门》一卷、唐白行简《赋要》一卷、唐纥于俞《赋格》一卷、五代和凝《赋格》一卷、宋马偁《赋门鱼钥》十五卷、宋吴处厚《赋评》一卷。然这些赋格类文献均已散佚不存。现存仅有唐无名氏所撰《赋谱》抄本，以及宋郑起潜《声律关键》。今以有代表性的赋格文献《赋谱》为中心文本，展开多维论述。唐抄本《赋谱》是现存为数不多的唐代赋格类文献之一，旨在为应举士子提供创作律赋的范式与门径。唐代科举始兴，试赋成为场屋取士的主要科目，为适应科考之需，出现了一批探索律赋创作技法的论著，抄本《赋谱》正是在这一时风影响下而产生的"教科书"式的赋学指南。《赋谱》依照赋句、赋段、赋题的顺序，将赋文的写作技巧由局部到整体渐次展开。它详细地阐明了中晚唐赋体的理想形态，代表一个时代赋学批评理论的风貌，并为后人探究唐赋形制的发展提供了文献资源。《赋谱》成书的年限与缘起、功能与价值、承传与影响等，值得关注。

第一节　《赋谱》撰年及相关问题考论

　　有唐一代，以诗赋取士的制度颇为盛行。时人因场屋之需，刻苦锻炼穿穴经史的功夫，遂创作了不少关于律赋写作的论著，甚至设计出创作一篇律赋的标准范式。今存抄本《赋谱》即唐时科举试赋这一时风影响下的

"产物"，作为一种赋格文献，不仅较早记载有关律赋在段落、句型、韵脚等方面的内容，而且在科举大力推行与时人创作繁兴过程中均发挥了重要作用。

唐抄本《赋谱》因长期流藏海外，加之研究者寥若晨星，其撰述年代目前仍无定论，对此国内学者饶宗颐、张伯伟、詹杭伦等均有所论及，然各执一词，聚讼纷纭。饶宗颐是最早关注这一问题的国内研究者，他指出该书成书上限为贞元时期（785~805），下限为太和时期（827~835）。即《赋谱》创作时间为唐785~835年①，上下时限有50年的波动期。张伯伟从"用韵"角度进行考量，以《赋谱》中"近来官韵多勒八韵字"为切入点展开论证，认为该书撰述于文宗太和、开成年间，即827~840年②。

然而，以上两种断限时间均未免宽泛，张伯伟虽将时限减少至十三年，但仍有不够精准之憾。笔者不揣谫陋，在前贤论证的基础上，通过对《赋谱》中或引用，或涉及的相关唐代文献进行胪列比勘，采用文本内证法，并辅以相关史籍，对其撰述年代略作考量。本节将《赋谱》中所征引的赋文及作者、篇名、辑录情况等按照时间顺序梳理如下，以便从中发现与撰年相关的线索。

（1）"方以类聚，物以群分"句，源出杨炯《浑天赋》，辑录于《文苑英华》卷十八、《历代赋汇》卷一、《全唐文》卷一百九十。

（2）"万国会，百工休"句，源出胡嘉隐《绳伎赋》，辑录于《文苑英华》卷八十二、《历代赋汇》卷一百零四、《全唐文》卷四百零二。

（3）"感上仁于孝道，合中瑞于祥经"句，源出张说《进白乌赋》，辑录于《文苑英华》卷八十九（其中《赋谱》"仁"《文苑英华》作"人"）、

①　饶宗颐在《读赋零拾》中认为："日本存《赋谱》一书（五岛庆太氏藏），与《文笔要诀》合为二卷，中记'自太和以后始以八韵为常'，故其书似作于贞元太和之间。"见何沛雄编《赋话六种》（增订版），生活·读书·新知三联书店香港分店，1982，第119页。

②　张伯伟依据洪迈《容斋续笔》卷十三"试赋用韵"条载："自太和（八二七—八三五年）以后，始以八韵为常。"书中又引及浩虚舟《木鸡赋》，据《唐诗纪事》卷五十五载，周墀长庆二年（822）以《木鸡赋》及第，浩虚舟亦长庆二年及第，此《木鸡赋》即为当年试题。于此可推，《赋谱》或成书于此后不久，即文宗太和、开成年间（827—840）。而且，还进一步阐释，日本僧圆仁于承和十四年（唐宣宗大中元年，即847年）所上《入唐新求圣教目录》，内有《试赋格》一卷，"赋格"或即此《赋谱》。见张伯伟《全唐五代诗格汇考》，凤凰出版社，2002，第554页。

《历代赋汇》卷五十六、《全唐文》卷二百二十一。

（4）"惟輗以积膏而润，惟人以积学而才。润则浸之益，才则厥修乃来"句，源出乔琳（进士，743 年）《炙輗赋》，辑录于《文苑英华》卷一百二十一（其中《赋谱》"润则浸之益"《文苑英华》作"润则浸之所致"、《赋谱》"才则厥修乃来"《文苑英华》作"学则修之乃来"）、《历代赋汇》卷一百一十四、《全唐文》卷三百五十六（同《文苑英华》）。

（5）"穆王与偃偓之伦，为玉山之会"句，源出乔潭（进士，754 年）《群玉山赋》，辑录于《文苑英华》卷二十九、《历代赋汇》卷二十二、《全唐文》卷四百五十一。

（6）"采大汉强干之宜，裂地以爵。法有周维城之制，分土而王"句，源出崔损（进士，775 年）《五色土赋》，辑录于《文苑英华》卷二十五、《历代赋汇》卷二十三、《全唐文》卷四百七十六（同《文苑英华》）。

（7）"咏《团扇》之见托，班姬恨起于长门。履坚冰以是阶，袁安叹惊于陋巷"句，源出崔损《霜降赋》，辑录于《文苑英华》卷十六、《历代赋汇》卷九、《全唐文》卷四百七十六。

（8）"悦礼乐，敦《诗》《书》"句，源出黎逢（进士，777 年）《人不学不知道赋》，辑录于《文苑英华》卷六十二（记载为失名）、《历代赋汇》卷六十、《全唐文》卷四百八十二。

（9）"咨汉武兮恭玄风，建曾台兮冠灵宫"句，此句所有《通天台赋》中均无，该赋为大历十二年（777）进士科题，辑录于《文苑英华》卷五十，有失名、任公叔、杨奚同名作，《历代赋汇》卷七十四所列同《文苑英华》，而《文苑英华》中的"失名"之作，在《全唐文》卷四百八十二中归于黎逢名下，在同书卷四百五十九有任公叔同名作，卷五百三十一有杨度同名作。

（10）"器将道志，五色发以成文。化尽欢心，百兽舞而叶曲"句，源出裴度（进士，789 年）《箫韶九成赋》，辑录于《文苑英华》卷七十五、《历代赋汇》卷九十、《全唐文》卷五百三十七。

（11）原无引文。文中出现《朱丝绳赋》，此赋为贞元十年（794）博学宏词科题，《文苑英华》卷七十七有失名、庾承宣同名作，《历代赋汇》卷九十四同《文苑英华》，而《文苑英华》中的"失名"之作，在《全唐文》卷四百零八中归于王太真名下，同书卷六百一十五有庾承宣同名作。

（12）原无引文。文中出现《冬日可爱赋》，齐映（进士，794 年）、席夔（进士，794 年）均有同名赋作，辑录于《文苑英华》卷五、《历代赋汇》卷三、《全唐文》卷四百五十和卷六百三十三。

（13）"喻人守礼，如竹有筠"句，源出李程（进士，796 年）《竹箭有筠赋》，辑录于《文苑英华》卷一百四十六、《历代赋汇》卷一百一十八、《全唐文》卷六百三十二。

（14）"贤哉南容"句，源出张仲素（进士，798 年）《三复白圭赋》，辑录于《文苑英华》卷九十二、《历代赋汇》卷六十七、《全唐文》卷六百四十四。

（15）原无引文。文中出现张仲素《千金市骏骨赋》。辑录于《文苑英华》卷一百三十二、《历代赋汇》卷一百三十五、《全唐文》卷六百四十四。

（16）"石至坚兮水至清。坚者可投而必中，清者可受而不盈"句，此句在所有《如石投水赋》中均无，该赋为 786 年进士科题，辑录于《文苑英华》卷三十二，有刘辟、卢肇、白敏中同名作，《历代赋汇》卷四十四有刘辟、卢肇、白敏中同名作，《全唐文》卷五百二十六、卷七百六十八、卷七百三十九分别有刘辟、卢肇、白敏中同名作。

（17）原无引文。文中出现元稹（明经，793 年）《郊天日五色祥云赋》，辑录于《文苑英华》卷十一、《历代赋汇》卷六、《全唐文》卷六百四十七。

（18）"诚哉性习之说，我将为教之先"句，源出白居易（进士，800 年）《性习相近远赋》，此赋为贞元十六年（800）进士科题。辑录于《文苑英华》卷九十三、《历代赋汇》卷六十六、《全唐文》卷六百五十六。

（19）"亭亭华山下有渭"句，源出白居易《泛渭赋》，辑录于《文苑英华》卷一百二十八、《历代赋汇》卷二十六、《全唐文》卷六百五十六。

（20）原无引文。文中出现白居易《求玄珠赋》，唐赵宇亦有同名赋，辑录于《文苑英华》卷一百二十五、《历代赋汇》卷一百零五。

（21）"昔汉武"句，源出张友正（进士，贞元年间）《请长缨赋》，辑录于《文苑英华》卷六十六、《历代赋汇》卷六十四、《全唐文》卷五百三十六。

（22）原无引文。文中出现皇甫湜（进士，806 年）《鹤处鸡群赋》，辑录于《文苑英华》卷一百三十八、《历代赋汇》卷一百二十八、《全唐文》卷六百八十五。

（23）"化轻裾于五色，犹认罗衣。变纤手于一拳，以迷纨质"句，源出白行简（进士，807 年）《望夫化为石赋》，辑录于《文苑英华》卷三十一、《历代赋汇》卷二十三、《全唐文》卷六百九十二。

（24）"月满于东，桂芳其中"句，源出杨弘贞（进士，809 年）《月中桂树赋》，辑录于《文苑英华》卷七、《历代赋汇》卷四、《全唐文》卷七百二十二。

（25）"因依而上下相遇，修分而贞刚失全"句，源出杨弘贞《溜穿石赋》，辑录于《文苑英华》卷三十一、《历代赋汇》卷二十三、《全唐文》卷七百二十二。另外《文苑英华》《历代赋汇》《全唐书》亦辑录赵蕃《溜穿石赋》。

（26）"俯而察，焕乎呈科斗之文。静而观，炯尔见雕虫之艺"句，源出蒋防（进士，809 年）《萤光照字赋》，辑录于《文苑英华》卷六十三、《历代赋汇》卷六十二、《全唐文》卷七百一十九。

（27）"惟隙有光，惟尘是依"句，源出蒋防《隙尘赋》，辑录于《文苑英华》卷二十六、《历代赋汇》卷二十三、《全唐文》卷七百一十九。另外《文苑英华》卷二十六、《历代赋汇》卷二十三、《全唐文》卷七百二十二，分别载录杨弘贞、赵蕃同名赋。

（28）原无引文。文中出现蒋防《兽炭赋》，辑录于《文苑英华》卷一百二十三、《历代赋汇》卷八十八、《全唐文》卷七百一十九。

（29）"守静胜之深诚，冀一鸣而在此"句，源出浩虚舟（进士，822 年）《木鸡赋》，此赋为长庆二年（822）进士科题，辑录于《文苑英华》卷一百三十八、《历代赋汇》卷一百三十二、《全唐文》卷六百二十四。

（30）"漂水之上，盖山之前，昔有处女"句，源出浩虚舟《舒姑化泉赋》，辑录于《文苑英华》卷三十六、《历代赋汇》卷二十八、《全唐文》卷六百二十四。

（31）"原夫兰客方来，蕙心斯至。顾巾囊而无取，俯杯盘而内愧"句，源出浩虚舟《陶母截发赋》，辑录于《文苑英华》卷九十六、《历代赋汇》外集卷十九、《全唐文》卷六百二十四。

（32）"使乎使乎，信安危之所重"句，不见其出处，存疑。然《苏武不拜单于赋》，《文苑英华》《历代赋汇》《全唐文》均不载，唐李匡乂《资暇集》卷上"不拜单于"条云："近代浩虚舟作《苏武不拜单于赋》。"① 据此可知，是赋为浩虚舟作，今散佚。

（33）原无引文。文中出现《碎琥珀枕赋》。同一赋作作者，《文苑英华》卷一百一十九作"独孤授"，《历代赋汇》卷九十八作"独孤授"，而《全唐文》卷七百二十二作"独孤铉"（进士，元和年间），存疑。

（34）"嗟乎，以駬駬之足，追言言之辱，岂能之而不欲。盖窣喋喋之喧，喻骏骏之奔，在戒之而不言"句，源出陈忠师（进士，元和年间）《駬不及舌赋》，辑录于《文苑英华》卷九十二、《历代赋汇》卷六十七、《全唐文》卷七百一十六。此外，《文苑英华》卷九十二、《历代赋汇》卷六十七、《全唐文》卷九百四十八有陈仲卿同名赋作。

（35）"服牛是比，合土成美"句，源出陈仲师《土牛赋》，辑录于《文苑英华》卷二十五、《历代赋汇》卷十、《全唐文》卷七百一十六。

（36）"风入金而方劲，露如珠而正团。映蟾辉而回列，疑蚌割而俱攒"句，源出师贞《秋露如珠赋》，辑录于《文苑英华》卷十五、《历代赋汇》卷九、《全唐文》卷九百四十六。

（37）原无引文。文中出现《大道不器赋》。《文苑英华》《历代赋汇》《全唐文》均不载。据宋佚名《宣和书谱》卷二： "今御府所藏篆书七，《大道不器赋》上下二、《蝉赋》一、《篆隶》二、《千文》二。"② 赋名典出《礼记·学记》："君子大德不官，大道不器，大信不约，大时不齐，察于此四者，可以有志于学矣。"③《周易·系辞上》对"道"与"器"略作阐释云："是故形而上者谓之道，形而下者谓之器。"④

（38）"国家法古之制，则天之理"句，不见其出处，存疑。《大史颁朔赋》阙名，《文苑英华》《历代赋汇》《全唐文》均不载。另据《新唐书》

---

① （唐）李匡乂：《资暇集》，《丛书集成初编》本，中华书局，1985，第 1 页。
② （宋）佚名：《宣和书谱》，杨家骆主编《艺术丛编》第一集，（台北）世界书局，2008，第 321~322 页。
③ （清）阮元校刻《十三经注疏·礼记正义》，中华书局，1980，第 1525 页。
④ （清）阮元校刻《十三经注疏·周易正义》，中华书局，1980，第 83 页。

卷一百九十九《张齐贤传》："《周太史》'颁朔邦国'，是总颁十二朔于诸侯。"①

（39）"圣有作兮德动天，雪为瑞而表丰季。匪君臣之合契，岂感应之昭室。若乃玄律将暮，曾冰正坚"句，不见其出处，存疑。《瑞雪赋》阙名，《文苑英华》《历代赋汇》《全唐文》均不载。

考察《赋谱》所引赋篇，可以发现以下几点，从而有助于厘清《赋谱》的成书年限。

首先，张仲素、白行简、浩虚舟位列援引赋家之中，以上三人亦被《新唐书·艺文志》视为唐代赋家代表。《赋谱》援引张仲素《三复白圭赋》《千金市骏骨赋》两篇，白行简《望夫化为石赋》一篇（书中援引该赋较为频繁），浩虚舟《木鸡赋》《陶母截发赋》《苏武不拜单于赋》三篇。张仲素、白行简、浩虚舟分别为唐798年、807年、822年进士，三人因擅辞赋进士及第，具有场屋的实战经验；三人曾作《赋枢》《赋要》《赋门》之类赋格著作，同时兼备丰赡的理论素养。在这种情况下，撰谱者大量援引三人赋作以警示时人，使《赋谱》不但有影响力，而且极具说服力，颇能代表该时代的赋学创作水准与理论价值。

其次，谱文所举三十九种赋作，几乎都是当时的科举应制之作。如775年进士科题《五色土赋》，777年进士科题《通天台赋》，786年进士科题《如石投水赋》，794年博学宏词科题《朱丝绳赋》，800年进士科题《性习相近远赋》，806年进士科题《土牛赋》，809年进士科题《萤光照字赋》，822年进士科题《木鸡赋》。这足以说明《赋谱》在征引过程中，极为重视赋文的时代性。同时，以上三十九篇不乏公认的赋作精品，三十五篇辑录在《文苑英华》《历代赋汇》《全唐文》中，仅有《苏武不拜单于赋》《大道不器赋》《大史颁朔赋》《瑞雪赋》四篇未被收录，其中《苏武不拜单于赋》虽非完篇，但可找到其作者。可见，《赋谱》努力兼顾应试实用和文学审美，搜寻盛唐、中唐时代律赋的典范之作。

再次，从所引赋作的创作时间来考察，可发现最早一篇是显庆五年（660）杨炯《浑天赋》，最晚是长庆二年（822）浩虚舟《木鸡赋》。尤其

---

①　（宋）欧阳修等：《新唐书》，中华书局，1975，第5673页。

浩虚舟《木鸡赋》在《赋谱》的征引中前后出现六次，可见《赋谱》对该赋的重视程度。《赋谱》是供科场士子使用的赋论之作，不仅要与时俱进、推陈出新，而且必须关涉考试最新的趋势和章程，那么《木鸡赋》作为长庆二年的科考试题，最后一次出现在《赋谱》的征引中，也最有可能成为《赋谱》撰作起始年限。这里不妨将此作为考述《赋谱》撰年的时间节点，即《赋谱》撰作的上限之年。

最后，再来探论撰年的下限问题。《赋谱》作为科考指南之作，必须涉及考试的最新规程与动态，文中有"至今所常用""此六隔皆为文之要，堪常用""近来官韵多勒八字而赋体八段""近来题目多此类""今事则举所见，述所感""故曰新赋之体项者""贞元以来，不用假设"等语句。从这些语句中不难推断，作者在竭力强调时效性，因此须紧跟时代步伐，以体现《赋谱》作为科举指南的功用。赋格类著作大抵是士子试赋及第后所撰述，宗旨无非是在总结科场经验的基础上，使其成为当时的指南之册，为日后的律赋创作或场屋试赋作参照、指引，因此赋格类著作的写作极其讲究时效性、发生性，其创作时间多是士子中试不久之后，倘若过时，功用式微。如范传正于贞元十年举进士，撰有《赋诀》；张仲素于贞元十三年进士及第，不久作《赋枢》；白居易于贞元十六年考取进士，撰有《赋赋》；白行简于元和二年（807）中试，撰述《赋要》而代替张仲素《赋枢》；纥于俞①于元和十年登进士第，撰有《赋格》；浩虚舟于长庆二年登科，当年即撰《赋门》。可见这些赋格类著作的撰写时间具有一定的连续性，彼此间隔的年限不长，最短相距两年，最长不超七年。由此而推，《赋谱》撰年的下限距起讫年短则在五年之内，长则亦不超过十年。鉴此而知，《赋谱》作者不一定为科场及第者，然综合上述科举应试的需求与赋格的功能价值等

---

① 对于"纥于俞《赋格》"，张伯伟《全唐五代诗格汇考》指出："此书作者诸史志题名多有误。《崇文总目》作'纪干俞'，《通志·艺文略》及《宋史·艺文志》并作'纥于俞'。案：'纥干'为北朝胡姓，《元和姓纂》卷十载纥干俞为渭南尉。据岑仲勉《元和姓纂四校记》云，'纥干俞'实当为'纥干㒚'。㒚，字咸一。元和十年（八一五年）登进士第，大中年间为江西观察使。生卒年不详。"见张伯伟《全唐五代诗格汇考》，凤凰出版社，2002，第577页。另外，周绍良主编《全唐文新编》卷七百二十三记载："（纥干）㒚，元和中进士，会昌元年为库部郎中，知制诰，官至岭南节度使。"见周绍良主编《全唐文新编》卷七百二十三，吉林文史出版社，2000，第8290页。

因素来看，《赋谱》最有可能撰于 822 年至 832 年间。

第二节 《赋谱》成书与价值

自隋代推行科举制以来，随着科考盛行，唐代赋格类论著逐渐成为场屋试赋的津梁，其编撰者亦多为科场赢家。赵璘《因话录》卷三记载："又元和以来，词翰兼奇者，有柳柳州宗元、刘尚书禹锡及杨公。刘、杨二人，词翰之外，别精篇什。又张司业籍善歌行，李贺能为新乐府，当时言歌篇者，宗此二人。李相国程、王仆射起、白少傅居易兄弟、张舍人仲素为场中词赋之最，言程式者，宗此五人。"① 元稹《白氏长庆集序》又谓："明年（贞元十七年），（白居易）拔萃甲科。由是《性习相近远》《求玄珠》《斩白蛇》等赋，及百道判，新进士竞相传于京师矣。"② 李程于贞元十二年试《日五色赋》进士及第，王起与张仲素同为贞元十四年进士，均以《鉴止水赋》登科，白居易于贞元十六年试《性习相近远赋》进士及第，白行简于元和二年试《舞中成八卦赋》进士及第。以上几人中，张仲素和白氏兄弟分别撰有《赋枢》《赋赋》《赋要》等著作，以指导律赋写作。因此，赵璘认为在律赋程式化的创作进程中，李程、王起、白居易、白行简、张仲素五人是场中的代表，作品堪为典范，他们撰写的"教材"也因之成为士子备考的必读物。借此亦能反映中唐赋学批评的美学倾向及学术风尚。

抄本《赋谱》作为赋格类著作，其大旨也在于为科举试赋服务。这一点可以从其他赋格类著作中得到辅证，如《册府元龟》对张仲素《赋枢》的记载，其卷六百四十二贡举部条制第四云："十二月，每年贡举人所试诗赋，多不依体式。中书奏请下翰林院，命学士撰诗、赋各一首下贡院，以为举人模式。学士院奏：伏以体物缘情，文士各推其工拙；抡才较艺，词场素有其规程。凡务策名，合遵尝式。况圣君御宇，奥学盈朝。傥令明示其规模，或虑众贻其臧否。历代作者，垂范相传。将期绝彼微瑕，未若举

---

① （唐）赵璘：《因话录》，上海古籍出版社，1957，第 82 页。
② 冀勤点校《元稹集》，中华书局，1982，第 554 页。

其旧制。伏乞下所司，依《诗格》《赋枢》考试进士，庶令职分，互展恪勤。从之。"① 而后唐明宗朝时，中书奏请翰林院将《诗格》《赋枢》等作为科举试诗赋的准则，文中诸如"词场素有其规模""合遵尝式""明示其规模""垂范相传""举其旧制"的句子，正是对《赋枢》《赋谱》等著作性质和功能的合理注解，赋格类著作的功能在于引导与规范士子的创作。

在当时，大批赋格类著作的性质基本与此相近。这些著作现已散佚，但通过《新唐书》《宋书》等文献的记载，可管中窥豹，一睹当时此类著作之盛况。《新唐书》卷六十《艺文志》："张仲素《赋枢》三卷（《宋史》卷二百零九《艺文志》作'一卷'）。范传正《赋诀》一卷。浩虚舟《赋门》一卷。"② 《宋史》卷二百零九《艺文志》："白行简《赋要》一卷。范传正《赋诀》一卷。浩虚舟《赋门》一卷。纥于俞《赋格》一卷。和凝《赋格》一卷。……张仲素《赋枢》一卷。……马偁《赋门鱼钥》十五卷。……吴处厚《赋评》一卷。"③

从《新唐书·艺文志》与《宋史·艺文志》所载的作家上看，张仲素、范传正、白行简、浩虚舟、纥于俞五人均为唐代赋评家；和凝为五代十国的赋评家；马偁、吴处厚二位为宋代赋评家。从所录的赋评家的数量可知，唐人多于其他两个时段，年代更近的五代及宋反而人数较少。这侧面反映了唐代赋格类著作的兴盛，这是与唐时科举试赋盛行密切相关的。宋代科举以经义代替了试赋，赋不再是士人必须掌握的文体，因此，律赋写作的"教科书"也就相对没落了。

然而，《宋书·艺文志》记载的马偁《赋门鱼钥》非常值得注意。从性质上来看，《赋门鱼钥》为辑录而成的赋格总集，余下七种均为个人专著。这在宋陈振孙《直斋书录解题》卷二十二、宋元马端临《文献通考》卷二百四十九中都有记载。如《直斋书录解题》"文史类"条云："《赋门鱼钥》十五卷，进士马偁撰。编集唐蒋防而下至本朝宋祁诸家律赋格诀。"④ 可见，马偁所辑是一部赋格总集，而非独立赋格著作。

---

① （宋）王钦若等编《册府元龟》，中华书局，1960，第 7695 页。
② （宋）欧阳修等：《新唐书》，中华书局，1975，第 1626 页。
③ （元）脱脱等：《宋史》，中华书局，1985，第 5409~5410 页。
④ （宋）陈振孙撰，徐小蛮等点校《直斋书录解题》，上海古籍出版社，2015，第 642 页。

　　从上述赋格的时代年限上来看，《赋门鱼钥》所辑录的文献时间跨度上限始自唐代蒋防，下限终于宋朝宋祁，跨越两朝，历时二百余年。由此可推，在这二百多年中，赋评家所创作的赋格类著作的数目，必然远超《新唐书·艺文志》与《宋史·艺文志》所记载的八种。譬如本书主要论述的《赋谱》，以及宋人郑起潜所撰的《声律关键》，在《新唐书·艺文志》《宋史·艺文志》等正史书目中均无载录。《赋谱》正是诸多未予著录的赋格类著作之一，知者极少，对唐抄本《赋谱》的研究更是凤毛麟角。因此，有必要先对《赋谱》作一番简要概述。

　　今见《赋谱》为唐时抄本，著者不详，是现存中唐时期唯一赋格类著作。是书可能由晚于空海的名僧圆仁（796~864）带回日本，现藏于日本东京五岛美术馆，为日本国宝级藏品。据美国学者 Stephen R. Bokenkamp（中文名柏夷）赴日访书所见，该作品书于数纸黏合而成的手卷之上，纸高27.4 厘米，全长 56.88 厘米。全文一百五十七行，每行十七至二十字不等，总共字数（加小字注）有三千五百之多。正文之前及之后都有"赋谱一卷"字样。在卷头的锦缎之上，横书日文草字"可秘之"。以此可见来自中国的作品在日本受尊重之一斑。Stephen R. Bokenkamp 进一步补充，在《赋谱》之后，另录杜正伦《文笔要诀》，二书出于同一抄写者之手。①

　　长期以来，限于诸种原因，学术界对赋格类著作关注较少，而对《赋谱》的研究更是寥寥。《赋谱》自 20 世纪 40 年代在日本被重新发现，日本学者在研究上有近水楼台之便，先后有小西甚一、中泽希男两位学者对《赋谱》进行考察。② 在中国，饶宗颐是最早关注《赋谱》的学者。其在《选堂赋话》简叙云："日本存《赋谱》一书（五岛庆太氏藏），与《文笔要诀》合为二卷，中记'自太和以后始以八韵为常'，故其书似作于贞元太和之间。起首云：'凡赋句有壮、紧、长、隔、漫、发、送合织成，不可偏舍，壮为三字句，如：水流湿，火就燥；紧为四字句，如：方以类聚，物

---

① 〔美〕柏夷：《〈赋谱〉略述》，钱伯城主编《中华文史论丛》第 49 辑，上海古籍出版社，1992，第 152 页。

② 日本早期的《赋谱》研究有：小西甚一《文镜秘府论考》，日本雄辩会讲谈社，1948，第136~160 页。中泽希男《赋谱校笺》卷 17，（前桥）群马大学教育部纪要，1954，第217~233 页，该内容笔者未寓目，主要参见南京大学中文系主编《辞赋文学论集》，江苏教育出版社，1999，第 559 页。

以群分；长为上二字下三字句，如：石以表其贞，变以彰其异是。隔指隔句对，漫谓不对之句，发指起端，送指语终之词，皆虚字也。'"① 饶氏仅论及《赋谱》藏地、卷数、大体撰述时间、起首概况，而未述及具体内容。张伯伟在《全唐五代诗格汇考》② 一书中已有考察，其附录三专设《赋谱》一节，仅对《赋谱》进行了句读的标注，尚无过多解读。孙立在《中国文学批评文献学》也有提及，书称"《赋谱》，唐佚名撰。日本五岛庆太藏本"，并在附录一《日本国现藏和刻本中国诗文评类文献书目》进一步补充"《赋谱》1卷（附《文笔要诀》）五岛庆太所藏旧抄本，唐杜正伦撰，昭和15年刊"③。另外，詹杭伦在《唐宋赋学研究》④ 中也有简述，该书为论文集，其中有"《赋谱》校注"一章，据其题目可知内容重在校笺。就目前所见研究而言，多是围绕校笺、句读、简论等展开，未能深入探究，尚有深挖的空间。日方研究成果因年代久远和地域原因尚未完全寓目，此不妄议。

其实，《赋谱》的编撰和流传，本身就有深刻的文学批评的内涵。作为当时举子科考的"指南手册"，《赋谱》以较强的实用性和时效性，为我们研究唐人的赋学理念，考察初唐至中晚唐时期律赋的演变轨迹和文体嬗递等问题，提供了新的原始材料。其中对律赋中赋句、赋段、赋题的迁转等论述尤详，可大大深化学界对律赋文体特征的理解。此外，深入解读《赋谱》，对全面研究唐代科举制度、中国修辞学发展等方面不无裨益。笔者有幸从美国获得唐抄本《赋谱》复印件一份，对全面深入考察《赋谱》，具有一定的意义，对此，笔者已另有专文⑤展开讨论，此不赘述。

第三节　《赋谱》承传与影响

国内文献中鲜有关于《赋谱》的载录，这和其流藏于日本有关。究竟

①　何沛雄编《赋话六种》（增订版），生活·读书·新知三联书店香港分店，1982，第119页。
②　张伯伟：《全唐五代诗格汇考》，凤凰出版社，2002，第554~569页。
③　孙立：《中国文学批评文献学》，广东人民出版社，2000，第472页。
④　詹杭伦：《唐宋赋学研究》，中国社会科学出版社，2004，第53~88页。
⑤　黄志立：《赋论形态研究》，博士学位论文，中山大学，2017，第135~176页。

是何人最先将《赋谱》带去日本，目前尚无定论。对此问题，柏夷的两种推测值得讨论。

第一，《文笔要诀》是由空海（774~835）从大唐带回日本，空海在《文镜秘府论》中曾引述《文笔要诀》内容，而《赋谱》文后附有杜正伦《文笔要诀》。显然，《赋谱》与《文笔要诀》在当时是合二为一的，因此空海回日本时将二书一并带回。但这一说法的疏漏是，空海是贞元二十年（804，日本平安初期）入唐，于元和元年（806）返回，间隔约三年时间，而《赋谱》的创作时间，最早是空海归国的十六年之后，因此，在时间上不符，存疑。

第二，《赋谱》由838~847年入唐的另一位日本名僧圆仁（796~864）携带而回。其理由是，圆仁《入唐求圣教目录》一书著录有"《试赋格》一卷"，假若其所指正是录有《赋谱》《文笔要诀》的这一手卷，那么就与该卷首所书"可秘之"三字相符。柏夷认为，既然圆仁归国后享有极高的礼遇，与皇室有密切的来往，那么，凡是和圆仁有关的东西，必定是"可秘之"的。这种说法尚可自圆，但推测的成分过多，仍需更多的材料予以佐证。

空海和圆仁均生活在日本平安时代早期。考察日本典籍，当时的日本文论与《赋谱》内容相近似或者相同之处不少。较之《赋谱》年代稍后的《文镜秘府论》一书，其北卷"句端"①条所罗举的各类繁多的发语词，与《赋谱》中将句首发语词分为"原始、提引、起寓"三类很是相似。对句中用词进行修辞学意义上的分类辨析，《赋谱》是历史上的第一次，日僧了尊所撰《悉昙轮略图钞》卷七研讨"文笔事"，其相关表述和术语的运用与《赋谱》如出一辙。《里书》云：

> 发句 夫、夫以、伏惟、风闻。
> 长句 九字，恭为三代帝王之父祖，旁致万机巨细之咨询。十一字，排月窗以仰天，人师于其际。卷风幌以堀龙，象众于其前。
> 傍字 抑、就中、然而、于时、所以者何。

①〔日〕弘法大师原撰，王利器校注《文镜秘府论校注》，中国社会科学出版社，1983，第494~503页。

　　轻　　竹斑湘浦，云凝鼓瑟之踪。风去秦台，月老吹箫之地。龄亚颜驷，过三代而犹沈。恨同伯鸾，歌五噫而将去。晓入梁王之苑，雪满群山。夜登庾公之楼，月明千里。东岸西岸之柳，迟速不同。南枝北枝之梅，开落既异。变为濑之声，寂寂闭口，长为严之颂，洋洋满耳。

　　疏　　山复山，何工削成青岩之形。水复水，谁家染出碧潭之色。不调声淑望。鸡既鸣，忠臣待旦；莺未出，遗贤在谷。

　　密　　果则上林苑之所献，含自消，酒是下若村之所传，倾甚美。

　　平　　蔡子宅中，鱼网虽旧，张芝池畔，松烟非深。

　　杂　　（未举例）。

　　壮句　　后青山，面碧水。

　　紧句　　面月光素，眼莲色青。

　　漫句　　河唯淳风坊中，一河原院哉。

　　送句　　也、哉、耳、者也。①

　　其中的"发句""长句""傍字""轻""疏""密""杂""壮句""紧句""漫句"，与《赋谱》中的撰述重合，很有可能是承袭《赋谱》而来。仅此一例，便可知《赋谱》在日本的深远影响。其他日本典籍文献，或援引《赋谱》内容，或祖式《赋谱》体例。

　　在文学批评层面，空海《文镜秘府论》一书首开仿效《赋谱》而论赋的风气。是书西卷《文笔十病得失》探讨赋用韵时云："赋颂有第一、第二、第三、第四或至第六句相随同类韵者。如此文句，倘或有焉，但可时时解镫耳，非是常式。五三文内，时一安之，亦无伤也。又，辞赋或有第四句与第八句而复韵者，并是丈夫措意，盈缩自由，笔势纵横，动合规矩。"其中"解镫"之说，当援引《赋谱》中"如此之辈，赋之解镫"之句。再如北卷"句端"②条，所举种类繁多，如观夫、惟夫、原夫、窃以、窃闻、惟昔、至如、至其、斯则、此乃、诚乃、泊于、逮于、及于、方验、将知等。文中进一步指出："属事比辞，皆有次第，每事至科分之别，必立

――――――――――

①　《大正新修大藏经》，台湾佛陀教育基金会出版部 1990 年影印本，第 694 页。
②　〔日〕弘法大师原撰，王利器校注《文镜秘府论校注》，中国社会科学出版社，1983，第 494～503 页。

言以间之，然后义势可得相承，文体因而伦贯也。"其实，三迫初男的《文镜秘府论的句端说》所论更为详细："对偶法之应用是中国文章最大的特点。但是，不可能靠单对及隔句对组织成全篇文章，大概要把适当的对句插入文中，必须利用连语。这使文章更有变化，更生动有趣，并使理论明确浅易，'句端'语实际上也负有这样的任务。因此，《秘府论》在《论对属》后放置《句端》一项。"① 概言之，是受《赋谱》中"原始、提引、起寓"三类启发而创。

直到晚近，仍有赋评家深受《赋谱》的影响。铃木虎雄《赋史大要》② 一书论述唐五代律赋，基本是就《赋谱》的观点加以承袭发挥，如："前人称三字句为紧句，四字句为壮句，诚可谓能道其遒劲之力者。""长句之例，有自八字，至九、十、十一字者。八字，若重二四字；九字，若重四字五字；十字句，若于上三下二之上下两部，更各加二字；十一字句，似或重四七，或重二于四五。""用重隔句例，已有李程《日五色》之'非烟捧于圆象，蔚矣锦章；余霞散于重轮，焕然绮丽'，白行简《五色露》之'何必征勒毕之言，以为国泰；验吉云之说，乃辨时康'。亦重隔句也。"以上观点，在《赋谱》中几乎均可找到源头，如："凡赋句有壮、紧、长、隔、漫、发、送合织成，不可偏舍。""壮，三字句也。""紧，四字句也。""长，上二字下三字句也，其类又多上三字下三字。""隔，隔句对者，其辞云。隔体有六，轻、重、疏、密、平、杂。""轻隔者，如上有四字，下六字。""重隔，上六下四。""漫，不对合，少则三四字，多则二三句。"凡此种种，不一而足。可见，《赋谱》有助于为研究者澄清诸如此类的问题。

在文学创作层面，《赋谱》明确指出新体赋的文体标准："至今新体，分为四段：初三、四对，约卅字为头；次三对，约卅字为项；次二百余字为腹；最末约卅字为尾。就腹中更分为五：初约卅字为胸；次约卅字为上腹；次约卅字为中腹；次约卅字为下腹；次约卅字为腰。都八段，段转韵发语为常体。"《赋谱》将一篇完整的新体律赋分为八段，每段划分细致并

---

① 〔日〕遍照金刚撰，卢盛江校考《文镜秘府论汇校汇考》，中华书局，2006，第 1694 页。
② 〔日〕铃木虎雄：《赋史大要》，殷石臞译，赵敏俐主编《中国文学研究论著汇编·古代文学卷》第 25 册，天津古籍出版社，2019，第 61、66、217 页。

且附有一定的术语名称。所谓八段是指"头""项""腹""尾"四段，其中腹段再分"胸""上腹""中腹""下腹""腰"五段，整篇而合即"头""项""尾"三段，再加"腹"中的"胸""上腹""中腹""下腹""腰"五段，凡八段。唐时已规定新体赋（即律赋）在段落构成上明确为"八段"。一篇完整的律赋，不仅在段落结构、创作法则上有一定的要求，而且对赋句的数目、赋篇的字数也有一定的规范。"约略一赋内用六、七紧，八、九长，八隔，一壮，一漫，六、七发；或四、五、六紧，十二、三长，五、六、七隔，三、四、五发，二、三漫、壮；或八、九紧，八、九长，七、八隔，四、五发，二、三漫、壮、长；或八、九隔，三漫、壮；或无壮；皆通。计首尾三百六十左右字。"新体律赋基本由"紧""长""隔""壮""漫"句构成八段八韵，一篇中句子的数量在三十句左右，全篇字数约为三百六十字。兹将《赋谱》所论新体赋八段八韵范式进行规纳（见表4-1）。

表4-1　《赋谱》所论新体赋八段八韵范式

段落名称		句型构成	韵脚区域	字数
头		发（起寓）+紧+长+隔	第一韵	30
项		发（原始）+紧+长+隔	第二韵	40
腹	胸	发（提引）+紧+长+隔	第三韵	40
	上腹	发（提引）+紧+长+隔	第四韵	40
	中腹	发（提引）+紧+长+隔	第五韵	40
	下腹	发（提引）+紧+长+隔	第六韵	40
	腰	发（提引）+紧+长+隔	第七韵	40
尾		发（起寓）+长+隔+漫	第八韵	40

　　新体赋的标准类型有五个显著特点。第一，每段"字少者居上，多者居下。紧、长、隔以次相随"。第二，所谓"第一韵"，实指同列的紧对、长对、隔对等押同一个韵，即在赋篇中为第一组韵。余下同。第三，除了尾段以"漫"句收结，其他如"头""项""胸""上腹""中腹""下腹""腰"段均以"隔"句对收结。第四，隔对一般是比较长的对句，因此成为新体赋的躯干，这一点恰好是以隔喻为"身体"的注脚。第五，《赋谱》特

意强调："头"至"腰"七段，或有一两处以"壮"句代"紧"句。

　　《赋谱》所倡导的创作风尚，对后世以及域外的日本和朝鲜半岛一带产生过深远的影响。如日本藤原明衡（989～1066）曾沿袭宋姚铉《唐文粹》于宋真宗大中祥符四年（1011）编撰成《本朝文粹》（十四卷）。《本朝文粹》即平安朝诗文英粹集，该书卷一收录六篇赋作，依次为菅原文时《纤月赋》、纪长谷雄《春雪赋》、纪齐名《落叶赋》、源顺《奉同源澄才子河原赋》、兼明亲王《兔裘赋》、大江朝纲《男女婚姻赋》。其中源顺（911～983）《奉同源澄才子河原赋》① 严格承袭《赋谱》中新体赋的范式。今将源顺《奉同源澄才子河原赋》，依次用"人事则非，改之僧院"韵，按照《赋谱》中新体赋的要求进行整理（见表4-2）。

表 4-2　源顺《奉同源澄才子河原赋》新体范式

赋篇内容	句型构成	段落名称	韵脚区域	字数
有院无邻，自隔嚣尘◎ 山吐岚之漠漠，水含石之磷磷◎ 丞相遗幽居，难忘前主； 法王垂睿览，犹感后人◎	漫 长 隔（重隔）	头	第一韵 韵脚字"人"	38
其始也 轩骑聚门，绮罗照地⊙ 常有笙歌之典，间以弋钓为事⊙ 夜登月殿，兰路之清可嘲； 晴望仙台，蓬瀛之远如至⊙	发（原始） 紧 长 隔（轻隔）	项	第二韵 韵脚字"事"	43
是以 四运虽转，一赏无忒◎ 春玩梅于孟陬，秋折藕于夷则◎ 九夏三伏之暑月，竹含错午之风； 玄冬素雪之寒朝，松彰君子之德◎	发（提引） 紧 长 隔（密隔）	胸	第三韵 韵脚字"则"	48
暨乎 有苦有乐，一是一非⊙ 彼宽平之相府，为天禄之禅扉⊙ 不待皋禽夜半之声，梦先绝枕； 岂因峡猿第三之叫，泪自沾衣⊙	发（提引） 紧 长 隔（杂隔）	上腹	第四韵 韵脚字"非"	46

①　〔日〕藤原明衡编纂，小岛宪之校注《本朝文萃》，（东京）岩波书店，1964，第3~333页。

续表

赋篇内容	句型构成	段落名称	韵脚区域	字数
然犹 山貌叠嵩，岸势缩海◎ 人物变兮，烟霞无变；时世改兮，风流不改◎ 芦锥之穿沙抽日，波鸥戏波； 叶锦之照水浮时，彩鸳添彩◎	发（提引） 紧 长 隔（杂隔）	中腹	第五韵 韵脚字"改"	48
是以 感其事，论其时⊙ 登台少熙熙之乐，满院多萧萧之悲⊙ 喻富贵于浮云，诚天与也； 比芜秽于曩日，难地忍之⊙	发（提引） 壮 长 隔（轻隔）	下腹	第六韵 韵脚字"之"	42
嗟乎 黄阁早闶，翠微易登◎ 信脚蹐彼纤草，舒手控此垂藤◎ 携何兮得来游，屈曲横首杖； 向谁兮谈往事，一两白眉僧◎	发（提引） 紧 长 隔（杂隔）	腰	第七韵 韵脚字"僧"	44
吾固知 陵谷犹迁，海田皆变⊙ 何地同万古之形体，谁家全百年之游宴⊙强吴灭兮有荆棘，姑苏台之露瀼瀼； 暴秦衰兮无虎狼，咸阳宫之烟片片⊙ 何唯淳风坊中，一河原院⊙而已哉	发（起寓） 紧 长 隔（密隔） 漫	尾	第八韵 韵脚字"院"	68

整体而言，该赋篇契合《赋谱》新体赋的体例，源顺生活的年代，正值中国晚唐至五代十国之际，中日往来频繁，加之《赋谱》在中唐时已流布日本，被时人奉为圭臬。今观源顺赋作之体制形态，即知其深得中晚唐律赋的精髓。由此可见，《赋谱》对唐时日本赋学的影响是直接且广泛的。尤其在早期，日本文学大抵移植中国古代文学，因此《赋谱》提出的创作原则和征引的典范作品，在其中也扮演了重要的角色。

朝鲜的科举制度与考试内容，也深受唐代科举的影响。据柳寿垣所撰《迂书》①，朝鲜半岛的科举制度肇始于高丽光宗九年（958），以制述业（亦称"进士科"）取士为主，考诗、赋、颂、策。在科举"风向标"下，

---

① （朝鲜）柳寿垣：《迂书》，首尔大学古典刊行会，1971。

朝鲜半岛亦有大批文士致力于新体赋的练习与创作，如高丽时期著名学者金富轼①，于高丽肃宗元年（1095）科举及第，撰有《仲尼凤赋》《哑鸡赋》两篇，其《仲尼凤赋》②就是一篇极其谨严规范的新体赋。除此之外，如李承召《椒水赋》、金馹孙《疾风知劲草赋》、闵渍《李积应时扫云布唐赐春赋》等作品，均符合新体赋的准则，其中部分赋文虽不似《仲尼凤赋》中规中矩，但总体而言，仍可归入《赋谱》新体赋的变体种类。这足以说明《赋谱》中的文体标准同样主导了朝鲜高层文士的创作，可见《赋谱》在东亚文化传播上具有标志性的意义。

综上所述，《赋谱》本应科举考试之需而撰，其所倡导的新体赋在日后广为盛行与流传，正是得益于《赋谱》这类赋格文献的强力助推。《赋谱》内涵丰富、内容翔实，最值得称道的是对唐律赋结构的划分与命名，对赋句的构成元素、组合准则的深入考察，尤其对律赋段落进行命名时所采用的"头""项""腹""尾"等术语，借以"近取诸身，远取诸物"的譬喻读解律赋的方式，上述这些在唐宋时期曾普遍地出现于中、日、朝鲜等国的各类文体当中，《赋谱》在这方面的造诣远超后世的同类论著。这些对唐代律赋的研究至关重要，对一般的赋论探讨以及我国科举制度的考察亦有诸多可取之处。试想若无《赋谱》提出的新体赋，那么对场屋试赋的影响，对唐赋的迁转与衍变，就不能给予更合理的认定与考量；朝鲜半岛、日本的汉文学对唐赋接受的具体形制等，也不易谈起。如今的赋学批评理论研究，《赋谱》类的赋学批评史料不容忽视。

第四节 赋句：缀合织成，不可偏舍

今见《赋谱》为唐时抄本，著者不详，大抵撰于中唐时期，是现存不多的唐代赋格类论著，旨在为应举士子提供律赋创作的范式与门径。抄本《赋谱》篇幅短小，体制完备，融"新赋"创作与批评于一体，主张局部与

---

① 金富轼（1075~1151），朝鲜半岛高丽时期著名学者，二十一岁科举及第，入翰林院，历任右司谏、中书舍人。

② 于春海主编《古代朝鲜辞赋解析》，商务印书馆，2013，第9~10页。

整体兼重，内在与外在并举，详细地阐明了中晚唐赋体的理想形态，代表了一个时代赋学批评理论的风貌，为后人探究唐赋形制的发展提供了范本。限于《赋谱》长期流藏海外等原因，学术界对其关注较少，而对《赋谱》文本的研究更是屈指可数，今从赋句、赋段、赋题的维度予以读解，以期有所推进。

唐人因场屋之需，刻苦锻炼穿穴经史的功夫，遂创作了不少探索律赋写作技法的论著，今存抄本《赋谱》即唐时科举试赋这一时风影响下的"产物"。这与后世漫谈评点式的赋话著作，如宋郑起潜《声律关键》，清余丙照《赋学指南》、李调元《赋话》等截然不同。在今天看来，作为当时举子科考的"指南手册"，抄本《赋谱》以较强的实用性和时效性，成为探析唐人律赋的一把关键钥匙，为后人研究唐人的赋学理念，考察初唐至中晚唐时期律赋的演变轨迹和文体嬗递等问题，提供了原始文献。

赋句是一篇赋文的基本构成元素，也是《赋谱》论讨的关键。该书开篇便言："凡赋句有壮、紧、长、隔、漫、发、送合织成，不可偏舍。"① 首先，著者对赋句进行了划分与命名，因为《赋谱》主要探讨律赋的创作情况，赋句既讲究对仗又要求用韵，为了行文和阅读的方便，因此冠以不同名称。其次，对七种赋句的类型逐一进行阐释。

一　壮

谱文原有小字注解，谓"三字句也"，这里的"三字句"，即为"三字联"，唐人称律赋中的"一联"为"一句"，这种称谓到宋代时仍被沿用。谱文以"水流湿，火就燥"（见《周易·乾》），"悦礼乐，敦《诗》《书》"（见唐黎逢《人不学不知道赋》），"万国会，百工休"（见唐胡嘉隐《绳伎赋》）作示例。之所以将三字句称为"壮"，或因三字句在声律上平仄变化急迅，有爽朗劲健的感觉；在句式上短小紧促，节奏鲜明，犹如急鼓催拍。与其他句式相比，三字句读起来确实显得铿锵有力，节奏如同进行曲，故以此得名。再如顾元熙《沛父老留汉高祖赋》："黥布走，淮南平。回车驾，

---

① 张伯伟：《全唐五代诗格汇考》，凤凰出版社，2002，第 555 页。凡文中所引皆据此书，不一一出注。

返神京。"田锡《雁阵赋》："淮之北，汉之南。山如画，水如蓝。"《见星庐赋话》卷一对此论述说："骈赋之体，四六句法为多，然间有用三字叠句者，则其势更耸、调更遒、笔更峭、拍更紧，所谓急管促节是也。"①

二　紧

谱文原有小字注解，谓"四字句也"，谱文的举例有"方以类聚，物以群分"（见杨炯《浑天赋》），"四海会同，六府孔修"（见《尚书·禹贡》）。四字句给人以严整有序、对称紧凑之感，故以此得名。

三　长

谱文原有小字注解，谓"上二字下三字句也，其类又多上三字下三字"，主要指句子在五字至九字之间。共有五种类型，文中分别示例为："五字句"谓"石以表其贞，变以彰其异"（见白行简《望夫化为石赋》）；"六字句"谓"感上仁于孝道，合中瑞于祥经"（见张说《进白乌赋》）；"七字句"谓"因依而上下相遇，修分而贞刚失全"（见杨弘贞《溜穿石赋》）；"八字句"谓"当白日而长空四朗，披青天而平云中断"；"九字句"谓"笑我者谓量力而徒尔，见机者料成功之远而"（见杨弘贞《溜穿石赋》）。对于上述五种联句使用频率，谱文略作说明，指出："六、七者堪常用，八次之，九次之。"

四　隔

所谓"隔"，指"隔句对者"，由上下两句组成，是律赋赋句中较为复杂的一种。《赋谱》将隔句又细分为：轻、重、疏、密、平、杂六种。

"轻隔"指上有四字，下有六字的联句，如"器将道志，五色发以成文。化尽欢心，百兽舞而叶曲"（见裴度《箫韶九成赋》）。"重隔"与"轻隔"相反，是上有六字，下有四字的联句，如"化轻裾于五色，犹认罗衣。变纤手于一拳，以迷纨质"（见白行简《望夫化为石赋》）。"疏隔"指上为三字句，下则不限字数的对句，如"俯而察，焕乎呈科斗之文。静而观，

---

① （清）林联桂：《见星庐赋话》，清光绪十八年刻本。

炯尔见雕虫之艺"（见蒋防《萤光照字赋》）。"密隔"指上句字数为五字或以上，下句字数为六字或以上的联句，如"征老聃之说，柔弱胜于刚强。验夫子之文，积善由乎驯致"（见杨弘贞《溜穿石赋》）。根据示例，虽然"密隔"联句在字数上有一定的弹性，但一般遵循上句字数不能多于下句字数的原则，表现形态有二：其一，上为五字下为六字联句；其二，上为六字下为七字联句。"平隔"指上为四字下为四字，或上为五字下为五字的联句样式。四字联句如"小山桂树，权奇可比。丘林桃花，颜色相似"；五字联句如"进寸而退尺，常一以贯之。日往而月来，则就其深矣"（见杨弘贞《溜穿石赋》）。"杂隔"指上为四字句，下为五、七、八字句的联句；或上为五、七、八字句，下为四字句的联句，前者如"悔不可追，空劳于驷马。行而无迹，岂系于九衢"，"孤烟不散，若袭香炉峰之前。圆月斜临，似对镜庐山之上"，"得用而行，将陈力于休明之世。自强不息，必苦节于少壮之年"；后者如"及素秋之节，信谓逢时。当明德之年，何忧淹望"，"采大汉强干之宜，裂地以爵。法有周维城之制，分土而王"，"虚矫者怀不材之疑，安能自持。贾勇者有攻坚之惧，岂敢争先"。《赋谱》强调，六种隔句是赋中较为常用的句式，其中以"轻"与"重"隔句使用最多，"杂"隔次之，"疏"与"密"隔句再次之，"平"隔为最少。

五　漫

漫，指不对仗的散句。其特点是：少则三四字，多则二三句，常置于赋句首或句尾。如三字句用作赋首者"昔汉武"；四字句用作赋首者"贤哉南容"；三句式用于赋首者"甚哉言之出口也，电激风趋，过乎驰驱"；二句式用于赋尾者"诚哉性习之说，我将为教之先"。

六　发

发端之辞，指用作句首的语气助词，无实际意义。《赋谱》将发语词归为三种，其云："发语有三种：原始、提引、起寓。"

第一"原始"，如"原夫""若夫""观夫""稽其""伊昔""其始也"之类。第二"提引"，如"洎夫""且夫""然后""然则""岂徒""借如""则曰""金曰""矧夫""于是""已而""故是""是故""故得""是以"

"尔乃""乃知""是从""观夫""观其""稽其"之类。第三"起寓"，如"士有""客有""儒有""我皇""国家""嗟乎""至矣哉""大矣哉"之类。另据《赋谱》所言"原始""提引""起寓"三者在赋文中处于不同的位置，其云："原始发项，起寓发头、尾，提引在中。""原始"在"项"处，即第二段处，有追溯赋作对象源流的含义。"提引"居中处，有起承转合之意。"起寓"用于赋的开始和结尾处，有首尾呼应之意。

七　送

所谓"送"，多指语终之辞，如"者也""而已""哉"之类也。

"发""送"之中所罗举的各种虚词，并非全然原创，南朝时已有人提出。刘勰《文心雕龙·章句》称："至于夫惟盖故者，发端之首唱；之而于以者，乃札句之旧体；乎哉矣也，亦送末之常科。据事似闲，在用实切。巧者回运，弥缝文体，将令数句之外，得一字之助矣。"[1] 由隋入唐的杜正伦对此有进一步拓展，其在《文笔要决》（张伯伟辑录该书作此名，与前文《文笔要诀》实为同一书）"句端"条云："属事比辞，皆有次第。每事至科分之别，必立言以间之，然后义势可得相承，文体因而伦贯也。新进之徒，或有未悟，聊复商略，以类别之云尔。"[2] 杜氏强调了句首虚词的辅助功能，虽没有予以明确分类，实际上已根据其作用及用法总结出二十六种类型。

依此可知，《赋谱》中对赋的首尾助词的阐释，正是在《文笔要决》的基础之上，进一步明确辨析，加以强调而来。因为在场屋试赋过程中，"句端"位于一篇赋作的开端，承担引出下文的作用，是全文的关键。好的"句端"可以使赋文呈现"以飘忽之思，运空灵之笔"[3] 的境界，一则可彰显才学，二则可以迅速吸引考官的注意，为博取功名增添筹码。其重要性大概如此。

上述《赋谱》所叙新体赋句范式如表4-3所示。

---

① （南朝梁）刘勰著，范文澜注《文心雕龙注》，人民文学出版社，1958，第572页。
② 张伯伟：《全唐五代诗格汇考》附录一《文笔要决》，凤凰出版社，2002，第541页。
③ （清）王韬：《弢园文录外编》卷九《幽梦影》序，清光绪九年刻本。

表 4-3　《赋谱》新体赋句范式

赋句名称		构成方式
壮		三字句⇒三字句（"⇒"仅表示两边为对仗联句，无实际意义）
紧		四字句⇒四字句
长		五字句⇒五字句　六字句⇒六字句　七字句⇒七字句 八字句⇒八字句　九字句⇒九字句
隔	轻隔	上四字+下六字句⇒上四字+下六字句
	重隔	上六字+下四字句⇒上六字+下四字句
	疏隔	上三字+下不限字句⇒上三字+下不限字句
	密隔	上五字句或以上+下六字或以上⇒ 上五字句或以上+下六字或以上
	平隔	上四字+下四字句⇒上四字+下四字句 上五字+下五字句⇒上五字+下五字句
	杂隔	上四字+下五（或七或八）字句⇒上四字句+下五（或七或八）字句 上五（或七或八）字句+下四字句⇒上五（或七或八）字句+下四字句
漫		上下句不对仗的散句，少则三四字，多则二三句
发	原始	原夫、若夫、观夫、稽其、伊昔、其始也
	提引	洎夫、且夫、然后、然则、岂徒、借如、则曰、金曰、矧夫……
	起寓	士有、客有、儒有、我皇、国家、嗟乎、至矣哉、大矣哉
送		多为语终之辞，如：者也、而已、哉

　　综观这些赋句，隔句对在律赋中使用频率为最高，由于赋的篇幅较长，隔句对的大量运用，给人句式整饬、语意连贯之美感。当然，其他赋句亦是不可或缺的组成部分，不可偏舍。《赋谱》借人的身体部位，对各类赋句的先后顺序、重要程度、功能作用等进行了形象又贴切的阐述，云："凡赋以隔为身体，紧为耳目，长为手足，发为唇舌，壮为粉黛，漫为冠履。苟手足护其身，唇舌叶其度，身体在中而肥健，耳目在上而清明，粉黛待其时而必施，冠履得其美而即用，则赋之神妙也。"一篇完整的律赋，其中不同的赋句好比人体、服饰上的具体构件，不仅定位准确，分工有序，而且协调运作，最终形成一个有机统一体。一篇出色的赋作，最终留给读者的是自然和谐的美感，以及"晕澹为绮"的遐想空间。

　　此外，《赋谱》还进一步梳理并归结了赋句的运用特性，如在赋文中"凡句字少者居上，多者居下。紧、长、隔以次相随"，并强调长句若有六七字者、八九字者，上下句连接时，不要出现八九字句，以免和"隔句"错乱混淆。所谓"长、隔虽遥相望，要异体为佳"。在律赋创作中，只有处理好细节与技巧，才能达到"晕澹为绮"的艺术效果。

现以《赋谱》中多次出现的《木鸡赋》为例，对其略加简析：

维昔有人，心至术精，得鸡之情。情可驯而无小无大，术既尽而不飞不鸣。对劲敌以自持，坚如挺植；登广场而莫顾，混若削成。

初其教以自然，诱之不惧；希渐染而能化，将枯槁而是喻。质殊朴斫，用明不竞之由；状匪雕镂，盖取无情之故。

然则饮啄必异，嬉游每殊。伫栖心而自若，期顾敌而如无。日就月将，功尽而稍同颠蘖；不震不悚，性成而渐若朽株。

已而芥羽讵设，雕笼莫闭。卓然之志全变，兀若之姿已致。首圆胫直，轮桷之状俱呈；觜利距铦，枳枸之铓并利。

是以纵逸情绝，端良气全。臆离披而踵附，眸眩曜而节穿。惊被文而锦翼蔚矣，迷搴木而花冠烂然。虚悁者怀不才之虞，安能自恃？贾勇者有攻坚之惧，莫敢争先。

故能进异激昂，处同虚寂。郢工误起乎心匠，邱氏徒惊乎目击。澹然无挠，子綦之质方传；确尔不回，周勃之强未敌。

其喻斯在，其由可征。驯致已忘乎力制，积习渐通乎性能。是则，语南国者未足与议，斗东郊者无德而称。

士有特立自持，端然不倚。块其形而与木无二，灰其心而顾鸡若是。彼静胜之深诚，冀一鸣而在此。

《赋谱》曰："近来官韵多勒八字，而赋体八段，宜乎一韵管一段，则转韵必待发语，递相牵缀，实得其便。若《木鸡》是也。"其实这是浩虚舟赋作成功的一个方面。此文的主旨继承成玄英注疏而来，描写斗鸡生动形象，符合实际，说理直率明晰，极有分寸。虽通篇运用骈句，但骈句本身已脱去专在辞藻、典故、声律上下功夫的陋习，平易朴素的语言用在错落有致的句式之中，读起来自有一种明白晓畅的美感。可见，真正令人赏心悦目的文章，是形式与内容相统一的文章。但不是每个人都有如此能力做到这一点，因此大多数的律赋作品是"文胜于质"的。

上述七类赋句是律赋的基本构成元素，这种缜密、细致的划分正是《赋谱》的贡献所在。然而，晚唐以来，赋句的划分方式及相关专业术语的运用也渐次退出历史舞台；宋代以降，各类赋论中余皆不见。清人赋话类著作中虽有涉及，但其论述的细致缜密程度，与唐人仍有相当的距离。如浦铣《复小斋赋话》："律赋句法，不可但用四六，或六四，或七四，或四七。试取王辅文棨、黄文江滔、吴子华融、陆鲁望龟蒙诸家观之，思过半矣。四六、六四等句法，须相间而行。唐人唯王辅文曲尽其妙。辅文律赋四十一首，余析为四卷，笺注藏于家。"① 从赋话论述可知，清人虽在对具体作品的考察上有所创新，然而对于赋作句法的研究，或泛泛而论，或隔靴搔痒，既难以望《赋谱》之项背，又何论后出转精。从赋学发展流变的历史进程来看，这不能不说是一种倒退。这与唐代以来的科举制度的发展变化有着千丝万缕的联系，也是赋句分类未能向前突破，反呈衰退趋势的一个重要原因。

第五节　赋段：赋体分段，各有所归

《赋谱》云："凡赋体分段，各有所归。"一篇赋作内部的段落结构关系，是赋句之外的又一重要研讨对象。关于"赋体分段"的内容，《赋谱》从两个方面进行了深入考量：一是句与句如何构成段落；二是段与段如何构成篇章。以下按照《赋谱》所涉及问题的先后顺序逐一探索评述。《赋谱》在阐述赋体段落结构关系时，概略有三。

首先，"古赋"与"新赋"的段落数目存在差异。《赋谱》在试析"古赋"时云："古赋段或多或少，若《登楼》三段，《天台》四段之类是也。"这是说，古赋在段落数目上没有明确的要求，但至少有三段。"新赋"则不同，有着较为具体的段落数目要求，如谱文所言："至今新体，分为四段：初三、四对，约卅字为头；次三对，约册字为项；次二百余字为腹；最末

---

① （清）浦铣：《复小斋赋话》，清乾隆五十三年复小斋刻本。

约卅字为尾。就腹中更分为五：初约卅字为胸；次约卅字为上腹；次约卅字为中腹；次约卅字为下腹；次约卅字为腰。都八段，段转韵发语为常体。"《赋谱》将一篇完整的新体律赋分为八段，将每段划分细致并且附有一定的术语名称。新体赋所谓八段指"头""项""腹""尾"四段，其中腹段再分"胸""上腹""中腹""下腹""腰"五段，整篇而合即"头""项""尾"三段，再加腹中的"胸""上腹""中腹""下腹""腰"五段，凡八段。依此可知，唐时已明确规定新体赋（即律赋）在段落构成上为"八段"，诚如谱文所云："近来官韵多勒八字，而赋体八段，宜乎一韵管一段。"

　　律赋八韵八段，至少在盛唐时就已经出现。笔者认为，律赋限韵应该是承自南朝贵游活动中"限韵吟咏"的风气。它的规则是，参与吟咏者预先指定几个字为押韵字，众人再轮流从中选字作诗赋。《南史·曹景宗传》云："景宗振旅凯入，帝于华光殿宴饮连句，令左仆射沈约赋韵。景宗不得韵，意色不平，启求赋诗。帝曰：'卿伎能甚多，人才英拔，何必止在一诗。'景宗已醉，求作不已，诏令约赋韵。时韵已尽，唯余'竞''病'二字。景宗便操笔，斯须而成，其辞曰：'去时儿女悲，归来笳鼓竞。借问行路人，何如霍去病。'帝叹不已。约及朝贤惊嗟竟日，诏令上左史。"① 此论体现了律赋限韵的雏形，而限韵的前提，正是沈约等人"四声八病"说的完善。这点可以从宋代陈鹄《西塘集耆旧续闻》中得到明证，卷四"李秀才贺滕学士启用侧声结句"条云："四声分韵，始于沈约。至唐以来，乃以声律取士，则今之律赋是也。"②

　　目前最早有文献可考的科举限韵赋作，是作于唐玄宗开元二年（714）的李昂《旗赋》，以"风日云野，军国清肃"为韵。宋吴曾《能改斋漫录》卷二"试赋八字韵脚"条："赋家者流，由汉、晋历隋、唐之初，专以取士。止命以题，初无定韵。至开元二年，王邱员外知贡举，试《旗赋》，始有八字韵脚，所谓'风日云野，军国清肃'。见伪蜀冯鉴所记《文体指要》。"③ 这一点亦可从后人的文献中得到互证。如徐松《登科记考》卷五"进士十七人"条下引："《永乐大典》赋字韵注云：'开元二年，王邱员外

---

① （唐）李延寿：《南史》，中华书局，1975，第1356页。
② （宋）陈鹄撰，孔凡礼点校《西塘集耆旧续闻》，中华书局，2002，第326页。
③ （宋）吴曾：《能改斋漫录》，中华书局，1960，第27页。

知贡举，始有八字韵脚。是年试《旗赋》，以"风日云野，军国清肃"为韵.'"又按语指出"按杂文之用赋，初无定韵，用八韵自此年始，见《能改斋漫录》因伪蜀冯鉴《文体指要》"①。

至中唐时，以八字为八韵已成常态，李调元《雨村赋话》卷九转引《偶隽》云："唐制：举人试日，日暮许烧烛三条。德宗朝，主文权德舆于帘下戏云：'三条烛尽，烧残举子之心。'举子遂答云：'八韵赋成，惊破侍郎之胆。'"② 权德舆为唐德宗朝礼部侍郎，由举子与权德舆以"八韵赋成"相戏谑的故事，可知至少在中唐初期，律赋的写作便以八韵为要求。

其次，"新赋"与"古赋"的作法不同。《赋谱》云："《千金市骏骨》……或广述物类，或远征事始，却似古赋头。《望夫化为石》云：'至坚者石，最灵者人。'是破题也。'何精诚之所感，忽变化也如神。离思无穷，已极伤春之目。贞心弥固，俄成可转之身'是小赋也。'原夫念远增怀，凭高流眄。心摇摇而有待，目眇眇而不见'是事始也。又《陶母截发赋》项：'原夫兰客方来，蕙心斯至。顾巾囊而无取，俯杯盘而内愧。'是头既尽截发之义，项更征截发之由来。故曰新赋之体，项者，古赋之头也。借如谢惠连《雪赋》：'岁将暮，时既昏。寒风积，愁云繁。'是古赋头，欲近雪，先叙时候物候也。《瑞雪赋》云：'圣有作兮德动天，雪为瑞而表丰年。匪君臣之合契，岂感应之昭室。若乃玄律将暮，曾冰正坚。'是新赋先近《瑞雪》了，项叙物类也。"

所谓古赋与新赋在作法上的差异，即新赋体之"项"相当于古赋之"头"。如阐释古赋"头"时以谢惠连《雪赋》为例，赋家欲论雪，开篇则无雪，而是以一段自然时令开始，"头"段无雪，实为"项"段大雪的出现渲染气氛，作足铺垫。《瑞雪赋》"头"段即开宗明义，以"圣有作兮德动天，雪为瑞而表丰年"作主旨，入"项"之后，进一步叙及自然时令。可见，古赋或可步步深入，而新赋为了科举考试的需要，"破题"必须开门见山。《瑞雪赋》的开头确实气魄宏大，但一篇文章的起始就语出惊人，下文可供回旋的余地便不多。律赋容易给人虎头蛇尾的阅读感受，与其独特的

---

① （清）徐松撰，赵守俨点校《登科记考》，中华书局，1984，第172页。

② （清）李调元：《雨村赋话》，清乾隆四十九年函海刻本。

文类结构不无关系。

最后，"古赋"与"新赋"在赋句数目、赋篇字数上有别。一篇完整的律赋，不仅在段落结构、创作法则上有一定的要求，而且对赋句的数目、赋篇的字数也有一定的要求。《赋谱》明确指出，新赋的字数大概为三百六十字："约略一赋内用六、七紧，八、九长，八隔，一壮，一漫，六、七发；或四、五、六紧，十二、三长，五、六、七隔，三、四、五发，二、三漫、壮；或八、九紧，八、九长，七、八隔，四、五发，二、三漫、壮、长；或八、九隔，三漫、壮；或无壮；皆通。计首尾三百六十左右字。"古赋则没有严格字数限制。

据上述内容可知，《赋谱》并非将新体赋的句子与段落的相互搭配视为不能变更的信条，而是提供指导性的范式，其行文的组合变化可因人、因时、因事而异。如各类赋句都至少有五种不同的搭配选择。依据前文表4-3，将各类赋句明确出现的次数叠加即前赋篇的总句数。此处略作说明，因"发句"为发端之辞，用作句首语气助词，无实际意义，不能独立成句，在此不计入总数。所以一篇赋文由"紧""长""隔""壮""漫"句构成。由此可见，新体赋的总句数在三十句左右。这样一来，新体律赋基本由八韵八段构成，一篇中句子的数量在三十句左右，全篇字数约为三百六十字。

以上三点是律赋区别于其他赋体的显著特征。宋代的科举赋作也基本继承了唐代律赋的要求。宋李廌《师友谈记》中记载秦观论赋八韵之说，其"秦少游论小赋结构"条谓："凡小赋，如人之元首，而破题二句乃其眉。惟贵气貌有以动人，故先择事之至精至当者先用之，使观之便知妙用。然后第二韵探原题意之所从来，须便用议论。第三韵方立议论，明其旨趣。第四韵结断其说以明题，意思全备。第五韵或引事，或反说。第七韵反说或要终立义。第八韵卒章，尤要好意思尔。"[①] 字数篇幅上，如《宋史》卷一百五十六《选举志二》摘引翰林学士洪迈言："《贡举令》：赋限三百六十字，论限五百字。今经义、论、策一道有至三千言，赋一篇几六百言，寸晷之下，唯务贪多，累牍连篇，何由精妙？宜俾各遵体格，以返浑淳。"[②]

---

① （宋）李廌撰，孔凡礼点校《师友谈记》，中华书局，2002，第18页。
② （元）脱脱等：《宋史》，中华书局，1985，第3633页。

又《四库全书总目》卷一百九十一《总集类存目一》"大全赋会五十卷"条云:"宋礼部科举条例,凡赋限三百六十字以上成,其官韵八字,一平一仄相间,即依次用。若官韵八字平仄不相间,即不依次用。其违式不考之目,有诗赋重叠用事,赋四句以前不见题,赋押官韵无来处,赋得一句末与第二句末用平声不协韵,赋侧韵第三句末用平声,赋初入韵用隔句对,第二句无韵。"① 可见,宋代对律赋布局章法的探索与考究,比之唐代愈趋复杂和严谨。

《赋谱》虽将古赋与新赋进行了对比,然而就价值而言,并未评判古、今两种赋体的高下,而是在旁征博引唐人赋篇内容注解时,就赋文本身而论赋文。这种"就事论事"的态度,正是编写"考场指南"之所需。另外值得一说的是,《赋谱》以身体不同部位即"头""项""腹""尾"等来比喻文学篇章结构,是沿用当时流行的"近取诸身,远取诸物"的比喻方式来解说律赋。先秦时期,便有人以身体为喻来解释治国原理,《管子·心术上》云:"心之在体,君之位也,九窍之有职,官之分也。心处其道,九窍循理。"② 以"心"指国君,以其他身体部位指群臣百官,这几乎是古代政治思想家的共识;这就是所谓"身体政治学"(body politics),"以人的身体作为隐喻,所展开的针对诸如国家等政治组织之原理及其运作论述,其将身体当做隐喻或符号来运用,以解释国家组织与发展。"③ 南朝时,身体比喻的应用扩展到了诗文评方面,如刘勰《文心雕龙·附会》篇云:"夫才量学文,宜正体制:以情志为神明,事义为骨髓,辞采为肌肤,宫商为声气。"④ 这是在论述文章作法。《南史·陆厥传》云:"时盛为文章,吴兴沈约、陈郡谢朓、琅邪王融以气类相推毂,汝南周颙善识声韵。约等文皆用宫商,将平上去入四声,以此制韵,有平头、上尾、蜂腰、鹤膝。五字之中,音韵悉异,两句之内,角徵不同,不可增减。世呼为'永明体'。"⑤ 这是在探讨诗歌声律的理论问题。唐代以来,这种比喻被广泛地应用到诗格、

---

① (清) 永瑢等:《四库全书总目》,中华书局,1965,第1736页。
② (唐) 房玄龄注《管子》,上海古籍出版社,1989,第126页。
③ 黄俊杰:《中国古代思想史中的"身体政治学":特质与涵义》,任继愈主编《国际汉学》第四辑,大象出版社,1999,第200页。
④ (南朝梁) 刘勰著,范文澜注《文心雕龙注》,人民文学出版社,1958,第650页。
⑤ (唐) 李延寿:《南史》,中华书局,1975,第1195页。

类书、制文、文话中。可见，《赋谱》的说理方式是完全符合当时主流学说，能被时人接受的。

综上所述，《赋谱》编撰有两方面的目的：一方面是因举子科考而编"指南手册"，昭示其实用性；另一方面编撰者紧跟时代步伐，强调其时效性，以彰显其价值。《赋谱》的价值不仅仅在于能反映唐人的赋体美学观，更多是折射出了初唐至中晚唐时期律赋的演变轨迹，为考察赋体嬗递提供了一种可信的文献依据。

第六节　赋题：量其体势，乃裁制之

《赋谱》在探讨"赋题"时云："凡赋题有虚、实、古、今、比喻、双关，当量其体势，乃裁制之。"虚、实、古、今等，即当时科举考试的六种命题方式。王芑孙《读赋卮言·试赋》指出："唐试赋题，皆主司所命，或用古事，或取今事，亦无定程。太和八年试进士，文宗由内自发诗赋题，此为天子自出赋题之始。"① 律赋命题一般由主考官决定，规格较高的考试题则由天子亲自拟定。律赋多数为命题之作，因此场屋应试时须认真审题。因为赋作水平高下决定应试者的仕途命运，审题时要统筹好破题、用事、修辞、用韵、主旨等环节，以免偏离赋题。宋代王观国《学林》卷七"古赋题"亦云："夫赋题者，纲领也，纲领正则文意通。"② 可见，赋题具有提纲挈领的作用。

赋题种类不同，破题方式亦不同。如"虚"题赋，需要考生阐明虚无抽象的事理，对此谱文给出的作文思路是："无形像之事，先叙其事理，令可以发明。" 文中例举《大道不器赋》③《性习相近远赋》中形而上的"道""性"来加以阐释。《大道不器赋》典出《礼记·学记》："君子大德不官，

---

① （清）王芑孙：《读赋卮言》，清光绪九年刻本。
② （宋）王观国撰，田瑞娟点校《学林》，中华书局，1988，第 220 页。
③ 《大道不器赋》，阙名，《文苑英华》《历代赋汇》《全唐文》均不载，宋佚名《宣和书谱》卷二记载："今御府所藏篆书七，《大道不器赋》上下二、《蝉赋》一、《篆隶》二、《千文》二。"见杨家骆主编《艺术丛编》第一集，（台北）世界书局，2008，第 321～322 页。

大道不器，大信不约，大时不齐，察于此四者，可以有志于学矣。"①《性习相近远赋》为贞元十六年进士科题，赋名源出《论语·阳货》："子曰：性相近也，习相远也。"② 人们的先天本性相近，由于后天习得的不同则有所差异，所以权衡好"本性"与"习得"的关系十分重要。赋文以此立意命题，并限定以"君子之所慎焉"为韵。白居易此赋的破题尤佳，曰："噫！下自人，上达君。咸德以慎立，而性由习分。习而生常，将俾乎善恶区别。慎之在始，必辨乎是非纠纷。"在严格的形式要求之下尚能说理透彻，深入浅出，白居易因此赋及第成为当年状元③。

　　"实"题赋与"虚"题赋相对，即以"有形像之物"来阐明"无形像之事"。它的破题要求是准确描述事物的具体形态，述其物像，以证事理。谱文曰："有形像之物，则究其物像，体其形势。"《赋谱》以《隙尘赋》"惟隙有辉，惟尘是依"，《土牛赋》"服牛是比，合土成美"，《月中桂赋》"月满于东，桂芳其中"为例。破题时赋家直接描写"尘""土牛""月""桂"的实体形态。实题中还有一种特殊的现象是"虽有形像，意在比喻"，诚如谱文云"引其物像，以证事理"。如《如石投水赋》④，赋题典出李萧远《运命论》，云："故伊尹，有莘氏之媵臣也，而阿衡于商。太公，渭滨之贱老也，而尚父于周。百里奚在虞而虞亡，在秦而秦霸，非不才于虞而才于秦也。张良受黄石之符，诵《三略》之说，以游于群雄，其言也，如

① （清）阮元校刻《十三经注疏·礼记正义》，中华书局，1980，第 1525 页。
② （清）阮元校刻《十三经注疏·论语注疏》，中华书局，1980，第 2524 页。
③ 白居易应举及第之事被时人传为佳话。元稹《白氏长庆集序》谓："《白氏长庆集序》者，太原人白居易之所作。居易字乐天。乐天始言，试指'之''无'二字，能不误。始既言，读书勤敏，与他儿异。五六岁识声韵，十五志诗赋，二十七举进士。贞元末，进士尚驰竞，不尚文，就中六籍尤摈落。礼部侍郎高郢始用经艺为进退，乐天一举擢上第。明年，拔萃甲科。由是《性习相近远》《求玄珠》《斩白蛇》等赋，及百道判，新进士竞相传于京师矣。"《唐摭言》卷三"慈恩寺题名游赏赋咏杂纪"条云："白乐天一举及第，诗曰：'慈恩塔下题名处，十七人中最少年。'乐天时年二十七。省试《性习相近远赋》，《玉水记方流》诗，携之谒李凉公逢吉。公时为校书郎，于是将他适。白遽造之，逢吉行携行看，初不以为意；及览赋头，曰：'噫！下自人，上达君。咸德以慎立，而性由习分。'逢吉大奇之，遂写二十余本。其日，十七本都出。"
④ 《如石投水赋》为 786 年进士科题，《文苑英华》卷三十二有刘辟、卢肇、白敏中同名作，《历代赋汇》卷四十四载录刘辟、卢肇、白敏中三人赋作，《全唐文》卷五百二十六、卷七百六十八、卷七百三十九分别载录刘辟、卢肇、白敏中同名作，然"石至坚兮水至清。坚者可投而必中，清者可受而不盈"句，三书皆不存。

以水投石，莫之受也；及其遭汉祖，其言也，如以石投水，莫之逆也。"①
《赋谱》以"石至坚兮水至清，坚者可投而必中，清者可受而不盈"三句，
来比喻"义兮如君臣之叶德，事兮因谏纳而垂名"。以水石相遇喻君臣之
情，正符合"引其物像，以证事理"的旨归，也是抒君臣际遇的典范之作。

　　谱文再以《竹箭有筠赋》"喻人守礼，如竹有筠"为例。赋中的"竹
箭""筠"为自然中的实体物象，然赋文背后却有深层含义，以"喻人守
礼，如竹有筠"破题，用"竹筠"喻人"守礼"，将赋中的"竹""筠"巧
妙贯穿起来，既扣紧题目，又突出主旨。《驷不及舌赋》题旨范式同《竹箭
有筠赋》，云："甚哉言之出口也，电激风趋，过于驰驱。"再如《木鸡赋》
"惟昔有人，心至术精，得鸡之情"句。经纪渻子驯养的斗鸡，最后达到神
态自若、泰山崩于面前而色不变的"神勇"状态，他人斗鸡见之而逃。赋
文从"以静胜躁"的角度立意，以木鸡的状态比喻士人之操守品行。犹如
白居易在《礼部试策五道》第三道总结云："事有躁而失，静而得者，故木
鸡胜焉。"② 上述四赋中"水""石""竹""驷""鸡"均为具象的实题，
而"谏纳""守礼""言""术精"则为抽象的虚题，赋家的意旨都是"引
实证虚"。

　　对于涉及"古""今"之事的赋题，《赋谱》则分而论之。"古"事之
赋题，《赋谱》云："古昔之事，则发其事，举其人。"并以《通天台赋》
为例展开论述，云："咨汉武兮恭玄风，建曾台兮冠灵宫。"《通天台赋》③
是大历十二年（777）进士科题，典见《汉书》卷六《武帝纪》："（元封二
年）夏四月，还祠泰山。至瓠子，临决河，命从臣将军以下皆负薪塞河堤，
作《瓠子之歌》。赦所过徙，赐孤独高年米，人四石。还，作甘泉通天台、
长安飞廉馆。"颜师古注曰："通天台者，言此台高，上通于天也。"《汉旧

---

① （南朝梁）萧统编，（唐）李善注《文选》，上海古籍出版社，1986，第 2296 页。
② 顾学颉校点《白居易集》，中华书局，1979，第 997 页。
③ 该赋《文苑英华》卷五十有失名、任公叔、杨奚同名作，《历代赋汇》卷七十四所列同
　《文苑英华》，而《文苑英华》中的"失名"之作，在《全唐文》卷四百八十二中记载为
　黎逢之作，同书卷四百五十九有任公叔同名作，卷五百三十一有杨度同名作。据徐松《登
　科记考》卷十一大历十二年"进士十二人"条注："此年试《通天台赋》，以'洪台独存，
　浮景在下'为韵，见《文苑英华》。"见（清）徐松撰，赵守俨点校《登科记考》，中华书
　局，1984，第 394 页。

仪》曰："高三十丈，望见长安城。"① 列举《通天台赋》旨在借游遗迹触发怀古之情；再由事及人，劝诫当朝向唐尧看齐，不要效法汉武帝。论罢《通天台赋》之后，又以乔潭《群玉山赋》"穆王与偃佺之伦，为玉山之会"，浩虚舟《舒姑化泉赋》"漂水之上，盖山之前，昔有处女"为例，进一步阐释。著者择选上述三赋的缘由，实为此三赋系"发其事，举其人"的成功赋作，具有典型性。

"今"事之赋题，则如《赋谱》所云："举所见，述所感。"根据文意又可分为"直赋今事"与"以今证古"两类。"直赋今事"者，若《大史颁朔赋》② 云："国家法古之制，则天之理。"《泛渭赋》云："亭亭华山下有渭。"二赋在内容上直抒当朝事情，正谓"今"事赋。而"以今证古"者，若《冬日可爱赋》述今事以引赵衰、赵盾之事，典出《左传·文公七年》："狄侵我西鄙，公使告于晋。赵宣子使因贾季问酆舒，且让之，酆舒问于贾季曰：'赵衰、赵盾孰贤？'对曰：'赵衰冬日之日也，赵盾夏日之日也。'"杜预注曰："冬日可爱，夏日可畏。"③ 席夔的这篇赋作，以"可爱"与"可畏"的对照来展开，最后点出"太上化人，德之为贵。咸欣欣而可悦，不炎炎以求畏"的主题。《冬日可爱赋》之名既有典出，又能以日喻德，确实有"如赋今事，因引古事以证之"的新奇效果。

《赋谱》对《兽炭赋》《鹤处鸡群赋》等赋作的疏漏也有批评。《赋谱》云："而《兽炭》未及羊琇，《鹤处鸡群》遗乎嵇绍，实可为恨。"蒋防《兽炭赋》典出《晋书》，其卷九十三《羊琇传》云："琇性豪侈，费用无复齐限，而屑炭和作兽形以温酒，洛下豪贵咸竞效之。"④ 西晋初，羊琇奢侈无度，曾别出心裁地将石炭捣碎和作兽形用来温酒，致使洛阳一带豪门贵族竞相效之。皇甫湜《鹤处鸡群赋》典出《世说新语》，其《容止》篇

---

① （汉）班固：《汉书》，中华书局，1962，第193页。
② 《大史颁朔赋》，阙名，"国家法古之制，则天之理"句，《文苑英华》《历代赋汇》《全唐文》均无载录。另据《新唐书》卷一百九十九《张齐贤传》："《周太史》'颁朔于邦国'，《玉藻》'闰月，王居门'，是天子虽闰亦告朔。二家去圣不远，载天子、诸侯告朔事，显显弗缪。今议者乃以《太宰》正月之吉，布治邦国，而言天子元日一告朔，殊失其旨。……《周太史》'颁朔邦国'，是总颁十二朔于诸侯。"
③ （清）阮元校刻《十三经注疏·春秋左传正义》，中华书局，1980，第1846页。
④ （唐）房玄龄等：《晋书》，中华书局，1974，第2411页。

记载："有人语王戎曰：'嵇延祖卓卓如野鹤之在鸡群。'答曰：'君未见其父耳。'"① 嵇延祖，即嵇绍，字延祖，嵇康之子。嵇绍相貌出众，气度非凡，在人群中如同野鹤立于鸡群。

在修辞方面的探讨，《赋谱》具有一定的先导意义。《赋谱》首次将"比喻"明确分为"明喻"与"暗喻"两类。谱文云："比喻有二：曰明，曰暗。"并对二者作具体阐释，谓明喻："若明比喻，即以被喻之事为干，以为喻之物为支。"谓暗喻："若暗比喻，即以为喻之事为宗，而内含被喻之事。"《赋谱》这种对辞格专业而又细致的命名、划分与凝练、系统的阐释，在修辞学发展史上有里程碑式的意义。

先前，关于修辞格中比喻门类这一问题，学界认为最早可溯源至宋代陈骙所撰《文则》，陈望道于 1932 年完成的《修辞学发凡》一书对此有过详细的论述。陈氏该书将比喻分"明喻""隐喻""暗喻"三类，认为"明喻"即源于《文则》中的"直喻"；"隐喻"即《文则》中的隐喻②。陈骙《文则》③ 确实分比喻辞格十类，依次是"直喻""隐喻""类喻""诘喻""对喻""博喻""简喻""详喻""引喻""虚喻"。但《赋谱》中涉及的比喻辞格，早《文则》（该著大约撰于 1190 年）约 360 年之久。

《赋谱》进一步对"明喻""暗喻"作了具体例证。论"明喻"时云："若明比喻，即以被喻之事为干，以为喻之物为支。每干支相含，至了为佳，不以双关，但头中一对，叙比喻之由，切似双关之体可也。至长三、四句不可用。"若师贞《秋露如珠赋》，"露"是被喻之物，"珠"是为喻之物，故云："风入秋而方劲，露如珠而正团。映蟾辉而回列，疑蚌割而俱攒。"评"暗喻"时云："若暗比喻，即以为喻之事为宗，而内含被喻之事。亦不用为双关。"并以《朱丝绳赋》《求玄珠赋》为例阐释。云："'丝'之与'绳'、'玄'之与'珠'，并得双关。'丝绳'之与'直'、'玄珠'之与'道'，不可双关。"《朱丝绳赋》为贞元十年（794）博学宏词科试题，

---

①　（南朝宋）刘义庆撰，徐震堮著《世说新语校笺》，中华书局，1984，第 336 页。

②　陈望道认为："'明喻'这名，系沿用清人唐彪所定的旧名（见《读书作文谱》八）。唐彪以前，曾有宋人陈骙称它为'直喻'。"又说"隐喻"："陈骙在《文则》卷上丙节里也曾说到隐喻。"

③　（南宋）陈骙：《文则》，人民文学出版社，1960，第 13~14 页。

源出鲍照《带白头吟》之句："直如朱丝绳，清如玉壶冰。"庾承宣《朱丝绳赋》以"修身之道，以直象乎"为韵，以"丝之为体兮，柔以顺德；丝之为用兮，施之则直。从其性而不改，成其音而罔忒"破题。赋文以"朱丝绳"比喻君子的修身之道，表面上虽未言君子修身之道，实则以"丝"与"绳"、"丝绳"与"直"的关系，比喻君子直道修行之事，借助暗喻辞格，巧妙地将二者联系起来。《求玄珠赋》以"玄非智求珠以真得"为韵。白居易此文的破题为："至乎哉，玄珠之为物也，渊渊绵绵，不知其然。存乎视听之表，生乎天地之先。亘古不改，与道相全。"表面以求玄珠为宗，阐释"玄"与"珠"、"玄珠"与"道"之关系，实则暗喻求道之事。

《赋谱》对"双关"类赋题也有谈及，但没有明确给出双关赋题的含义及具体例证。自表述来看，《赋谱》中的"双关"，并非现代修辞学中的双关辞格，而是指赋文中两事物相互关联。文中简述了"双关"与"非双关"情形："'月'之与'珪'双关"、"'丝'之与'绳'，'玄'之与'珠'，并得双关。'丝绳'之与'直'、'玄珠'之与'道'，不可双关。"据此，仅对《赋谱》中缺失的"双关"赋例略作补充，如白居易《动静交相养赋》，"动"与"静"双关，赋文起句云："天地有常道，万物有常性。道不可以终静，济之以动。性不可以终动，济之以静。养之，则两全而交利；不养之，则两伤而交病。"再如李程《金受砺赋》，"金""砺"双关，赋文以"圣无全功，必资佐辅"为韵，起句云："惟砺也，有克刚之美；惟金也，有利用之功。利久斯克，犹或失其铦锐；刚固不磷，是用假于磨砻。"赋题典出《国语·楚语上》："若金，用女作砺。若津水，用女作舟。"① 赋篇的结穴，正是以"金"→"君主与砺"→"忠臣"互为双关来层层推进的，在唐赋中别具一格。清李调元在《雨村赋话》卷三中对此有过评论："唐李程《金受砺赋》，双起双收，通篇纯以机致胜，骨节通灵，清气如拭，在唐赋中又是一格。"②

由此可见，《赋谱》不是一篇有意为之的修辞学论著，但修辞论证层次分明，逻辑严谨。与其后的相关论述作一对照，其特点更为明显。如宋范

---

① 上海师范大学古籍整理组校点《国语》，上海古籍出版社，1978，第554页。
② （清）李调元：《雨村赋话》，清乾隆四十九年函海刻本。

仲淹《赋林衡鉴序》论"体势"云："仲淹少游文场，尝禀词律。惜其未获，窃以成名。近因余闲，载加研玩，颇见规格，敢告友朋。其于句读声病，有今礼部之式焉。别析二十门，以分其体势：叙昔人之事者，谓之叙事。颂圣人之德者，谓之颂德。书圣贤之勋者，谓之纪功。陈邦国之体者，谓之赞序。缘古人之意者，谓之缘情。明虚无之理者，谓之明道。发挥源流者，谓之祖述。商榷指义者，谓之论理。指其物而咏者，谓之咏物。述其理而咏者，谓之述咏。类可以广者，谓之引类。事非有隐者，谓之指事。究精微者，谓之析微。取比象者，谓之体物。强名之体者，谓之假象。兼举其义者，谓之旁喻。叙其事而体者，谓之叙体。总其数而述者，谓之总数。兼明二物者，谓之双关。词有不羁者，谓之变态。区而辨之，律体大备。"① 将范仲淹所论"体势"同《赋谱》中的"体势"进行比较，《赋谱》中的"体势"涉及"比喻""双关"等修辞术语，而范文则将"体势"分二十门，其中有"假象""旁喻""双关"之类的修辞术语。

再如"借喻"，见元范德机《木天禁语》"借喻"条："借本题说他事，如咏妇人者，必借花为喻，咏花者，必借妇人为喻。"② "譬况"见明杨慎《丹铅总录》卷十三"订讹"类"譬况"③条。"暗比""明喻"见清唐彪所著《读书作文谱》卷八"暗比题"条："凡题止就事物上讲，而正意隐然寓于其中者，暗比题也。'骥不称其力'、'苗而不秀者'之类是也。作此等题，全篇不说出正意可也，或开讲结尾处说出正意亦可。若将正意夹杂而讲，则失题神矣。""明喻题"条曰："明喻题，如'不见宗庙之美'之类，与比题不同。比者，暗以他物他事，比此事此物也。正意竟不必说出。喻者明以此事此物喻彼事彼物也，原要两者参观，故暗比宜不说出正意，明喻要将正意夹发也。陈法子云：'明喻题作法，先说正意，后说喻意者，常也；先提喻意，倒合正意者，变也。若能正喻夹发，合同而化，则更思深力厚矣。'"④ 综上，可以说《赋谱》是最早从句、段、题三个层次系统分

① （清）范能濬编集，薛正兴校点《范仲淹全集》，凤凰出版社，2004，第453~454页。
② （元）范德机：《木天禁语》，中华书局，1985，第8页。
③ （明）杨慎撰，王大淳笺证《丹铅总录笺证》，浙江古籍出版社，2013，第504页。
④ （清）唐彪辑著，赵伯英等选注《家塾教学法》，华东师范大学出版社，1992，第128~129页。

析修辞的作品。

概而论之，《赋谱》内含丰赡翔实，影响深广，对深入研究唐代科举制度、中国修辞学发展不无裨益，对考量唐代律赋中赋句、赋段、赋题的演变具有较高的参照价值。

第七节 "解镫"起源：从生活现象到军事术语

"解镫"源于生活现象，过渡为军事术语，有解除马镫暂歇、延缓之意。后经诗论家撷取至诗学病犯论中，旨在规避五言诗创作节奏板滞、韵律单一的弊端，"解镫"成为初唐颇具影响的批评理论。随着科举试赋盛行，"解镫"由诗学范畴向赋学批评迁转，变成律赋创作中用一联隔句对解决两个限韵字的特殊形式。"解镫"韵作为一种批评方法，在赋学创作中呈现出较强的指导性与实践性，为律赋实现声韵与节奏的和谐提供了理论支撑，进而推动了律赋的发展。唐抄本《赋谱》是最早探讨律赋"解镫"韵的赋格论著，标志着"解镫"由诗学范畴进入赋学范畴。

"解镫"一词，顾名思义即解除束缚在马鞍两旁作支撑装置的马镫。因解除马镫的前提是从马背上下来，故又有暂歇、推缓行程之延伸意。起初，诗家在论诗时多取其延伸意，以示诗歌语词节奏的延宕状态。嗣后关涉赋学，又从解镫的暂歇之意，再次引申为省力、取巧之意，具体指一种简便讨巧的押韵限字之法。其概念的大致演进过程是：起初仅作为生活中的一个动词，后被用作军事术语，再被赋予诗学范畴的含义，最后又被应用于赋学批评领域。

古人设譬有"近取诸身，远取诸物"的理念。初唐元兢、上官仪等诗论家为纠诗学之偏，曾以"解镫"为喻提出一种诗学病犯论，以考察诗学中的"句法"与"章法"问题，可视作"解镫"进入文学批评的关捩。唐代科举繁兴，试赋成为场屋取士的主要科目。因科考之需，出现了一批探索律赋创作技艺的赋格论著，抄本《赋谱》正是在这一时风影响下产生的"教科书"式的赋学指南。此时"解镫"又作为"韵法"进入《赋谱》讨论的范围，用以解决科场试赋的限韵问题，故成为指导律赋创作的规范之一。依此可见，"解镫"概念的内蕴随语境、时代及使用对象的变迁流转而衍变。探讨"解镫"概念的演进、引申、迁转过程，能揭示诗学概念进入赋学范畴的生动细节与丰富内蕴，既有助于加深对诗学概念的理解，又益于厘清赋学概念的朦胧之处，更为探究诗、赋在体制与创作手法上的异同提供理论参考。关于对"解镫"在赋学中的概念与内涵的考察，詹杭伦《唐代科举与试赋》① 一书初有涉及，虽有开拓之功，然仍有未尽人意处，故本书拟从概念史的视角对其作较为全面的梳理与研讨。

"解镫"中的"镫"字出现较早，如《仪礼·公食大夫礼》："宰右执镫，左执盖。"郑玄注："瓦豆谓之镫。"②《尔雅·释器》："木豆谓之豆，竹豆谓之笾，瓦豆谓之登。"③ 此处的"镫""登"，指古代盛熟食的陶制器皿。又《楚辞》："兰膏明烛，华镫错些。"此处"镫"通"灯"，是从瓦豆名镫假借而来。"镫"作"马镫"意，据笔者所见，最早见于《世说新语》。是书《规箴》篇："谢中郎在寿春败，临奔走，犹求玉帖镫。"④ 这里说谢万兵败寿春，临走时仍奢求镶嵌玉石的马镫。其后的《南齐书》中也有关于马镫的记载，如《武十七王传》："纯银乘具，乃复可尔，何以作镫亦是银？"⑤ 同书《张敬儿传》："敬儿疑攸之当因此起兵，密以问攘兵，攘兵无所言，寄敬儿马镫一双，敬儿乃为之备。"⑥ 南北朝以后，"镫"作为马镫之意已不乏用例。综上可知，当"镫"作去声指马镫时，"解镫"才有一定的所指意蕴。

本书所考察的"解镫"，即解除马镫。马镫是骑乘时所用的脚踏支撑设备，在上马、疾驰过程中马镫均能起到支撑与稳定身体的作用，可以有效地使马与骑乘者协调配合，做到人马合一，以便最大限度地发挥骑乘的优势。特别是使骑乘者的双手与身躯获得足够的解放，进而在马背上展开繁杂的动作，如生活中的推拉牵引，战事中的拉弓射箭、舞刀弄枪等行动。马镫形制虽小，其出现与使用对古代社会进步的意义却非同一般，其为人

---

① 詹杭伦：《唐代科举与试赋》，武汉大学出版社，2015，第295~305页。
② （清）阮元校刻《十三经注疏·仪礼注疏》，中华书局，1980，第1081页。
③ （清）阮元校刻《十三经注疏·尔雅注疏》，中华书局，1980，第2598页。
④ （南朝宋）刘义庆撰，徐震堮著《世说新语校笺》，中华书局，1984，第313页。
⑤ （南朝梁）萧子显：《南齐书》，中华书局，1972，第703页。
⑥ （南朝梁）萧子显：《南齐书》，中华书局，1972，第466页。

们在骑乘交通工具需求驱动下的产物，在农耕文明与游牧文明的生活生产、交通往来、战事装备中也扮演着重要的角色。

据考古发掘工作及相关出土文物得知，马镫的考古实物最早见于两晋时期。如 1959 年长沙晋墓陶骑俑上的马镫模型①，1972 年南京东晋王廙墓骑俑马镫模型②，1983 年安阳西晋墓单马镫③，1984 年朝阳东晋壁画墓马镫④，1998 年北票喇嘛洞墓地木芯马镫⑤等。这些出土实物表明，马镫在数量上最初由单镫向双镫发展，即由一侧使用变为两侧皆配马镫；在形制上由三角形演变成浑圆形再变为圆圈形；在材质上由木质到木芯镶饰金石再变成后来的纯金属。故马镫早已进入人们的生活，这是毋庸置疑的事实。与之相随的是，有马镫就有解马镫。因此，"解镫"就成了生活中的一种常见行为。

正如上文中的"玉帖镫"所示，马镫不仅能作为贵族的奢侈品，而且早已遍迹于战场上。马镫很早便已作为器物被用于军事活动之中，但"解镫"作为军事术语见诸史籍，却晚至北宋时期。该词作为军事术语在史书中出现虽晚，但也是生活样态的一种本源再现，可以反映"解镫"一词在文学以外的存在状态。宋仁宗时，官修军事著作《武经总要前集》记载："先是太宗时，患北戎侵轶，亦尝置开方田，使以陷胡骑。咸平中，上封人孙士龙及静戎军王能，并言方田之利，请置于北边。能请于军城东新河之北开之，广袤相去皆五尺，深七尺，状若连锁（俗谓之解镫），东西至顺安、威虏军境。仍以地图来上。是日诏令：静戎、顺安、威虏军界皆置方田，凿河以遏胡骑。令保州、广信、安肃军境皆可设置，与竦前言陷马坑类，极边赖之，与塘水共为利也。"⑥"陷马坑"亦即"方田"，具有阻止敌人进犯、迫使战马延缓进攻甚至停歇的功能。而"状若连锁"则是对"陷

---

① 湖南省博物馆：《长沙两晋南朝隋墓发掘报告》，《考古学报》1959 年第 3 期。
② 南京市博物馆：《南京象山 5 号、6 号、7 号墓清理简报》，《文物》1972 年第 11 期。
③ 中国社会科学院考古研究所安阳工作队：《安阳孝民屯晋墓发掘报告》，《考古》1983 年第 6 期。
④ 辽宁省博物馆文物队等：《朝阳袁台子东晋壁画墓》，《文物》1984 年第 6 期。
⑤ 辽宁省文物考古研究所等：《辽宁北票喇嘛洞墓地 1998 年发掘报告》，《考古学报》2004 年第 2 期。
⑥ （宋）曾公亮等：《武经总要前集》，上海古籍出版社，1988，第 629 页。

马坑"这一状态的描述。安国楼《北宋军事方田制述论》对"方田法"的形制、功能补充道："方田的规格是：长宽各五尺，深七尺，'状若连锁'，当时人习惯称之为'解镫'，形状与所谓的'陷马坑'相类似。"① 置开"方田"之举实质是利用能阻止敌军战马驰突的陷马坑来防御敌军骑兵的突袭，进而起到保卫城池、维持安定的功用。陷马坑见图4-1，图中陷马坑与机桥均有延缓、阻滞敌军进攻的功能，由此表明，时人之所以谓之"解镫"，是取其延缓、阻滞之意。

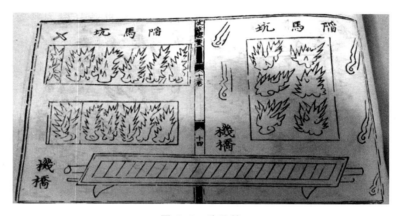

图4-1　陷马坑

资料来源：（宋）曾公亮等《武经总要前集》，上海古籍出版社，1988，第629页。

此外，"解镫"又作为阵法中的重要环节出现于军事防御相关文献中。《宋史·兵志》载录："康定元年，帝御便殿阅诸军阵法。议者谓诸军止教坐作进退，虽整肃可观，然临敌难用，请自今遣官阅阵毕，令解镫以弓弩射。营置弓三等，自一石至八斗；弩四等，自二石八斗至二石五斗，以次阅习。"② 解除马镫，前提是下马，在速度上放慢，作为阵法中的一个环节，有助于提升骑兵步战的能力。同书《宋琪列传》云："其阵身解镫排之，俟与戎相搏之时，无问厚薄，十分作气，枪突交冲，驰逐往来，后阵更进。彼若乘我深入，阵身之后，更有马步人五千，分为十头，以撞竿、镫弩俱进，为回骑之舍。"③ 可知，"解镫"的目的还在于与步阵配合。

---

① 安国楼：《北宋军事方田制述论》，《杭州大学学报》（哲学社会科学版）1992年第4期。

② （元）脱脱等：《宋史》，中华书局，1985，第4853~4854页。

③ （元）脱脱等：《宋史》，中华书局，1985，第9127页。

"解镫"之阵法，在其他的军事文献中也有相关记载与论述。如《武经总要前集》卷七"本朝平戎万全阵法"条云："前后阵各用骑兵五千，解镫，分为两行，前行配五十人骑为一队，计六十二队。"① 此处"解镫"作为骑兵阵法的一环，与分行列队、人员数量、占地步数、每队队眼密切结合，以阻挡并延缓敌方的猛烈进攻。这种阵法，具体如何进攻或者防御，单从上述记载，今已不得而详，但从后世文献征引中仍能获取蛛丝马迹。明代王鸣鹤辑录军事著作《登坛必究》曾引用此段，是书卷三十四"平戎万全阵记"条在"解镫"下注解："不用马镫。"② 此解释极为紧要，不用马镫，最有可能是骑兵步行战斗中依靠战马来作为屏障的一种阵法，王鸣鹤认为不用马镫，可能因为骑兵阵法在列队上须严密紧凑，倘使马镫则有不便。该阵法不需要长途奔袭的速度，而需要有冲击不破的密度和稳定性。

综合上述文献的记载，"解镫"多用于军事方面，是一种骑兵布阵、徒步作战的战术。特别是在战事中，解除马镫的同时依托战马进行布阵作战，是一种坚固的防攻兼擅的措施。由此可知，"解镫"在军事阵法中，是攻守兼备（更偏重守）的战术战略，属概念的本然之色。若在诗学、赋学中，则有减速、延缓、停顿的引申义。详细考察其概念流变有助于厘清其在诗赋的节奏、用韵等问题中的存在样态。可以说，"解镫"在从日常生活到军事战争的外延拓展中，为其后的诗赋家们"远取诸物"的设譬提供了丰富的素材。

第八节 "解镫"迁转：从诗格理论到赋学批评

在唐代，"解镫"曾被引入元兢《诗髓脑》、崔融《唐朝新定诗格》、王昌龄《诗中密旨》、空海《文镜秘府论》等诗格论著中，用作批评术语与诗学规范，来考察诗歌句法节奏以及五言诗的流变等情况。随着"解镫"的引申义不断延展与深化，其遂从诗学迁转至赋学范畴中。

---

① （宋）曾公亮等：《武经总要前集》，上海古籍出版社，1988，第561~562页。
② （明）王鸣鹤辑《登坛必究》，清刻本。

　　"解镫"作为批评术语，在命名上沿用古时流行的"近取诸身，远取诸物"的比喻方式来读解文本。其在诗学术语中，常与"撷腰"并称使用，成为初唐时期颇具影响的批评理论。唐时上官仪、元兢、崔融等诗论家，以"解镫""撷腰"为喻而提出的诗学规范，旨在规避五言诗在创作中因节奏过于刻板、韵律缺乏变化而出现的弊端。二者本身不是"病"，所忌的是诗体通篇采用解镫或撷腰句式。如无其他句式的变换，则是一种病犯。若一首五言诗全用撷腰句式，而不间采解镫句式，即犯"长撷腰病"；若都用解镫句式，不用撷腰句式予以相间，即犯"长解镫病"。故元兢推崇以"屡迁其体""间而有之"的解镫句与撷腰句来协调诗句、篇章之间板滞的范式结构，使其节奏舒卷自如，韵律雅致工稳。因解镫说理方式符合当时主流学说，体现了诗学的审美理路，遂为时人接受。

　　元兢《诗髓脑》"文病"条载："兢于八病之别为八病。自昔及今，无能尽知之者。近上官仪识其三，河间公义府思其余事矣。八者何？一曰龃龉，二曰丛聚，三曰忌讳，四曰形迹，五曰傍突，六曰翻语，七曰长撷腰，八曰长解镫。"[①] 元兢对"长解镫"作阐述："长解镫病者，第一、第二字意相连，第三、第四字意相连，第五单一字成其意，是解镫；不与撷腰相间，是长解镫病也。如上官仪诗云：'池牖风月清，闲居游客情，兰泛樽中色，松吟弦上声。''池牖'二字意相连，'风月'二字意相连，'清'一字成四字之意，以下三句，皆无有撷腰相间，故曰长解镫之病也。撷腰、解镫并非病，文中自宜有之，不间则为病。然解镫须与撷腰相间，则屡迁其体。不可得句相间，但时然之，近文人篇中有然，相间者偶然耳。然悟之而为诗者，不亦尽善者乎。此病亦名'散'。"[②] 可见，不间则为"病"，有"病"亦称"散"，"散"即"无有撷腰相间"的"长解镫"的松散状态，这种状态是因后无"撷腰"相救而产生的。

　　"长解镫"病犯概念的提出，是针对五言诗中的"二二一"结构，即第一、第二字相连，会延缓一下节奏，第三、第四字相连，再次延缓一下节奏，两个"解镫"相连出现，谓之"长解镫"，节奏频频遭到延缓，文气就

---

① 张伯伟：《全唐五代诗格汇考》，凤凰出版社，2002，第 120~121 页。
② 张伯伟：《全唐五代诗格汇考》，凤凰出版社，2002，第 123 页。

显得松散。"长解镫"诗例中的"池牖风月清",若能与撷腰相间,则可使诗歌显得灵活多变,一旦有了这种补救之举,"解镫"就不算病犯。然而这首诗"以下三句,皆无有撷腰相间",那么就是"长解镫",在这里就延缓、推迟了句子节奏,因此成为病犯。这种病犯称"散",取因句子的节奏被长解镫的延缓功效冲散而无变化之义。"撷腰"则是指五言诗中"二一二"的结构,即第一、二字意相连,第四、五字意相连,第三字撷上下两字,元兢举上官仪"青山笼雪花"为例。二者皆是五言律诗结构的最基本形态,并非真正的文病。只是诗中一味运用"二一二"或"二二一"句式,会使诵读节奏变得单一、乏味,容易导致诗病。倘若连用"二一二"式,就如同上官仪诗"曙色随行漏"句式,一动词"随"字,贯穿腰间,节奏相因而缺少变化,则易犯"长撷腰病",亦称"束",指一连串的"二一二"句式,取中间一字束于腰间之意。从诗句结构看,"二一二"式给人以紧密之感;若持续采用"二二一"式,就如同上官仪"池牖风月清"之诗句,其"清"字能涵盖"池牖""风月"四字之意,好比一位解除马镫下马歇息的旅客,原地悠游不前,故谓之"散"。从诗句结构看,"二二一"式给人以迂缓拖延之感。鉴于二者紧凑、舒缓的结构特征,唐人主张将"解镫"与"撷腰"二句式相参并用,这样可避免单一节奏独占诗篇的局面,使诗句在节奏、韵律、诗意上能呈现出参差不一、错综变化的诗学美感。

初唐产生的"长解镫""长撷腰"诗格理论,是针对六朝以来五言诗句式"二一二"撷腰句常常多于"二二一"解镫句的情况而言。元兢所谓"长撷腰""长解镫"之论,主要是基于前人较多地使用撷腰句式,致使章节中缺少节奏的变动而申发出来的。对此项鸿强有过详赡的考察,他认为"其原因或许在于'二一二'句式中句腰用字的词性较为多样,既可用实词,亦可用虚词,在语法结构上较少受到限制,可选用的字词范围更广,而'二二一'中'一'这个位置的可用词的词性种类要远远少于'二一二'这类句式。'镫'位于句尾,故不适用起连接作用的连词、介词或加深程度的副词,多以名词、动词、形容词等可以具体感知的实词结尾,可选择的范围较小,对诗人选词炼句的要求却更高"①。这就解释了被称为"解

---

① 项鸿强:《长撷腰、长解镫:初唐节奏论与五言诗流变》,《文艺理论研究》2020 年第 4 期。

镫"的"二二一"句式，何以更需要与上下文相配合，因为只有与上下文交错而出，它在语法结构中受到的大量限制才能得到一定的补救。项氏最后又补充唐代以前的六朝诗歌中存在两种情况：一是连篇累牍地使用同一节奏，倘篇幅短小，尚能给人一气而下的流畅感，若篇幅冗长则容易造成板滞、缺乏变化之味；二是由两种不同节奏形态分段构成，整篇中若截然两段，各为解镫、撷腰，又容易造成断裂、艰涩之感。所以元兢认为诗人若是能够通晓这一病犯的奥秘，就能达到尽善的境界①。此论细致翔实，较为准确地道出了"解镫"的诗学意义，颇可参考。

元兢之主张于初唐的显庆至龙朔年间提出，这一诗学理念对后世影响较深，在此论引导下，新的五言诗创作手法渐趋风靡，诗人开始考究诗联间的节奏变换，因此解镫与撷腰"间而有之"的现象开始流行起来。另外，这种诗学规范也得到后世诗论家的认可与继承。如王昌龄《诗中密旨》"诗有六病例"条云："一曰龃龉病。二曰长撷腰病。三曰长解镫病。四曰丛杂病。五曰形迹病。六曰反语病。"② 其中长撷腰病、长解镫病的注解，完全照搬《诗髓脑》之内容，如"长解镫病三"条："第一、第二字义相连，第三、第四字义相连。"以上官仪诗"池牖风月清，闲居游客情"为例。《文镜秘府论》西卷《文病二十八种》③ 其中十九曰"长撷腰"，小字注：或名束；二十曰"长解镫"，小字注：亦名散。注解依然胪举元兢的内容，不赘录。

卢盛江在《文镜秘府论汇校汇考》④ 中对上述"束"与"散"之名亦有申论。他认为元兢"八病"多为崔融《唐朝新定诗格》所有，唯名称有异。"龃龉病"，叙目称"或名不调"，正文称"崔氏是名不调"。"丛聚病"，叙目称"或名丛木"，正文称"崔名丛木病"。"形迹病""翻语病"，叙目均称"崔同"，正文均引有崔氏之说。如论"长撷腰病"，叙目亦称"或名束"，正文称"此病或名束"。论"长解镫病"，叙目亦称"或名散"，

---

① 项鸿强：《长撷腰、长解镫：初唐节奏论与五言诗流变》，《文艺理论研究》2020 年第 4 期。
② 张伯伟：《全唐五代诗格汇考》，凤凰出版社，2002，第 191 页。
③ 〔日〕弘法大师原撰，王利器校注《文镜秘府论校注》，中国社会科学出版社，1983，第 449～451 页。
④ 〔日〕遍照金刚撰，卢盛江校考《文镜秘府论汇校汇考》，中华书局，2006，第 1094～1095 页。

正文称"此病亦名散"。从前数病之例推测,"长撷腰病"之异名"束","长解镫病"之异名"散",亦当为崔氏之说。对此,项鸿强的解释可聊备一说,他称:"束、散为崔融之说,与元兢之说名异实同,应为崔融吸收了元兢的节奏论,'束'与'散'在词义上相对,一为紧缚,一为疏松。与撷腰、解镫相似,都是将声音节奏作视觉化的形象呈现,颇具通感意味。"①此论最为接近真相,但缺遗处是未能再透过一层深入阐释"解镫"之意,为何用它来称"散",以标指疏松,又为何用它来形容"将声音节奏作视觉化的形象呈现"这种行为?本书对"解镫"的意义、起源、迁转等的考论则能弥补这些不足。解镫与撷腰之法,降及宋代,仍被时人关注。如宋陈应行所编《吟窗杂录》,卷六即载录王昌龄《诗中密旨》。可见这种诗学规范的影响长期存在。

"解镫"在赋学批评的发展过程中,先作为换韵的方法,后随着唐人试赋的需要,用于律赋创作。唐时随着科举试诗、赋的盛行,"解镫"开始由诗格范畴向赋学批评领域过渡。《文镜秘府论》西卷引《文笔十病得失》:"赋颂有第一、第二、第三、第四或至第六句相随同类韵者。如此文句,倘或有焉,但可时时解镫耳,非是常式。五三文内,时一安之,亦无伤也。又,辞赋或有第四句与第八句而复韵者,并是丈夫措意,盈缩自由,笔势纵横,动合规矩。"②此处论"解镫",意在打破赋句铺采摛文的堆砌句式,即一连四句甚至六句都用同类韵,解镫作为一种赋句间押韵的简便方法,允许偶尔出现,就如同骑乘时临时"解镫"休息一样。所以,赋句使用"解镫"是为赋文"盈缩自由,笔势纵横,动合规矩"的艺术效果而服务。倘若与其他赋句协调有序,间或运用解镫法,则有助于达到这一艺术效果。关于"解镫"韵法在赋中的运用概貌,唐抄本《赋谱》阐释最为详赡。

《赋谱》论"解镫"韵称:"又有连数句为一对,即押官韵两个尽者。若《驷不及舌》云:'嗟乎,以骎骎之足,追言言之辱,岂能之而不欲。盖窒喋喋之喧,喻骏骏之奔,在戒之而不言。'是则'言'与'欲'并官韵,而'欲'字故以'足'、'辱'协,即与'言'为一对。如此之辈,赋之解

---

① 项鸿强:《长撷腰、长解镫:初唐节奏论与五言诗流变》,《文艺理论研究》2020年第4期。
② 〔日〕弘法大师原撰,王利器校注《文镜秘府论校注》,中国社会科学出版社,1983,第474页。

证，时复有之，必巧乃可。若不然者，恐识为乱阶。"① 就引文分析，"足""辱""欲"三韵字同属一个韵部，用"足"、"辱"协"欲"构成赋句的上联；"喧""奔""言"三韵字同属一个韵部，用"喧"、"奔"协"言"构成赋句的下联，最终将上下两联中的"欲""言"韵字绾合到所限官韵（以"是故先圣，予欲无言"为韵）中来，此种方式谓之"解镫"韵。由此可见，使用一个隔句对子，简短的六句，就把本应用两个段落来展开的官韵给解决了，这里的"解镫"就再次延伸为省力、讨巧的意思。《赋谱》称"近来官韵多勒八字，而赋体八段，宜乎一韵管一段"，唐人试赋要求八韵八段，正常情况下一韵管一段，那么，如引文两个官韵自然要管两段赋，但"解镫"韵法却简化为只用一联隔句对子便解决两个韵字的特殊形式。这种讨巧省力的技法，偶尔可以使用，但须巧妙，若无法巧妙地与上下文搭配，又欲多次使用，则会导致赋法的混乱。"解镫"韵出现于《赋谱》中，其与赋体创作史的关联及赋学意义如下。

其一，"解镫"韵是基于八韵八段式的新体赋而出现的。《赋谱》明确指出新体赋的文体标准是："至今新体，分为四段：初三、四对，约卅字为头；次三对，约卅字为项；次二百余字为腹；最末约卅字为尾。就腹中更分为五：初约卅字为胸；次约卅字为上腹；次约卅字为中腹；次约卅字为下腹；次约卅字为腰。都八段，段转韵发语为常体。"②《赋谱》将一篇完整的新体律赋分为八段，每段划分细致并且附有一定的术语名称。所谓八段指"头""项""腹""尾"四段，其中腹段再分"胸""上腹""中腹""下腹""腰"五段，整篇而合即"头""项""尾"三段，再加腹中的"胸""上腹""中腹""下腹""腰"五段，凡八段。唐时已明确规定新体赋（即律赋）在段落构成上为"八段"。"解镫"韵正是基于这些规范的要求渐趋兴盛起来的。

其二，"解镫"韵主要解决押韵时段落中遇到窄韵、难押韵字不能顺利展开这一问题。以"泉泛珠盘"为宽韵，"用"为窄韵来阐述。如"盘"字，在《广韵》中属上平声二十六"桓"韵，与上平声二十五"寒"韵同，

---

① 张伯伟：《全唐五代诗格汇考》，凤凰出版社，2002，第565页。
② 张伯伟：《全唐五代诗格汇考》，凤凰出版社，2002，第563页。

押韵时可以选择较多的韵部，属于宽韵。"用"字在《广韵》中属去声第三，韵部字数少，属于窄韵。为了平衡这一矛盾，巧妙地运用"解镫"韵法，可化解律赋的难押之韵问题。《赋谱》以唐陈忠师（元和元年进士）《驷不及舌赋》为示例来阐释"解镫"韵，此赋收入《文苑英华》卷九十二。赋以"是故先圣，予欲无言"为韵，其中"以骎骎之足，追言言之辱，岂能之而不欲。盖室喋喋之喧，喻骏骏之奔，在戒之而不言"段用"解镫"韵法，正如上文所言，上联用"足"、"辱"协"欲"，下联以"喧"、"奔"协"言"，这样成功地用偏于省力的"解镫"韵法化解了"言""欲"两个所限官韵。

其三，"解镫"韵入赋是赋家注重"屡迁其体"的发端。赋家在认识到句式、节奏的变换对律赋创作的影响这一问题的基础上，提出以"解镫"韵入赋。其与"换韵"具有异曲同工之妙。换韵能使赋作的韵律变得更加婉转灵变，如同诗中"二一二"与"二二一"句式的交错使用，可以避免韵感的呆板单调。无论是"解镫"抑或换韵，都表明赋家开始意识到"屡迁其体"所带来的声韵之美。赋家从此通过节奏与韵律的变动，创造新的句式，变换赋文脉络，最后再齐聚到所限的官韵上来。"解镫"不再仅是诗学专属，也成为赋学的要义。"解镫"迁转的态势表明，律赋的句法、章法、韵法经历了长期的孕育，最终不仅追求韵律的平仄错落，参差多变，而且更进一步地探索了韵脚位置上的疏密相间以及韵部转换上灵活有序的声韵系统等问题。

第九节　"解镫"实践：试赋限韵的突围与优化

赋体是唐代进士科、博学宏词科考试中极为重要的应试文体，不仅规则复杂，难度极大，而且要求的标准甚高，故赋篇创作的高低优劣，成为能否及第的关键。唐代所考赋体是一种格律赋，时人谓之甲赋，它在形态上注重用韵的严格、声调的谐和、辞藻的丽饰、对仗的工整等要素。一般而言，平声表达的情感较为婉约舒缓，而仄声往往传递的是直接强烈的情愫，能否用合适的韵部，表达合适的情感，成为一篇赋作是否合格乃至是否优秀的重要考核标准之一。换言之，严格的押韵规则成为律赋最根本的特征之一。

依据《赋谱》厘定，一篇完整的律赋，不仅在段落结构、创作法则上有一定的要求，甚至对赋句的数目、赋篇的字数也有一定的规范。"约略一赋内用六、七紧，八、九长，八隔，一壮，一漫，六、七发；或四、五、六紧，十二、三长，五、六、七隔，三、四、五发，二、三漫、壮；或八、九紧，八、九长，七、八隔，四、五发，二、三漫、壮、长；或八、九隔，三漫、壮；或无壮；皆通。计首尾三百六十左右字。但官字有限，用意折衷耳。"① 科举律赋大约为三百六十字，通常为八韵八段，每段平均在四十五字左右，在创作中如遇到宽韵，选择押韵的字数量就多，多写几联实属不难；困难在于，倘遇窄韵，很难找到足够的韵字完成一段，这时巧妙地利用"解镫"韵的法则，即可摆脱因窄韵字带来的创作困境。

"解镫"韵法在科考试赋中被普遍使用，其不仅能化解窄字难字韵所造成的困扰，而且还可展示士子赋兼才学，甚至有人为博得考官垂青而有意为之。这种因难见巧的表现，于应试者创作而言，是对学识能力的一种挑战；于评阅与预防作弊而言，则提供了一种可资操作的规范与标准。核查并梳理唐代历年科考试赋，目前所见采用"解镫"韵法的赋作有 13 篇②，今择进士科与博学宏词科试赋各一篇稍作探析，以窥"解镫"韵在场屋试赋中的实践风貌。

（一）先天二年（713）进士试《出师赋》

先天年（即元年），猃狁孔炽，动摇边陲，是以我国家有事于沙漠也。征甲选徒，星驰云集，楚剑霜利，吴钩月悬，将以驱日逐之首，斩天骄之族。盖使烽埤无火，亭障息肩。大矣哉！自古出师，未有若

---

① 张伯伟：《全唐五代诗格汇考》，凤凰出版社，2002，第 564 页。

② 13 篇赋作分别是：先天二年（713）进士试《出师赋》，开元十五年（727）进士试《灞桥赋》，大历十四年（779）进士试《寅宾出日赋》，大历十四年（779）博学宏词科试《放驯象赋》，贞元六年（790）博学宏词科试《南至郊坛有司书云物赋》，贞元六年（790）进士试《清济贯浊河赋》，贞元七年（791）进士试《珠还合浦赋》，贞元八年（792）进士试《明水赋》，贞元九年（793）博学宏词科试《太清宫观紫极舞赋》，贞元十一年（795）博学宏词科试《朱丝绳赋》，贞元十三年（797）进士试《西掖瑞柳赋》，元和元年（806）进士试《土牛赋》，元和四年（809）进士试《萤光照字赋》。

斯之盛者。藉虽不敏，敢述赋云：

赫哉帝唐，叶殷累圣。光明乾道，洗清邦政。德所以和怀四夷，教所以平章百姓。（此段韵押"圣""政""姓"，属"劲"韵，窄韵独用）

用能尽奄有于天下，得乐推于群黎。凤符以讴歌而适，龙历以揖让而跻。既神化之无外，何鬼方之独迷。（此段韵押"黎""跻""迷"，属"齐"韵，窄韵独用）

若乃皇赫斯怒，元戎是出。其制敌也以威，其用师也以律。雕戈电举，铁骑风疾。霜明锋刃，夕曜曜以冲星；火色旌旗，昼炎炎以彗日。横行有同于千里，止步不过于六七。桓桓大将，黄石老之兵符；赳赳武夫，白猿公之剑术。（此段韵押"出""律""术"，属"术"韵；"疾""日""七"，属"质"韵，"术""质"宽韵同用）

谋无再陈，其来若神。攻则必取，谅资于武。（**此联用"解镫"韵**）

既作气以鼓行，受脤者实在乎国英。虽假灵于庙算，决胜者亦关于天断。固将以拒十角之猖狂，岂止扫一隅之陵乱。然后作寰宇之清谧，成皇王之壮观。（**此联亦用"解镫"韵**）

别有其仪不忒，诗书是则。鳞翮初就，将腾跃于风波；冠剑未从，尚栖遑（一作"迟"）于翰墨。愿高阙之气殄，伫燕然之铭勒。优哉悠哉，小臣高歌于帝德。（此段韵押"忒""则""墨""勒""德"，均属"德"韵，窄韵独用）

《登科记考》记载，《出师赋》是现存较早的科考赋题。其中《出师赋》（落韵）属同题共作，作者有赵子卿、赵自励、梁献，三人当为先天二年（713）的进士，上赋选自赵自励《出师赋（并序）》。此赋有八个韵部，考官虽未严格限韵，但赋家本人自有设限，并采用"解镫"韵法。詹杭伦根据各段韵字，还原所限韵字，认为此赋的官韵即"圣德跻神，武断出英"。此赋"谋无再陈，其来若神。攻则必取，谅资于武"段用"解镫"韵。该段"陈"押"神"韵，"取"押"武"韵，一个隔句对，四句短言，就解决了两个官韵，上联中"陈"协"神"，属于"真"韵，宽韵同用；下联"取"协"武"，属于"虞"韵，窄韵独用。由此可见，此不仅同时解决了两个官韵，而且还将窄韵连押几个韵字可能带来的窘境给巧妙化解了。此即《赋谱》中的"解镫"韵。

另外，"既作气以鼓行，受脤者实在乎国英。虽假灵于庙筹，决胜者亦关于天断。固将以拒十角之倡狂，岂止扫一隅之陵乱。然后作寰宇之清谧，成皇王之壮观"段大抵如此。该段押"行""英""断""乱""观"韵，上联"行"协"英"，属于"庚"韵，宽韵同用；下联"乱"、"观"协"断"，属于"换"韵，宽韵同用。再根据上下联句，将"英"与"断"归入官韵中。赋题虽未明确限韵，又不是严格的隔句对，称不上标准的"解镫"韵，但赋家自我设限，尤其八句解决两个官韵，算是较为省力讨巧的技法，实质上仍是采用"解镫"韵法来完成创作的。

（二）大历十四年（779）博学宏词科试《放驯象赋》

彼炎荒兮，王国是宾。此驯象兮，越俗所珍。化之式孚，则必受其来献；物或违性，所用感于至仁。（此段韵押"宾""珍""仁"，属"真"韵，窄韵独用）

吾君于是诏掌兽之官，谕如天之意。惟越献象，不远而致。推己于物，曾何以异？徒见弸雄姿而屈猛志，安知不怀其土而感其类。揆夫国用，刍荛之费则多；许（一作"计"）以方来，道途之勤亦至。与其绁之而厚养，孰若纵之而自遂。（此段韵押"意""异""志"，属"志"韵；"致""类""至""遂"，属"至"韵，"志""至"宽韵同用）

且彼集于禁林，我则有五色九苞之禽；在于灵囿，我则有双觡共抵之兽。（**此联用"解镫"韵**）

何必致远物于外区，崇伟观于皇都。是用返诸林邑之野，归尔梁山之隅。时在偃兵，岂婴乎燧尾；上惟贱贿，宁恤乎焚躯。非同委弃，罔或踟蹰。知拜跪兮则有，谢渥恩兮岂无。（此段韵押"区""隅""躯""蹰""无"，属于"虞"韵；"都"，属于"模"韵，"虞""模"宽韵同用）

复得顾侣求群，跨川登陆。食丰草以垂鼻，出平林而瞪目。逍遥乎存存之乡，保守乎生生之福。怀仁初就于牵掣，顺理竟资于亭育。游乎水同反身之龟，处乎山异放麑之鹿。（此段韵押"陆""目""福""育""鹿"，属于"屋"韵，窄韵独用）

大道兹始，淳风不退。感以和乐，亦参乎百兽率舞；驱之仁寿，宁阻乎四海为家。奚必充帝庭之实，驾鼓吹之车，然后可以为国华者哉。（此段韵押"退""家""车""华"，属于"麻"韵，窄韵独用）

由是圣心，孚于下国。物靡不获其所，化乃允臻其极。放一兽而庶类知归，遂四方而万代作则。彼周驱犀象，汉放骏马，未可论功而校德。（此段韵押"国""则""德"，属于"德"韵；"极"，属于"职"韵，"德""极"宽韵同用）

放驯象事见《旧唐书·德宗本纪》，据载："丁亥，诏文单国所献舞象三十二，令放荆山之阳。"① 大历十四年（779）代宗驾崩，德宗即位，放驯象以示仁道。该赋为同题共作，独孤绶《放驯象赋》以"珍异禽兽，无育家国"为韵，其中"且彼集于禁林，我则有五色九苞之禽；在于灵囿，我则有双豰共抵之兽"段用"解镫"韵法。上联押"禽"字韵，以"林"协"禽"，属于"侵"韵，窄韵独用；下联押"兽"字韵，以"囿"协"兽"，属于"宥"韵，窄韵独用。用一联隔句对化解两个限韵字，再将上下联中的"禽""兽"字韵归入所限官韵中。此外，独孤良器《放驯象赋》以"珍异禽兽，无育家国"为韵，其中"然后以儒为林，毓贤哲以为禽。以道为囿，利忠良以为兽"亦采用"解镫"韵法。另外，其他采用"解镫"韵法的赋篇皆如此，不再赘述。

纵览"解镫"在试赋中的实践，有如下几个方面的特性。

首先，"解镫"韵构成的隔句对，一般置于赋篇中第六或第七段的束腰部位，肩负着紧束和连接上下、转承赋段的使命，使赋篇在结构与声律上显得更加紧促灵动、绰约生姿。除此之外还要遵循《赋谱》中"近来官韵多勒八字，而赋体八段，宜乎一韵管一段，则转韵必待发语，递相牵缀，实得其便"的创作要求，尤其换段必换韵，换韵须注重四声交互、平仄相间、韵数多寡等因素，这样才能使句段更加错落有致，使赋作通篇生色。换韵还意味着要协同内容，既要与赋篇主旨相得益彰，又要使形式与内容二者递进前行。这是一种"双赢的合作机制"，规范有序的押韵格式能有效

---

① （后晋）刘昫等：《旧唐书》，中华书局，1975，第320页。

促进形式较多的赋句排列，变换灵动的韵部可以协调这种多元的赋句组合，以规避其单一与无序的弊端。概言之，赋韵与赋意之间当契合"能赋者，就韵生句；不能者，就句牵韵"①，赋韵呈现在批评功能上，具有相辅相成的作用，在演进形态上，呈现出由最初的自发音韵到声律自觉的历程，而"解镫"韵的出现与盛行，正是这一历程的力证。

其次，从先天二年（713）到元和四年（809）的科试中，共 12 次采用"解镫"韵法，进士科试赋 8 次，博学宏词科试赋 4 次，足以说明盛唐至中唐之际，"解镫"韵的盛行情况。尤其"解镫"韵于博学宏词科试赋，虽仅出现 4 次，然意义却非同一般。据王士祥《唐试赋研究》② 统计，全唐可考的博学宏词科试赋共 44 次，其中有 4 次博学宏词科使用"解镫"韵，其数量虽似微小，但所占比重却十分可观，足资明证"解镫"韵法的使用频次。由上亦可知，博学宏词科试赋主要分布于中唐时期，而该阶段正是进士科试赋的全盛期。故此蠡测，博学宏词试赋当受到进士科的影响。二者虽都是国家选拔人才的重要科目，但其性质、用意、标准、归属等存在差别，如《全唐文》云："宏词拔萃，以甄逸才；进士明经，以长学业。"③ 律赋极为注重用韵，通常在偶句上押韵，且赋韵要工稳整饬，这种韵式对赋作的文体结构、内容铺采、吟诵节奏都有重要的意义。押韵通常是同一语种的人相沿成习的声韵共识，呈现于文本中，即每句结笔处要做到字异而韵同，遂有"天下好赋，皆自韵出"之说。"解镫"韵法的出现与盛行，对律赋限韵的突围与优化有极大的推进作用。

最后，"解镫"韵在试赋过程中主要围绕限韵与节奏展开，进而为律赋带来多样化效果。完成一篇标准的律赋，用好声韵是其首要条件。如《楞园赋说》云："场中出色，押韵是一半工夫。押得自然，如韵脚皆为我设，则开卷数句，即知为内行所作，否则似稳非稳，纵有佳句，终难夺目。官韵须押股尾乃见整齐，又须以典出之乃见新色。官韵难押者，更须留意，试官每于此着眼，此处出色，则佳句在人口矣。"④ 律赋的限韵若能得到有

---

① （宋）郑起潜：《声律关键》，宋宛委别藏抄本。
② 王士祥：《唐代试赋研究》，上海古籍出版社，2012。
③ （清）董诰等：《全唐文》，中华书局，1983，第 3606 页。
④ （清）江含春：《楞园赋说》，上海图书馆藏清抄本。

效处理，那么，节奏问题自然迎刃而解。"解镫"韵不仅使律赋在声韵上得到缓和，而且进一步使其在强弱、长短的节奏感上得到优化，这一做法与《礼记·乐记》中"乐者，心之动也，声者，乐之象也；文采节奏，声之饰也"① 的论述相契合。节奏的核心特征即有规律的变化，这也是赋体艺术的美学内核所在。节奏涵括于词句中，一般不会随作家思想、逻辑的变化而流动。朱光潜曾有过精辟的陈说，《诗论》称："节奏是宇宙中自然现象的一个基本原则。自然现象不能彼此全同，亦不能全异。全同全异不能有节奏，节奏生于同异相承续，相错综，相呼应。寒暑昼夜的来往，新陈的代谢，雌雄的匹配，风波的起伏，山川的交错，数量的乘除消长，以至于玄理方面反正的对称，历史方面兴亡隆替的循环，都有一个节奏的道理在里面。艺术反照自然，节奏是一切艺术的灵魂。"② 是论可谓贴切，特别是对律赋在韵律、情感、篇章等节奏方面的深入探讨起到积极的引导作用，对今天的赋文创作也有一定的启示意义。

第十节 "解镫"理论：律赋形态与功能的多样化追求

"解镫"作为一种批评范畴，虽肇端于诗学规范，然在优化律赋限韵与创作方面的贡献，同样值得肯定。"解镫"韵随律赋的发展与限韵的要求应运而生，而律赋的发展，一方面依托科举制度，因场屋试赋的规定，士子们要博取功名，律赋自然成为他们钻研的对象；另一方面，文人雅士尝试用律赋来发抒自己的情感以及所见所闻，也创作出不少名篇佳作。"解镫"韵在这种情况下，其形态、功能等均得到进一步的深化与拓展，这在律赋的创作实践中可以窥见，不妨以白居易《赋赋》为例言之。

白居易《赋赋》（以"赋者古诗之流"为韵）非场屋之作，然赋中的章法结构颇具表现力，如"观夫义类错综，词采分布（依抄本《赋谱》句

---

① （清）阮元校刻《十三经注疏·礼记正义》，中华书局，1980，第 1536~1537 页。
② 朱光潜：《诗论》，生活·读书·新知三联书店，2014，第 163~164 页。

型构成划分，此二句为"紧句"，下同）。文谐宫律，言中章句（紧句）。华而不艳，美而有度（紧句）。雅音浏亮，必先体物以成章；逸思飘飘，不独登高而能赋（杂隔）。其工者，究笔精，穷旨趣，何惭《两京》于班固？其妙者，抽秘思，骋妍词，岂谢《三都》于左思（股对）？掩黄绢之丽藻，吐白凤之奇姿；振金声于寰海，增纸价于京师（平隔）。则《长杨》《羽猎》之徒，胡可比也；《景福》《灵光》之作，未足多之（重隔）。"① 此篇是赋学史中较为卓殊的赋论作品，原因不仅在于赋家独特的命名方式，更在于它以"赋"论"赋"，进而阐述"赋"的文体形态与赋学观念。

《赋赋》作为一篇重要的文学理论作品，在赋法篇章上的发明值得辨明，约略两端。一是"状若连环"的构句形态及审美意识是对"解镫"韵的承传。是赋上段限押"赋"字韵，下段限押"之"字韵，两段之间巧妙地以长股对"其工者，究笔精，穷旨趣，何惭《两京》于班固？其妙者，抽秘思，骋妍词，岂谢《三都》于左思？"来分押上下两段的韵字，这种谋篇构段的举措，已远远超出"解镫"韵最初用一隔句对来处理两个限韵字的局促之处。不仅解决了"窄韵"问题，最为关键的是股对的运用使上下两段前后相承，衔接紧密，以形成"状若连环"的铺排方式。这种律赋形态，既是对"解镫"韵的承传，又在其基础上更进一步深化。二是"起承转合"的结构篇法是对"解镫"韵功能的新拓展。因"解镫"韵在创作中大量使用，遂使创作者思索其在律赋的谋篇布局中或兼备转折的功用，犹似律诗结构中的"起承转合"之法。诚如"文字之道，极之千变万化，而蔽以二言，不过曰接曰转而已。一意相承则曰接，两意相承则曰转"② 所论，白氏赋作对"起承转合"的章法功能亦有体现。该赋在构段上不仅多用紧句，且造语精密，使行文连贯畅快，承接处犹人之胸腹遒劲而有气力，转折处胀满蓄势，最后在结尾处开闸泄洪，使赋文产生巨大的能量，以感染读者，引发共鸣。

律赋作为国家考核、选拔人才的重要科试文体，一直沿袭至清代，得到了长足的发展。文人之间以律赋形式唱和、抒怀、模拟的现象，已从国

---

① （唐）白居易著，谢思炜校注《白居易文集校注》，中华书局，2011，第73~74页。

② （清）王元启：《祇平居士集》，清嘉庆十七年刻本。

家制度的层面缓步向公众的点滴日常走来，二者平行发展，有殊途同归之妙，这从以往的古籍文献记载中，可窥一斑。《全唐文纪事》卷九十六记载："晚唐士人作律赋，多以古事为题，寓悲伤之旨，如吴融、徐寅诸人是也。黄滔，字文江，亦以此擅名。"① 并援引黄滔《明皇回驾经马嵬坡赋》《景阳井赋》《馆娃宫赋》《陈皇后因赋复宠赋》等历史题材的赋句予以说明。再如宋何薳《春渚纪闻》卷六"龙团称屈赋"条云："先生一日与鲁直、文潜诸人会饭。既食骨䏑儿血羹。客有须薄茶者，因就取所碾龙团，遍啜坐人。或曰，使龙茶能言，当须称屈。先生抚掌久之曰：'是亦可为一题。'因援笔戏作律赋一首，以俾荐血羹龙团称屈为韵。山谷击节称咏，不能已。已无藏本，闻关子开能诵，今亡矣！惜哉！"② 因不牵涉考试成分，赋家在选题和创作上相对自由，即可以充分发挥，这时赋作的文学意蕴渐趋增进，甚至已然臻于至境。浦铣《复小斋赋话》下卷称："文以有情为贵。余于辅文赋，以《沛父老留汉高祖》为压卷；文江赋，以《秋色》为压卷。"③ 综上，律赋的发展动力，不仅有国家选拔人才的科试之需，而且还来源于文人间相互的创作交流。

律赋押韵的目的具有多样性。一则益于记诵，这是承继先秦以来诗文创作的传统，综观经籍、史传、诸子百家等内容，大体遵循"寡其词，协其音，以文其言，易于记诵"的动因；二则与诗歌的音乐性有关，甚至与礼乐制度休戚相关。如汉代诗文创作与汉乐府制度之间的关系，则可作为《礼记·乐记》所谓"声音之道与政通矣"④ 的注脚。历代赋皆有其声律，特别在创作与批评上注重炼韵、押韵的事宜。宋李廌《师友谈记》言："赋中工夫不厌子细，先寻事以押官韵，及先作诸隔句。凡押官韵，须是稳熟浏亮，使人读之不觉牵强，如和人诗不似和诗也。"⑤ 清余丙照《赋学指南》卷一"论押韵"条曰："作赋先贵炼韵，凡赋题所限之韵，字字不可率易押过，易押之字，须力避平熟，务出新意，庶不至千手雷同。难押之字，人

---

① （清）陈鸿墀：《全唐文纪事》，中华书局，1959，第 1202 页。
② （宋）何薳撰，张明华点校《春渚纪闻》，中华书局，1983，第 97 页。
③ （清）浦铣：《复小斋赋话》，清乾隆五十三年复小斋刻本。
④ （清）阮元校刻《十三经注疏·礼记正义》，中华书局，1980，第 1527 页。
⑤ （宋）李廌撰，孔凡礼点校《师友谈记》，中华书局，2002，第 18 页。

皆束手者，争奇角胜，正在于此。但不得过于凿空，反欠大雅。押官韵最宜着意，务要押得四平八稳。"① 由此可见，对于律赋用韵而言，历代研究者都有不同的探讨与推进，而用韵之工是其根本所在，因律赋文体的基本特征就是限韵，脱离了限韵，律赋也就不成其为律赋。故如何用韵，是写作律赋须最先着眼的地方，余丙照强调"作赋先贵炼韵"，认为"韵稳"比"句之工巧"更重要，故将其置于书卷之冠。

律赋在韵字、韵位、换韵上均有严格标准，用韵若稀疏散乱甚或无序失韵，不仅会消减赋文的韵感与节奏感，导致如"犯格""落韵""犯韵"等病犯的出现，严重者还会影响到科考仕途。这从唐宋时期试赋因犯韵、落韵而被黜的记述中可见一斑。《唐国史补》载："宋济老于文场，举止可笑，尝试赋，误失官韵。"② 《登科记考》称："今后举人，词赋属对并须要切，或有犯韵及诸杂违格，不得放及第……卢价赋内薄伐字合使平声字，今使侧声字，犯格。孙澄赋内御字韵使宇字，已落韵，又使膂字，是上声。有字韵中押售字，是去声，又有朽字犯韵。"③ 又《石林燕语》卷八："李文定公在场屋有盛名，景德二年预省试，主司皆欲得之，以置高第。已而乃不在选。主司意其失考，取所试卷覆视之，则以赋落韵而黜也。"④ 由此可知，唐以后科举试赋对赋韵的要求，不仅关涉律赋的创作事宜，而且已成为决定士子取舍优劣的硬标准。

在科考试赋中，限韵问题诚然会束缚士子们的思想，甚至制约应试者的学识。但从考试科目的文体出发，"律赋"或许是不错的选择。试赋是命题行文，在用韵、篇幅、语词、内容等方面均有谨严的规定，鲜有口碑载道的精品，因此饱受争议与批评。但在人们的观念中，试赋的体格远高策、论等文体，在一定程度上既继续发扬其润色鸿业、揄扬盛世的传统，又予人以尊贵之感，于此举措下开展场屋试赋，势必会大大提高时人的人文修养与创作水平。从考官批改试卷及防止士子预作舞弊的角度而言，也能加强对应试者在学识才能方面的综合考察，从而通过试赋本身的程式设限，

---

① （清）余丙照：《赋学指南》，清光绪十九年刻本。
② （唐）李肇：《唐国史补》，上海古籍出版社，1957，第 56 页。
③ （清）徐松撰，赵守俨点校《登科记考》，中华书局，1984，第 967 页。
④ （宋）叶梦得撰，宇文绍奕考异，侯忠义点校《石林燕语》，中华书局，1984，第 113 页。

来防止"共相模拟"的时弊发生。

在律赋发展与限韵要求的基础上,"解镫"韵作为一种赋格理论入赋,不单是为"屡迁其体""间而用之"所带来的节奏、韵律之美服务,更多的是作为一种批评理念,在赋学创作中呈现出较强的指示性与实践性,尤其为律赋实现节奏与声韵方面的迁转提供了理论支撑,进而促进律赋的发展。唐代科举试赋倡导的"解镫"韵,其主要功能不仅在于可以化解押韵时遇到窄韵难韵的繁难,而且能体现赋兼才学、因难见巧的赋体认知与理念,更为关键的是具有使赋句在节奏上更加舒缓紧凑、容量上更加丰富多元的审美功效。故此,律赋虽囿于限韵,却在阅卷者评卷、防止作弊等方面有益,自唐科考功令以来始终未淡出科举考试的科目范围。

第五章　赋话：别立一宗与尚律批评

赋话是一种近于诗话漫谈、随笔性质的赋学批评形态。发轫于汉魏六朝，唐宋之际涵括在诗话、四六话和笔记之中，至清代与诗话分离而独立成为文学批评的样式。赋话是赋学批评形态中重要的构成部分，亦是中国赋学文献中具有独特价值的组成部分，其与诗话迹近一致，主要以记事、考证、评论为核心内容进而展开对赋学的研讨。其论述范畴关涉赋之起源流变、形态体制、作家作品、创作技艺、主旨思想、艺术特征、证伪考辨、述史记事等方面，近乎涵括赋之一切。

律赋是科场取士的重要文体。清代律赋繁兴，探讨律赋创作技法艺术的论著随之而增，尤其赋话类文献关涉律赋创作最为详赡。清代赋话基本以律赋为品评中心，建构系统的律赋批评体制，对律赋的创作技巧及价值给予较高的认同，倾覆元明以来对律赋"华巧浮艳"的批评。今以清代赋话中心，厘定律赋创作中几种典型的技法，借此探索律赋创作从简单到复杂、从宽泛到严格的迁转过程与创作机制，省思律赋外在的辨体风貌与内在的文化意蕴，阐述律赋的写作方式、理论建构以及价值影响，为赋学研究提供新的探索范式和关注焦点。

第一节　赋话批评文献

赋话的主要理论来源有两种。一种是赋学批评本身。唐宋以来，围绕着应试律赋，出现了诸如《赋谱》《赋格》《赋评》等一系列写作教程，正如上文所论，这些赋格类著作虽大多散佚，但它们的编撰体例和理论价值却为后学所广泛认同。另一种是宋、元、明三朝出现的大量诗话著作，为清代赋话的独立成篇提供了写作范式。大多数赋话随感而发,内容灵活,或探讨渊源流变,或研究风格体制,或注重考核辨析,或阐述赋法技巧,或搜罗史料掌故。正如章学诚《文史通义·诗话》所言"虽书旨不一其端,而大略不出论辞论事"①。本节旨在梳理与考察有代表性的赋话批评文献。所列文献中有些虽非专书,亦不以赋话为名,但内容与赋话却有相同之处,且在全书中为相对独立的部分,故列于此,以备参览。

一 赋话的种类与范围

(1)《历代诗话》全书十集,丙集为《赋》九卷,清初吴景旭著。有《四库全书》影印浙江巡抚采进本,民国《吴兴丛书》本,近有中华书局1958年排印本。

是书为考证著作,内容丰富,论赋百余条,每条各立标题,先引旧说于前,后杂采诸书以相考证。或补缀所遗,或引申未竟,或参其异同,或辨其事非,旁征博引,洋洋洒洒,时有新见。《四库全书总目》对其评价颇高,曰:"虽皆采自诗话说部,不尽根柢于原书。又嗜博贪多,往往借题曼衍,失于芟薙。然取材繁富,能以众说互相钩贯,以参考其得失,于杂家之言,亦可谓淹贯者矣。较以古人,固不失《苕溪渔隐丛话》之亚也。"②

(2)《义门读书记·文选·赋》一卷,清初何焯著。有乾隆三十四年(1769)刻本。是书为《文选》选赋的评点,其或考订史实,或诠释字句,或评点艺术轩轾,或订正讹误,足以彰显何焯对赋的独特见解。如何焯以"讽颂"的标准来重新划分赋的"丽则"说与"丽淫"说,批评祝尧"先丽而后则,此赋之所以为赋"的观点。这是其论赋的独特之处。

(3)《赋话》共十卷,清李调元著,因其号"雨村",故该书又名《雨村赋话》。主要有乾隆四十三年刊本,近有商务印书馆1936年《丛书集成初编》排印本。是书《新话》六卷,为作赋、读赋的心得之谈,以律赋为中心论述由汉魏至元明的赋;《旧话》四卷,系采旧籍史料编成。

《赋话》的创作目的及编撰体例,序言中给予了说明。讲述李调元在历

---

① (清)章学诚著,叶瑛校注《文史通义校注》,中华书局,1985,第559页。
② (清)永瑢等:《四库全书总目》,中华书局,1965,第1793页。

任广东学政时，为指导诸生习作律赋而制《赋话》。李调元汲取前辈汤稼堂《律赋衡裁》的论赋成果与经验，多采撷历代典丽之句来评骘赋的体制、技巧、用典、声律等，同时辑录自汉至明的典籍、笔记中所载的赋坛轶事、赋家赋作、辞赋源流等内容。是书辑录颇多，引书甚富，反映了乾嘉之际古籍整理与考据学盛行之风貌。

（4）《历代赋话》共二十八卷，清代浦铣著。主要有乾隆五十三年（1788）刊本，是书正集十四卷，辑录历代正史中赋学史料；续集十四卷，辑录正史以外各种旧籍中的赋学文献及评论文字。

《历代赋话》的序文有袁枚序、孙士毅序、杨宗岱序、浦铣自序。阅读四篇序文，可窥探《历代赋话》的创作动机、创作目的、创作体例、赋评特色及在当时的影响等。是书虽与李调元《赋话·旧话》之用意略似，但搜集之广有超过《旧话》者。倘合而观之，则治赋可免许多翻检之劳。

（5）《复小斋赋话》共两卷，清代浦铣著。今存最好的版本是乾隆五十三年复小斋刻本，原书附录于《历代赋话》之后，据何新文所见，"是书为湖北省图书馆藏本，线装共六册，版框高约二十公分，宽约二十九公分"[①]，此外如光绪四年秀水孙氏（福清）辑望云仙馆《槜李遗书》二卷本；光绪六年孙氏望云仙馆校刊单行本《复小斋赋话》二卷线装一册本，除浦铣自序之外，另有孙福清《跋》；近有1982年生活·读书·新知三联书店香港分店出版、何沛雄编《赋话六种》（增订版）中据《槜李遗书》点校本，不足处在于序及标点多有讹误。

是书乾隆刻本卷首有浦铣自序，卷末有王敬禧《跋》；光绪本除卷首有浦铣自序外，卷末则有孙福清《跋》。正文是浦铣读赋的心得体会和对赋的见解，收录作者赋论二百六十余则，重点评述唐宋元明赋。赋篇则辨其真伪，评骘高低；作家则评其风格，述论轶事。其探究律赋甚详，对律赋属对、体裁、押韵、破题、炼句、运辞等，均做到详举例句，且能评其工拙。

---

① （清）浦铣著，何新文、路成文校证《历代赋话校证》（附《复小斋赋话》），上海古籍出版社，2007，"前言"第15页。

（6）《读赋卮言》① 十六篇，清代王芑孙撰。主要有嘉庆《渊雅堂全集》本，1982年生活·读书·新知三联书店香港分店出版的何沛雄编《赋话六种》（增订版）中亦有收入标点本。是著在当时颇具影响，张之洞《书目问答》曾将《读赋卮言》及李调元《雨村赋话》并列为推荐的赋学批评著作。

是书于渊源、体制、创作、鉴赏方面多有论列。篇目依次为：导源、审体、立意、谋篇、造句、小赋、律赋、献赋、试赋、序例、注例、和赋例、韵例、官韵例、押虚字例、总指。王氏重点探讨律赋的创作，对赋之源流、演变、制作等相关问题也有深层的考量。《清朝续文献通考》卷二百八十二评是书云："是书自《导源》至《总指》凡分十六段，上下源流，考镜得失，略仿刘勰《雕龙》之例，盖近人之善言赋，无有过于是书者。"② 正如《清朝续文献通考》所评，《读赋卮言》沿袭《文心雕龙》的体例，体系性强，实为本书突出的理论特色，亦是乾嘉赋坛不可多得的上乘之作。

（7）《春晖园赋苑卮言》亦题名《春晖堂赋话》《赋苑卮言》，共两卷，清代孙奎撰。主要有嘉庆十五年（1810）刻本与道光十六年（1836）书有堂刊本。

《春晖园赋苑卮言》不是为科举应试而作③，因而鉴赏细腻，审美新奇，与时人的论赋喜好有所不同。是书上卷多载赋家本事，如从各种典籍中摘录赋家轶事，赋坛掌故。论述范围始于西汉，终于明朝，多数是"以资闲

---

① 其书名中"卮言"一词，始出《庄子·寓言》篇，云："寓言十九，重言十七，卮言日出，和以天倪。"成玄英疏："卮，酒器也。日出，犹日新也。天倪自然之分也。和，合也。夫卮满则倾，卮空则仰，空满任物，倾仰随人。无心之言，即卮言也。是以不言，言而无系倾仰，乃合于自然之分也。又解：卮，支也。支离其言，言无的当，故谓之卮言耳。"所谓《读赋卮言》，即可理解为：用只言片语记录读赋时的一点看法与心得。詹杭伦在其《清代律赋新论》中有过阐释，认为"王芑孙以'卮言'为书名似有两层含义，就'支离其言'而观之，是对其著作的谦称；就'合于自然'而观之，又是对其著作的自负。正因为'卮言'一词有双重的微言大义，故文论家颇喜欢用作书名"。如明王世贞《艺苑卮言》、孙奎《春晖园赋苑卮言》等。
② （清）刘锦藻编纂《清朝续文献通考》，浙江古籍出版社，1988，第10273页。
③ 孙奎弟子胡长龄在《春晖堂赋话·序》中云："余幼时尝从先生学为诗赋。先生试辄冠军，而卒不得一第，以优贡入太学。岁壬戌，余奉讳南归，先生已老且病矣，犹朝夕过从谈艺若往时。乙丑，服阕赴都，明年，先生遂下世。予为经纪其丧，复挈其嗣来粤，出所著《赋苑卮言》相示，把卷黯然，盖即向时尊酒论文，口谈而笔录之者也。因付剞劂，以广流传。"李道南在《春晖园赋钞·序》中进一步补充："崇川斗泉孙君，少负豪才，有四方之志。既念母老家贫，遂闭户以舌耕养亲，亲亦安贫而乐之。"二序文对孙奎的生平、志趣、著作及其不得志的遭际作以简述。

谈"的趣闻。下卷谈作赋旨趣，以鉴赏律赋为重点，对律赋研究具有一定的参考价值。

（8）《赋谱》，清代朱一飞著。主要有乾隆五十三年（1788）博古堂本。是书专论律赋的渊源、作法、风格等。此书在当时颇受好评，乾隆年间当朝赋家律赋选本《律赋捡金录》置朱氏于首位。

（9）《四六丛话》共三十三卷，其中《骚》一卷，《赋》二卷。清孙梅著。主要有乾隆五十五年（1790）刊本，嘉庆三年（1798）吴兴旧言堂刊本，光绪七年（1881）刻本；近有民国 26 年（1937）上海商务印书馆《丛书集成初编》本。是书为资料汇编性质，所辑录资料讫于宋元。其中《赋话》二百余条，引书一百余种。《四六丛话》秦潮序谓"刺取浩博，积数十年始成"，可知其书繁富、广博。是书中的论断，大体凝练简明，对阅读者及研究者有着一定的指导和参考价值。

（10）《作赋例言》共十一则评论，清代汪廷珍著。主要有黄秩模辑《逊敏堂丛书》本。是书重在阐述作赋之法则。

（11）《楞园赋说》一卷，清代江含春著。主要有咸丰间《楞园仙书》本。是书前为《律赋说》一篇，专论律赋创作技巧；后录入作者自撰赋数篇，各篇后系以李春甫简短评语。

（12）《见星庐赋话》共十卷，清代林联桂著。主要有道光三年（1823）刊本，现藏于日本东京大学东洋文化研究所；光绪十八年（1892）吴宣崇辑《高凉耆旧遗书》本。

是书首卷概述赋的源流，并以明以前的赋为例杂论赋的作法，二至九卷以评论清代律赋为主，间及古赋，卷十录赋两篇。另外，书前有林联桂的自序以及吴宣崇的跋语，序、跋重点介绍《见星庐赋话》创作缘由、完成时间、赋话内容、体例格式等。书中的两项内容值得注意：其一，是书辑录清人律赋二百三十余篇，其中颇多精彩之作，具有重要的文献价值；其二，就清代律赋的创作，着重从谋篇布局、选字用韵、精工属对等方面加以总结，同时将古赋分为文赋、骚赋、骈赋三大类，这种古赋的分类方式尚属首次。

（13）《赋品》一卷。清代魏谦生著。主要有清抄本，此外 1982 年生活·读书·新知三联书店香港分店出版的何沛雄编《赋话六种》（增订版）

中亦有辑录。是书仿唐司空图《二十四诗品》体例,分"源流""骈俪""古奥"等二十四品论赋,每品由四言韵语组成,共 12 句,每句 48 个字,一如《二十四诗品》多用比兴、象征等修辞手法。

是书在探讨赋之源流、体制、应举等方面建树颇多。尤其"雅瞻"至"古奥"九品,以"研炼""雅瞻""浏亮""宏富""丽则""短峭""织密""飞动""古奥"九品来论赋之风格,此体例虽承《二十四诗品》,但诗、赋毕竟是两种不同的文体,以此论赋,尚属首次,对后世研究赋之艺术风格具有启迪之功。

(14)《赋学指南》共十六卷,清代余丙照著。有道光二十八年(1848)文质堂增注本,是书初刻于道光七年(1827),增订并重刻于道光二十八年,定名《增注赋学指南》。另有光绪十九年(1893)书业德重刊增注本,台湾广文书局 1979 年刊发影印本。今有詹杭伦等编《赋学指南》校注本,见詹杭伦、沈时蓉等校注《历代律赋校注》[①] 附录三。该书虽为律赋选本,然有对"押韵""诠题"等内容的评析,书末附有《赋法绪论》,与赋话较为切近。

(15)《味竹轩赋话》,清代姜学渐著。主要有同治六年(1867)刻本。是书附录于姜氏所编《资中赋抄》,有"赋学一则""初学律赋一则""赋话数则",以论律赋和记事为主。

(16)《赋话》一卷,清代程先甲著。主要版本有《千一斋全书》本。是书主要论讨作赋之法。

(17)《艺概·赋概》一卷,清代刘熙载著。主要有同治十二年(1873)刻《古桐书屋六种》本,今主要有上海古籍出版社 1978 年王国安校点本,人民文学出版社杜维沫校点本,贵州人民出版社 1986 年王气中笺注本。全书分《文概》《诗概》《赋概》《词曲概》《书概》《经义概》六部分,"是我国文艺理论批评史上继《文心雕龙》之后又一部通论各种文体的杰作"[②]。而《赋概》是《艺概》中的一门,于赋的源流、体类、风格、结构等多有论述。之所以取"概"为名,是因为"概"原为量米时刮平斗斛的器具,

---

① 詹杭伦、沈时蓉等校注《历代律赋校注》,武汉大学出版社,2015,第 716 页。
② (清)刘熙载著,王气中笺注《艺概笺注》,贵州人民出版社,1986,"前言"第 2 页。

可用以平之。不平与求平，相反适相成，形成一个整体，这是"概"的功能，《艺概》自序中有所论及。

刘氏论赋，时有卓见，在辞赋体制探讨、艺术风格阐发、赋家赋作评骘等方面皆精简概要，颇多心得。尤其分赋为"古赋"与"俗赋"，可谓匠心独运。作家其意虽不专以骈赋、律赋为俗赋，考察骈赋、律赋显然在其所谓俗赋之列。正因如此，《赋概》于律赋及南北朝骈赋几乎不予讨论，而是将重点置于屈赋、汉赋上。作者过分强调儒家经典对后世文学的作用，进而否定六朝以来的文，是受时代局限所致。诚然，这种论赋方式，亦是《赋概》的一个独特之处。

（18）《尹人赋话》，附录于《诗存》后，晚清姜国伊著。有《守中正斋丛书》本，刻于光绪十九年（1893）。是书内容多是谈"赋"之简语，主要围绕清末辞赋创作的兴盛和书院试赋的风气而展开[1]。

姜国伊《尹人赋话》虽不如乾嘉之际赋话那样篇幅阔大、富有体系性，然作为光绪年间为数不多的赋话（程先甲《赋话》有其名目，实无存书；戴伦喆《汉魏六朝赋谱摘艳说》仅一卷，为摘句评赏），依然能体现清末辞赋创作概况及场屋试赋的演变轨迹，值得关注。

（19）《赋语》仅一卷，清代张之洞著。主要有《有诸己斋格言丛书》本。专论场屋试赋规则，兼及对清代律赋的评价。

上述赋话批评文献，仍有部分散佚，尚待发掘与整理。如蔡学琨《历朝赋话》则有目无书。概而言之，清代的赋话研究尚属学界冷门，不论是现存还是散佚的赋论文献，其研究价值都不容忽视。

综观以上赋话批评文献，有如下几个显著特征：一是赋话理论创作繁盛于清代；二是赋话内容大体以律赋为研究中心展开；三是赋话的批评形态多采用评点、语录等方式；四是不同于诗话、词话以漫谈为主，赋话之中颇有一些系统性较强的理论作品，这部分内容既是赋论中的珍贵财富，

---

[1]　孙福轩《清代赋学研究》阐释有如下几点。第一，馆课赋，岁、科试赋在清末依然盛行。第二，清末岁试赋仍可作古体赋。第三，清末馆课中多有代作现象。第四，从馆课，岁、科试的赋题来看，晚清依然继承前代以来的多为经史题的惯例。第五，晚清律赋在结构、格律方面对前期依然有所继承。见孙福轩《清代赋学研究》，浙江大学出版社，2008，第314页。

又是中国文学批评理论中不可或缺的重要组成部分。

依据文中所考述的赋话批评文献及其展现出的特征，有如下两点需要说明。

其一，赋话批评理论在发展过程中出现过不平衡现象。清代赋话的创作动机多为给应举士子提供写作律赋的教材，这也是清代赋话的核心内容之一。然清代之前赋话创作曾出现过断层现象，即唐宋和清代是赋话创作的两个高峰，而元明两朝不见赋话之踪迹，至清一代，赋话才厥然而醒，这种文学发展过程中的不平衡现象，应该得到赋学研究界的重视。

其二，赋话虽受历代诗话的影响，却又别立新宗①，与诗话迥然不同。郭绍虞在《宋诗话辑佚·序》中赞同章学诚的诗话理论，云："诗话之体原同随笔一样，论事则泛述闻见，论辞则杂举隽语，不过没有说部之荒诞，与笔记之冗杂而已。所以仅仅论诗及辞者，诗格诗法之属是也；仅仅论诗及事者，诗序本事诗之属是也。诗话中间，则论诗可以及辞，也可以及事；而且可以辞中及事，事中及辞。"② 综观清代赋话，亦始终未出论事和论辞两个方向。但诗话仅仅只为"以资闲谈"吗？显然不是。实质上诗话的问世，是"诗格"相对衰落的征候。诚如罗根泽所言："五代前后的诗学书率名为'诗格'，欧阳修以后的诗学书率名为'诗话'，也显然的说明了'诗话'是对'诗格'的革命。所以诗话的兴起，就是诗格的衰灭，后世论诗学者，往往混为一谈，最为错误。"③

诗话是对诗人作品的批评鉴赏，与科举考试中作为指导的"诗格""诗谱"迥然不同。然而，赋话却没有这种所谓的时代"革命性"，清代为数众多的赋话著作始终未曾放弃对赋格的探讨。不论论述方式抑或言说对象，恰是对唐宋场屋文学"赋格"的一种认同与继承。另外，当诗格相对没落

---

① 许结阐述赋话在"别立新宗"的意义上颇有见地。其以清代文学批评与赋体文学创作入手，从三方面加以论讨。其一，清廷文化政策重"赋"，是有清一代辞赋创作炽盛与赋学批评新形态出现的思想基础。其二，围绕取士试赋，清代文坛再次掀起创作律赋的热潮，这是赋话产生的历史机缘；换句话说，赋话起源的直接动因是对律赋的批评。其三，从文体批评来看，"赋话"的兴起还受到清代的文学尊体理论思潮之推动。详见许结《中国赋学历史与批评》，江苏教育出版社，2001，第99~104页。

② 郭绍虞辑《宋诗话辑佚》，中华书局，1980，"序"第2页。

③ 罗根泽：《中国文学批评史》（二），上海古籍出版社，1984，第220页。

时，诗话却如蔓草滋生，不断发展。对照来看，唐宋以降，"赋格"类论著递减衰落时，却未见赋话的兴起，而是逮数百年后的清代升至巅峰。这也正是赋话虽受诗话影响，却别立新宗，自然衍变而别于诗话的结果。

郭绍虞《清诗话续编·序》有云："诗话之作，至清代而登峰造极。清人诗话约有三四百种，不特数量远较前代繁富，而评述之精当亦超越前人。"① 有清一代，不仅诗话创作如雨后春笋，瑰丽多姿，而且也是赋话发展繁荣的黄金时代。清代赋话鼎盛，这绝不是历史上偶然的文学现象，而是赋话历经宋、元、明三朝的兴起、发展、嬗递之后，在清代特殊历史背景下发展的必然结果。

二　清赋话的兴盛

有清一代，赋话繁兴，探其原因，主要有以下几点。

第一，朴学的兴盛促进了赋话创作。朴学，谓古代质朴之学，后泛指儒学经学。"朴学"一词，初源于《汉书》卷八十八《儒林传》，其文曰："欧阳生字和伯，千乘人也。事伏生，授倪宽。宽又受业孔安国，至御史大夫，自有传。宽有俊材，初见武帝，语经学。上曰：'吾始以《尚书》为朴学，弗好，及闻宽说，可观。'乃从宽问一篇。"② 汉儒研治经学，注重训诂考据，故后世泛指汉学中的古文经学派为"朴学"，范文澜则称"朴学的原始儒学"③。历经千年发展至清，清代学者继承汉儒的治学之风，致力于音韵训诂以及考据方面的研究，潜心训诂、考据、校勘、编撰、辑佚、诗文评等学术活动，从而使乾嘉时期出现了朴学兴盛的学术局面。据清陈康祺《郎潜纪闻二笔》卷十四"搜求古砖"条记载："乾嘉巨卿魁士，相率为形声、训诂之学，几乎人肆篆籀，家耽苍雅矣。诹经权史而外，或考尊彝，或访碑碣，又渐而搜及古专（砖），谓可以印证朴学也。"④ 在中国学术史上，清代的朴学与诸子学、经学、玄学、佛学、理学等前后辉映，成为各

---

① 郭绍虞编选，富寿荪校点《清诗话续编》，上海古籍出版社，1983，"序"第1页。
② （汉）班固：《汉书》，中华书局，1962，第3603页。
③ 关于"朴学"，范文澜曾在《中国通史》第二册第二章第九节指出："孔子以后董仲舒以前的儒学是汉人称为'朴学的原始儒学'。"人民出版社，1949，第151页。
④ （清）陈康祺撰，晋石点校《郎潜纪闻初笔二笔三笔》，中华书局，1984，第589页。

自时代的学术标签，彰显不同时期的学术魅力。

朴学盛极于清代有多方面的原因，对此梁启超等学者已有深入论述，兹不赘述。从严格的学理层面考究，清赋话兴起，是朴学鼎盛的产物之一。既然朴学在清代兴盛繁荣，那么，赋话与朴学又有怎样的内在关联？下面略作简析。

朴学兴盛，为赋话的发展营造了蕴含竞争性的创作契机和学术环境。论其发展脉络，大致如皮锡瑞《经学历史》言："国朝经学凡三变。国初，汉学方萌芽，皆以宋学为根柢，不分门户，各取所长，是为汉、宋兼采之学。乾隆以后，许、郑之学大明，治宋学者已鲜。说经皆主实证，不空谈义理。是为专门汉学。嘉、道以后，又由许、郑之学导源而上，《易》宗虞氏以求孟义，《书》宗伏生、欧阳、夏侯，《诗》宗鲁、齐、韩三家，《春秋》宗《公》、《穀》二传。汉十四博士今文说，自魏、晋沦亡千馀年，至今日而复明。实能述伏、董之遗文，寻武、宣之绝轨。是为西汉今文之学。"①

梁启超在《清代学术概论》中将清代朴学的发展分为四个时期："一、启蒙期（生），二、全盛期（住），三、蜕分期（异），四、衰落期（灭）。无论何国何时代之思潮，其发展变迁，多循斯轨。"② 他认为清代朴学亦无出上述四个时期，其启蒙期约为顺治、康熙、雍正三朝，此时朴学大家开始崭露头角，各类学派初具规模，学者主要对儒家经典进行辑录整理与考订校勘。全盛期约为乾隆、嘉庆两朝，此期继承了清初训诂之学，又将质朴的考证手段用于古籍和小学等领域，形成"朴学"，尤其注重两汉经学。

嘉庆之后，西汉今文经学重新得到士人关注。正如魏源所称："今世言学，则必曰东汉之学胜西汉，东汉郑、许之学综《六经》，呜呼！二君惟《六书》、《三礼》并视诸经为闳深，故多用今文家法。及郑氏旁释《易》、《诗》、《书》、《春秋》，皆创异门户，左今右古。其后郑学大行，驳淫遂至《易》亡施、孟、梁丘，《书》亡夏侯、欧阳，《诗》亡齐、鲁、韩，《春秋》邹、夹、《公羊》、《穀梁》半亡半存，亦成绝学，谶纬盛，经纬卑，儒用绌。晏、肃、预、谧、颐之徒，始得以清言名理并起持其后，东晋梅赜

① （清）皮锡瑞著，周予同注释《经学历史》，中华书局，2004，第249~250页。
② （清）梁启超著，朱维铮校注《梁启超论清学史二种·清代学术概论》，复旦大学出版社，1985，第2页。

《伪古文书》遂乘机窜入，并马、郑亦归于沦佚。西京微言大义之学，坠于东京；东京典章制度之学，绝于隋、唐；两汉故训声音之学，熄于魏、晋；其道果孰隆替哉？且夫文质再世而必复，天道三微而成一著。今日复古之要，由训诂、声音以进于东京典章制度，此齐一变至于鲁也；由典章、制度以进于西汉微言大义，贯经术、故事、文章于一，此鲁一变至道也。"①梁启超谓"有清一代学术，可纪者不少，其卓然成一潮流，带有时代运动的色彩者，在前半期为'考证学'，在后半期为'今文学'，而今文学又实从考证学衍生而来"②。又指出今文经学复兴的原因是士人想要"以复古为解放"。

衰落期约为光绪、宣统之交。以章太炎、刘师培为代表的朴学大师虽也强调考据，但实则已远离乾嘉学派的原有轨迹，更多的是对晚清今文经学学风的自觉继承，即使这样，朴学在没落之前经章、刘等大师的推崇，依然迎来了短暂的春天。刘师培在论朴学流变时谓："治经学者，当参考古训，诚以古经非古训不明也。大抵两汉之时，经学有今文、古文之分。今文多属齐学，古文多属鲁学。今文家言多以经术饰吏治，又详于礼制，喜言灾异、五行。古文家言详于训诂，穷声音文字之原。各有偏长，不可诬也。六朝以降，说经之书分北学、南学两派。北儒学崇实际，喜以汉儒之训诂说经，或直质寡文；南儒学尚浮夸，多以魏晋之注说经，故新义日出。及唐人作义疏，黜北学而崇南学，故汉训多亡。宋、明说经之书，喜言空理，不遵古训，或以史事说经，或以义理说经，虽武断穿凿，亦多自得之言。近儒说经，崇尚汉学。吴中学派掇拾故籍，诂训昭明；徽州学派详于名物典章，复好学深思，心知其意；常州学派宣究微言大义，或推经致用。故说经之书，至今日可称大备矣。"③刘氏身处民族危机之中，因而对朴学流变的总结带有鲜明的时代特征和使命感，即便如此，在三千年未有之变局面前，朴学仍然不可避免地退出了历史舞台。

简而言之，不论是学术思想上的交融与碰撞、流派间的切磋与论争，

---

①　《魏源集》，中华书局，1976，第151~152页。

②　（清）梁启超著，朱维铮校注《梁启超论清学史二种·清代学术概论》，复旦大学出版社，1985，"自序"第2页。

③　刘师培著，陈居渊注《经学教科书》，上海古籍出版社，2006，第3页。

抑或"神韵说""格调说""肌理说""性灵说"之间的诗学之战,概而言之,这种蕴含竞争性的学风,多元共存的学术环境,对赋话创作无疑产生过深刻影响。因此,在清代学术史上,赋话发展与朴学总是并行不悖、息息相关的,一部赋话史,已深深地烙上朴学印记。

朴学兴盛,既为赋话提供了丰赡的文献资料,又拓宽了赋话在创作上的视野。梁启超说:"乾嘉间之考证学,几乎独占学界势力,虽以素崇宋学之清室帝王,尚且从风而靡,其他更不必说了。所以稍为时髦一点的阔官乃至富商大贾,都要'附庸风雅',跟着这些大学者学几句考证的内行话。这些学者得这种有力的外护,对于他们的工作进行,所得利便也不少。总而言之,乾、嘉间考证学,可以说是,清代三百年文化的结晶体,合全国人的力量所构成。"① 朴学风靡的局面下文人学士多以编撰、校勘、考据、整理古籍为业;统治者为了巩固政权,也鼓励文人学士埋头学术,并大力提倡古籍的整理与编撰工作。如康熙朝官府组织编纂了《康熙字典》《皇舆全图》《朱子全书》《历代赋汇》《全唐诗》《佩文韵府》《古文渊鉴》等大型图书,到乾隆朝时,更集中大批专门人才编纂《四库全书》,这些大型图书的整理、编纂、刊刻,不仅开拓了时人的学术视野,也为学术研究提供了丰富的文献资源。赋话的写作也不例外。比如,浦铣《历代赋话》共二十八卷,分为正集、续集,为资料汇编性质的作品。

朴学以其谨严的治学方法和特有的学术思想,促进了赋话创作的系统化、理论化。

朴学家提倡汉学,倡导实事求是,在训诂、考据、校雠等治学领域不尚空谈,在治学过程中更以严肃的态度、不懈的追求而为人称道。不论是对古籍文献的辨伪、辑佚,抑或对作品的创作背景、动机旨归,作家的生平事迹、学术思想,均进行了广泛、系统的研究,使得大量经典的注释本、校勘本、集释本等相继问世。另有许多谱牒、资料汇编等工具书在这一时期得以成书,这些为古籍文献的研究与整理累积了丰富的理论经验,也为众多经典成果的产生提供了前提条件。

---

① (清)梁启超著,朱维铮校注《梁启超论清学史二种·中国近三百年学术史》,复旦大学出版社,1985,第117页。

由此可见，朴学的盛行，为赋话的兴盛创造了难得的学术环境。赋话能成为有清一代赋论的风向标，正是得益于此种综合力量。有清一代赋话繁兴，这离不开清代朴学大家的建设。梁启超认为："有清学者，以实事求是为学鹄，饶有科学的精神，而更辅以分业的组织。"① 朴学学者以其实事求是、开拓进取的治学态度，影响着赋话的发展，为清代赋话向系统化、理论化过渡，作出了应有的贡献。

第二，帝王的参与成为赋话复兴的内在动因。清代立国，标榜太平，赋学再兴，赋话随之大盛。康熙帝的参与和推崇，激起了清代赋家的创作热情，一则赋家以文采粉饰太平，取悦帝王；二则清代重新标举"献赋"的传统，士子通过此举可获取功名。马积高在《历代辞赋总汇》"前言"②中统计该书收录清朝赋家达 4810 人，赋作近 20000 篇，数量超越前代而跃居榜首，据此可知赋在清代的繁富程度。康熙于四十五年，曾亲自为陈元龙所编撰的《历代赋汇》制序，其序如下："赋者，六义之一也。风、雅、颂、兴、赋、比六者，而赋居兴、比之中，盖其敷陈事理，抒写物情，兴、比不得并焉。故赋之于诗，功尤为独多。由是以来，兴、比不能单行，而赋遂继诗之后，卓然自见于世，故曰：'赋者，古诗之流也。'……三国、两晋以逮六朝，变而为排。至于唐、宋，变而为律，又变而为文，而唐、宋则用以取士，其时名臣伟人往往多出其中。迨及元而始不列于科目。朕以其不可尽废也，间尝以是求天下之才，故命词臣考稽古昔，搜采缺逸，都为一集，亲加鉴定，令校刊焉。为叙其源流兴罢之故，以示天下，使凡为学者知朕意云。康熙四十五年三月二十日。"③

"御制"序文，表达了三方面的内容。一是功用上赋居于比、兴之中，既可敷陈事理，又兼抒写物情，然比、兴不能兼备此功能；体式上赋继诗之后能自成一体，卓然自见于世，然比、兴不能单独成体。二是通过梳理与考察赋体的演变情况，进一步肯定了赋体本身所具有的兼容特性。三是康熙帝肯定了赋的经世致用的功能，认为虽然有南朝的靡靡之音，但"其

---

① （清）梁启超著，朱维铮校注《梁启超论清学史二种·清代学术概论》，复旦大学出版社，1985，"自序"第 1 页。

② 马积高主编《历代辞赋总汇》，湖南文艺出版社，2014。

③ （清）陈元龙编《历代赋汇》（影印本），凤凰出版社，2004，第 1 页。

不可尽废也，间尝以是求天下之才"，将政治与学术分开看待，其实很有见地。进而又沿袭唐宋以赋取士之法，招徕天下英才。康熙皇帝的态度为清廷日后科举试赋这一制度的实施提供了理论来源。

再如《历朝赋格》序云："上好经术，则精神聚于经术；上好词赋，则精神聚于词赋。精神所聚，才智出焉；才智所萃，政治兴焉。情有所寄则不贪，力有所专则不争，洁让成风，人品学术于斯著矣。汉武、唐宗，咸工词赋；宋历南北，经术为宗，其时魁垒大儒，代不乏人。六朝纤靡，其受病固自有在，非辞赋害之也。故曰：经术之内，词赋出焉；词赋之内，经术存焉。学者分而为二，至力不能兼，资有所近，遂以为雕虫小技，不足留意，是未窥赋之堂奥也。"① 其实，康熙之后，清帝王无不科举试赋，正所谓"上有所好，下必从之"。

第三，科举试赋有力地推动了赋话的兴盛。科举考试，始自隋唐，兴盛于明清。清代科举考试多承明制，据《清史稿·志·选举一》记载："有清一沿明制，二百余年，虽有以他途进者，终不得与科第出身者相比。康、乾两朝，特开制科，博学鸿词，号称得人。然所试者亦仅诗、赋、策、论而已。"② 清朝以科考为正途，而且康熙、乾隆两朝又开"制科"，当时特指博学鸿词科。《清史稿·志·选举三》："有清科目取士，承明制用八股文，取《四子书》及《易》、《书》、《诗》、《春秋》、《礼记》五经命题，谓之制义。"③

从史料记载来看，清朝科考内容以八股文为主，科考层级主要分乡试、会试、殿试三类，倘若录取则依次称举人，贡士，状元（殿试第一）、榜眼（殿试第二）、探花（殿试第三）。除考八股文之外，还兼有试帖诗、赋、策、论等文体；除乡试、会试、殿试之外，还有庶吉士散馆、翰詹大考、学政、博学鸿词等辅助考试。《常谈》曰："国朝专为翰林供奉文字、庶吉士月课散馆、翰詹大考试赋，外如博学鸿词及召试，亦试赋，而学政试生员、童生亦用诗赋。"④

---

① 曹三才序《历朝赋格》，康熙二十五年（1686）刻本。
② （清）赵尔巽等：《清史稿》，中华书局，1977，第3099页。
③ （清）赵尔巽等：《清史稿》，中华书局，1977，第3147页。
④ （清）陶福履：《常谈》，《丛书集成初编》本，中华书局，1985，第27页。

第二节　破题与诠题

　　赋话是赋学批评理论的重要组成部分。作为一种理论形态，赋话呈现出不同于其他赋学批评的特质，正是这种特质，使赋话研究具有独特的意义，尤其对了解与研究赋学文献有着重要的参考价值。有清一代，赋话论著显豁，如清乾嘉以来有浦铣《历代赋话》《复小斋赋话》、李调元《赋话》、林联桂《见星庐赋话》、姜学渐《味竹轩赋话》、姜国伊《尹人赋话》、孙奎《春晖园赋苑卮言》、江含春《楞园赋说》、汪廷珍《作赋例言》、王芑孙《读赋卮言》、余丙照《赋学指南》等，这些论著尤其在律赋的创作技法方面花费大量篇幅来进行论讨，虽带有个人心得和总结的色彩，却具有一定的理论价值，常有独到之见。

　　律赋创作首重破题。律赋的起句制法极为讲究，因破题的优劣事关整篇的布局构思，若能开门见山吸引考官的注意力，则对应试较为有利。《赋学指南》就具体创作程式指出："文争起结，赋亦争起结。起必用短调，取其紧峭，擒得住题目。结必用长调，取其充沛，收得住通篇。虽起亦有用长句者，而结断不可用短句。"① 余丙照认为赋的起、结二联宜用四字联，结句宜用六字联或隔句对。

　　李调元《雨村赋话》论律赋破题诸多，如："唐人试赋，极重破题。白居易《性习相近远赋》云：'下自人，上达君，咸德以慎立，而性由习分。'李凉公逢吉大奇之，为写二十余本。韦象《画狗马难为功赋》云：'有丹青二人，一则矜能于狗马，一则夸妙于鬼神。'吴学士融方构是题，见之，遂焚所著，其价重一时如此。迄今观之，亦不过疏解明晰耳。陈佑《平权衡赋》起句云：'俾民不迷，兹器维则。'八字典重而浑成，殆欲与'日华''天鉴'之句并驱中原矣。"② 白居易及第之事在当时影响极大，遂成为唐代科举中的佳话。《白居易集》载："由是《性习相近远》、《求玄珠》、《斩白

---

　　① （清）余丙照：《赋学指南》，清光绪十九年刻本。
　　② （清）李调元：《雨村赋话》，清乾隆四十九年函海刻本。

蛇》等赋，及百道判，新进士竞相传于京师矣。"① 可见白居易之作尤因破题独树一帜而成为科举试赋中的典范。韦象出色的破题，竟让名声显赫的翰林学士吴融"遂焚所著"。而陈佑的破题，被李调元誉为"八字典重而浑成，殆欲与'日华''天鉴'之句并驱中原"。上述破题不仅能简明扼要地解释命题，而且能涵盖全文，对赋作内容有包举领挈的功用。

浦铣《复小斋赋话》对破题的功用也给予关注。其云："律赋最重破题。李表臣程《日五色》，夫人知之矣。宋唯郑毅夫《圆丘象天赋》，一破可与抗行。外此，如黄御史滔《秋色赋》：'白帝承乾，乾坤悄然。能摹题神。'范文正公《铸剑戟为农器赋》：'兵者凶器，食唯民天。善使成语，亦其亚也。'"② 浦铣因重视破题，而极力推崇唐李程《日五色赋》、宋郑獬《圆丘象天赋》，二赋皆以不凡的破题而被浦铣看重。唐代律赋八韵八段成为固定格式，贞元十二年（796）李程所作的《日五色赋》被李调元和浦铣视为经典。以"德动天鉴，祥开日华"起句，深受杨于陵青睐，擢第一获当年状元。

林联桂《见星庐赋话》、余丙照《赋学指南》对律赋"诠题"技法的论述颇为详赡。前者"论诠题"条云："赋题不难于旁渲四面，而难于力透中心。而名手偏能于题心人所难言之处，分出三层两层意义，攻坚破硬，题蕴毕宣，乃称神勇。"③ 接着胪举鲍桂星《夏日之阴赋》、黄钺《秋水赋》、奎耀《拟潘安仁射雉赋》、胡达源《探梅赋》等六篇赋作来阐释诠题时"力透中心"之妙思。后者所论较为翔实："赋贵审题，拈题后不可轻易下笔，先看题中着眼在某字，然后握定题珠，选词命意，斯能扫尽浮词，独诠真谛。如唐太宗《小山赋》，处处摹写'小'字；宋言《学鸡鸣度关赋》，处处关合'鸡鸣'。此风檐中秘诀也。赋又贵肖题，如遇廊庙题，须说得落落大方，杂不得山林景况。遇山林题，须说得翩翩雅致，杂不得廊庙风光。题目甚夥，举可类推。……将见凑字凑句，苦态不堪，又何能诠题耶？备列诸法于左，是在神而明之者。"④ 所谓诠题，是指律赋创作要合

---

① 顾学颉校点《白居易集》，中华书局，1979，"《白氏长庆集》序"第1页。
② （清）浦铣：《复小斋赋话》，清乾隆五十三年复小斋刻本。
③ （清）林联桂：《见星庐赋话》，清光绪十八年刻本。
④ （清）余丙照：《赋学指南》，清光绪十九年刻本。

乎赋题的要求，即如何审题、切题。审题时应关键着眼于题中的"字眼"，如唐太宗《小山赋》题中的关键词肯定是"小"而不是泛写"山"。此外，题目不仅决定了主题走向，也制约着语句的内容和风格，如山林题和廊庙题就完全是不同的作法，所应叙写的内容不能相互混杂。

浦铣强调切题须先认题。《复小斋赋话》云："作小赋必先认题，如《凉风至》《小雪》《握金镜》诸赋，须看其处处不脱'至'字、'小'字、'握'字。不则，便可移入'凉风''雪''金镜'题去矣。"① 认题的关键是把握好赋中如"至""小""握"诸字的题旨，然后进行铺陈，充分体现赋的精义。该论与李元度《赋学正鹄》论审题之语基本契合。是书载："学者每得一题，先看题中着眼在何字，认定题珠，针针见血，乃能扫净肤泛语。如《小园赋》之注定'小'字……可类推也。即能认题，又贵肖题。须辨其孰为大赋题，孰为小赋题，孰为台阁体，孰为山林体，孰宜用律体，孰宜用古体。如题系拟古，尤须识得当时作者本意。"②

律赋为科场应制文体，其破题、审题对士子而言极其关键。李调元注重制题，即创制赋作要切中题旨。如"作赋贵相题立制。如唐王起《宣尼宅闻金石丝竹之声赋》，不过用'遐想乎返鲁之年，追思乎在齐之月'等语，自成绝唱。若此等题，著一新异之语，便缪以千里矣"③。以起句效果"自成绝唱"与"缪以千里"的极大反差，来阐述制题的关键性。

赋话中反复强调"起手亦极重制题""相题精审""作赋贵相题立制"等，旨在说明律赋的创作必须因题而制，制题要紧紧围绕赋作展开，扣紧题旨，正如《作赋例言》所论："赋有宏博、简练两路，须因题制变。大题大做，小题小做，顺之也。窄题宽做，宽题窄做，逆之也。法无一定，但须段段相称，不可头大尾小，鹤膝蜂腰。"④ 欲使律赋创制切合题意，其核心是把握题目中的关键字，方可诠题。

---

① （清）浦铣：《复小斋赋话》，清乾隆五十三年复小斋刻本。
② （清）李元度：《赋学正鹄》，清同治十年爽溪书院刻本。
③ （清）李调元：《雨村赋话》，清乾隆四十九年函海刻本。
④ （清）汪廷珍：《作赋例言》，清道光二十七年刻本。

第三节　用韵与限韵

律赋与科考关系密切，是科场取士的重要文体。律赋的根本特征是注重用韵。试赋限韵肇端于初唐，其时韵字平仄、用韵次序、韵数多寡皆无定制。中唐之后，八韵八段式成为常例。宋代以降，四平四仄相间而行的韵脚终成定制。金元明三朝，律赋渐趋式微，用韵方面的要求亦渐渐淡化。有清一代，律赋繁兴，论述律赋用韵的著作随之而增，尤其赋话一类文献关涉律赋用韵繁多，今据清代《雨村赋话》《复小斋赋话》二书，厘定不同的用韵类型，并就其功能、价值及演变轨迹略作考察。

一　律赋立名

清代赋话文献中，载录诸多关于律赋用韵的问题。今以李调元的《雨村赋话》与浦铣的《复小斋赋话》为考察对象，就律赋用韵的立名、类型、方式、功能等加以研讨，进而窥探律赋在用韵上从无到有、从简单到复杂、从宽泛到严格的嬗递路径，整体领略赋体外在的辨体风貌与内在的独特意蕴。

从现存唐代文献的记载来看，唐时并无"律赋"之名，真正出现"律赋"名称，则是到了五代时期。唐代没有为"律赋"分类的概念，时人称科考试赋为"甲赋"。如权德舆《答柳福州书》："两汉设科，本于射策，故公孙弘、董仲舒之伦痛言理道。近者祖习绮靡，过于雕虫，俗谓之甲赋、律诗，俪偶对属。"① 皇甫湜《答李生第二书》："既为甲赋矣，不得称不作声病文也。"② 舒元舆《上论贡士书》："今之甲赋、律诗，皆是偷拆经诰，侮圣人之言者……试甲赋、律诗，是待之以雕虫微艺，非所以观人文化成之道也。"③ 从这些载录中可以发现：一则"甲赋"往往与"律诗"并列出现于科考探讨的范围，说明"甲赋"隶属科考试题；二则每论及"甲赋"，

---

① （宋）李昉等：《文苑英华》，中华书局，1966，第 3548 页。
② （清）董诰等：《全唐文》，中华书局，1983，第 7022 页。
③ （清）董诰等：《全唐文》，中华书局，1983，第 7487~7488 页。

后面常涉及"俪偶""声病"等声律方面的问题，加之与"律诗"并列，足见，重声律已是"甲赋"的显著特征。细检这两个条件，基本符合"甲赋"即有唐一代科场试题中"律赋"的论断。

"律赋"之名最早见于王定保所撰《唐摭言》，其卷九云："郑隐者，其先闽人，徙居循阳，因而耕焉。少为律赋，辞格固寻常。"① 王定保生于晚唐，卒于五代，《唐摭言》完成于五代之际，主要记载唐人科举逸闻趣事，"是书述有唐一代贡举之制特详，多史志所未及。其一切杂事，亦足以觇名场之风气，验士习之淳浇。法戒兼陈，可为永鉴"②。从王著中可以推测，"律赋"有可能是唐代科场试赋中的常用名称，虽被王定保正式记载下来，但并非其首创。限于唐代相关文献的缺失，故无从证之。然王著的记载，使"律赋"之名得以流播，则毋庸置疑。

唐人所称"甲赋"是否即王定保所谓"律赋"的别名，这一点可从清人对律赋进行考辨的文献中得到答案。如《古文渊鉴》谓"睹今之甲赋律诗"，下小字注云："甲，令甲也，甲赋犹言律赋也，唐制进士试以诗赋策论。"③ 清人将"甲"释为令甲，即所颁发的首道诏令，那么"甲赋"则是唐代科举中首次应试朝廷的赋题。这种说辞在周中孚的《郑堂札记》中可得到进一步的印证，是书卷一云："唐人称应试之赋为甲赋，盖因令甲所颁，故有此称，以别于居恒所作古赋。皇甫持正所谓：'即为甲赋，不得不作声病文也。'或以《文选》第一卷首有'赋甲'二字，故倒其字称'甲赋'。案：李善注，赋甲者，旧题甲乙，所以纪卷先后。今卷既改，故甲乙并除，存其首题，以明旧式，或说非也。"④ 通读材料，有两点值得辨明。第一，周中孚认可"甲赋"即律赋这一解释，同时指出，之所以名"甲赋"，是为了别于"古赋"。"古赋"是相对于唐时"新赋"或"新体赋"的一种俗称，如佚名唐抄本《赋谱》（唐抄本《赋谱》重新发现于20世纪40年代，现珍藏于日本东京五岛美术馆，谱文有三千五百字左右，系主要论述律赋创作、用韵、形制等问题的"指南之作"）中称"但古赋段或多

---

① （五代）王定保：《唐摭言》，上海古籍出版社，1978，第96页。
② （清）永瑢等：《四库全书总目》，中华书局，1965，第1186页。
③ 《四库提要著录丛书》集部第181册《古文渊鉴》，北京出版社，2010，第65页。
④ （清）周中孚：《郑堂札记》，中华书局，1985，第5页。

或少，若《登楼》三段，《天台》四段之类是也。至今新体，分为四段"，"故曰新赋之体，项者，古赋之头也"，《赋谱》中"新赋"或"新体"正是"律赋"的统称。故此，《郑堂札记》中称"甲赋"别于"古赋"之说，便可得到印证。第二，周中孚对"甲赋"得名提出新的看法，认为其源于《文选》，原因是《文选》第一卷有"赋甲"二字，若将其颠倒即"甲赋"。此论未免牵强，可聊备一说，以供参考。

对"律赋"之名的考察，从清初《古文渊鉴》开始，至晚清持续不断。如文廷式《纯常子枝语》云："今之律赋，唐时盖谓之甲赋，权德舆《答柳冕书》云：'近者祖习绮靡，过于雕虫，俗谓之甲赋、律诗，丽偶对属。'又舒元舆《论贡举书》云：'今之甲赋、律诗，皆是偷拆经诰，侮圣人之言'。"① 概而言之，"律赋"之名，出现于五代王定保《唐摭言》，而唐时文献中所谓"甲赋"正是"律赋"的别名。注重声律与适用科场，是其区别于诸如骚赋、古赋、文赋等其他赋体的显著标志，尤其"律赋"之于科举，抑或科举之于"律赋"，二者始终相伴，正是彼此影响和相互选择的结果。

二 用韵的文献特征及时代征候

从唐代开始，历代典籍中均有律赋用韵的相关记述。这些记述多散见于各类史书、杂传、笔记等文献中，记载相对零散，探讨不够深入，往往是点到即止，不成体系。今检索律赋用韵的重要文献，梳理如下。

唐宋之际是律赋用韵的繁盛期。律赋限韵草创于唐，这一时期文献记载不多，探讨相对宽泛。如李肇《唐国史补》云："宋济老于文场，举止可笑，尝试赋，误失官韵，乃抚膺曰：'宋五又坦率矣！'由是大著名。"② 宋济因误失官韵而被黜落。唐抄本《赋谱》谓："近来官韵多勒八字，而赋体八段，宜乎一韵管一段，则转韵必待发语，递相牵缀，实得其便。若《木鸡》是也。"《木鸡赋》是822年进士科题，此以"致此无敌故能先鸣"为韵，浩虚舟凭此及第。《木鸡赋》后来成为中唐律赋应试的典范。白居易

---

① 赵铁寒编《文芸阁先生全集》，（台北）文海出版社，1975，第2325页。
② （唐）李肇：《唐国史补》，上海古籍出版社，1957，第56页。

《赋赋》言："赋者，古诗之流也。始草创于荀、宋，渐恢张于贾、马。冰生乎水，初变本于《典》、《坟》；青出于蓝，复增华于《风》、《雅》。而后谐四声，祛八病。"① 此既探讨赋的渊源、流变，又论及了赋"谐四声，祛八病"的用韵情况。白居易是唐时词赋名家，具有场屋的实战经验，因科试而高中，尤其受科场士子青睐，赵璘《因话录》可证之，卷三云："李相国程、王仆射起、白少傅居易兄弟、张舍人仲素为场中词赋之最，言程式者，宗此五人。"②

律赋限韵历经唐代的发展与积淀，降及宋代，不仅文献繁多，而且探讨颇为详赡。如宋吴曾《能改斋漫录》，既总结了前人用韵的情况，又考量了其渊源、衍变的概况，卷二"试韵八字韵脚"条云："赋家者流，由汉、晋历隋、唐之初，专以取士。止命以题，初无定韵。至开元二年，王邱员外知贡举，试《旗赋》，始有八字韵脚，所谓'风日云野，军国清肃'。"③ 依此可知，八韵八段式的制科试赋，始于开元二年，以《旗赋》限"风日云野，军国清肃"韵为标志。关于科考八韵式的时间断限问题一直存有争议，如邝健行《诗赋合论稿》、曹明纲《赋学概论》等均认为限韵的时间还要上移至初唐时期，曹明纲认为《寒梧栖凤赋》限韵要早于《旗赋》，然《寒梧栖凤赋》以"孤清月夜"四字为韵，李调元所言是八字韵脚始，二者显然不在同一个讨论层面上。笔者细检发现，部分学者之所以对吴曾的结论持否定态度，是忽视了《能改斋漫录》中对时间断限的语境。首先，吴曾强调唐初取士"止命以题，初无定韵"，试赋初无定韵在后人的研究中多有提及，如《中国辞赋发展史》所言："试赋原不限韵，后因应试者太多，为便于评定高下，形式上更加限制，于是考试律赋成为定制。"④ 其次，论断开元二年是科试八韵开始之年。邝健行等研究者仅抓住了限韵开始的年限进行考证，当然无可非议，然而忽视了科举限八韵的年限，虽是限韵，但限韵内容完全不同，这样得出结论难免武断，当不足取。

总结唐人用韵较详者当数宋代洪迈。其《容斋随笔》卷十三云："唐以

① 顾学颉校点《白居易集》，中华书局，1979，第877页。
② （唐）赵璘：《因话录》，上海古籍出版社，1957，第82页。
③ （宋）吴曾：《能改斋漫录》，中华书局，1960，第27页。
④ 郭维森、许结：《中国辞赋发展史》，江苏教育出版社，1996，第492页。

赋取士，而韵数多寡，平侧次叙，元无定格。故有三韵者，《花萼楼赋》以题为韵是也。有四韵者，《蕡荚赋》以'呈瑞圣朝'，《舞马赋》以'奏之天廷'，《丹甑赋》以'国有丰年'，《泰阶六符赋》以'元亨利贞'为韵是也。有五韵者，《金茎赋》以'日华川上动'为韵是也。有六韵者，《止水》、《魍魉》、《人镜》、《三统指归》、《信及豚鱼》、《洪钟待撞》、《君子听音》、《东郊朝日》、《蜡日祈天》、《宗乐德》、《训胄子》诸篇是也。有七韵者，《日再中》、《射己之鹄》、《观紫极舞》、《五声听政》诸篇是也。八韵有二平六侧者，《六瑞赋》以'俭故能广，被褐怀玉'，《日五色赋》以'日丽九华，圣符土德'，《径寸珠赋》以'泽浸四荒，非宝远物'为韵是也。有三平五侧者，《宣德门观试举人》以'君圣臣肃，谨择多士'，《悬法象魏》以'正月之吉，悬法象魏'，《玄酒》以'荐天明德，有古遗味'，《五色土》以'王子毕封，依以建社'，《通天台》以'洪台独出，浮景在下'，《幽兰》以'远芳袭人，悠久不绝'，《日月合璧》以'两曜相合，候之不差'，《金枙》以'直而能一，斯可制动'为韵是也。有五平三侧者，《金用砺》以'商高宗命傅说之官'为韵是也。有六平二侧者，《旗赋》以'风日云舒，军容清肃'为韵是也。自大和以后，始以八韵为常。唐庄宗时尝覆试进士，翰林学士承旨卢质，以《后从谏则圣》为赋题，以'尧、舜、禹、汤倾心求过'为韵。旧例，赋韵四平四侧，质所出韵乃五平三侧，大为识者所诮，岂非是时已有定格乎？国朝太平兴国三年九月，始诏自今广文馆及诸州府、礼部试进士律赋，并以平侧次用韵，其后又有不依次者，至今循之。"[①]

洪迈较为细致地将律赋用韵分为三韵、四韵、五韵、六韵、七韵、八韵，尤其将八韵二次划分为二平六侧者、三平五侧者、五平三侧者、六平二侧者等，同时追溯了"自大和以后，始以八韵为常"的用韵现象。此举既是宋人对唐人用韵的详备归纳，从谨严细致的二次划分来看，又具有开拓之功。

宋人在律赋创作方面不仅总结前人，而且在注重用韵的同时，也积极寻找新的突破。如《旧五代史·卢质传》云："会覆试进士，质以'后从谏

---

① （宋）洪迈：《容斋随笔》，上海古籍出版社，1978，第368～369页。

则圣'为赋题，以'尧、舜、禹、汤倾心求过'为韵，旧例赋韵四平四侧，质所出韵乃五平三侧，由是大为识者所诮。"① 又《宋朝燕翼诒谋录》云："国初进士词赋押韵，不拘平仄次序。太平兴国三年九月，始诏进士律赋，平仄次第用韵；而考官所出官韵，必用四平四仄。词赋自此整齐，读之铿锵可听矣。"② 足见，宋时律赋用韵较唐更加严谨且有规则，这种严谨的用韵秩序及追求"铿锵可听"的声律之美，正是创新的表现。此外，如李焘《续资治通鉴长编》、王禹偁《小畜集》、郑起潜《声律关键》等均有与限韵相关的商讨，此不赘论。

律赋至金、元、明三朝即趋式微。究其主要原因，则是科场试赋逐渐淡退，甚至朝廷对科举试赋也有轻慢之举。如《元史·选举志一》云："至仁宗皇庆二年十月，中书省臣奏：'科举事，世祖、裕宗累尝命行，成宗、武宗寻亦有旨，今不以闻，恐或有沮其事者。夫取士之法，经学实修已治人之道，词赋乃摘章绘句之学，自隋、唐以来，取人专尚词赋，故士习浮华。今臣等所拟将律赋省题诗小义皆不用，专立德行明经科，以此取士，庶可得人。'帝然之。"③ 这种现象，李调元《雨村赋话》亦有记载，是书卷六云："金自大定、建元，颇重进士，历年所命诗赋题及状头名氏，徐梦莘《三朝北盟会编》记载甚详，而赋罕有流传者。元承金制，赋不限韵，观杨廉夫集中所附试帖，元之赋题可大知，大率平衍朴素，不足观览。律赋至元而中息矣。"④ 借此，时见一斑。

至明朝，律赋已不再作为科考的文体。《明史·选举志一》云："科目者，沿唐、宋之旧，而稍变其试士之法，专取四子书及《易》、《书》、《诗》、《春秋》、《礼记》五经命题试士。盖太祖与刘基所定。其文略仿宋经义，然代古人语气为之，体用排偶，谓之八股，通谓之制义。"⑤ 明代律赋基本退出科场，正如李调元《雨村赋话》卷六所云："有明馆阁课试，率由学士命题，未有定式，于是八韵之作歇绝者几四百年。自郐无讥，姑从

---

① （宋）薛居正等：《旧五代史》，中华书局，1976，第1228页。
② （宋）王栐：《宋朝燕翼诒谋录》，中华书局，1985，第40页。
③ （明）宋濂：《元史》，中华书局，1976，第2018页。
④ （清）李调元：《雨村赋话》，乾隆四十九年函海刻本。
⑤ （清）张廷玉等：《明史》，中华书局，1974，第1693页。

阙略。"① 由此可知，金元明三朝，士人对律赋用韵问题的关注开始减少。

有清一代，赋论家亦承袭唐宋赋韵之旧制。乾嘉之后，李调元《雨村赋话》、浦铣《复小斋赋话》、王芑孙《读赋卮言》、林联桂《见星庐赋话》、余丙照《赋学指南》等赋论家论著，对唐宋以来律赋用韵问题进行了较为系统的探索。如清余丙照《赋学指南》卷一"论押韵"云："作赋先贵炼韵。凡赋题所限之韵，字字不可率易押过，易押之字，须力避平熟，务出新意，庶不至千手雷同。难押之字，人皆束手者，争奇角胜，正在于此。但不得过于凿空，反欠大雅。押官韵最宜着意，务要押得四平八稳。凡虚字、俗字、陈腐字、怪诞字，总以典切不浮者押之，要知试官注意全在此处。"②

清王芑孙在《读赋卮言》③ 中对"押官韵""押虚字韵"作了重点讨论。其中"押官韵"胪举了十几种用韵情况。①有以题为韵者。②有以题为韵而减其字者。③有以题为韵而增其字者。④有以题为韵而不限其何字及几韵者。⑤有限用题中字何者。⑥有限字即以疏解题意者。⑦有与题意不相比附者。⑧有以四声为韵之类，又分四例：但曰四声而已，则不用平上去入四本字；以平上去入为韵，则必押四本字；亦有复用四声者；亦有倒用四声者。⑨有限字而所限之字不完语者。⑩有任用韵者。⑪有限作依次用者。⑫有以题为韵而限作依次用者。⑬有不限次用而亦次用者。⑭有限字甚难而遂假借押之者。⑮有限字甚难遂置不押者。

论"押虚字例"谓："限韵有虚字，亦不得不治想于图空。凭空而作势，要有临危据槁之形而已。"④ 并以陈章《水轮赋》中"于"字，独孤申叔《处囊锥赋》中"必"字，柳子厚《披沙拣金赋》中"乎"字，白行简《韫玉求价赋》中"岂"字，韦肇《瓢赋》中"岂"字，卢肇《鹳鹆赋》中"若"字，无名氏《审乐知政赋》中"其"字，无名氏《箫韶九成赋》中"皆"字，白行简《滤水罗赋》中"而"字，王起《洗乘石赋》中"者"字为例展开叙述。

---

① （清）李调元：《雨村赋话》，乾隆四十九年函海刻本。
② （清）余丙照：《赋学指南》，清光绪十九年刻本。
③ （清）王芑孙：《读赋卮言》，清光绪九年刻本。
④ （清）王芑孙：《读赋卮言》，清光绪九年刻本。

清林联桂在《见星庐赋话》中探讨律赋用韵的几种情况。如卷二："赋题所限官韵，近来馆阁巨手固须挨次顺押，不许上下颠倒。而且顺押之韵，每韵俱押于每段收煞之句，此亦见巧争奇之一法。"卷三："古诗古赋，间有用过转叶韵者，有重沓韵者。律赋则不然。凡赋题所限官韵，或数字之中有一、二韵相同者，挨次顺押之中，上下虽同一韵，而前后不许重沓，此之不可不知也。"① 卷四："馆阁之赋多限官韵，仿唐人八韵解题之例。然闲字韵、限助语、虚字最为棘手，而大家偏从此处因难见巧，意外出奇，令阅者几忘其为虚字也。"② 卷二、卷三探讨律赋限官韵的不同情况，卷四论述律赋押虚字韵是因难见巧的一种表现，由此可达到新奇的阅读效果。

三　用韵的方式、类型、功能

限韵是律赋别于其他赋体的特征之一。古人论律赋限韵的意图，多从考官批改试卷较易及防止士子预作舞弊的角度出发，概括有四：一是便于评阅；二是注解赋题；三是规范格式；四是预防舞弊。对此马积高指出："（律）赋既然成了进士考试的科目，为了便于试官的评阅和防止士人的预作，就自然地形成了一些限制。"③ 今就律赋用韵的方式、类型、功能等进行深入讨论，以清代《雨村赋话》（清李调元撰，乾隆四十九年函海刻本，不一一标注）和《复小斋赋话》（清浦铣撰，乾隆五十三年复小斋刻本，不一一标注）为研究对象，针对律赋用韵问题考察如下。

（一）　以题为韵

李调元《雨村赋话》称："唐人限韵有云：'以题为韵者，则字字叶之；以题中字为韵者，则就中任八字，不必字字尽叶也。'"李氏将限韵再分"以题为韵"和"以题中字为韵"两类。

这里不妨先来简析"以题为韵"。李调元举例："唐元稹《郊天日五色祥云赋》，以题为韵。其起句云：'臣奉某日诏书曰：惟元祀月正之三日，将有事于南郊。'中云：'于是载笔氏书百辟之词曰'，'象胥氏译四夷之歌

---

① （清）林联桂：《见星庐赋话》卷三，清光绪十八年刻本。
② （清）林联桂：《见星庐赋话》卷四，清光绪十八年刻本。
③ 马积高：《赋史》，上海古籍出版社，1987，第362页。

曰。'后云：'帝用愀然曰。'皆以古赋为律赋。至押'五'字韵云：'当翠辇黄屋之方行，见金枝玉叶之可数。陋泰山之触石方出，鄙高唐之举袂如舞。昭示于公侯卿士，莫不称万岁者三；并美于麟凤龟龙，可以与四灵为五。'纯用长句，笔力健举，帖括中绝无仅有之作。至押'色'字句云：'因五行以修五事，遵五常而厚五德。正五刑以去五虐，繁五稼而除五贼。苟顺夫人理之父子君臣，则安知云物之赤黄苍黑。'微嫌稍拙，然皆就五色上生发，语无泛设。"

浦铣在《复小斋赋话》论述"以题为韵者"，如"唐赋限韵，有以题为韵者，'赋'字或押或不押。姑举一二，如元稹《郊天日五色祥云赋》，郭遇《人不易知赋》，刘珣《渭水象天河赋》，俱押'赋'字。王起《元日观上公献寿赋》，王棨《圣人不贵难得之货赋》，吕令问《掌上莲峰赋》，俱不押'赋'字"。二者在律赋限韵方面持有相同的观念，在"以题为韵"示例上几乎如出一辙，如元稹《郊天日五色祥云赋》、郭遇《人不易知赋》、刘珣《渭水象天河赋》，均以赋题相押，其中含有"赋"字；而王棨《圣人不贵难得之货赋》、王起《元日观上公献寿赋》、吕令问《掌上莲峰赋》不押"赋"字，以题为韵。

（二）以题中字为韵

"以题中字为韵"者，可任取题中字为韵，而且不必字字押韵。《雨村赋话》谓："唐人限韵有云：'以题为韵者，则字字叶之；以题中字为韵者，则就中任八字，不必字字尽叶也。'"李调元再举例释曰："唐郑锡《正月一日含元殿观百兽率舞赋》'率'用题字，而独遗'月'字不叶，于两者皆不合。至其典丽而雄伟，则律赋中煌煌大篇矣。"唐初对律赋限韵要求比较宽泛，对如用韵数多寡、平仄使用、先后次序等均无严格的厘定。

浦铣《复小斋赋话》论"以题中字为韵"云："有以题中八字为韵者，如王棨《诏远轩辕先生归罗浮旧山赋》，随意捡八字用也。有截取题中上几字者，如《汉武帝游昆明池见鱼衔珠赋》以题上七字为韵，《皇帝冬狩一箭射双兔赋》以题上六字为韵，《曲直不相入赋》以题中'曲直'二字为韵是也。"从浦铣的论述中可以发现题目"减字"的现象，即要求用韵字的数目小于题目中给出的字数，如王棨《诏远轩辕先生归罗浮旧山赋》用韵时则任捡八字，《汉武帝游昆明池见鱼衔珠赋》以题上七字为韵，《皇帝冬狩一箭射双兔赋》以题上六字为韵，《曲直不相入赋》以题中"曲直"二字为韵。既然有题目"减字"用韵者，那么也有"增字"用韵现象。如高盖等五人的《花萼楼赋》则以"花萼楼赋一首并序"为韵，阙名《秦客相剑赋》下注以"决浮云清绝域通题为韵"等均为增字韵者。浦铣细致、深入的分析，更加有利于后世比勘前人在用韵类型上的差异。对"以题中字为韵"的问题，李调元、浦铣虽各有侧重，但总的来说，二者所论相辅相成，互为补充。

（三）次用韵

律赋次韵始于宋代，兴盛于明代。王芑孙《读赋卮言》云："次韵之赋亦起于宋，而盛于明。"① 次用韵之说，本源于诗体创作之法，指据他人诗作所用韵律，再依原韵先后次序进行唱和。

《雨村赋话》探讨"次用韵"曰："唐人赋韵，有云'次用韵'者，始依次递用；否则，任以己意行之。晚唐作者，取音节之谐畅，往往以一平一仄相间而出。宋人则篇篇顺叙，鲜有颠倒错综者矣。唯唐无名氏《望春宫赋》无'次用韵'三字，而后先不紊。其做'望'字警句云：'伟凤阙之楼台，万邦仰止；盼龙鳞之原隰，五稼惟时。'"如评论宋代李纲赋作次用韵云："宋李纲《折槛旌直臣赋》，其出落云：'辱师傅之贵，虽曰敢言；干雷霆之威，自应可斩。而天子能恕，将军敢争。因免冠而致悟，乃饰槛以为旌。'以韵语叙事，曲折匠心，无一毫遗漏。中云：'径命驾去，不为薛宣而少留；趣和药来，更助萧公之引决。惟直情而径行。故太刚而必折。'尤为开合动宕，神明于规矩之中。按忠定律赋，专仿坡公，兼有通篇次韵者，此殆青出于蓝矣。"

《复小斋赋话》对"次用韵"评论曰："有以题为韵次用者，如《圣人苑中射落飞雁赋》是也。有限韵而依次用者，如《审乐知政赋》是也。"又云："诗有属和，有次韵，惟赋亦然。《南史》齐豫章王嶷子恪，年二十，和兄司徒竟陵王《高松赋》，谢朓、王俭、沈约皆有和作。自是而后，唐则徐充容，有和太宗《小山赋》。张说、韩休、徐安贞、贾登、李宙，有和玄宗《喜雨赋》。高常侍适，有和李北海《鹘赋》。宋则欧阳文忠，有和刘原

---

① （清）王芑孙：《读赋卮言》，清光绪九年刻本。

父《病暑赋》。范文正有和梅圣俞《灵乌赋》。苏子由有和子瞻《沈香山子赋》。田谏议锡，有依韵和吕杭《早秋赋》。李忠定纲，有次韵东坡《浊醪有妙理赋》。有次韵而不必对题者。李忠定《南征赋序》云：'仲辅赋《西郊》，见寄次韵，作《南征赋》报之。'有以后人而次韵前人者，朱子《白鹿洞赋》，六十余年，里中学子方岳，及明代林俊、祁顺、舒芬、唐龙，皆有'次晦翁韵'赋是也。有以今人而和古人者，如《林下偶谈》载李季允和王仲宣《登楼赋》是也。有和而不必对题者，张燕公作《虚室赋》，魏归仁为《宴居赋》以和之是也。有以赋和诗者，湘东王作《琵琶赋》，以和世子范旧《琵琶诗》；南唐徐常侍铉《木兰赋》，和其宗兄《拟古诗见寄》是也。"

浦铣例举几种"次用韵"的现象，如"以题为韵次用""限韵而依次用""次韵东坡《浊醪有妙理赋》""次韵而不必对题""以后人而次韵前人"等，可见，浦铣论述律赋次用韵较李调元更加详赡。由于唐时诗歌兴盛，次韵颇为流行，律赋在次用韵方面受诗歌的影响，故带有诗体用韵的痕迹，向诗化方向发展。

（四）押虚字韵

律赋用韵，以押虚字最难。如《雨村赋话》论"亦"字韵称："赋押虚字，惟'亦'字最难自然。如侯喜《秋云似罗赋》以'兰亦堪采'为韵，赋末押'一言有以，千秋只亦'之类。又赋押'于'字最难，生别相于所于之外，不见可用者。唐陈章《水轮赋》'磬折而下随愍彼，持盈而上善依于'，生别而弥复自然也。"李调元、王芑孙等以"于""必""乎""岂""若""其""皆""而""者"等虚字用韵的典范之作为示例，一方面旨在说明"限韵有虚字，亦不得不治想于图空"；另一方面强调押虚字韵要流利自然。

李调元以高郢、范仲淹虚字韵为示例云："高郢用韵，《痀偻丈人承蜩赋》云：'期于百中，则啼猿之射乎；曾不子遗，殊慕鸿之弋者。'无名氏《垓下楚歌赋》云：'两雄较武，焉知刘氏昌乎；四面楚歌，是何楚人多也。'一点一拂，摇曳有神。皆因韵限虚字而然，非故作折腰龋齿之态也。宋范仲淹《铸剑戟为农器赋》云：'前王锋镝，不得已而用之；此曰镃基，有以多为贵者。'以子对经，铢两悉称；流丽之至，倍见庄严。押虚字者，此叹观止矣。"其中范仲淹《铸剑戟为农器赋》，"前王锋镝，不得已而用之"句，语出《老子》："兵者不祥之器，非君子之器，不得已而用之。"①"此曰镈基，有以多为贵者"句，语出《礼记·礼器》第十："礼之以多为贵者，以其外心者也。"② 二者相间使用，既是李调元谓之"以子对经，铢两悉称"的典范，又因"流丽之至，倍见庄严"而感慨"此叹观止矣"。

《雨村赋话》同时考察了"彼""岂"等字的押韵情况，其云："唐无名氏《炼石补天赋》云：'卿云初触，当碧落以丽乎；银汉同流，激清霄而节彼。'押'彼'字，用歇后语。原本经籍，便不涉纤。崔损《霜降赋》云：'茄声乍拂，怨杨柳之衰分；剑锷可封，发芙蓉之砺乃。'亦用此法。韦肇《瓢赋》云：'安贫所饮，颜生何愧于贤哉；不食而悬，孔父当嗟夫吾岂。'押'岂'字，更妙合自然。"

李调元所举《炼石补天赋》中"节彼"、《霜降赋》中"砺乃"、《瓢赋》中"吾岂"等，皆源于经籍。"丽乎"语出《周易·离》，其云"日月丽乎天，百谷草木丽乎土，重明以丽乎正，乃化成天下"③，"节彼"语出《诗经·小雅》："节彼南山，维石岩岩。"④"砺乃"语出《尚书·周书》："备乃弓矢，锻乃戈矛。砺乃锋刃，无敢不善。"⑤ 而韦肇《瓢赋》，其"安贫所饮，颜生何愧于贤哉"句，语出《论语·雍也》："子曰：贤哉回也，一箪食，一瓢饮，在陋巷，人不堪其忧，回也不改其乐，贤哉回也。"⑥"不食而悬，孔父当嗟夫吾岂"句，语出《论语·阳货》："吾岂匏瓜也哉，焉能系而不食。"⑦ 这些押虚字韵脚，一则注重用韵工巧，追求流利自然；二则达到"原本经籍，便不涉纤"而成为典范。以上所押虚字皆非赋家所创，而多源于经、史、子之语。由此可见，倘若没有丰富的经、史、子语积累，那么，押韵恐怕难以做到贴切自然。

① 朱谦之：《老子校释》，中华书局，1984，第125页。
② （清）阮元校刻《十三经注疏·礼记正义》，中华书局，1980，第1434页。
③ （清）阮元校刻《十三经注疏·周易正义》，中华书局，1980，第43页。
④ （清）阮元校刻《十三经注疏·毛诗正义》，中华书局，1980，第440页。
⑤ （清）阮元校刻《十三经注疏·尚书正义》，中华书局，1980，第255页。
⑥ （清）阮元校刻《十三经注疏·论语注疏》，中华书局，1980，第2478页。
⑦ （清）阮元校刻《十三经注疏·论语注疏》，中华书局，1980，第2525页。

（五）押官韵

一般由考官临时在赋篇题目下所规定押韵的字谓之"官韵"，后来这种用韵类型即使不作为科考之用，题下限韵也被视为"押官韵"。其有一个显著特点，即用韵相对灵活，既可依照所规定者依次用韵，也可不遵循。"押官韵"的目的何在？王芑孙《读赋卮言》"官韵例"条称："官韵之设，所以注题目之解，示程式之意，杜抄袭之门，非以困人而束缚之也。"① 简而言之，设制官韵的目的有三点：一是注解或提示题目；二是示范行文格式；三是谨防科场舞弊。

李调元《雨村赋话》首先分析了以"押官韵"来注解题目之意，云："《懒真子》：王禹玉。年二十许就扬州秋解，试《瑚琏赋》。官韵'端木赐为宗庙之器'。满场多第二韵用'木'字云：'惟彼圣人，奥有端木。'禹玉独于六韵用之：'上晞颜氏，愿为可铸之金；下笑宰予，耻作不雕之木。'"《瑚琏赋》以"端木赐为宗庙之器"为官韵，而"瑚""琏"皆为宗庙礼器，所设官韵正是对题目的进一步疏解与补充。此外，如陶翰《冰壶赋》以"清如玉壶冰何惭宿昔意"为韵，欧阳修《藏珠于渊赋》以"君子非贵难得之物"为韵，张昔《御注孝经台赋》以"百行之本明王所尊"为韵，此处"明王所尊"紧扣"御注"，而"百行之本"紧扣"孝"字，诸如此类，均有疏解题目的作用。

唐代科场舞弊的现象时有发生，"押官韵"的目的则是防止其发生。如温庭筠代人"捉刀"之事为后世熟知，《雨村赋话》称："又温庭筠与李商隐齐名，时号'温、李'。才思艳丽，工于小赋。每入赋，押官韵作赋，凡八叉手而八韵成。"温庭筠因考场替人作赋屡试不爽而被称作"温八吟"，亦谓"温八叉"。温庭筠科场舞弊一事影响广泛，如《唐才子传》卷八"温庭筠"条，《唐诗纪事》卷五十四"温庭筠"条，《北梦琐言》卷四"温李齐名"条，《唐摭言》卷十三"敏捷"条等均有相似记载。

又："唐温岐《再生桧赋》云：'以状而方，生荚之枯杨若此；以理而喻，易叶之僵柳昭然。'以史对经，铢两悉称。飞卿此赋，作于未更名之时，盖其少作也。史称其才思艳丽，工于小赋。每入试押官韵作赋，凡八

---

① （清）王芑孙：《读赋卮言》，清光绪九年刻本。

叉手而八韵成，多为邻铺假手。而律赋流传者，仅此一篇，想散掷不复收拾耶。天骨开张，刊落浮艳，使作俪体，当不减玉溪生。"其中"生莠之枯杨"，典出《周易·大过》："枯杨生稊，老夫得其女妻，无不利。"① 而"僵柳"，典出《汉书·楚元王传》："孝昭时，有泰山卧石自立，上林僵柳复起，大星如月西行，众星随之，此为特异。"② 李调元论赞温庭筠《再生桧赋》，将典出史书的"僵柳"与典出经书的"生莠之枯杨"视为"以史对经，铢两悉称"的典范。

《复小斋赋话》中探讨"押官韵"云："律赋押官韵，最宜着意。如唐蒋防《雪影透书帷赋》押'阅'字云：'时观谢赋，想墀庑之萦盈；载睹曹诗，叹蜉蝣之掘阅。'崔损《霜降赋》押'乃'字云：'筛声乍拂，怨杨柳之衰兮；剑锷可封，发芙蓉之砺兮。'白行简《息夫人不言赋》押'言'字云：'势异丝萝，徒新昏而非偶；华如桃李，虽结子而无言。'真令读者叫绝。"唐时，蒋防《雪影透书帷赋》、崔损《霜降赋》、白行简《息夫人不言赋》三赋作因所押官韵最绾合题意而成为佳作，浦铣赞叹"真令读者叫绝"。宋人针对押官韵亦有新解，如李廌《师友谈记》："赋中工夫不厌子细，先寻事以押官韵，及先作诸隔句。凡押官韵，须是稳熟浏亮，使人读之不觉牵强，如和人诗不似和诗也。"③ 宋人认为押官韵的旨归在于读之自然、不牵强，还要体现稳熟浏亮之美，这种先寻找相关典事，再布局赋篇中隔句的流程，正是"示范行文格式"的具体表现。

（六）偷韵

所谓偷韵，即在规定的韵数内，或丢或漏押一、二韵。《册府元龟·贡举部》记述唐人偷韵云："今后举人，词赋属对并须要切，或有犯韵及诸杂违格，不得放及第。仍望付翰林别撰律诗赋各一首，具体式一一晓示，将来举人合作者，即与及第。其李飞、樊吉、夏侯琪、吴油、王德柔、李毅等六人。卢价赋内'薄伐'字合使平声字，今使侧声字，犯格。孙澄赋内'御'字韵使'宇'字，已落韵；又使'臂'字，是上声。有字韵中押

①　（清）阮元校刻《十三经注疏·周易正义》，中华书局，1980，第 41 页。
②　（汉）班固：《汉书》，中华书局，1962，第 1964 页。
③　（宋）李廌撰，孔凡礼点校《师友谈记》，中华书局，2002，第 18 页。

'售'字,是去声,又有'朽'字犯韵。诗内'田'字犯韵。李象赋内一句'六石庆兮并',合使此'奚'字;'道之以礼',合使此'导'字,及错下事'尝'字韵内使'方'字。诗中言'十千','十'字处合使平声字,'偏'字犯韵。杨文龟赋内'均'字韵内使'民'字;以君上为骖骓之士,失奉上之体;兼'善'字是上声,合押,'遍'字是去声,如字内使'舆'字,诗中'遍'字犯韵。师均赋内'仁'字犯韵,'晏如'书'晏如';又'河清海晏','晏'字不合韵,又无理,'晏'字即落韵。杨仁远赋内'赏罚'字书'伐'字,'衔勤'字书'针'字。诗内'莲蒲'字合着平声字,兼'黍粱'不律。王谷赋内'御'字韵押'处'字,上声则落韵,去声则失理;'善'字韵内使'显'字,犯韵;'如'字韵押'殊'字,落韵。其卢价等七人望许令将来就试,仍放再取文解。高策赋内'于'字韵内使'依'字,疑其海外音讹,文意稍可,望特恕此。其郑朴赋内言'肱股',诗中'十千'字犯韵,又言'玉珠'。其郑朴许令将来就试,亦放取解。仍自此宾贡,每年只放一人,仍须事艺精奇。张文宝试士不得精当,望罚一季俸。"① 此处的"落韵"和后来的"偷韵"大体相同,指"把声音相近而事实上不属同一韵部的字同押。又可分两种情况:一种是两字发音相近,但声调不同;另一种是两字发音相近而声调相同"②。因此,要根据字的具体语境分押不同的韵部,倘若混淆,容易出现落韵的现象。

《雨村赋话》论"偷韵"云:"唐王维《白鹦鹉赋》,韵限以'容日上海,孤飞色媚'八字,而赋止五韵,首尾完善,不似脱简。岂如祖咏之赋终南山雪、崔曙之咏明堂火珠,意尽而止,不复足成邪?至其笔意高隽,自是右丞本色。"《复小斋赋话》探讨"偷韵"称:"唐律赋有偷一韵或两韵,不可悉数。如王起《披雾见青天赋》,偷'可''不'两韵。裴度《二气合景星赋》,偷'有''无'两韵。周针《羿射九日赋》,偷'控'字一韵。陆贽《月临镜湖赋》,偷'动'字一韵,是也。宋则绝无,唯范文正公《任官惟贤材赋》,以'分职求理,当任贤者'为韵,偷'任'字一韵耳。"再如:"二字同韵,亦有偷一韵者。如唐李昂《旗赋》,以'风日云野,军

---

① (宋)王钦若等编《册府元龟》,中华书局,1960,第 7694~7695 页。
② 邝健行:《诗赋合论稿》,江苏古籍出版社,2002,第 123 页。

国清肃'为韵，押'云'字一段，而'军'字则偷过是也。"《复小斋赋话》论述"偷韵"较多，限于篇幅，此不赘录。

"偷韵"现象可从三个方面进行简析。第一，因难字而不押。王芑孙在《读赋卮言》中以王起《履霜坚冰至赋》为例阐释："有限字甚难遂置不押者。王起《履霜坚冰至赋》，以'君子之道，暗然而日章'为韵，起用上下八字，独置'而'字不押。"不押"而"字，实则因"限字甚难遂置不押"，故"偷韵"现象的存在亦有此因。第二，在所限韵字中，如有二字同属于一个韵部，则可以押一韵，偷一韵。譬如李昂《旗赋》以"风日云野，军国清肃"为韵，而韵字中的"云"与"军"为同韵，这时可偷"军"字韵。第三，相对宽松的用韵环境。王芑孙云："唐二百余年之作，所限官字，任士子颠倒叶之；其挨次用者，十不得二焉，亦鲜有用所限字概压末韵者。其压为末韵者，十不得一焉。具知斯体，非当时所贵，无因难见巧之说。"从"颠倒叶之""十不得二焉""鲜有""十不得一焉"的评论中，足见唐代律赋限韵比较宽松。宋则不同，基本无偷韵现象，从"宋则绝无"可见一斑。

（七）以"平上去入"四声限韵

唐人赋作，以"平上去入"四声限韵者不少，如高郢《吴公子听乐赋》以"四声"为韵，范荣《三无私赋》以"平上去入"为韵等，此类限韵多数虽与题目内容无涉，但由于限韵特殊，值得关注。

《复小斋赋话》中就以"平上去入"四声限韵的问题，作过深入探讨。如："唐人赋以平、上、去、入限韵者，或直押本字，如平用'庚'，上用'养'，李子卿《山公启事赋》是也。或不押本字，随意四声中各用一字，阎伯玙《都堂试才赋》是也。"四声用韵是基本形式，有时会因主试或作者要求而有变化。李子卿《山公启事赋》虽以四声限韵，但押本字，如平用"庚"，上用"养"；而阎伯玙《都堂试才赋》不押本字，可任用四声中字。

又："唐人限韵，有以四声为韵者，只用四声也。有从入至平者，四声倒用也。有平、上、去、入周而复始者。四声之后，再用一平声，共五韵也如高郢《吴公子听乐赋》。或四声之后，又押平上二声，共六韵也如李云卿、王显《京兆府献三足乌赋》。有以两遍用四声为韵者，则八韵也如钱仲文《豹鸟赋》。"

浦铣对此虽总结了六种用韵的类型，但仍有可以疏解与补充的部分。

其一，若以四声为韵，赋家可选属于四声中的任意韵目，应押四韵。其二，"四声"倒用与"入去上平"限韵同，赋作须依次押"入去上平"，但"入去上平"四字不在韵脚之内。兹以田沉《明赋》（题下注"从入至平为韵"）为例，稍作简析，赋文见《文苑英华》卷二十，第一韵部："默""德""息""匿""北""极"；第二韵部："暝""听""径""馨""盛"；第三韵部："水""理""起""已"；第四韵部："光""常""障""芳""藏""阳""张""冈""扬""望""伤""长"。依韵可见，"入去上平"四字不在韵脚之内。其三，若以"平上去入"为韵周而复始，只根据赋篇的需要再增设一或两个韵而已，不能误作再次使用"平上去入"，周而复始实际上指仅完整出现一次。

除上述七种律赋用韵类型之外，浦铣在《复小斋赋话》中还考察了几类特殊的用韵现象，如探讨"句句用韵"和"结语重韵"。"赋有句句用韵者，如诗之有'柏梁体'矣。曹子建《愁思赋》、赵子昂《赤兔鹘赋》是也。"又"结语有两句重韵者。张燕公《江上愁心赋》云：'将有言兮是然，将无言兮是然。'赵冬曦《江上愁心赋》云：'恶乎然，恶乎不然。'陈普《无逸图后赋》：'悔不笃信兮文贞，嗟不复见兮文贞。'米元章《天马赋》：'何所从而遽来，何所从而遽来。'何仲默《渡泸赋》，亦效之。"

再如探讨"一韵到底"和"通韵转韵者"。"作赋一韵到底者，多用'鱼''虞'二韵。唐李文饶《知止赋》，元庄文昭《蒲轮车赋》，吴莱《狙赋》，皆可证也"。又"有四字句法而通韵者，欧阳《螟蛉赋》也。有转韵者，颖滨《卜居赋》也。有一韵到底者，吴莱《狙赋》也。有两韵一转者，明唐肃《石田赋》也"。这些特殊的用韵类型为全面探索律赋用韵问题提供了较好的原始材料，应引起研究者的关注与重视。综上可知，清之前关于律赋限韵问题的文献记载数量有限，论述相对零散，多数是只言片语，未能形成体系。逮及清代，律赋用韵文献繁多，不仅《赋话》类专著大量涌现，而且在论述深度和广度上不断地深化与拓展，向体系化、集成化方向迈进。

清代在律赋用韵上研究精湛，形成了不同以往时代的风格，究其成因，约略有三。

其一，清代科举试赋的需求。就科举而言，清承明制，仍以赋、诗、制义等科目取士，如《律赋必以集·序》云："我朝承前明之制，取士以制义，而仍不废诗赋。自庶吉士散馆、翰詹大考以及学政试生童，俱用之。其体固不拘一格，而要之以律为宜。"① 清科举试赋主要包括童试、朝考、翰林院庶吉士散馆、翰詹大考、制科等，因此，律赋在科举取士的推动下兴盛起来。《赋学指南》序言载录："自有唐以律赋取士，而赋法始严。谓之律者，以其绳尺法度亦如律令之不可逾也。由元讫明，因之不失。我朝作人雅化，文运光昌，钦试翰院既用之，而岁、科两试及诸季考亦借以拔录生童，预储馆阁之选，赋学蒸蒸日上矣。"② 可见，科举试赋是推动律赋繁兴的一个先决条件。

　　其二，清代帝王的推崇。康熙、乾隆、嘉庆三朝，盛行巡幸召试考赋。据《清史稿·选举志四》记载，康熙帝两次南巡江、浙；乾隆六次巡江、浙，三次巡山东，四次巡天津；嘉庆巡幸津、淀、五台等地，历次巡幸，均有试赋之举。此外，康熙帝不仅自己创作赋文，还命文臣编撰赋集。前者如《四库全书·集部》收录《圣祖仁皇帝御制文集》赋篇有：《春雨赋》《梧桐赋》《弩赋》《夜亮木赋》《西苑芙蕖赋》《松赋》《玉泉赋》《行殿读书赋》《竹赋》《阙里古桧赋》。康熙曾为陈元龙所编撰的《历代赋汇》制序，序云："赋者，六义之一也。风、雅、颂、兴、赋、比六者，而赋居兴、比之中，盖其敷陈事理，抒写物情，兴、比不得并焉。故赋之于诗，功尤为独多。由是以来，兴、比不能单行，而赋遂继诗之后，卓然自见于世，故曰：'赋者，古诗之流也。'……三国、两晋以逮六朝，变而为排。至于唐、宋，变而为律，又变而为文，而唐、宋则用以取士，其时名臣伟人往往多出其中。迨及元而始不列于科目。朕以其不可尽废也，间尝以是求天下之才，故命词臣考稽古昔，搜采缺逸，都为一集，亲加鉴定，令校刊焉。为叙其源流兴罢之故，以示天下，使凡为学者知朕意云。康熙四十五年三月二十日。"③ 序文既道出了康熙帝的赋学理念，又可以激发赋家的创作热情。除此而外，乾隆帝曾撰《御制盛京赋》，颂赞列祖列宗的丰功伟绩，褒扬盛京的辉煌。清代帝王的参与为赋文创作树立了典范，其推动之功不可

---

① （清）顾蒓：《律赋必以集》，清嘉庆十八年菊坡精舍刻本。
② （清）余丙照：《赋学指南》，清光绪十九年刻本。
③ （清）陈元龙编《历代赋汇》（影印本），凤凰出版社，2004，第1页。

磨灭。

其三，清代音韵学的发展，有益于促进试赋用韵的规范化。有清一代，音韵学方面无论是官方抑或个人，均出现了不少相关论著，如官方著述有康熙年间张玉书等奉敕编撰的《佩文韵府》《钦定音韵阐微》等，乾隆年间编著的《钦定音韵述微》等；个人著述有顾炎武《音韵五书》、江永《古韵标准》、段玉裁《六书音韵表》、戴震《声韵考》、江有诰《音学十书》等，大量音韵类论著的出现，不仅可以满足士子的试赋之需，而且也为考官评阅试卷提供了参照标准，对时人在律赋用韵方面的规范与指导均有积极的影响。如从李调元《雨村赋话》、浦铣《复小斋赋话》、王芑孙《读赋卮言》、林联桂《见星庐赋话》、余丙照《赋学指南》等论著中对律赋用韵问题的探索来看，音韵学家与赋论家，二者不仅存有交集，而且彼此回应，即从创作到批评，是音韵学进入赋体学的一种综合表现。

第四节　用笔与用事

用笔指律赋创作时所运用的技巧，旨在表情达意切合主题。具体如何用笔，当因题而异。《赋学正鹄》云："取势则全在用笔。用笔须如天马行空，转变不测。向背离合得其情，操纵顺达随其意，则局势自不平庸。"李元度又强调用笔须因题而异，是书称："体物题须用写生之笔，双关题须用活脱之笔，写景题须用风华之笔，言情题须用婉转之笔，纤细题须用刻画之笔，论古题须用沉雄警快之笔。"①

律赋用笔须轻倩工稳。《复小斋赋话》对此有较翔实的论述，其云："作赋不在用事精切，尤在用笔。黄文江《白日上升赋》用'乘风''奔月'二事云：'较美古今，列子之乘风固劣；论功昼夜，姮娥之奔月非优。'其得诀处，全在上四字用得好。"又云："林滋，闽人，与同年詹雄、郑诚齐名。时谓'闽中三绝'，雄诗、诚文、滋赋也。今观其《小雪》《阳冰》

---

① （清）李元度：《赋学正鹄》，清同治十年爽溪书院刻本。

二赋，用笔轻倩，制局整齐，得名洵不虚矣。《小雪赋》尤佳。"① 林滋因《小雪》《阳冰》二赋用笔轻倩，制局整齐，而被称赞"得名洵不虚"。律赋用笔在于灵活，不墨守成规。如汪廷珍《作赋例言》所言："笔固根于天事，用功深亦可脱化，大约以活字、切字为主，而诸美因之矣。"② 综观诸家引例评论，正谓未言秋月，而秋月自然涌现是也。

用事是律赋创作过程中的重要技巧之一。浦铣《历代赋话》谓："晚唐五代间士人作赋，用事亦有甚工者。"③ 李调元《雨村赋话》云："唐人雅善言情，宋人则极讲使事。"④ 此说既能体现不同时期律赋创作的概貌，又可反映著者对此的认知。宋人创作律赋善用事，《师友谈记》可证之，其"秦少游言赋中用事一"条云："赋中用事，唯要处置。才见题，便要类聚事实，看紧慢，分布在八韵中。如事多者，便须精择其可用者用之，可以不用者弃之，不必惑于多爱，留之徒为累耳。如事少者，须于合用者先占下，别处要用，不可那辍。"⑤ 秦观认为，律赋用事既要讲究位置，又要学会平衡"事多者"与"事少者"之间的关系。宋人作赋善于用典，南宋孙奕《履斋示儿编》卷八"赋贵巧于使事"条的记载，可为秦观之理论做注脚。孙奕不仅提出律赋擅于用事，还强调了用事原则，如"用事贵审"。律赋用事，一般有以下几点值得注意。

第一，讲究精当，注重切题。如《复小斋赋话》言："钱仲文《西海双白龙见赋》，押'于'字一联云：'皓尔其真，异叶公之藻缋；超然将举，同正礼之友于。''礼'原本误'理'。……古人用事，确切如此。"⑥ 赋文"皓尔其真，异叶公之藻缋；超然将举，同正礼之友于"句，典出《新序》："叶公子高好龙，钩以写龙，凿以写龙，屋室雕文以写龙。"⑦ 后者事见《三国志》："洪曰：若明使君用公山于前，擢正礼于后，所谓御二龙于长涂，

---

① （清）浦铣：《复小斋赋话》，清乾隆五十三年复小斋刻本。
② （清）汪廷珍：《作赋例言》，清道光二十七年刻本。
③ （清）浦铣：《历代赋话》，清乾隆五十三年复小斋刻本。
④ （清）李调元：《雨村赋话》，清乾隆四十九年函海刻本。
⑤ （宋）李廌撰，孔凡礼点校《师友谈记》，中华书局，2002，第19页。
⑥ （清）浦铣：《复小斋赋话》，清乾隆五十三年复小斋刻本。
⑦ （汉）刘向：《新序》，中华书局，1997，第173页。

骋骐骥于千里,不亦可乎!"① 此赋巧妙使事,皆扣"双龙"。

第二,避免俗套,贵在出新。《复小斋赋话》云:"用典处以不说出为高。谢观《吴坂马赋》:乍同曲突,收将宫徵之音;又似丰城,指出斗牛之气。虽用蔡邕爨桐、张华剑气事,却不说出'桐'与'剑'字,亦是避熟法。"② 其中"乍同曲突,收将宫徵之音"句,见《后汉书·蔡邕列传》:"吴人有烧桐以爨者,邕闻火烈之声,知其良木,因请而裁为琴,果有美音,而其尾犹焦,故时人名曰'焦尾琴'焉。"③ "又似丰城,指出斗牛之气"句,见《晋书·张华传》:"初,吴之未灭也,斗牛之间常有紫气,道术者皆以吴方强盛,未可图也,惟华以为不然。……并刻题,一曰龙泉,一曰太阿。其夕,斗牛间气不复见焉。"④ 浦铣认为谢观《吴坂马赋》虽采用蔡邕爨桐、张华剑气之典事,然并无直接点出"桐""剑"二字,使人读后不觉耳熟,有"陌生"之感,是谓用典技巧之高。

第三,巧妙斡旋,点铁成金。《雨村赋话》云:"唐人雅善言情,宋人则极讲使事。无名氏《帝王之道出万全赋》云:'一举朔庭空,窦宪受成于汉室;三箭天山定,薛侯禀命于唐宗。'此两事乃人臣,非帝王也。斡旋灵妙,便能点铁成金。陈修《四海想中兴之美赋》云:'葱岭金堤,不日复广轮之土;泰山玉牒,何时清封禅之尘。'运用既切,情致亦深。宜其见赏,阜陵读之流涕也。"⑤ 无名氏《帝王之道出万全赋》,典见《萤雪丛说》:"昔有士人在场屋间,赋《帝王之道出万全》,绝无故实。遂问一老先生,答云:'只有"一举空朔庭,三箭定天山"好使。'要在人斡旋尔。或谓此事乃人臣,非帝王也,不可用,疑诳之。后于程文中见一举人使得最妙,其说题目甚透,有曰:'一举朔庭空,窦宪受成于汉室;三箭天山定,薛侯秉命于唐宗。'真所谓九转丹砂,点铁成金者也。"⑥

而"一举朔庭空,窦宪受成于汉室"句,源出《后汉书·窦宪传》,其曰:"窦宪率羌胡边杂之师,一举而空朔庭,至乃追奔稽落之表,饮马比鞮

① (晋)陈寿:《三国志》,中华书局,1982,第1184页。
② (清)浦铣:《复小斋赋话》,清乾隆五十三年复小斋刻本。
③ (南朝宋)范晔:《后汉书》,中华书局,1965,第2004页。
④ (唐)房玄龄等:《晋书》,中华书局,1974,第1075页。
⑤ (清)李调元:《雨村赋话》,清乾隆四十九年函海刻本。
⑥ (宋)俞成:《萤雪丛说》,中华书局,1936,第5页。

之曲，铭石负鼎，荐告清庙。"①"三箭天山定，薛侯禀命于唐宗"句，源出《旧唐书·薛仁贵传》，其曰："军中歌曰：'将军三箭定天山，战士长歌入汉关。'九姓自此衰弱，不复更为边患。"② 典故中窦宪、薛仁贵皆为人臣，而非帝王，但经过施巧斡旋，顿觉妙合意旨，正所谓点铁成金。

除上述三点，浦铣和李调元在律赋用典上亦有补充。浦铣强调善用故实，食古而化；李调元则重视典故陪衬、另出一奇之法。总之，关于用典，既要做到用事和赋题相切合，又要裁剪语言以适应声韵与句式的要求。

第五节　对偶与辞格

对偶是律赋最显著的特征之一。律赋创作大体经历了从简单到复杂、从宽泛到严格的发展路径，至清代已形成专题化、体系化的理论命题。对偶的文本结构往往昭示理论形成的方向，借此，既可探究律赋批评理论的建构历程，又能领略律赋外在的辨体风貌与内在的独特意蕴。清代律赋创作有集成之功，与此同时，赋话类论著伴随着律赋的创作而产生，通过对赋话文献的深入考察，可以进一步探析律赋在创作技艺上的特征。对偶不仅使赋在音律、结构、意义、节奏上调匀自然，呈现一定的节奏感与建筑美，还能使句式获得内在密度与外在张力的兼容，彰显出丰赡的理论内涵与文体意蕴。今据清代赋话文献厘定九种不同的对偶形态，在律赋视域下就其渊源嬗递、功能价值、实践批评、成就得失以及审美旨趣略作省察。

一　从《文心雕龙》到唐抄本《赋谱》

声韵与对偶是律赋最为显著的两个基本特征，亦是律诗的重要构成元素。律诗与律赋出现的时代基本同时，在唐人的心中，律诗与律赋同出一

---

① （南朝宋）范晔：《后汉书》，中华书局，1965，第 820 页。
② （后晋）刘昫等：《旧唐书》，中华书局，1975，第 2781 页。

源，故其法格互通。此在唐人的诗学理念中可得到验证，如《元稹集》对律诗形式特点的相关阐述："声势沿顺、属对稳切者为律诗。"又："沈宋之流，研炼精切，稳顺声势，谓之为律诗。"① 皮日休《松陵集序》云："逮及吾唐开元之世，易其体为律焉，始切于俪偶，拘于声势。"② 据此而知，唐人将律诗特点总体归纳为：一则讲究声势稳顺；二则注重俪偶稳切。概言之即"用韵"与"对偶"，这和律赋的基本特征毫无二致。在中国诗学漫长的发展史上，魏文帝《诗格》是最早论讨对偶技艺的论著，是著有"八对"之论："一曰正名。二曰隔句。三曰双声。四曰叠韵。五曰连绵。六曰异类。七曰回文。八曰双拟。"③ 此为对诗歌对偶形态所进行的初次总结，与后世论著中对偶论相比虽略显单薄，然筚路蓝缕之功当不可没。

律赋与律诗的迥异，主要表现在篇制上。除杜甫首创的排律体外，律诗篇制短小，虽然通篇八句以平仄相间的声韵结构为根柢，却仅有中间两联讲究结构、词性的对偶，这样无疑消减了对偶的频率，相较律赋创作起来更加灵活。律赋通常全篇对偶，创作起来相当繁难，要达到句句工稳，联联老健，甚至通篇雅致生色，更是难乎其难。因此诸多探讨律赋创作技艺的赋学论著应时而生，以化此忧。

赋学批评史上最早论述赋体对偶者当推刘勰《文心雕龙》。其《丽辞》篇论："故丽辞之体，凡有四对：言对为易，事对为难，反对为优，正对为劣。言对者，双比空辞者也；事对者，并举人验者也；反对者，理殊趣合者也；正对者，事异义同者也。"④ 刘勰不仅论述赋体对偶的几种主要形态，而且就其内涵也给予了学理式的阐释，并通过具体实例进一步阐明："长卿上林赋云：修容乎礼园，翱翔乎书圃。此言对之类也。宋玉神女赋云：毛嫱鄣袂，不足程式；西施掩面，比之无色。此事对之类也。仲宣登楼云：钟仪幽而楚奏，庄舄显而越吟。此反对之类也。孟阳七哀云：汉祖想枌榆，光武思白水。此正对之类也。"⑤ 律赋在创作中一般借助律诗对偶经验，常

---

① 冀勤点校《元稹集》，中华书局，1982，第 601 页。
② （清）董诰等：《全唐文》，中华书局，1983，第 8351 页。
③ 张伯伟：《全唐五代诗格汇考》，凤凰出版社，2002，第 103 页。
④ （南朝梁）刘勰著，范文澜注《文心雕龙注》，人民文学出版社，1958，第 588 页。
⑤ （南朝梁）刘勰著，范文澜注《文心雕龙注》，人民文学出版社，1958，第 589 页。

使用假对、流水对、言对、事对、反对、正对等形态，这些修辞格的运用旨在使文气流转，富有趣味。上述虽是古赋之论，然其法则一样适用于律赋，遂被后世推崇并沿承。

刘勰不仅总结赋之对偶的四种形态，而且借助具体赋篇进行慎实的论证，在理论与实践两个方面均达到一定的高度，具有一定的开创性。然刘勰并未止步于此，后又对对偶进行了卓然心裁的探索，使其由之前的感悟式、印象式的赋学批评形态，逐步向系统化的理论范畴与命题过渡，这对后世认识古代文学理论与创作、批评与实践之间的交互关系多有裨益。检览刘勰在对偶论方面的深入拓展，崖略有三。

第一，论述对偶的高低优劣。刘勰认为："凡偶辞胸臆，言对所以为易也；征人之学，事对所以为难也；幽显同志，反对所以为优也；并贵共心，正对所以为劣也。又以事对，各有反正，指类而求，万条自昭然矣。"① 在四种对偶形态中，刘勰更重视"言对"和"反对"二类，认为"言对"相对容易，而"反对"优于"正对"。

"反对"的使用主要为文章聚气增势。余丙照《赋学指南》论曰："反正，文家常法也。赋取敷陈，反处常少。然非反以取势，则正处亦欠精紧。"又："反击者就反面层层挑醒，多用'匪'字、'岂'字，笔调四旁烘托之，然气大流走。段末总安，收以端庄，长联乃能凝聚其气。"② 而"反正"一法，落脚点亦在"反"字上。赋文创作中多是正面铺陈，反处常少，这样的文章大抵平庸习常，毫无生色。若要使正处眉分目明，局势陡峻，非以反取势不可促之。从"三条烛尽，烧残举子之心；八韵赋成，惊破侍郎之胆"的对句可知，律赋八韵八段对初学者而言是颇为犯难的，若不谙熟相关写作技法，难以争关夺隘。而"反正"法是文家常用之法，一般是反拓一段，正转一段，易于成篇。

第二，指明对偶的撰写标准。《丽辞》篇云："是以言对为美，贵在精巧；事对所先，务在允当。若两事相配，而优劣不均，是骥在左骖，驽为右服也。若夫事或孤立，莫与相偶，是夔之一足，趻踔而行也。若气无奇

---

① （南朝梁）刘勰著，范文澜注《文心雕龙注》，人民文学出版社，1958，第 589 页。
② （清）余丙照：《赋学指南》，清光绪十九年刻本。

类，文乏异采，碌碌丽辞，则昏睡耳目。必使理圆事密，联璧其章；迭用奇偶，节以杂佩，乃其贵耳。类此而思，理自见也。"① 在写作标准上刘勰指出言对贵在"精巧"，因言对不使用典事，仅要求词工意切，故在对偶形态中习为常见。事对即用典，务在"允当"。《事类》篇云："公子之客，叱劲楚令歃盟；管库隶臣，呵强秦使鼓缶。"② 如此用典可谓理得而义要，辞简意丰。一般而言，典事主要源于经书和先秦子书，对此赋话文献多有讨论。《雨村赋话》卷三："赋中多用成句相对，如'和而不同，卑以自牧''拔乎其萃，莫之与京'之类。"③ 成语典故运用得好，既见学识又现巧思；若运用不当则适得其反。《雨村赋话》卷二评蒋防《姮娥奔月赋》"往而不返，谁谓与子偕行；仰之弥高，孰云不我遐弃"一联即云："贪用成语，此宋人所心慕手追者。然未免质直，于题不配。"④

第三，探掘对偶的形成原因。《丽辞》开篇云："造化赋形，支体必双；神理为用，事不孤立。夫心生文辞，运裁百虑，高下相须，自然成对。"⑤ 此论相对简略，然在范文澜对"丽辞"的疏解中能找到更为合理的注脚，今不惮其烦，摘录于此，一窥端倪。

注文曰："古文作丽，象两两相比之形。此云丽辞，犹言骈俪之辞耳。原丽辞之起，出于人心之能联想。既思云从龙，类及风从虎，此正对也。既想西伯幽而演《易》，类及周旦显而制《礼》，此反对也。正反虽殊，其由于联想一也。古人传学，多凭口耳，事理同异，取类相从，记忆匪艰，讽诵易熟，此经典之文，所以多用丽语也。凡欲明事，必举事证，一证未足，再举而成；且少既嫌孤，繁亦苦赘，二句相扶，数折其中。昔孔子传《易》，特制《文》《系》，语皆骈偶，意殆在斯。又人之发言，好趋均平，短长悬殊，不便唇舌；故求字句之齐整，非必待于耦对，而耦对之成，常足以齐整字句。魏晋以前篇章，骈句俪语，辐辏不绝者此也。综上诸因，知耦对出于自然，不必废，亦不能废，但去泰去甚，勿蹈纤巧割裂之弊，

---

① （南朝梁）刘勰著，范文澜注《文心雕龙注》，人民文学出版社，1958，第589页。
② （南朝梁）刘勰著，范文澜注《文心雕龙注》，人民文学出版社，1958，第616页。
③ （清）李调元：《雨村赋话》，清乾隆四十九年函海刻本。
④ （清）李调元：《雨村赋话》，清乾隆四十九年函海刻本。
⑤ （南朝梁）刘勰著，范文澜注《文心雕龙注》，人民文学出版社，1958，第588页。

斯亦已耳。凡后世奇耦之议，今古之争，皆胶柱鼓瑟，未得为正解也。彦和云：'岂营丽辞，率然对尔。'又云：'奇偶适变，不劳经营。'此诚通论，足以释两家之惑矣。"① 据注文而知，对偶产生之因，一是心之联想，此可认为是孕育对偶的原始思维。二是适宜记忆，此可视为文学流布的社会需求。三是举事明证，文章创作中若用典事，必举例证之，一证未足，再举而成，不仅如此，还要把控好使用联句的数目，否则便会出现"少既嫌孤，繁亦苦赘"的现象，掌握这一准绳进而构成合理的对偶，是律赋创作自身的基本规律。四是追均求衡，旨在使词句、结构、声韵等均平齐整，此为创作的发展需求。

通过对《文心雕龙·丽辞》篇的读解，易见对偶论不仅是赋体创作过程中最早出现的理论范畴和理论命题，而且经过理论和实践的双向考察之后，具有方法论的指导意义，为后世律赋对偶论提供了可靠的理论镜鉴与文献依据。毋庸置疑刘勰于对偶的拓展探索，就文学批评理论的发展而言，具有一定的推动作用，更值得赋学研究者珍视。由南朝而入李唐，"对偶"所容纳的无尽的美学内蕴与理论命题遂被后世持续探究。中唐时期出现的抄本《赋谱》，即继《文心雕龙》之后在对偶理论与实践方面出现的标志性"产物"。

唐抄本《赋谱》是现存不多的唐代赋格类文献。唐实行以诗赋取士的科举制度，为适应科举考试的需要，士人们创作了大量的律赋。《赋谱》便是因律赋创作需要而产生的一种类似于教科书的著作。该著尤以论述对偶见长。《赋谱》主要论述赋句、赋段、赋题三个方面的内容，并依此展开论述。赋句是一篇赋文的基本构成元素，也是《赋谱》论讨的关键。对偶的阐述即在赋句的"隔"中呈现。该书开篇便言："凡赋句有壮、紧、长、隔、漫、发、送合织成，不可偏舍。"② 所谓"隔"，指"隔句对者"，由上下两句组成，是律赋赋句中较为繁杂的一种。《赋谱》将隔句又细分为轻、重、疏、密、平、杂六种。

《赋谱》强调六种隔句是赋中较为常用的句式，其中"轻"与"重"

---

① （南朝梁）刘勰著，范文澜注《文心雕龙注》，人民文学出版社，1958，第590页。

② 张伯伟：《全唐五代诗格汇考》，凤凰出版社，2002，第555页。

隔句使用最多，"杂"隔次之，"疏"与"密"隔句再次之，"平"隔为最少。隔句对在律赋中使用频率为最高，由于赋的篇幅较长，隔句对的大量运用，给人句式整饬、语意连贯之美感，因此对隔句对内在肌理的研讨显得十分必要。以上六种隔句对是律赋的基本构成元素，这种缜密、细致的划分正是《赋谱》继《文心雕龙》之后的贡献所在。然而，晚唐以来，偶对的划分方式及相关专业术语的运用也渐次退出历史舞台。宋代以降，各类赋论中余皆不见，清人赋话著作中虽多有涉及，但其论述的细致缜密程度与唐人仍有一定的距离。

二 律赋对偶、辞格的形态与功用

有清一代，以诗赋取士的科考制度相沿不辍。士人创作了大量的律赋，这与当时科考场屋之需以及游离于科考之外的文人雅士抒怀达意的需求有着密切关系。马积高在《赋史》中谓："由于清朝的馆阁常试律赋，律赋也再度兴盛起来。"① 又："（律）赋既然成了进士考试的科目，为了便于试官的评阅和防止士人的预作，就自然地形成了一些限制。开始试赋时流行的赋体还是骈赋，官场又需要骈文，因而对偶成为试赋的首要条件。"② 场屋试赋多为律赋，所以赋话作者需总结历代律赋的创作规律，研讨技巧规则来指导士子应考，这就决定了赋学批评不可能仅仅是只言片语的评点，而需要形成专门化、系统化的阐释。其中律赋的对偶现象，便成了赋话文献中极为常见的理论命题。

（一） 卦辞对

余丙照《赋学指南》称："一为奇，二为偶，《易》象也。赋之骈体，非比偶乎？作者即以《易》之卦名爻辞，取为对仗，实足为通篇生色，此等对法，总以引用的当、烹炼自然为贵。"③ 此则论卦辞对，近于卦名诗之写法，作者接着胪举多联以示之，如："刘彬士《饮易三爻赋》：言敢为厄，应协含章之义；辨非炙輠，早占食德之爻。"④ 赋题典出《三国志·吴书》

---

① 马积高：《赋史》，上海古籍出版社，1987，第587页。
② 马积高：《赋史》，上海古籍出版社，1987，第362页。
③ （清）余丙照：《赋学指南》，清光绪十九年刻本。
④ （清）余丙照：《赋学指南》，清光绪十九年刻本。

卷十二《虞翻别传》："翻初立《易》注，奏上曰：臣闻六经之始，莫大阴阳，是以伏羲仰天县象，而建八卦，观变动六爻为六十四，以通神明，以类万物。……臣生遇世乱，长于军旅，习经于枹鼓之间，讲论于戎马之上，蒙先师之说，依经立注。又臣郡吏陈桃梦臣与道士相遇，放发被鹿裘，布《易》六爻，挠其三以饮臣，臣乞尽吞之。道士言《易》道在天，三爻足矣。"① 上联上句"言敢为卮"，典见《庄子·杂篇》："卮言日出，和以天倪。"下联上句"辨非炙輠"事见《史记·荀卿列传》："谈天衍，雕龙奭，炙毂过髡。"《集解》曰："《别录》曰：'过'字作'輠'。輠者，车之盛膏器也。炙之虽尽，犹有馀流者。言淳于髡智不尽如炙輠也。左思《齐都赋》注曰：'言其多智难尽，如炙膏过之有润泽也。'"② 二者是以子对史。上联下句"含章"源自《易·坤卦》："含章可贞。"下联下句"食德"源自《易·讼卦》："食旧德。"二者是以经对经，偶对工稳，紧扣赋题。

《见星庐赋话》对此论述颇详，卷三曰："赋用卦名对偶，近来馆阁喜用之。然偶一为之，自然凑合则可。若有意专以此见长，终非大雅所尚也。姑录数条，为初学备一法耳。如穆太吏馨阿《龙见而雩赋》云：'咸钦睿虑，祗勤乐岁，卜屡《丰》之象；正值精芒，煜烱清宵，瞻出《震》之龙。'辛庶常文沚《民得四生赋》云：'占《涣》号于辰居，播《咸》和于子姓。'岳庶常镇东《定时岁赋》云：'玉烛凝庥，调《泰》鸿于四气；珠囊纪庆，协《乾》象于两仪。'宋庶常劭毂《三阶平则风雨时赋》云：'《坤》纽长维，锡庶民于五有极；《乾》枢在握，勤天下以三无私。'王庶常培尊《闻行知赋》云：'尧秉宣聪，体函三而出《震》；舜其大智，参明两以作《离》。'杨庶常峻《无逸图赋》云：'执中道契，凝《鼎》祚而功隆；行健德昭，握《乾》符而极建。'陈太史沄《鉴空衡平赋》云：'道叶知临照，普《离》明之德；学由诚立精，符《巽》称之心。'诸如此类，可推之以尽其余。但以上诸联若用作颂圣，句句俱要抬头，不可不知。"③ 赋文擅用经义并用自己的语辞加以铺陈，其中不仅寓含经义思想，且旨在彰显儒家精神。

①　（晋）陈寿：《三国志》，中华书局，1982，第1322页。
②　（汉）司马迁：《史记》，中华书局，1959，第2348页。
③　（清）林联桂：《见星庐赋话》，清光绪十八年刻本。

（二）干支对

余丙照《赋学指南》云："赋以干支字面作对，最易生色。然一篇数见，亦易生厌，若题系干支，又当别论，总要选用典实，打合自然为妙。"①此则论干支对，近于诗中之干支诗。余氏接着胪举多联以示之，如："吴荣华《积书岩赋》：收自何年，恐倩六丁之取；读应难遍，更过二酉之奇。"②赋题事见《水经注》卷二："河北有层山，山甚灵秀，山峰之上，立石数百丈，亭亭桀竖，竞势争高，远望嵯峨，若攒图之托霄上。其下层岩峭举，壁岸无阶，悬岩之中，多石室焉。室中若有积卷矣，而世士罕有津达者，因谓之积书岩。"③上联"六丁"余丙照注见"五丁开山"条：《蜀王本纪》曰：秦惠王欲伐蜀，造石牛，置金其后。蜀王使五丁力士开山，拖石成道，秦遂伐蜀。下联"二酉"，余丙照注《郡国志》：小酉山在辰州府，穴中有书千卷，与大酉相连，故曰"二酉"。上联中的"丁"，与下联中的"酉"，二者是天干对地支。

"干支对"入赋在《见星庐赋话》中亦多有论述，卷七载："赋有干支字面之题，赋内多用干支点缀映合题面者。如吴郎中孝铭《十二时竹赋》有云：'丁帘昼永，甲帐春妍。种岂植于庚辰，名应问禹；数竟编乎甲子，字俨成仙。'又云：'园丁是挈，莳子能谙。携锸归来，小卯亲栽于舍北；提壶行去，良辰时探乎池南。'又云：'浑疑铜瑽犹缄，时难辨午；应比玉函不启，护有神丁。'又云：'凌霜辰而不改，映月子而无移。种从丁卯，桥边应龙蛇而起蛰；植向癸辛，里外偕鸡犬以知时。阴三癸之亭，茶还留客；溯西申之国，凤可巢枝。他年管奏雅寅，悬亥珠而克肖；此日斗刚指丑，听午漏而无差。'又云：'同表验时，当三庚而却暑；偕钟候刻，植五戊而散萌。'此干支字面之题，用干支字面作映合，为本地风光之法。"④

（三）数目对

余丙照《赋学指南》云："数目对与算法不同，彼则较量其多少，此则统举其成数。盖遇数目题，自宜着眼数目字；即题非数目，拈此作对，亦

① （清）余丙照：《赋学指南》，清光绪十九年刻本。
② （清）余丙照：《赋学指南》，清光绪十九年刻本。
③ （北魏）郦道元著，陈桥驿校证《水经注校证》，中华书局，2007，第43~44页。
④ （清）林联桂：《见星庐赋话》，清光绪十八年刻本。

觉簇簇生新，但不可填砌满篇，贻讥于算博士。"[1] 余丙照举例论曰："蒋麟昌《菊花赋》：数七十一品之花身，谁嫌容淡；谢二十四番之花信，并绝大怜。"其中"七十一品"与"二十四番"自然成对。"七十一品"文中注《菊谱》："菊有七十一品。""二十四番之花信"见徐俯诗："一百五日寒食雨，二十四番花信风。"

数量词与标志某事物的词构成词或词组时，会赋予该事物一种全新的寓意。如"一叶""十二州""三十六宫""千山""万水"等，倘若分开来看，它们分别在词性上仅作数量词、方位词、颜色词等，语义单一，指代有限，然将二者有机结合，不仅词意丰满，意境宏阔，而且可达到不工而工，工者更工的审美效果。作家往往会根据这种组合来构造对偶关系，使原本成对偶的相关词语进一步增强对仗，使本来缺少对偶关系的相关语词产生一定的对仗。它们多数或表现为鲜明的对比，或彼此呼应，或层层递进，或上下关联，或意义更为普遍。

"数目对"与"算法"虽然都涉及数字，但"数目对"是列举成数，也就是以数字作对，而"算法"中则包含着计算。《赋学指南》"算法"条云："凡遇数目题，莫妙于用算法。盖本题数目多少，难以实诠，必借他件数目字较定之。数目比本题多者，用除法；数目比本题少者，用乘法。乘、除算来，本题之数目自见。"[2] 此即为修辞中所谓析数，尤其适用于包含数字的赋题。至于具体的运算方式，包括加、减、乘、除等。如《一月得四十五日赋》"倍花风之数，恰少其三"，是指 $24 \times 2 - 3 = 45$；"符大衍之占，又虚其四"，是指 $49 - 4 = 45$；"譬诸六十四卦数，余十九而犹浮"，是指 $64 - 19 = 45$；"窃比三十六宫算，加九筹而为记"，是指 $36 + 9 = 45$。此种手法，在诗中早已用到，但相对而言较为简单，如《文选》卷三十载鲍照《玩月城西门解中》云："三五二八时，千里与君同。"李善注曰："二八，十六日也。《释名》曰：望，满之名。月大十六日，月小十五日。"[3] 但在律赋中，为了表现构思奇特和文字工巧，算法往往会趋于繁难复杂。

---

① （清）余丙照：《赋学指南》，清光绪十九年刻本。
② （清）余丙照：《赋学指南》，清光绪十九年刻本。
③ （南朝梁）萧统编，（唐）李善注《文选》，上海古籍出版社，1986，第 1404 页。

（四）反正对

余丙照《赋学指南》云："反正对有二。上两句或翻或宕或开，作反笔，下两句合到正面，此先反后正法也。上二句正诠题面，下两句或翻或宕或开，作反笔，此先正后反法也。皆赋中擒纵之法，最为便学。"[1]"反正对"其实是一种对比。

余丙照以《蟹籪赋》"不屑寄人篱下，自负横行；岂知入我彀中，终难壮往"为例，并注赋题见《蟹谱》："捕蟹者纬萧承其流而障之，名蟹籪。""寄人篱下"见张融自序："丈夫当删诗书，制礼乐，何至寄人篱下？""横行"见杜牧诗："莫道无心畏雷电，海龙王处也横行。""入我彀中"见《摭言》："唐太宗见新进士缀行而出，喜曰：'天下英雄入吾彀中矣。'""壮往"见《易》："利有攸往。"上联言蟹之横行自若，下联言蟹之被困筐中。《伯牙遇钟子期赋》："风涛辛苦，每嫌识曲之稀；烟火苍凉，竟有知音之遇。"上联叹知音难觅，下联则感慨竟然真的遇到了知音。这些都属于"先反后正"，即先反题意，后合题意。如果正好倒过来，先叙题意，再叙写其反面情况，自然就是"先正后反"，如以"漫道今时憔悴，怯历风霜；须知曩日容颜，华如桃李"二联来叙写秋柳。

《雨村赋话》论"反对"云："唐蒋防《聚米为山赋》云：'起自纤微，有类积尘为岳；终非奇幻，那同画地成川。'王起《辕门射戟枝赋》云：'若嚄同失鹄，我艺自忝其叠双；倘妙等丽龟，而心固宜其如一。'黄滔《周以龙兴赋》云：'孟津契会，此时不愧于云从；羑里栖迟，昔日何伤于鱼服。'皆所谓反对也。"[2]李调元称以上诸例"属辞比事，不失累黍，可谓优且难矣"。反正对的运用，不仅使赋文的内容更加异彩纷呈，而且有利于文气流转，使读者渐入佳境。

（五）流水对

余丙照《赋学指南》云："赋中流水对法，既避重复，且有生动之趣。其法有上下安顿虚字，呼吸一气者，贵得机势。有上下不用虚字，神气一

---

[1] （清）余丙照：《赋学指南》，清光绪十九年刻本。

[2] （清）李调元：《雨村赋话》，清乾隆四十九年函海刻本。

串者，贵极自然。"① 指上下两联共同组合成一个复句，使赋句显得语意连贯。

《唐音癸签》卷四 "流水对" 条曰："严羽卿以刘眘虚 '沧浪千万里，日夜一孤舟' 为十字格，刘长卿 '江客不堪频北望，塞鸿何事又南飞' 为十四字格，谓两句只一意也，盖流水对耳。"② 此处的 "流水对" 与《赋学指南》中的含义一致。再如，《复小斋赋话》卷下论 "流水对" 云："律赋对句，亦用流水法。既避重复，且有生动之趣。聊举一二，如黄滔《戴安道碎琴赋》'焉有平生，探乐府铮钹之妙；爰教一旦，厕侯门夏击之徒'、《汉宫人诵洞箫赋赋》'一千余字之珠玑，不逢汉帝；三十六宫之牙齿，讵启秦娥' 是也。"③ 足见，上下联合用一事，流水对下，自然合拍。在调节赋文节奏的同时，亦使赋文生动有趣，易于赏读。

余丙照为阐述流水对，在文中胪举数例，如席世昌《燃明夜读赋》："不限三条则例，五夜长明；须知一寸光阴，千金难买。"赋题见《颜氏家训》："梁世彭城刘绮，交州刺史勃之孙，早孤家贫，灯烛难办，尝买荻尺寸折之，然明夜读。"④ "三条" 典自唐试举人日既暮，许烧三条烛之事。如韦承贻《策试夜潜纪长句于都堂西南寓》："褒衣博带满尘埃，独向都堂纳卷回。蓬巷几时闻吉语，棘篱何日免重来。三条烛尽钟初动，九转丹成鼎未开。残月渐低人扰扰，不知谁是谪仙才？白莲千朵照廊明，一片升平雅颂声。报道第三条烛尽，南宫风月画难成。""五夜" 见《文选·新漏刻铭》李善注引《汉旧仪》："昼夜漏起，省中用火，中黄门持五夜，甲夜、乙夜、丙夜、丁夜、戊夜也。"⑤ "一寸光阴" 见《晋书》："大禹惜寸阴。""千金难买" 见东坡诗："春宵一刻值千金。"通过分析可知，作者为了点染主旨可谓苦心孤诣，达到了无一字无来历的境界。大量的用典使事略显冗繁，甚至累赘，然作者的旨归悉数可见：一来为构成偶对使上下联工稳精彩，不落俗套；二来能精确契合赋题，借此阐述刻苦读书之本事。

---

① （清）余丙照：《赋学指南》，清光绪十九年刻本。
② （明）胡震亨：《唐音癸签》，上海古籍出版社，1981，第 31 页。
③ （清）浦铣：《复小斋赋话》，清乾隆五十三年复小斋刻本。
④ 王利器：《颜氏家训集解》（增补本），中华书局，1993，第 198 页。
⑤ （南朝梁）萧统编，（唐）李善注《文选》，上海古籍出版社，1986，第 2427 页。

（六）假对

假对本是诗文对偶中的借对，即内容虽不成对偶，但是字面却成对偶，或者因其谐音字成对偶者。如《苕溪渔隐丛话前集》卷二十三引《蔡宽夫诗话》云："诗家有假对，本非用意，盖造语适到，因以用之。若杜子美'本无丹灶术，那免白头翁'，韩退之'眼穿长讶双鱼断，耳热何辞数爵频'，借'丹'对'白'，借'爵'对'鱼'，皆偶然相值，立意下句，初不在此。而晚唐诸人遂立以为格，贾岛'卷帘黄叶落，开户子规啼'，崔峒'因寻樵子径，得到葛洪家'为例，以为假对胜的对，谓之高手，所谓痴人面前不得说梦也。"① 其中，贾岛与崔峒例中的"子"谐作"紫"，"洪"谐作"红"，以成假对。宋邵博《闻见后录》卷十七云："唐诗家有假对律，曰：'床头两瓮地黄酒，架上一封天子书。'又：'三人铛脚坐，一夜掉头吟。'又：'须欲沾青女，官犹佐子男。'等句是也。或鄙其不韵，如杜子美：'枸杞因吾有，鸡栖奈汝何。'又：'饮子频通汗，怀君想报珠。'杜牧之：'当时物议朱云小，后代声名白日悬。'亦用此律也。"② 假对之法在律赋创作中常见不鲜，给人以精彩纷呈之感。

浦铣《复小斋赋话》卷上曰："赋有假对。裴晋公《神龟负图出河赋》，以'洪荒'对'绿水'。范文正公《养老乞言赋》，以'清问'对'黄发'、'无瑕'对'尚齿'是也。乐天《汉高祖斩白蛇赋》，制局一气呵成，叙事有声有色，盖应弘词作也。当日以'不知我者谓我斩白蛇，知我者谓我斩白帝'二句考落。"③ 浦铣以"洪荒"对"绿水"、"清问"对"黄发"、"无瑕"对"尚齿"为例，这些难度较高的偶对呈现，使赋文不仅色彩斑斓，而且奇巧生新。

（七）当句对

即一句中自成对偶。宋洪迈《容斋随笔》"诗文当句对"条云："唐人诗文，或于一句中自成对偶，谓之当句对。盖起于《楚辞》'蕙肴兰藉'、'桂酒椒浆'、'桂棹兰枻'、'斫冰积雪'。自齐梁以来，江文通、庾子山诸

---

① （宋）胡仔：《苕溪渔隐丛话前集》卷二十三，清乾隆刻本。
② （宋）邵博：《闻见后录》卷十七，明津逮秘书本。
③ （清）浦铣：《复小斋赋话》，清乾隆五十三年复小斋刻本。

人亦如此。如王勃《宴滕王阁序》一篇皆然。"① 这种对偶因灵活方便，用之使赋句工稳精切，而受赋家青睐。

《雨村赋话》论"当句对"云："唐元稹《善歌如贯珠赋》云：'以节为珠，以声为纬。渐杳杳而无极，以多多而益贵。悠扬绿水，讶合浦之同归；缭绕青霄，贯五星以一气。''合'与'同'、'五'与'一'，所谓当句对也。《奉制试乐为御赋》云：'蟠乎地而极乎天，周流既超于马力；发乎迩而应乎远，驰声亦倍于鸾和。'爽健之句。此调亦创自微之，后来永叔诸公，专教此种。"② 由于该对偶常见于诗赋创作当中，其称谓多有变换，如王昌龄称之"句对"，《诗格》云："句对四。曹子建诗：浮沉各异势，会合何时谐。"③ 严羽谓"就句对"，《沧浪诗话》："有就句对。又曰当句有对。如少陵'小院回廊春寂寂，浴凫飞鹭晚悠悠'，李嘉佑'孤云独鸟川光暮，万里千山海气秋'是也。前辈于文亦多此体，如王勃'龙光射斗牛之墟，徐孺下陈蕃之榻'，乃就句对也。"④

（八）事对

前文在讨论《文心雕龙·丽辞》篇时已详说，此从略。《雨村赋话》对"事对"有一定讨论。如："杨用修与诸才士宴集，偶谈及唐人谢观《白赋》云：'晓入梁王之苑，雪满群山；夜登庾亮之楼，月明千里。'《赤赋》云：'田单破燕之日，火燎平原；武王伐纣之时，血流漂杵。'一客效之作《黑赋》曰：'孙膑衔枚之际，半夜失踪；达摩面壁以来，九年闭目。'一客赋《青》曰：'帝子之望巫阳，远山过雨；王孙之别南浦，芳草连天。'一客赋《黄》曰：'杜甫柴门之外，雨涨春流；卫青油幕之前，沙含夕照。'"⑤

又："唐白行简《澹台灭明斩龙毁璧赋》云：'纷然电散，谓齐后之碎连环；骍而星分，同亚父之撞玉斗。'张随《上将辞第赋》云：'王翦请贻乎子孙，与兹难并；晏婴敢烦乎里旅，相去不遐。'宋范镇《长啸却胡骑

① （宋）洪迈：《容斋随笔》，上海古籍出版社，1978，第248页。
② （清）李调元：《雨村赋话》，清乾隆四十九年函海刻本。
③ 张伯伟：《全唐五代诗格汇考》，凤凰出版社，2002，第185页。
④ （宋）严羽著，郭绍虞校释《沧浪诗话校释》，人民文学出版社，1983，第74页。
⑤ （清）李调元：《雨村赋话》，清乾隆四十九年函海刻本。

赋》云：'若楚军夜遁之时，闻歌于四面；异汉将道穷之日，振臂而一呼。'"① 李调元以唐人谢观《白赋》《赤赋》，白行简《澹台灭明斩龙毁璧赋》，张随《上将辞第赋》，宋范镇《长啸却胡骑赋》等赋中的典事为例，深入分析事对在律赋修辞中"事对为难""事对者，并举人验者也"的特点及作用，即因难见巧，以此体现赋家的渊博学识。

（九）股对

指两对词语在上下联同语法位置上，正向相对分押上下之韵，以承上启下，联系紧密的修辞格式。如《雨村赋话》卷二载录："唐白居易《动静交相养赋》云：'所以动之为用，在气为春，在鸟为飞，在舟为楫，在弩为机。不有动也，静将畴依？所以静之为用，在虫为蛰，在水为止，在门为键，在轮为柅。不有静也，动奚资始？'超超玄箸，中多见道之言，不当徒以慧业文人相目。且通篇局阵整齐，两两相比。此调自乐天创为之，后来制义分股之法，实滥觞于此种。"② 李调元不仅对白居易《动静交相养赋》中"股对"形态特征进行了概论，而且对其渊源流变予以追溯研讨。此外，铃木虎雄在《赋史大要》中曾有评析，如论宋王炎《竹赋》中的赋句云："'春日载阳'云云九句，与'冬日祁寒'云云九句，成隔句押之长股对，与唐白居易《动静交相养赋》等之股对为同类。"③ 是书第七篇"八股文赋（清赋）时代"，有专章论述可详览，此不赘述。

"股对"在唐抄本《赋谱》中也有相关讨论。《赋谱》中谓之"双关"，然就其表述来看，"双关"并非现代修辞学中的双关辞格，而是指赋文中两事物相互关联。文中简述了"双关"与"非双关"情形："'月'之与'珪'双关"，另外如"'丝'之与'绳'，'玄'之与'珠'，并得双关。'丝绳'之与'直'、'玄珠'之与'道'，不可双关。"如白居易《动静交相养赋》，"动"与"静"双关，赋文起句云："天地有常道，万物有常性。道不可以终静，济之以动。性不可以终动，济之以静。养之，则两全而交利；不养之，则两伤而交病。"

---

① （清）李调元：《雨村赋话》，清乾隆四十九年函海刻本。
② （清）李调元：《雨村赋话》，清乾隆四十九年函海刻本。
③ 〔日〕铃木虎雄：《赋史大要》，殷石臞译，赵敏俐主编《中国文学研究论著汇编·古代文学卷》第 25 册，天津古籍出版社，2019，第 279 页。

再如李程《金受砺赋》"金""砺"双关。赋文以"圣无全功，必资佐辅"为韵，起句云："惟砺也，有克刚之美；惟金也，有利用之功。利久斯克，犹或失其铦锐；刚固不磷，是用假于磨砻。"赋题典出《国语·楚语上》："若金，用女作砺。若津水，用女作舟。"赋篇的结穴，正是以"金"→"君主与砺"→"忠臣"互为双关来层层推进，在唐赋中别具一格。李调元《雨村赋话》论曰："唐李程《金受砺赋》，双起双收，通篇纯以机致胜，骨节通灵，清气如拭，在唐赋中又是一格。毛秋晴太史谓：'制义源于排律。'此种亦是滥觞。分合承接，蹊径分明，颖悟人即可作制义读。又排句之下，每用单句收束，亦是创格。"①

鉴于上述对偶形态及功能意蕴，《赋学指南》卷四"论裁对"中总结云："赋之对仗，贵极精工，骈四俪六，对白抽黄，所谓律也。大凡天地之物，莫不有偶，如天文地理，草木鸟兽，各以类对，固自易易。然近今人文蔚起，花样异常，但能工稳，尚难出色；务必悉去陈言，独标新颖；或参以干支，或配以颜色，或以假借见巧，或以流水见活，方能自开生面，不落恒蹊；但巧不可入纤，工不可伤雅耳。"② 活用对偶能使赋文别开生面，不落恒蹊。该论旨在阐明律赋创作若要卓然心裁，须注重偶对之法，即参以"卦辞""干支""数目""流水"等对偶方式方可工稳出色，这是律赋创作中因难见巧的体现。

三 律赋对偶、辞格的实践与批评

在诸多赋话文献中，唐抄本《赋谱》对律赋的创作与传承有着举足轻重的作用，尤其在对偶方面表现最为显豁。开元、天宝之际，伴随着科举的盛行，律赋创作进入了真正的繁荣时期，《登科记考》卷二载："开元间，始以赋居其一，或以诗居其一，亦有全用试赋者，非定制也。杂文之专用试赋，当在天宝之季。"③ 盛唐律赋创作大抵以科举考试为中心，有较强的政治功利目的，多以歌功颂德为宗旨。此时律赋创作的标准样式也正式步入文坛，如《赋谱》中的"凡赋以隔为身体""此六隔皆为文之要""凡句

① （清）李调元：《雨村赋话》，清乾隆四十九年函海刻本。
② （清）余丙照：《赋学指南》，清光绪十九年刻本。
③ （清）徐松撰，赵守俨点校《登科记考》，中华书局，1984，第70页。

字少者居上，多者居下。紧、长、隔以次相随"等理念成为创作者的自觉标准，律赋作品基本遵循"紧、长、隔以次相随"的程式，每段有隔对，且以隔对收尾；韵脚要求也较为严格，偷韵、换韵、漏韵的现象几乎无一出现。

《赋谱》明确指出，新赋的字数为三百六十字左右："约略一赋内用六、七紧，八、九长，八隔，一壮，一漫，六、七发；或四、五、六紧，十二、三长，五、六、七隔，三、四、五发，二、三漫、壮；或八、九紧，八、九长，七、八隔，四、五发，二、三漫、壮、长；或八、九隔，三漫、壮；或无壮；皆通。计首尾三百六十左右字。"① 观上述论述而知，赋文以"漫+紧+长+隔"句式构成，每一段由三个对句组成，又以隔对完美收句。这种新体在贞元、元和年间不断增多，如白行简《以德为车赋》《车同轨赋》《望夫化为石赋》，以及王起《律吕相召赋》、李绅《善歌如贯珠赋》等，这些赋作大抵符合《赋谱》叙及的新体形制。足见唐代场屋试赋对日常律赋创作的深远的影响。

宋代的科举赋作也基本继承了唐代律赋的要求。宋李廌《师友谈记》中记载秦观论八韵之说，其"秦少游论小赋结构"条谓："凡小赋，如人之元首，而破题二句乃其眉。惟贵气貌有以动人，故先择事之至精至当者先用之，使观之便知妙用。然后第二韵探原题意之所从来，须便用议论。第三韵方立议论，明其旨趣。第四韵结断其说以明题，意思全备。第五韵或引事，或反说。第七韵反说或要终立义。第八韵卒章，尤要好意思尔。"② 《四库全书总目·总集类存目一》记载："宋礼部科举条例，凡赋限三百六十字以上成，其官韵八字，一平一仄相间，即依次用。若官韵八字平仄不相间，即不依次用。其违式不考之目，有诗赋重叠用事，赋四句以前不见题，赋押官韵无来处，赋得一句末与第二句末用平声不协韵，赋侧韵第三句末用平声，赋初入韵用隔句对，第二句无韵。"③ 可见，宋代对律赋布局章法的探索与考究，比之唐代愈趋复杂和严谨。

综上，《赋谱》的编撰与律赋的创作实践存在密切关系，为考察对偶的

---

① 张伯伟：《全唐五代诗格汇考》，凤凰出版社，2002，第564页。
② （宋）李廌撰，孔凡礼点校《师友谈记》，中华书局，2002，第18页。
③ （清）永瑢等：《四库全书总目》，中华书局，1965，第1736页。

嬗递提供了坚实的文献依据。

对对偶理论的实践与评判，从南朝发轫，经唐宋承袭，在元明清三朝继续拓展，人们从未停止探究，尤以在诗论、赋论中的讨论为最。《古赋辨体》卷七曰："唐赋无虑以千计，大抵律多而古少。夫古赋之体，其变久矣，而况上之人选进士以律赋，诱之以利禄耶？盖俳体始于两汉，律体始于齐梁，俳者律之根，律者俳之蔓。后山云：四律之作，始自徐、庾。俳体卑矣，而加以律，律体弱矣，而加以四六，此唐以来，进士赋体所由始也。雕虫道丧，颓波横流，光铓气焰，埋铲晦蚀，风俗不古，风骚不今，后生务进干名，声律大盛，句中拘对偶以趋时好，字中揣声病以避时忌。"①《文章辨体序说》"律赋"条曰："律赋起于六朝，而盛于唐宋。凡取士以之命题，每篇限以八韵而成，要在音律谐协、对偶精切为工。"② 二则引文主要是对律赋的缘起、嬗变、特征等内容的评价，特别对律赋的"对偶精切"与"音律谐协"进行评议，可认为是元明时人对律赋的通识之见。相较元明的评判，清人对对偶的论述则更为详赡。

其一，对律赋对偶迁转形态的论述。《雨村赋话》卷一："扬、马之赋，语皆单行，班、张则间有俪句，如'周以龙兴，秦以虎视'，'声与风游，泽从云翔'等语是也。下逮魏晋，不失厥初。鲍照、江淹，权舆已肇；永明、天监之际，吴均、沈约诸人，音节谐和，属对密切，而古意渐远；庾子山沿其习，开隋唐之先躅。古变为律，子山实开其先。"③ 从中不仅可以看出赋体创作由散而骈，由骈而律的迁转过程，而且可见对不同时代、不同赋家的风格特征的考索。如西汉扬雄、司马相如赋篇多是散体大赋，此时对偶句相对不多；东汉至南朝时期咏物、抒情小赋盛行，偶句趋于繁兴。其后永明声律论的出现，对赋文的句子结构、词性、节奏等的谐协起到重要的推动作用，遂有"音节谐和，属对密切"的论评。迨至庾信，赋文臻于完备，可谓无语不工，无句不偶，在承续齐梁余波的同时，为隋唐律赋的发展奠定了基础。《四库全书总目·庾开府集笺注》对此评云："（庾信）

---

① （元）祝尧编《古赋辨体》，清文渊阁《四库全书》影印本。
② （明）吴讷著，于北山校点《文章辨体序说》，人民文学出版社，1962，第55页。
③ （清）李调元：《雨村赋话》，清乾隆四十九年函海刻本。

骈偶之文，则集六朝之大成，而导四杰之先路，自古迄今，屹然为四六宗匠。"①

其二，对律赋对偶句法结构的评骘。浦铣《复小斋赋话》卷上曰："律赋句法，不可但用四六，或六四，或七四，或四七。试取王辅文棨、黄文江滔、吴子华融、陆鲁望龟蒙诸家观之，思过半矣。"② 四六句是律赋创作中较为常用的句式，但须交错使用，使句式流转多变以此来增加偶对的艺术效果。如浦铣《复小斋赋话》卷下论陆龟蒙："鲁望诸赋，精工雕锼，不遗余力。句法多用四五、五四，四七、七四，八四、六四不多用之，以等剩字。且赋中颇多寄托，《青苔》《书带》诸篇，得骚人香草美人遗意。"再如论十字句有："五言诗有十字为一句法者，赋亦有十字或十二字为一句法者。唐人郑滈《吹笛楼赋》云：'竟无六律继当时紫府之清音，空有一条是往日翠华之去路。'黄滔《汉宫人诵洞箫赋赋》：'霞窗触处不吟纨扇之诗，乐府无人更重箜篌之引。'皆是也。"③ 如此长句在律赋对偶中较为少见，唐元稹、白居易最早将长句用于律赋之中而别创一格。《雨村赋话》卷三："律赋多用四六，鲜有用长句者。破其拘挛，自元、白始。乐天清雄绝世，妙悟天然，投之所向，无不如志；微之则多典硕之作，高冠长剑，璀璨陆离，使人不敢逼视。"④ 相关论评诸多，不一而足。

其三，对律赋对偶创作标准的品鉴。这一点主要体现在对偶用语和句式要求上，前者如刘熙载《艺概·赋概》称："赋中骈偶处，语取蔚茂；单行处，语取清瘦。"⑤ 文中对这一标准进行溯源，指出"此自宋玉、相如已然"。后者如汪廷珍《作赋例言》谓："长句不如短句，四句对不如两句对，骏对不如活对，多用四句对，最易乏气。换韵处尤不宜用四句对，合掌更属大忌。四句对相承处须变换，不可两联一样，如上联上四下六，下联再用上四下六便不好。"⑥ 魏谦升《赋品》云："新情古色，才美齐梁。物必有耦，妙合成章。一歌绛树，韵迭声双。兰苕翡翠，菡萏鸳鸯。花花自对，

① （清）永瑢等：《四库全书总目》，中华书局，1965，第 1275~1276 页。
② （清）浦铣：《复小斋赋话》，清乾隆五十三年复小斋刻本。
③ （清）浦铣：《复小斋赋话》，清乾隆五十三年复小斋刻本。
④ （清）李调元：《雨村赋话》，清乾隆四十九年函海刻本。
⑤ （清）刘熙载：《艺概》，上海古籍出版社，1978，第 100 页。
⑥ （清）汪廷珍：《作赋例言》，清道光二十七年刻本。

翼翼相当。属辞比事，摘艳熏香。"① 这是针对对偶句式创作准则而言的。整齐谨严，音律谐美，正是对偶句式追求的写作准则。江含春《楞园赋说》评论曰："四六错综变化，不必求奇，其法不外夹叙夹议，或上叙下议，或上议下叙，或分或合，或抑或扬，总以虚实相生，上下不隔为妙。"② 富于句式变化，正是律赋不同于律诗的独特个性，因此多为赋论所提及。

其四，对律赋对偶书写弊端的揭示。姜学渐《味竹轩赋话》"初学律赋一则"条云："然后讲求每字句要稳当，要圆熟，求真切便稳当，调平仄便圆熟。每句意要联贯，要圆转，不杂凑便联贯，有开合便圆转。每段要流畅，忌累赘，少排句便流畅、不累赘。"③ 至清代，律赋艺术形态在韵律、句法、结构等方面臻于完善，已成为赋家或评论家所追求的典范，这正契合《复小斋赋话》"其中抽秘骋妍，俵色揣称，使人有程式可稽，工拙立见者，自在律赋。所为气度之厚，神思之远，古今无异"④ 所论。因此，为使律赋整体上工稳联贯、流畅圆转，评论家对律赋创作的中字、句、段、韵、对偶等常见的疏漏弊病予以揭示，以免落入窠臼。王芑孙《读赋卮言》亦有相似评述："读赋必从《文选》《唐文粹》始，而作赋则当自律赋始，以此约束其心思，而坚整其笔力。声律对偶之间，既规重而矩叠，亦绳直而衡平。律之为言，固非可卤莽为之也。其有'妖歌曼舞'六句而裁押一韵，旁牵远撦，片辞而已衍半篇，此段不殊于彼段，下联不接于上联者，犹之市瓜取肥，买菜求益，不有重胝之疾，必遭偾胀之讥，此皆败律之过，而岂律固如是耶?"⑤ 律赋创作虽有章法可循，但须注意其弊端，倘若旁牵远撦，会造成段落之间悬殊过大，上下联句之间未能有机衔接；若一味追求闳博富丽，则易违背用韵和对偶的创作准则，"此皆败律之过"。

文本的结构往往昭示理论发展的趋势。律赋对偶的批评实践正是为其之后的理论形成而进行的努力尝试，反过来理论又能指导律赋的创作实践，二者互为参补。清代赋话论著不仅对律赋的对偶技巧、形态特征、艺术风

---

① （清）魏谦升：《赋品》，清抄本。
② （清）江含春：《楞园赋说》，上海图书馆藏清抄本。
③ （清）姜学渐：《味竹轩赋话》，清同治六年刻本。
④ （清）浦铣：《复小斋赋话》，清乾隆五十三年复小斋刻本。
⑤ （清）王芑孙：《读赋卮言》，清光绪九年刻本。

格进行了全面的探析，而且对律赋的渊源嬗递、审美标准、鉴赏批评也给予了深入考量，从而具有一定的镜鉴意义与指导作用。

综观律赋的对偶现象，无论是形态与功能方面的拓展，成就与得失的权衡，还是实践与评论方面的推进，在清代总体上呈专题化、体系化的发展态势，并取得了丰硕成果。概言之，对偶的成就即律赋臻于至善的具体表现，归根结底与律赋在清代的繁荣密不可分。从余下四端概略性认识，可窥探清代律赋兴盛之貌。

首先，清代科举试赋的有力推动。清代科考，首重律赋。《清史稿·选举制》载："有清一沿明制，二百余年，虽有以他途进者，终不得与科第出身者相比。康、乾两朝，特开制科，博学鸿词，号称得人。然所试者亦仅诗、赋、策、论而已。"①除此而外，庶吉士月课、翰詹大考皆试律赋。顾莼《律赋必以集·序》云："我朝承前明之制，取士以制义，而仍不废诗赋。自庶吉士散馆、翰詹大考，以及学政试生童，俱用之。其体固不拘一格，而要之以律为宜。盖律者，法也。有对偶、有声病。古赋可以伪为，而律非富于涉猎揣摩有素者，不能为也。"②《见星庐赋话》讨论较多，如"馆阁之赋多限官韵，仿唐人八韵解题之例""馆阁多有律赋""近时馆阁赋之甚夥，谨录其尤者，备我朝掌故焉"等。清代科举试赋的盛行，一则为律赋的繁盛奠定了社会根基，二则促使诸多赋话论著应时而生。

其次，清代赋话论著的全面创获。"赋话"最早出现于宋王铚《四六话序》。清代赋话类论著大抵是随着律赋创作而形成的，今存主要有：浦铣《历代赋话》《复小斋赋话》，李调元《赋话》，林联桂《见星庐赋话》，姜学渐《味竹轩赋话》，姜国伊《尹人赋话》，孙奎《春晖园赋苑卮言》，江含春《楞园赋说》，汪廷珍《作赋例言》，王芑孙《读赋卮言》，余丙照《赋学指南》等，论述其内涵，约略有四：①搜集、摘录前人相关赋论文献；②鉴赏、评骘赋家与赋作；③阐微赋学理论，多涉律赋的渊源流变、技巧法则、风格体制、批评方式、艺术特征、编撰体例、审美准则等内容；④论赋之功用价值。该四点大体轨制诗话之旨，综此而言，赋话既是赋学

---

① 赵尔巽等：《清史稿》，中华书局，1977，第3099页。

② （清）顾莼：《律赋必以集》，清嘉庆十八年菊坡精舍刻本。

理论的有机组成部分，又是推动和指导律赋创作的重要理论指南。

再次，清代音韵之学的蓬勃兴起。清代音韵学的发展，有益于增进试赋用韵的规范性。有清一代，音韵学方面不论是官方抑或个人，均出现不少相关论著，如官方著述有：康熙年间张玉书等奉敕编撰的《钦定音韵阐微》《佩文韵府》等，乾隆年间编著的《钦定音韵述微》等；个人著述有：江永《古韵标准》、顾炎武《音韵五书》、戴震《声韵考》、段玉裁《六书音韵表》、江有诰《音学十书》等。大量音韵类论著出现，除利于士子围绕科举考试而进行的大量律赋创作之外，另有利于游弋于科试之外的文人雅士或抒怀言志，或游情戏笔，或模山范水等的律赋写作。

最后，清人对律赋批评体系的建构。馆阁试赋虽是律赋批评理论建构的着力点，然清人对律赋的浩繁创作及深入研究，又使这一理论建构具有了一定的超越性，最终形成自律的理论体系。究此理论体系建构的主要贡献，一在于考量了南北朝以来律赋的时代风格与迁转路径，此于李调元《雨村赋话》、林联桂《见星庐赋话》中可见其详；二在于建立了律赋鉴赏的审美标准，如浦铣《复小斋赋话》所提出的"清丽""纤巧""秾艳""哀艳"等艺术特征，余丙照在《赋学指南》卷六"赋品"中指出的"清秀、洒脱、庄雅、古致"等审美取向；三在于创设并规范了律赋的写作程式，并厘定了诸如"破题与诠题""用韵与限韵""用笔与用事"等大量场屋写作的技法。

从格律视域出发考察律赋的对偶现象，既可以使得律赋对偶论的阐发获得相应的理论鉴照，又可借此揭示格律对偶在各体韵文学之间的共相意义。观览赋话著作的具体理论和实例，辅以相关文献慎实研讨，易发现律赋对偶论呈现出一个从简单到复杂、从宽泛到严格的迁转过程，对这一过程内部肌理的深究，将有益于完成对律赋外在的辨体风貌与内在的文化意蕴的全面考量。

第六节　炼字与琢句

魏谦升《赋品》"研炼"条云："《京都》矩丽，一纪十年。笔札楮墨，藩溷著焉。《海潮》卢作，星再周天。结响不滞，捶字乃坚。为绕指柔，妙极自然。丹成剑跃，炉火无烟。"① 此可视为对律赋在炼字、琢句技法方面的合理注脚。

李调元强调律赋创作须重炼字。《雨村赋话》评唐黄滔《融结为河岳赋》炼字曰："诗家以炼字为主，惟赋亦然，句中有眼，则字字轩豁呈露矣。唐黄文江滔单讲此诀，词必已出，苦吟疾书，故能于帖括中自竖一帜。其《融结为河岳赋》云：'则有龟负龙擎，文籍其阳九阴六；共触愚移，倾缺其天枢地轴。如疏朴略，波万壑以派分；似截淳浤，切千岩而云蠤。'戛戛独造，不肯一字犹人。"评唐白行简《金跃求为镆铘赋》炼字曰："云：'迸紫光而旁射，期游刃以剚犀；烘赤气而上冲，愿成形于斩马。'又：'自殊美玉，岂韫椟以沽诸；愿比雕戈，庶因兹而砺乃。'力写'求''为'二字，作作有芒，熊熊有光。字里行间，皆挟精悍之色，亦如跃冶之祥金。"② 李调元认为该赋将炼字和用典混搭，以此可以增进律赋的艺术效果。从"戛戛独造，不肯一字犹人""作作有芒，熊熊有光""字里行间，皆挟精悍之色"等评价，可窥见李调元对炼字的重视程度。在对待炼字上，李调元和浦铣均有自己的见解。

李调元《雨村赋话》对炼字提出了活用的准则。如："唐周铖《登吴岳赋》云：'中隐深溪，日月之光不到；外连层阜，龙蛇之势斯蟠。'又云：'西窥剑阁，霜地表之千镡；东瞰蓬莱，黛波间之数点。''霜'字'黛'字，捶字结响，得古人活用之法。又《海门山赋》云：'当晴昼而纤雾豁开，大吞江汉；值阴霾而浓云交翳，暗锁乾坤。'俱长于锤炼，意态雄杰。此二赋足以凌跨一时，然他赋则不称是，如《同人》《于野》等篇，殊少细腻风光。乃知高下咸宜，此境固未易到。按王定保《摭言》云：'周绒者，湖南人，咸通中以词赋擅名。'考其年代，即是此人，但'铖''绒'字有一误耳。"③ 特意强调了《登吴岳赋》中"霜"与"黛"二字得古人活用之法，长于锤炼。

浦铣《复小斋赋话》论述炼字则提出"一字师"之说。其以《萤雪丛

---

① （清）魏谦升：《赋品》，清抄本。
② （清）李调元：《雨村赋话》，清乾隆四十九年函海刻本。
③ （清）李调元：《雨村赋话》，清乾隆四十九年函海刻本。

说》和《梦溪笔谈》中的记载展开："今人但知诗有一字师，不知赋亦有一字师。《萤雪丛说》载，吴经叔鄂在湖南漕试。次名陈尹，赋《文帝前席贾生》，破题云：'文帝好问，贾生力陈。忘其势之前席，重所言之过人。'经叔改'势'作'分'，陈大钦服。又陈季陆在福州，考校出《皇极统三德五事赋》，魁者破云：'极有所会，理无或遗。统三德与五事，贯一中于百为。'季陆极喜辟初四句，只嫌第四句'贯百为于一中'似乎倒置，改'贯'字作'寓'，较有意思。又《梦溪笔谈》：刘辉《尧舜性仁赋》，有'内积安行之德，盖禀于天'，欧阳公以为'积'近于'学'，改为'蕴'，人莫不以公为知言。皆一字师也。"① "一字师"源自诗论观念，而浦铣将其援引至赋论中，足见其对炼字的重视。

再如浦铣评论黄文江、王辅文炼字时云："黄文江、王辅文，唐僖昭时人，俱以律赋擅长。其句法大略相同，而黄更有艳情，加以琢句炼字，奕奕新色，真小赋第一手。"又："题有不得不用哀艳者，如《馆娃宫赋》是也。黄御史更加炼句炼字，便成千秋绝调。"② 黄滔、王棨二人，均为晚唐律赋名家，尤其黄文江极其注重琢句炼字，浦铣赞其字句皆奕奕新色，遂成千秋绝调。因此，浦铣誉黄滔为"小赋第一手"。

除炼字之外，律赋亦重琢句。在琢句上赋家各抒己见，江含春《楞园赋说》指出："炼句之法，短须典重有力，长须飘逸有致。四六错综变化，不必求奇，其法不外夹叙夹议，或上叙下议，或上议下叙，或分或合，或抑或扬，总以虚实相生，上下不隔为妙。能间用成语工对，加以语妙指点，则场中可制胜矣。"③ 李调元则认为赋要新颖，须琢句，唯此方能不落前人窠臼，《雨村赋话》云："赋须琢句新颖，方不落前人窠臼。明沈朝焕《春蚕作茧赋》云：'战玄黄于倏忽，藏白贲于韬钤。其缭绕也，如宓妃之缉雾；其鲜洁也，若鲛人之杼冰。周阹以网，蔽茀以纷。或疏或密，一纵一横，机工墨色而让巧，文士橐管而逊精。凭唇吻以默运，不手足而自营。'句末尤新。"④ 随后李调元例举南朝至唐律赋琢句的概况，进一步阐述"新

---

① （清）浦铣：《复小斋赋话》，清乾隆五十三年复小斋刻本。
② （清）浦铣：《复小斋赋话》，清乾隆五十三年复小斋刻本。
③ （清）江含春：《楞园赋说》，上海图书馆藏清抄本。
④ （清）李调元：《雨村赋话》，清乾隆四十九年函海刻本。

颖"之意。评南朝赋曰:"梁沈约《高松赋》云:'经千霜而得拱,仰百仞而方枝。''得'字'方'字,清劲有力,可为琢句之法。谢玄晖、王仲宝俱有《和竟陵王高松赋》,而此篇有'平台北园'及'邹枚之客'等语,想亦同时应教所作。竟陵王,齐武帝之子萧子良也。"评唐人琢句,认为其既新颖流丽又雅近六朝:"唐张何《蜀江春日文君濯锦赋》云:'夺五云长风未散,泫百花微雨新洗。'设色浓至,琢句新颖,气味亦雅近六朝。"①

另外,余丙照认为琢句倘若有工力,不可了以率易;有火候,更不可参以生硬。虽过炼亦恐伤气,总要清不流于滑,华不近于俗,奇不戾于正,方为和平大雅之音。《赋学指南》云:"赋贵琢句,律赋句法不一,唐人律赋,不必段段尽用四六句,亦有全不用者。如石贯之《藉田赋》,颜鲁公《象魏赋》是也。而最便初学者,莫如四字六字,及四六六四等句,酌其机调,参差用之,自能修短合度,血脉流通。然欲出语惊人,行间生色,则必加以烹炼。烹取调和,所谓酏醢盐梅以和五味也;炼则融化,所谓百炼钢化为绕指柔也。"② 当然,炼字琢句虽为律赋新颖服务,不可雕琢太过,否则难免流于靡丽。

第七节 制局与炼局

局法即律赋制作的布局章法。姜学渐《味竹轩赋话》云:"学赋之法,先布一篇之局。篇中有停顿,有开合,题之层折,即赋之波澜,无层折便为平铺直叙,总须相题之。局既布,则一段有一段之意矣。"③ 律赋多为场屋之作,士子在规定范围内应试,若要充分施展自己的才智学识,毫无疑问会在律赋的章法结构上苦下功夫。因此,在创作上遵循章法、注重结构,成为律赋异于其他诸种赋体的显著特征。今据赋话文献,将所论局法概括为四。

第一,多样化的句法。律赋在句法上不拘一格,取文、骚、骈三体之

---

① (清)李调元:《雨村赋话》,清乾隆四十九年函海刻本。
② (清)余丙照:《赋学指南》,清光绪十九年刻本。
③ (清)姜学渐:《味竹轩赋话》,同治六年刻本。

法而为之，这样不仅益于律赋自身的调节变化，而且还呈现出骚赋、文赋、骈赋在句法上所不具有的灵活性。正是基于这一灵活特性，律赋在诸如用韵、命题、破题、切题、用笔、用事等条件的限制下，能得到较好的补充。律赋体式正是在这种得失互兼的现象中发展与丰富起来的。

　　句法是律赋布局中的关键一环，因此，论述布局则首论句法。四六句是律赋常用句法，但要错杂使用，方可得变化流转之功。如浦铣《复小斋赋话》："律赋句法，不可但用四六，或六四，或七四，或四七。试取王辅文棨、黄文江滔、吴子华融、陆鲁望龟蒙诸家观之，思过半矣。"又："四六、六四等句法，须相间而行。唐人唯王辅文曲尽其妙。辅文律赋四十一首，余析为四卷，笺注藏于家。"① 王棨、黄滔、吴融、陆龟蒙都是律赋大家，工于四六。尤其王棨《江南春赋》，可谓句法流转变化，行文曲尽其妙，是四六的典范之作，因此，被前人誉为律赋正楷。

　　第二，以韵叙次布置。李调元《雨村赋话》论唐黄滔《馆娃宫赋》曰："昔盛今衰，各以三韵叙次，布置停稳，尤妙在起韵末联云：'舞榭歌台，朝为宫而暮为沼；英风霸业，古人失而今人惊。'对法变化，恰好领起下文'想夫桂殿中横，兰房内创'一段，此赋家正眼法门。"② 文中"昔盛今衰，各以三韵叙次"所言，指赋家用"漾""支""职"三韵，论述昔日馆娃宫之盛；再用"东""陌""豪"三韵，叙今日馆娃宫之衰。用韵叙次布局，既可使赋篇生色、流丽，又可凭换韵规律来安排层次，谋篇立意。

　　以韵叙次布置之法，不仅在唐代盛行，遂后宋代亦有详细的研究。如宋李廌《师友谈记》中记载秦观论赋曰："凡小赋，如人之元首，而破题二句乃其眉。惟贵气貌有以动人，故先择事之至精至当者先用之，使观之便知妙用。然后第二韵探原题意之所从来，须便用议论。第三韵方立议论，明其旨趣。第四韵结断其说以明题，意思全备。第五韵或引事，或反说。第七韵反说或要终立义。第八韵卒章，尤要好意思尔。"③ 可见，宋代对律赋布局章法的探索与考究，比之唐代愈趋严谨精准。

　　第三，循题布置。循题布置在唐代较为常用。李调元《雨村赋话》评

---

① （清）浦铣：《复小斋赋话》，清乾隆五十三年复小斋刻本。
② （清）李调元：《雨村赋话》，清乾隆四十九年函海刻本。
③ （宋）李廌撰，孔凡礼点校《师友谈记》，中华书局，2002，第18页。

唐陆贽《冬至日陪位听太和乐赋》云："先叙冬至，至叙陪位，然后叙作乐，末以听字作收煞。循题布置，浑灏流转，盖题位使然，不必尽以雕镂藻缋为工也。"① 赋篇以"乐自上古兮，和洽足闻；日至南极兮，阴阳肇分"起句，然后题意层层推进，先叙冬至，后写陪位，再述太和乐，末则以听字作结。

唐李程《金受砺赋》亦是典型的例证。其以"圣无全功，必资佐辅"为韵；以"惟砺也，有克刚之美；惟金也，有利用之功"起句；从读解"金"和"砺"的性质、功用铺展开来；再以"兴喻殷鉴，譬后之圣"来阐释赋韵"圣无全功，必资佐辅"的内涵，物人互喻，将"金受砺"与"君听谏"对比研论，遂后进一步论证君与臣、金与砺的关系，"君与臣兮相符，金与砺兮相须。离之而道斯远，全之而德不孤"；再以"工必利其器，君先择其佐"与"俾钝质不可砺，俟昏德以将衰"的论述承上启下，阐明事理，突出主旨；最后赋以"金"示君与"砺"示臣为喻收结，云"恭默思道，曷高宗之可侔；辅弼纳忠，岂傅岩之攸匹。宜乎哉！超羲而越夔，勖而自必"。李调元称赞：双起双收，通篇纯以机致胜，骨节通灵，清气如拭，在唐赋中又是一格。

第四，讲究结笔。与唐宋间律赋重破题不同，清人律赋则讲究收结。《读赋卮言》"谋篇"称："盖赋重发端，尤慎结局矣。行百里者半九十里，言晚节末路之难也。迟声以曼，铿尔末希，明月夜珠，与诗同境，末篇多踬，减赋半德，卒读称善，完赋全功。"②《赋学指南》论"炼起结"云："文争起结，赋亦争起结。起必用短调，取其紧峭，擒得住题目。结必用长调，取其充沛，收得通篇。虽起亦有用长句者，而结断不可用短句。"③ 相较而言，前者更注重起结的变化，后者遵从固定准则。简言之，诸家之说可相互渗透，互为增补。清人对律赋不仅重视破题，亦注重结笔。浦铣《复小斋赋话》中论述了收结有不同称谓，云："赋后有乱，有誶，有讯，有谣，有理，有重，有辞，有颂，有歌，有诗。唐顾逋翁《茶赋》有雅，裴晋公《铸剑戟为农器赋》有系，唐无名氏《蜀都赋》有箴，宋薛士隆

---

① （清）李调元：《雨村赋话》，清乾隆四十九年函海刻本。
② （清）王芑孙：《读赋卮言》，清光绪九年刻本。
③ （清）余丙照：《赋学指南》，清光绪十九年刻本。

《本生赋》有反，明萧子鹏《鼎砚赋》有赞，沈朝焕《把膝赋》有吟。"①

　　浦铣首举荀子赋作的结笔，紧接又以唐宋之际赋家为对象，胪举其结笔概况，并给予评论。评荀子赋起句与结笔："兰陵《云》《蚕》等赋，俱以'有物于此'作起句，篇末方点明题字，其赋中之椎轮积水欤！"评唐舒元兴《牡丹赋》结笔："舒元兴《牡丹赋》，称艳极矣！不尔，便与题不称。卒章云：'何前代寂而不闻，今则喧然而大来？曷草木之命，亦有时而塞，亦有时而开？'此数语，乃其序中所云所作之旨也。"评宋李忠定《荔枝赋》结笔："李忠定《荔枝赋》卒章云：'卫懿不可以好鹤，而幽人得之，适所以增其逸。阮籍之徒，得全于酒，而羲和湎淫，乃废时而乱日。'似用坡公《放鹤亭记》。"② 李调元、浦铣等认为收结是赋作重要之处，若草率结之，则全篇减色。因此，对结笔提出基本要求：一则要与破题照应；一则要含蓄警策。如汪廷珍强调律赋结笔时，末后须更加警策，不可如强弩之末，否则精神一衰，通篇减色。

第八节　试赋沾溉下的赋话批评

　　上述诸节旨在从文本文献、文本创作等维度或层面，对赋话这一赋论批评形态进行探究与发覆。文本文献方面，以较有代表性的赋话类论著为立足点，综合考论其著述形态以及兴盛的原因，从文本和副文本的角度，对赋话进行全面分析，以期为后面的创作研究奠定基础。文本创作方面，着重从"破题与诠题""用韵与限韵""用笔与用事""对偶与辞格""炼字与琢句""制局与炼局"六个创作层面给予深入系统的考察，旨在探索赋话在创作实践和理论探索过程中，所呈现的具有系统性、甚至方法论意义的文学价值以及对科举试赋的镜鉴意义。对赋话文本进行不同维度的深入考察，以期能准确地评述赋论在中国赋学理论史、中国古代文学批评史上的地位和价值。

---

① （清）浦铣：《复小斋赋话》，清乾隆五十三年复小斋刻本。
② （清）浦铣：《复小斋赋话》，清乾隆五十三年复小斋刻本。

　　清代文学最显著的特征是文学文献集成的崛起,创作上呈现出对前辈作家的规仿与接受,批评上体现出对文献文学特征的着重申述与自觉意识,理论上显示出对贤士典范的文学传统的尊崇与理解。作为批评形态的赋话,以综合的视域对搜辑、遴选、编撰、评论等自觉行为进行阐释。赋话除探析赋体创作的技巧准则、艺术构思、表现方法等理论之外,其"教学示范""交游交际""颂扬报恩""发潜阐幽"的写作方式和写作动机亦值得关注。考察赋话在律赋创作技艺上的审美空间和学术内涵,可谓各具特色,卓然新裁。律赋为应试之作,士子为博求功名,要在有限时间和指定命题内,彰显自己的才华与学识以出色地完成答卷,因而不得不在律赋的技法、制艺上耕耘,苦下功夫,于是既注重章法、讲究结构,又追求实用、强调文采便成为律赋迥异其他赋体的鲜明特征。有清一代,赋话论著繁盛,律赋创作理论更有集大成之举,究其原因主要有三。其一,尊体思想的影响。唐宋时期,因以律赋取士,遂出现了教人作赋的赋格类著作,于是产生了古律之辩。元明以下,由于科试律赋的废除,尊古思想有所上升,时人创作产生了通过明体、辨体而达于尊体的递变。受尊古思潮影响,遂产生了大量论讨有关创作规范的赋话论著。其二,赋集大量编撰的影响。有清一代,文学有集大成之功,赋亦不例外,在赋集不断出现的同时,时人也把历代有关赋的文献独立汇编起来,赋话便应运而生。其三,鉴赏批评的兴起。以往赋体较少被鉴赏批评,品评主要体现在诗学研究中。魏晋以降,赋体创作开始诗化,受诗的影响,尤其律赋与律诗关系密切,对赋的鉴赏批评渐趋增多。清代赋论家对赋的批评是从律赋肇端的,后对其他赋体都用此法。因上述三点,清赋话能别立一宗而日益繁盛。

　　赋话作为一种赋学批评形态,不仅仅能观照历代的赋学观,更可折射各时期律赋的演变轨迹,为考察赋体嬗递提供可信的文献依据。清陆葇《历朝赋格》"凡例"云:"赋也者,始基乎荀,达乎宋,盛于汉魏,艳于六朝,规矩乎唐,而裁制于是乎尽。"[1] 就历代律赋章法技艺而论,唐代律赋虽为正格却法疏意薄,而宋代渐趋绵密,至清则取得"青出于蓝而胜于蓝"的赋学成就。又清代赋话著作《赋学指南》是承唐代抄本《赋谱》、宋代

---

　　① （清）陆葇:《历朝赋格》,清康熙二十五年刻本。

《声律关键》之后，探究律赋创作最为实用详赡的一部赋学理论著作。吴东昱在序中评曰："然初学之士，得此一编伏而读之，赋中诸法，了如指掌，不俟面命耳提，自可抽黄对白，又何法之不易知，赋之不可学哉！"① 由此可知，该著虽是指导初学者撰赋的赋格之书，然始于押韵，终于炼局，条分缕析，识见颇高，以为程式。它不仅在赋学理论领域颇具影响，而且对一般文学的创作亦有重要的镜鉴作用。另外，律赋创作技艺的日臻完善，某种程度而言，得益于考赋制度的推行。朝廷选拔人才，以考赋取士，读书人欲踏入仕途，不得不参加科考。为名登金榜，势必会用心研习律赋的写作，因此在诸生竞逐利禄的风气下，赋体的创作技法日趋谨严。

　　赋话虽是一种以资闲谈且擅漫谈、长随笔、重评点、兼印象式的文学批评，但通过对赋话文本的综合考量，可以发现其向内在语辞特征、创作范畴、著述形态、言说方式等方面具有规范性的阐发内容，向外所形成的学术思潮和发展态势，在赋学批评与理论形成两大方面均已显示出系统性、学理化的自觉建构意识。赋话遂成为中国古代文学理论在不断自我完善与拓展过程中需被重新发现、评估的关注点及新问题。

---

① （清）余丙照：《赋学指南》，清光绪十九年刻本。

第六章　赋论形态的辐射与赓续

赋论是中国古代文学理论的重要组成部分，是探索古代文学理论的发生与发展过程中不容忽视的因素。本书以赋论中的赋序、赋注、赋评、赋格、赋话五种较为重要的批评形态为研究对象，以文史研究中常用的文史互证、微观宏观相结合、现象分析与理论概括相结合等方法，对赋论的渊源流变、批评形态、文献材料、理论范畴、功能价值等进行深入挖掘，以期能准确地评述赋论在中国赋学理论史、文学批评史上的地位与贡献。未来对赋论的探索，可从两个主要方面展开。

其一，拓宽研究范围。目前赋论研究所涉及的内容较少，论述范围也较小，而且是侧重对少数名篇赏析的研究，零散且不够系统，未能进行整体性研究。本书认为赋论研究如果能结合诗文话、史传、书目、诸子、笔记、类书等文献，进一步拓展研究范围，则赋论的研究深度将会有所增进。

其二，改善研究方法。现阶段研究方法主要存在两点不足，一是理论先入为主。即就一个已经成立的观点，从赋论中搜寻材料然后加以印证，也就是说赋论文献是在一个观点下以举例形式出现。比如将南朝赋序的特征作为论证南朝赋体风格的证据。二是从赋论文献中分析探究而得出某个结论。实际上这种结论从诗论、文论等文献中也能得出。比如从赋话中看出清人对科举制度的批评，从赋话中得出清代作家的某些理论见解等，而这些见解均可以从诗话、词话中获取，因此，使用赋论文献不具有论据层面的唯一性。今后的研究应尽力避免流于这种倾向，立足赋论本身所具有的独特性来深入发掘。

第一节　赋论批评形态的拓展

目前赋学研究界对赋论的评论形态或言说方式有不同的称谓，或称"批评形态"①，或称"批评形式"②，从不同称谓上来看，研究者对赋学理论的关注与思考不断加深。赋论除赋序、赋注、赋评、赋格、赋话等批评形态之外，尚有拓展的空间。赋论所涉论题广博，评论形态多样，这些论赋形式大量存于诗文话、赋集、史传、书信、笔记小说、赋选等文献之中。作为赋学理论整体研究，对赋序、赋注、赋格、赋话的阐释与研究极其重要，如果忽略史传、笔记小说等批评形态，那么赋论研究的领域广度及深度势必会受限，这样不利于整体把握赋论在中国文学理论发展史上的地位与价值。鉴于此，笔者在结语中对较重要的几种赋论批评形态的类型、特征及影响略作探析，在拓展赋论批评形态的基础上，简析赋论的价值与影响。

一　子书

《庄子》亦庄亦谐的讽喻风格与赋文曲终奏雅的讽谏功能较为暗合，另外，《庄子》借助寓言及假设人物对话的表现形式，也与汉大赋内部结构基本类似。因此，《庄子》一书较早被赋家所关注。如张衡《髑髅赋》即规仿《庄子·至乐》寓言中髑髅托梦与庄子对话的内容所撰，再如张华所撰《鹪鹩赋》则是从《庄子·内篇·逍遥游》"鹪鹩巢于深林，不过一枝，偃鼠饮河，不过满腹"句而来。

汉代如桓谭《新论》、扬雄《法言》、王充《论衡》、葛洪《抱朴子》等子书类著作中皆有论赋的文献资料。如《法言》中的"吾子少而好赋？

---

① 许结在《中国赋学历史与批评》一书中对赋论的言说形态既有命名，又进行了分类。绪论称"古代赋学理论批评形态"，主要有几类：一是史传批评；二是选本批评；三是赋学专论；四是赋格与赋话。（许结：《中国赋学历史与批评》，江苏教育出版社，2001，第1~2页。）
② 孙福轩在《清代赋学研究》一书中设有"清代赋学的批评形式"一节，并将批评形式分五种类型：一是赋话、赋论类；二是史传类；三是选本批评类；四是类书中的赋论；五是其他文学体类批评中的赋论。（孙福轩：《清代赋学研究》，浙江大学出版社，2008，第33~34页。）

曰：然。童子雕虫篆刻。俄而曰：壮夫不为也"，"诗人之赋丽以则，辞人之赋丽以淫"这两则材料可以折射扬雄的赋学观变化轨迹。再如《新论·道赋》"扬子云工于赋，王君大习兵器，余欲从二子学。子云曰：'能读千赋，则善赋。'君大曰：'能观千剑，则晓剑。'"① 诸如此类，这些零散、具有漫话随笔性质的论赋形式，可视为后世赋话的发端。

二 史传

史传赋论批评形态始见于汉代，以《史记》《汉书》等的记载为主。史传中凡涉及赋家、赋作时，一般有史家对赋作创作缘起、背景、宗旨的介绍，同时兼有史家对赋作的评论与阐释。司马迁是较早的实践者，《史记》卷八十四《屈原贾生列传》、卷一百一十七《司马相如列传》、卷一百三十《太史公自序》等均有涉及，其中收录了《吊屈原赋》《鵩鸟赋》《天子游猎赋》《哀二世赋》《大人赋》《子虚赋》等大赋名篇。如论司马相如赋："相如虽多虚辞滥说，然其要归引之节俭，此与《诗》之风谏何异。"再如"《子虚》之事，《大人》赋说，靡丽多夸，然其指风谏，归于无为"。司马迁不避相如赋的虚辞滥说、靡丽多夸，也赞颂其与《诗》的旨归相同的讽谏功能，这种理性的论赋态度对后代史家的影响颇深。班固在《汉书》卷三十《艺文志》、卷八十七《扬雄传》等篇目中亦有继承，尤其《艺文志·诗赋略》列赋于前，诗居其后，赋分"屈原赋之属、陆贾赋之属、荀卿赋之属、客主赋之属"四类，诗无分类；又论赋的起源、演变、赋家等，记载赋家七十八人，作品一千零四篇，非历朝所及。此后的《后汉书》《三国志》《晋书》《宋书》等，均有不少关于赋家赋作的评论材料，张新科将史传中的赋论归纳为五种：论赋的发展、论赋的作用、创作论、作家论、作品论。② 可见，史传文献能较好地保存赋学批评的材料，赋学研究者应当充分发掘利用。

三 笔记小说

笔记小说中保存了不少关于赋家创作与辞赋批评的记载，《西京杂记》

---

① （汉）桓谭：《新论》，上海人民出版社，1976，第51页。
② 张新科：《唐前史传文学研究》，西北大学出版社，2000，第255~262页。

与《世说新语》是其中代表。如《西京杂记》卷二："相如曰：'合綦组以成文，列锦绣而为质，一经一纬，一宫一商，此赋之迹也。赋家之心，苞括宇宙，总览人物，斯乃得之于内，不可得而传。'览乃作《合组歌》、《列锦赋》而退，终身不复敢言作赋之心矣。"① 司马相如的"赋心""赋迹"二说正是通过笔记小说的记载得以保存下来。是书卷三、四皆有大量载录，此不赘。

《世说新语·文学》篇："左太冲作《三都赋》初成，时人互有讥訾，思意不惬。后示张公，张曰：'此《二京》可三。然君文未重于世，宜以经高名之士。'思乃询求于皇甫谧，谧见之嗟叹，遂为作叙。于是先相非贰者，莫不敛衽赞述焉。"② 从材料可知，第一，《二京赋》在当时被视为两篇；第二，《三都赋》初成时遭时人讥訾，经皇甫谧作序后得到赞述，表明左思、张华、皇甫谧对京都大赋的走向有着不同影响。从《三都赋》在当时的影响来看，张华的判断与推荐是十分正确的。再如孙兴公评潘岳与陆机赋："潘文烂若披锦，无处不善；陆文若排沙简金，往往见宝。"寥寥数语，极有见地，既彰显了魏晋时人的智慧与才华，又反映赋学发展的一般动向。

四　书信

在书信往来中，时人或谈文论艺，或指摘评骘，这些书信中存有不少论赋的内容，不仅真实度高，而且文学性强。如汉魏六朝有曹植《与杨德祖书》、杨修《答临淄侯笺》、陆云《与兄平原书》等，这些看似是书信往来，就所涉及的赋学评论而言，往往针对某一论题作深入探讨，真实地体现了评论者的赋学观。

如曹植在《与杨德祖书》中曾以"今往仆少小所著辞赋一通相与"去信请教杨修，在信中曹植阐明赋的地位及评价标准："辞赋小道，固未足以揄扬大义，彰示来世也。昔扬子云先朝执戟之臣耳，犹称壮夫不为也。吾虽德薄，位为蕃侯，犹庶几戮力上国，流惠下民，建永世之业，留金石之

---

① （晋）葛洪：《西京杂记》，中华书局，1985，第 12 页。
② （南朝）刘义庆撰，徐震堮著《世说新语校笺》，中华书局，1984，第 135～136 页。

功，岂徒以翰墨为勋绩，辞赋为君子哉!"① 杨修以《答临淄侯笺》予以回复，云:"今之赋颂，古诗之流，不更孔公，《风》《雅》无别耳。修家子云，老不晓事，强著一书，悔其少作。若此仲山、周旦之俦，为皆有怨邪!君侯忘圣贤之显迹，述鄙宗之过言，窃以为未之思也。若乃不忘经国之大美，流千载之英声，铭功景钟，书名竹帛，斯自雅量，素所畜也，岂与文章相妨害哉?"② 杨修对曹植赋评价甚高，又针对"辞赋小道"之说提出自己的看法，二人相互交流指正，共同探讨赋文的鉴赏标准。

五 诗话

以诗论赋，是一种重要的言说形态。大多以两种方式呈现:一是段落批评;一是单句评析。

段落批评者，如《诗品》:"自王、扬、枚、马之徒，词赋竞爽，而吟咏靡闻。……故诗有三义焉:一曰兴，二曰比，三曰赋。文已尽而意有余，兴也;因物喻志，比也;直书其事，寓言写物，赋也。宏斯三义，酌而用之，干之以风力，润之以丹采，使味之者无极，闻之者动心，是诗之至也。若专用比兴，则患在意深，意深则词踬。若但用赋体，则患在意浮，意浮则文散，嬉成流移，文无止泊，有芜漫之累矣。"再如《后村诗话》评论历代赋作彼此相犯的问题:"《宾戏》犯《客难》，《洛神赋》犯《高唐赋》，《送穷文》犯《逐贫赋》，《贞符》犯《封禅书》、《王命论》。洪氏《随笔》记《阿房赋》犯《华山赋》中语。余读陆倕《长城赋》，首云:'千城绝，长城列。秦民竭，秦君灭。'不觉失笑，曰:'此岂非"蜀山兀，阿房出"之本祖欤!'倕名辈在樊川前。"③ 这种一整段式评论赋作的，不在少数，如许顗《彦周诗话》、周紫芝《竹坡诗话》、张表臣《珊瑚钩诗话》等，皆有大段载录。

以单句评析论赋者，如《后村诗话》后集卷一摘录《虱赋》后四句，以"虽甚简短，然有意味"④ 作为评点。再如阮阅《诗话总龟》引《雪浪

---

① (南朝梁)萧统编，(唐)李善注《文选》，上海古籍出版社，1986，第 1903~1904 页。
② (南朝梁)萧统编，(唐)李善注《文选》，上海古籍出版社，1986，第 1819~1820 页。
③ (宋)刘克庄撰，王秀梅点校《后村诗话》，中华书局，1983，第 42 页。
④ (宋)刘克庄撰，王秀梅点校《后村诗话》，中华书局，1983，第 43 页。

斋日记》探讨诗赋创作之间的关系谓："读退之《南山诗》，颇觉似《上林》《子虚》赋，才力小者不能到。"① 其后如王世贞《艺苑卮言》、谢榛《四溟诗话》、吴乔《围炉诗话》、袁枚《随园诗话》等，亦有类似评论。从整体研究来看，诗话或文话②中的论赋内容，是赋话研究中不可或缺的有益补充。

　　除上述五种，像专论、选本、书目、类书、碑文、奏议、诏书等，均或多或少对赋作有所论及，不一而足。

第二节　赋论的价值与影响

　　本书以赋序作为开端，进而详细地阐释其类别与特征、兴盛与衰落等诸多内容，于是就有了文体研究篇。接着以赋论形态出现的先后次序为准则，对受汉代注经体例影响较深的赋注进行探索，以赋注中的他注、自注、汇注为考察对象，结合实例逐一探析，考量赋注如何从注释走向批评，于是就有了变革继承篇。唐宋以降，科举遂兴，试赋成为入仕的一个重要门径，时人一方面开始模赋范文，另一方面尝试撰写服务于试赋的理论之作——赋格，本书以现存赋格中唐抄本《赋谱》为中心，窥探其作为指导律赋创作的"指南"之著的风貌，于是就有了个案研究篇。评点之学，肇端于宋，赋体借助圈点与评论，在明清之际大放异彩，赋体评点是赋注拓展与深化的表现，重点是对赋体评点的文献、形态、特色、价值等内容的考察，于是就有了深化拓展篇。别立新宗的赋话，以漫谈随笔的形式将话与论结合起来，或探讨赋的渊源流变，或注重考核辨析，或搜罗掌故史料，

---

①　（宋）阮阅编，周本淳校点《诗话总龟》，人民文学出版社，1987，第56页。

②　"文话"论赋多以纪事与文法为主。如宋陈骙《文则》、朱熹《朱子语类》、孙奕《履斋示儿编》中"文说"篇等，皆有大量辞赋评论。尤其孙奕《履斋示儿编》记载较多，今摘录"赋一字见工夫"条："东坡有曰：'试赋以一字见工拙。'诚哉是言。尝记前辈说欧公柄文衡，出《尧舜性仁赋》，取刘辉天下第一。首联句曰：'世隆极治之风，虽稽于古；内积安行之德，盖禀于天。'刘来谒谢，颇自矜，公虽喜之，而嫌其'积'字不是性，为改作'蕴'，刘顿骇服。"孙著虽以纪事为主，却又不局限于纪事。唐宋以试赋取士，势必会引起时人对赋作相关问题的关注。

于是就有了综合研究篇。

上述布局既构成了本书的研究框架，又使赋论在中国古代文论研究中相对薄弱的现状有所改观，进而丰富了中国古代文论的多元性。此为本书研究的现实意义。赋论在发展过程中与诗论、文论等联系密切，曾出现"以诗论赋""以文论赋"的现象。赋论虽与诗论、文论相互融合、彼此影响，其研究深度与广度却比不上诗论、文论，相对薄弱。薄弱不代表其无特色、无价值，综合而言，赋论仍有其独特的价值与一定的影响。

其一，赋论主要探索了赋的渊源流变（如《两都赋序》"赋者，古诗之流也"）、文体特性（如《汉书·艺文志·诗赋略》"不歌而诵谓之赋"）、创作法则（如《文心雕龙》"赋者，铺也，铺采摛文，体物写志也"）、功能价值（如《两都赋序》"或以抒下情而通讽谕，或以宣上德而尽忠孝"）、体制类别（《古赋辨体》分"古赋""俳赋""律赋"）、艺术风格（《文赋》"赋体物而浏亮"），评论了名篇名句、赋家风格，论述了赋文学发展与演变的历史等。通过这些评论不仅可以全面地考量赋体文学的发展流变，归纳赋体文学的创作法则，又可衡量赋在中国文学史上的地位与影响，这正是赋论的价值所在。

其二，赋论是围绕赋体而产生的，历代赋体不断演进，赋论也呈现出不同的内涵与特征[①]。汉至六朝，赋成为文学的主流，赋学理论则以"大赋""小赋"为中心，所论及内容主要以"赋源""赋史""赋用"等为中心进行展开。"大赋"阶段以"赋用"论为核心，此时以司马迁、班固、扬雄、张衡等为代表，彰显赋的讽谏与雅正思想，赋论文献多源自史传、杂论。"小赋"阶段以"辨体"理论为中心，以曹丕、陆机、刘勰、萧统等为代表，赋学批评文献以"文集"和"专论"为中心，如《典论·论文》《文赋》《文心雕龙》《文选》等是其主要来源。此时出现如"征实""体物""浏亮"等赋学理论，这些皆是在两汉的"赋用""赋艺"等理论的基础上延伸而来的。唐至清代，赋学理论以"古赋"与"律赋"为中心展开。唐宋以试赋取士，赋学理论主要以"赋格"为中心，曾出现如唐张仲素

---

① 许结所著《中国辞赋理论通史》一书，有相关阐述与此处所论角度不同，具体可详参许著第二章"辞赋理论文献叙考"，凤凰出版社，2016。

《赋枢》、唐范传正《赋诀》、宋吴处厚《赋评》等赋学理论著作。辞赋理论到元、明、清三代，又有新的变化，如在形式上表现驳杂，内容上呈现富赡的特性，元明时期，受辨体文学思潮的影响，辞赋理论仅仅围绕"祖骚宗汉"的焦点而展开。有清一代，赋话兴盛，评点及相关文献集成大量出现，赋学理论则以"赋集"与"赋话"为中心，向系统化、专题化的方向发展，这些表明赋论的影响不断扩展，越来越受到时人的关注。

其三，赋论既丰富了中国古代文学批评理论，又对其他批评文体的发展产生了一定的影响。如《西京杂记》辑录司马相如的"赋迹"与"赋心"二说，"赋迹"指赋的形式，是对赋的文体特征的认识，司马相如认为作赋须辞藻华丽，音律和谐；"赋心"指作赋的方法论，强调赋家创作时要对外界事物作艺术总结与提炼。这种赋学批评理论，对后世影响较大。如扬雄以"丽"为特征，将赋分为"诗人之赋"与"辞人之赋"，这种分类就是从赋的语言、辞藻等"丽"的范畴而来，是受司马相如"赋迹"说的影响而致。尤其"丽"的准则，不仅对后世赋篇的创作产生了深远影响，而且还延伸到其他批评文体的创作当中。如宋周密在其著作卷下引："靡丽不失为《国风》之正，闲雅不失为《骚》《雅》之赋。"① 另外，晚清谭献在《复堂词话》中说："昔人之论赋曰：'惩一而劝百。'又曰：'曲终而奏雅。'丽淫丽则，辨于用心；无小非大，皆曰立言：惟词亦有然矣！"② 从词论者将赋论概念引入词论之中的做法，足见赋论对后世的深远影响。

简言之，赋论由最初的随感漫议、考析评点到后来的直观具体、专辑论著的学术探讨，是在交融、碰撞、整合的大背景下与赋学创作实践相结合的产物，也是在不断继承与扬弃、接受与取舍中，构建起的中国赋学批评的理论体系。

---

① （宋）周密撰，孔凡礼点校《浩然斋雅谈》，中华书局，2010，第52页。
② （晚清）谭献：《复堂词话》，人民文学出版社，1953，第20页。

主要参考文献

古籍

（汉）班固：《汉书》，中华书局，1962。

（汉）许慎：《说文解字》，中华书局，1963。

（汉）司马迁：《史记》，中华书局，1959。

（汉）扬雄撰，汪荣宝义疏《法言义疏》，中华书局，1987。

刘文典撰，冯逸、乔华点校《淮南鸿烈集解》，中华书局，1989。

黄晖：《论衡校释》，中华书局，1990。

（魏）张揖撰，（清）王念孙疏证《广雅疏证》，江苏古籍出版社，1984。

（晋）陈寿：《三国志》，中华书局，1982。

（晋）葛洪：《西京杂记》，中华书局，1985。

（晋）葛洪著，杨明照校笺《抱朴子外篇校笺》，中华书局，1991。

（南朝宋）范晔：《后汉书》，中华书局，1965。

（南朝宋）刘义庆撰，徐震堮著《世说新语校笺》，中华书局，1984。

（南朝梁）刘勰著，范文澜注《文心雕龙注》，人民文学出版社，1958。

（南朝梁）萧子显：《南齐书》，中华书局，1972。

（南朝梁）沈约：《宋书》，中华书局，1974。

（南朝梁）应劭撰，王利器校注《风俗通义校注》，中华书局，1981。

（南朝梁）萧统撰，（唐）李善注《文选》，上海古籍出版社，1986。

王利器：《颜氏家训集解》（增补本），中华书局，1993。

（北齐）魏收：《魏书》，中华书局，1974。

（唐）欧阳询撰，汪绍楹点校《艺文类聚》，中华书局，1965。

（唐）令狐德棻等：《周书》，中华书局，1971。

276

（唐）姚思廉：《梁书》，中华书局，1973。

（唐）魏徵等：《隋书》，中华书局，1973。

（唐）李延寿：《北史》，中华书局，1974。

（唐）房玄龄等：《晋书》，中华书局，1974。

（唐）杜甫著，（清）仇兆鳌注《杜诗详注》，中华书局，1979。

（唐）李肇：《唐国史补》，上海古籍出版社，1957。

（唐）刘肃撰，许德楠、李鼎霞点校《大唐新语》，中华书局，1984。

（后晋）刘昫等：《旧唐书》，中华书局，1975。

（宋）司马光：《资治通鉴》，中华书局，1956。

（宋）欧阳修等：《新唐书》，中华书局，1975。

（宋）洪迈：《容斋随笔》，上海古籍出版社，1978。

（宋）朱熹集注《楚辞集注》，上海古籍出版社，1979。

孔凡礼点校《苏轼文集》，中华书局，1986。

（明）张溥著，殷孟伦注《汉魏六朝百三家集题辞注》，人民文学出版社，
　　1960。

（明）徐师曾著，罗根泽校点《文体明辨序说》，人民文学出版社，1962。

（明）王世贞著，罗仲鼎校注《艺苑卮言校注》，齐鲁书社，1992。

（明）凌稚隆辑校，（明）李光缙增补，于亦时整理《史记评林》，天津古籍
　　出版社，1998。

（明）郭正域评《选赋》，《辽宁省图书馆藏陶湘旧藏闵凌刻本集成》第97～
　　98册，中华书局，2015。

（明）孙鑛评，（明）闵齐华注《孙月峰先生评文选》，《辽宁省图书馆藏陶
　　湘旧藏闵凌刻本集成》第102～103册，中华书局，2015。

（明）邹思明：《文选尤》，《辽宁省图书馆藏陶湘旧藏闵凌刻本集成》第99
　　册，中华书局，2015。

（清）严可均校辑《全上古三代秦汉三国六朝文》，中华书局，1958。

（清）彭定求等编《全唐诗》，中华书局，1960。

（清）王夫之著，舒芜点校《姜斋诗话》，人民文学出版社，1961。

（清）永瑢等：《四库全书总目》，中华书局，1965。

（清）何文焕辑《历代诗话》，中华书局，1981。

（清）许梿评选，黎经诰笺注《六朝文絜笺注》，上海古籍出版社，1962。

（清）丁福保辑《历代诗话续编》，中华书局，1983。

（清）李调元：《赋话》，中华书局，1985。

（清）洪若皋辑评《梁昭明文选越裁》，《四库全书存目丛书》集部第 287~
288 册，齐鲁书社，1997。

（清）浦铣著，何新文、路成文校证《历代赋话校证》（附《复小斋赋话》），
上海古籍出版社，2007。

（清）孙梅著，李金松点校《四六丛话》，人民文学出版社，2010。

（清）于光华辑《重订文选集评》，国家图书馆出版社，2012。

（清）方廷珪评点，（清）陈云程增补，（清）邵晋涵等批校《增订昭明文
选集成详注》，国家图书馆出版社，2015。

研究著作

骆鸿凯：《文选学》，中华书局，1989。

〔日〕铃木虎雄：《赋史大要》，殷石臞译，赵敏俐主编《中国文学研究论著
汇编·古代文学卷》第 25 册，天津古籍出版社，2019。

郭绍虞：《中国文学批评史》，新文艺出版社，1955。

王运熙：《六朝乐府与民歌》，古典文学出版社，1957。

叶德辉：《书林清话》，中华书局，1957。

刘师培：《中国中古文学史讲义》，人民文学出版社，1957。

朱东润：《中国文学批评史大纲》，古典文学出版社，1957。

黄侃：《文心雕龙札记》，中华书局，1962。

范文澜：《中国通史简编》，人民出版社，1964。

瞿蜕园选注《汉魏六朝赋选》，中华书局，1964。

陈去病：《辞赋学纲要》，（台北）文海出版社有限公司，1971。

张清钟：《汉赋研究》，台湾商务印书馆，1975。

简宗梧：《汉赋源流与价值之商榷》，（台北）文史哲出版社，1980。

《鲁迅全集》，人民文学出版社，1981。

《朱自清古典文学论文集》，上海古籍出版社，1981。

何沛雄：《赋话六种》（增订版），生活·读书·新知三联书店香港分店，1982。

姜书阁：《先秦辞赋原论》，齐鲁书社，1983。

逯钦立辑校《先秦汉魏晋南北朝诗》，中华书局，1983。

罗根泽：《中国文学批评史》，上海古籍出版社，1984。

龚克昌：《汉赋研究》，山东文艺出版社，1984。

刘永济：《十四朝文学要略》，黑龙江人民出版社，1984。

傅璇琮：《唐代科举与文学》，陕西人民出版社，1986。

高光复：《赋史述略》，东北师范大学出版社，1987。

马积高：《赋史》，上海古籍出版社，1987。

赵福海等主编《昭明文选研究论文集》，吉林文史出版社，1988。

蔡镇楚：《中国诗话史》，湖南文艺出版社，1988。

高光复：《汉魏六朝四十家赋述论》，黑龙江教育出版社，1988。

〔日〕铃木虎雄：《中国诗论史》，许总译，广西人民出版社，1989。

曹道衡：《汉魏六朝辞赋》，上海古籍出版社，1989。

褚斌杰：《中国古代文体概论》（增订本），北京大学出版社，1990。

刘德重、张寅彭：《诗话概说》，中华书局，1990。

蔡镇楚：《诗话学》，湖南教育出版社，1990。

徐志啸编《历代赋论辑要》，复旦大学出版社，1991。

叶幼明：《辞赋通论》，湖南教育出版社，1991。

高光复：《历代赋论选》，黑龙江人民出版社，1991。

赵福海主编《文选学论集》，时代文艺出版社，1992。

何新文：《中国赋论史稿》，开明出版社，1993。

中国文选学研究会、郑州大学古籍整理研究所编《文选学新论》，中州古籍
　　出版社，1997。

郭建勋：《汉魏六朝骚体文学研究》，湖南教育出版社，1997。

王琳：《六朝辞赋史》，黑龙江教育出版社，1998。

俞绍初、许逸民主编《中外学者文选学论集》，中华书局，1998。

曹明纲：《赋学概论》，上海古籍出版社，1998。

孙立：《中国文学批评文献学》，广东人民出版社，2000。

傅刚：《〈昭明文选〉研究》，中国社会科学出版社，2000。

赵维江：《金元词论稿》，中国社会科学出版社，2000。

谭帆:《中国小说评点研究》,华东师范大学出版社,2001。

马积高:《历代辞赋研究史料概述》,中华书局,2001。

钱锺书:《管锥编》,生活·读书·新知三联书店,2001。

程章灿:《魏晋南北朝赋史》,江苏古籍出版社,2001。

许结:《中国赋学历史与批评》,江苏教育出版社,2001。

张伯伟:《中国古代文学批评方法研究》,中华书局,2002。

孙立:《明末清初诗论研究》(增订本),广东高等教育出版社,2003。

王立群:《现代〈文选〉学史》,中国社会科学出版社,2003。

郭建勋:《先唐辞赋研究》,人民出版社,2004。

俞绍初辑校《建安七子集》,中华书局,2005。

詹杭伦:《唐宋赋学研究》,中国社会科学出版社、华龄出版社,2004。

曹虹:《中国辞赋源流综论》,中华书局,2005。

程章灿:《赋学论丛》,中华书局,2005。

朱光潜:《诗论》,上海古籍出版社,2005。

郭英德:《中国古代文体学论稿》,北京大学出版社,2005。

黄侃:《文选平点》(重辑本),中华书局,2006。

李新宇:《元代辞赋研究》,中国社会科学出版社,2008。

王书才:《明清文选学述评》,上海古籍出版社,2008。

孙福轩:《清代赋学研究》,浙江大学出版社,2008。

胡大雷:《〈文选〉编撰研究》,广西师范大学出版社,2009。

许结讲述,潘务正记录《赋学讲演录》,北京大学出版社,2009。

何诗海:《汉魏六朝文体与文化研究》,北京大学出版社,2011。

刘湘兰:《中古叙事文学研究》,北京大学出版社,2011。

何新文等:《中国赋论史》,人民出版社,2012。

彭玉平:《诗文评的体性》,北京大学出版社,2012。

林岗:《明清小说评点》,北京大学出版社,2012。

冷卫国:《汉魏六朝赋学批评研究》,商务印书馆,2012。

吴承学:《中国古代文体形态研究》(第三版),北京大学出版社,2013。

〔日〕高津孝:《科举与诗艺:宋代文学与士人社会》,潘世圣等译,上海古
　　籍出版社,2013。

池万兴：《六朝抒情小赋概论》，人民出版社，2013。

许结：《赋学制度与批评》，中华书局，2013。

刘朝谦：《赋文本的艺术研究》，华龄出版社，2013。

彭安湘：《中古赋论研究》，中国社会科学出版社，2013。

孙福轩：《中国古体赋学史论》，浙江大学出版社，2013。

赵俊玲：《〈文选〉评点研究》，上海古籍出版社，2013。

俞绍初等：《新校订六家注〈文选〉》，郑州大学出版社，2013。

彭玉平：《人间词话疏证》，中华书局，2014。

陈建森：《九龄风度与盛唐气象》，中山大学出版社，2016。

冯莉：《〈文选〉赋研究》，北京语言大学出版社，2016。

许结：《中国辞赋理论通史》，凤凰出版社，2016。

期刊论文

郭绍虞：《提倡一些文体分类学》，《复旦学报》（社会科学版）1981年第
  1期。

冯其庸：《重议评点派——〈八家评批红楼梦〉序》，《红楼梦学刊》1987
  年第1期。

何新文：《刘熙载汉赋理论述略》，《中国文学研究》1988年第3期。

黄样兴：《简论汉魏六朝赋论》，《上饶师专学报》（哲学社会科学版）1988
  年第6期。

叶幼明：《赋论发微》，《求索》1990年第3期。

何新文：《赋话初探》，《湖北大学学报》（哲学社会科学版）1991年第
  2期。

许结：《元赋风格论》，《文学遗产》1993年第1期。

许结：《清赋概论》，《学术研究》1993年第3期。

王琳：《魏晋"赋序"简论》，《山东师大学报》（社会科学版）1993年第
  3期。

何新文：《魏晋南北朝赋论述略》，《湖北大学学报》（哲学社会科学版）
  1994年第1期。

吴承学：《评点之兴——文学评点的形成和南宋的诗文评点》，《文学评论》

1995 年第 1 期。

许结：《论唐代赋学的历史形态》，《南京大学学报》（哲学·人文科学·社会科学版）1996 年第 1 期。

许结：《论清代的赋学批评》，《文学评论》1996 年第 4 期。

何新文：《浦铣及其赋话考述》，《文献》1997 年第 3 期。

彭玉平、吴承学：《中国文学批评史研究的回顾与展望》，《中国社会科学》1997 年第 5 期。

章沧授：《论晋代辞赋创作理论的新贡献》，《古籍研究》1997 年第 4 期。

王琳：《西晋辞赋观简论》，《山东师范大学学报》（社会科学版）1988 年第 5 期。

许结：《二十世纪赋学研究的回顾与瞻望》，《文学评论》1998 年第 6 期。

冷卫国：《汉魏六朝赋学批评的对象与分期》，《社会科学战线》2000 年第 1 期。

吴承学：《现存评点第一书——论〈古文关键〉的编选、评点及其影响》，《文学遗产》2003 年第 4 期。

王海青：《略论建安辞赋观的转变》，《山东社会科学》2004 年第 4 期。

徐丹丽：《魏晋六朝赋序简论》，《古典文献研究》2004 年第 7 辑。

顾农：《左思〈三都赋〉及其序注综考》，《广西师范大学学报》（哲学社会科学版）2005 年第 1 期。

许结：《汉代赋论的文学背景考述》，《江海学刊》2006 年第 2 期。

何新文：《元明两代赋论述略》，《湖北大学学报》（哲学社会科学版）2006 年第 6 期。

吴承学：《〈四库全书〉与评点之学》，《文学评论》2007 年第 1 期。

胡大雷：《从〈文选〉的文体观念论〈文选〉赋"序"》，《惠州学院学报》2007 年第 2 期。

刘湘兰：《论赋的叙事性》，《学术研究》2007 年第 6 期。

王焕然：《丽则——历代赋论的基本标准》，《学术论坛》2007 年第 8 期。

何新文、龚元秀：《论赋话的渊源及其演进》，《湖北大学学报》（哲学社会科学版）2008 年第 1 期。

何新文、张群：《唐代赋论概观》，《北方论丛》2008 年第 1 期。

吴承学、何诗海:《从章句之学到文章之学》,《文学评论》2008 年第 5 期。

杨东林:《从文体学角度考察魏晋时期的赋论》,《济南大学学报》(社会科学版) 2008 年第 6 期。

吴承学、刘湘兰:《序跋类文体》,《古典文学知识》2009 年第 1 期。

王德华:《〈文选〉赋类序说》,《古典文学知识》2009 年第 2 期。

张海鸥、张奕琳:《赋韵考论》,《兰州大学学报》(社会科学版) 2009 年第 5 期。

何新文:《林联桂及其赋作赋话考论》,《辽东学院学报》(社会科学版) 2010 年第 5 期。

何诗海:《作为批评文体的明清文集凡例》,《学术研究》2010 年第 10 期。

许结:《论诗、赋话的粘附与分离》,《东南大学学报》(哲学社会科学版) 2003 年第 6 期。

彭安湘:《论北朝赋的创作倾向及理论嬗变》,《辽东学院学报》(社会科学版) 2011 年第 2 期。

许结:《论赋注批评及其章句学意义》,《中国韵文学刊》2011 年第 4 期。

吴承学:《论“序题”——对中国古代一种文体批评形式的定名与考察》,《文艺理论研究》2012 年第 6 期。

牛海蓉:《〈古赋辩体〉之前的元朝赋论》,《陕西师范大学学报》(哲学社会科学版) 2013 年第 2 期。

徐志啸:《20 世纪末期中国赋学述评》,《杭州师范大学学报》(社会科学版) 2013 年第 3 期。

何诗海:《“恶道”之外——从凡例看明清评点观的另一面相》,《暨南学报》(哲学社会科学版) 2013 年第 1 期。

杜骞:《赋论历史考辨》,《西安建筑科技大学学报》(社会科学版) 2014 年第 4 期。

何新文:《从“辞赋不分”到“以赋论赋”——古代赋文体论述的发展趋势及当代启示》,《文学遗产》2015 年第 2 期。

张巍:《〈赋谱〉释要》,《南京大学学报》(哲学·人文科学·社会科学) 2016 年第 1 期。

学位论文

马宝莲：《唐律赋研究》，（台北）中国文化大学博士学位论文，1993。

梁成德：《魏晋南北朝赋论研究》，台湾东吴大学博士学位论文，1999。

乔俊杰：《李善〈文选注〉修辞训诂研究》，安徽大学博士学位论文，2005。

郭蓉：《〈文选〉李善注征引式训诂研究》，山东大学博士学位论文，2007。

汤美丽：《浦铣赋话研究》，江西师范大学硕士学位论文，2011。

孔安逸：《清代中期赋话研究》，山东师范大学硕士学位论文，2015。

鲁梦宇：《〈文选〉古注研究》，河北师范大学硕士学位论文，2016。

图书在版编目（CIP）数据

赋论形态研究 / 黄志立著 . --北京：社会科学文献出版社，2025.1. --（华南师范大学文学院中国语言文学学科建设丛书）. --ISBN 978-7-5228-4393-3

Ⅰ. I207.224

中国国家版本馆 CIP 数据核字第 202499M6W0 号

华南师范大学文学院中国语言文学学科建设丛书

赋论形态研究

著　　者	/	黄志立
出 版 人	/	冀祥德
组稿编辑	/	杨　轩
责任编辑	/	杜文婕
文稿编辑	/	韩亚楠
责任印制	/	王京美

出　　版 / 社会科学文献出版社
　　　　　地址：北京市北三环中路甲 29 号院华龙大厦　邮编：100029
　　　　　网址：www.ssap.com.cn
发　　行 / 社会科学文献出版社（010）59367028
印　　装 / 三河市尚艺印装有限公司

规　　格 / 开　本：787mm×1092mm　1/16
　　　　　印　张：18.25　字　数：288 千字
版　　次 / 2025 年 1 月第 1 版　2025 年 1 月第 1 次印刷
书　　号 / ISBN 978-7-5228-4393-3
定　　价 / 98.00 元

读者服务电话：4008918866

5